崇山峻岭中奔跑，是一把砍向黑暗的刀
细水溪流边倒下，是一根倔强挺立的草
江风浩荡，初心不改
时光流逝，信仰永存
他们，用青春铸造了大地的品格
他们，用热血铭刻了重生的记忆

重生

李时新 著

——湘江战役失散红军记忆

漓江出版社
·桂林·

图书在版编目（CIP）数据

重生：湘江战役失散红军记忆 / 李时新著.
—桂林：漓江出版社，2021.3（2022.4重印）
ISBN 978-7-5407-8995-4

Ⅰ.①重… Ⅱ.①李… Ⅲ.①纪实文学－作品集－中国－当代 Ⅳ.①I25

中国版本图书馆CIP数据核字(2021)第030406号

重生——湘江战役失散红军记忆
CHONGSHENG——XIANGJIANG ZHANYI SHISAN HONGJUN JIYI

作　　者：李时新

出 版 人：刘迪才
策划编辑：张　谦　梁　志　李　弘　何　伟
责任编辑：何　伟　苏子新
特约编辑：滚碧月
特约审读：庾新顺
扉页题词：庞　白
媒介主理：张津理
营销编辑：俞方远　梁虹程　宁梦耘
装帧设计：梁颢蓝
责任校对：徐　明
责任监印：杨　东

出版发行：漓江出版社有限公司
联合出品：掌阅科技股份有限公司
社　址：广西桂林市南环路22号
邮　编：541002
发行电话：010-65699511　0773-2583322
传　真：010-85891290　0773-2582200
邮购热线：0773-2582200
网　址：http://www.lijiangbook.com
微信公众号：lijiangpress

印　制：北京中科印刷有限公司
开　本：787 mm ×1092 mm　1/16
印　张：25
字　数：250千
版　次：2021年 3 月第1版
印　次：2022年 4 月第4次印刷
书　号：ISBN 978-7-5407-8995-4
定　价：68.00元

湘江战役

失散红军记忆

目录 contents

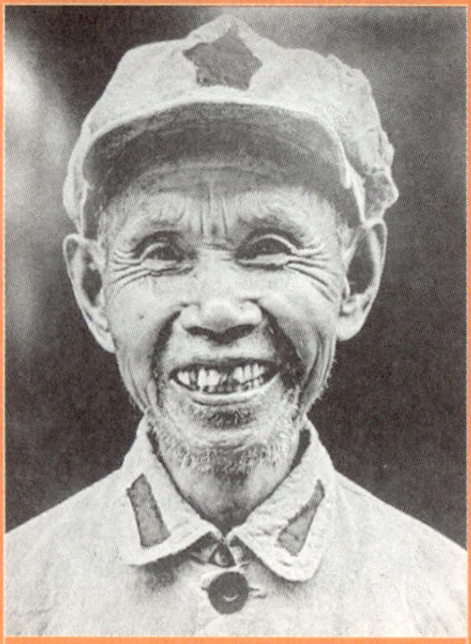

陈正邦

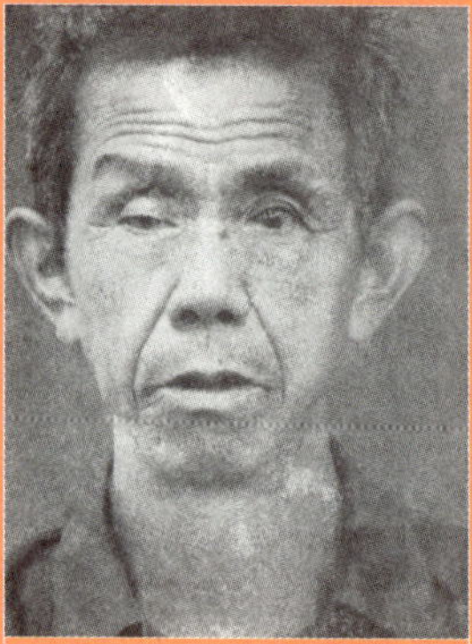

陈新州

兰金甫

2014 年，刘华连老人96 岁高寿逝世，
至此，湘江战役桂北失散红军全部归队……

李德祥

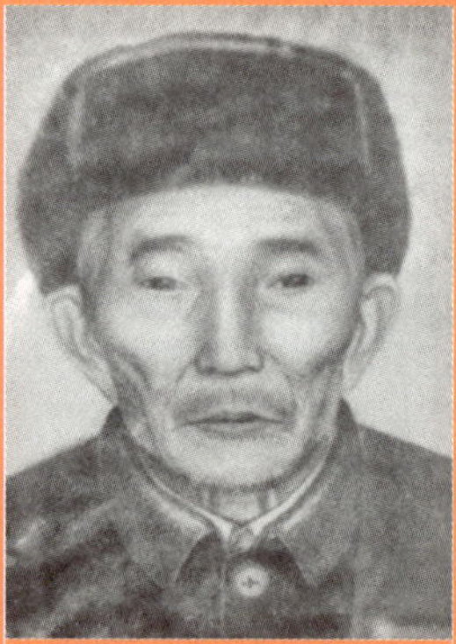

邓炳彪

毛八连

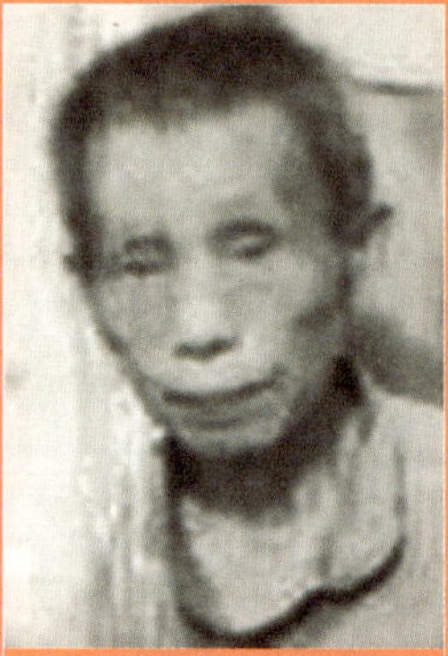

刘来保

余财凤

朱镇中

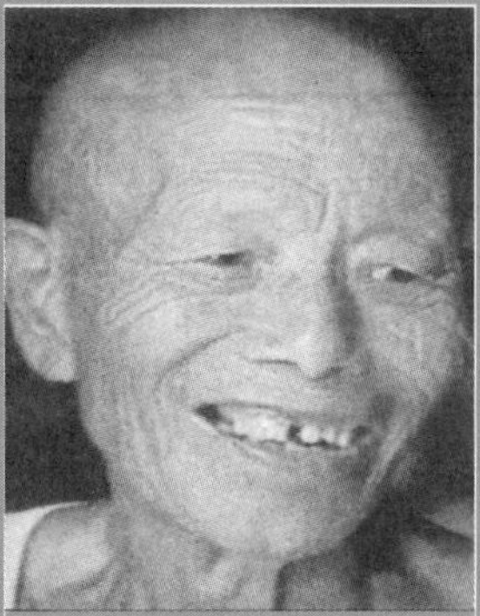
李贵财

廖仁和

重　生

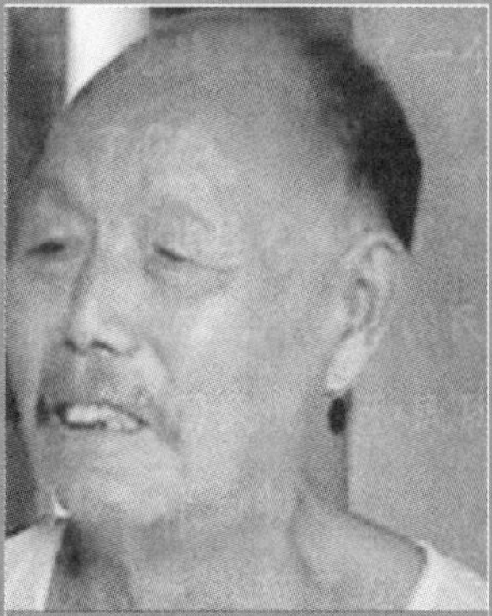
曾广贵

刘华连

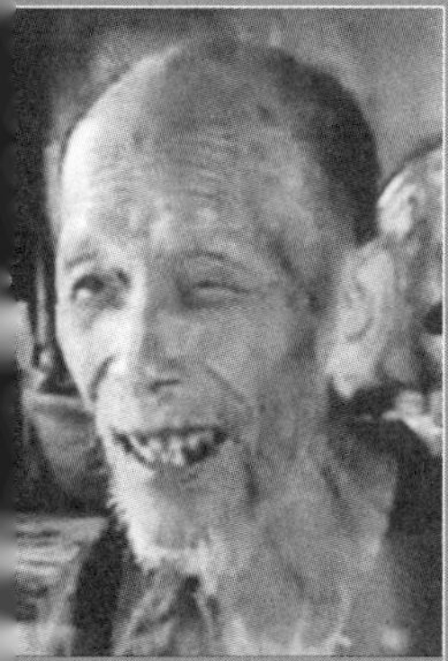
王桂清

陆献兑

前言

整整 40 年前，1979 年暑假，刚刚结束广西大学中文系文学专业大一学年的我，来到红军长征湘江战役主战场之一的广西全州县，拜见未来的岳父岳母。正好八一建军节，县里开展拥军活动到绍水镇某部队农场慰问，岳父是带队领导之一，特吩咐我随同前往，收集素材，体验生活。

下午 3 时不到活动结束，岳父和刘心潜（县党史办主任）、唐楚英（县志办主任）等几位桂北游击队老战友决定驱车南下，到 20 余公里外的咸水林场看望老战友陈新州场长。

途中，刘心潜叔叔告诉我，陈新州场长是位老红军，掉队红军；唐楚英叔叔讲起了这位老战友的传奇身世……

我深受震撼，钦佩敬仰与惋惜憾叹油然而生。

“掉队红军”，第一次进入了我这个从少年儿童时代就熟读《红旗飘飘》《星火燎原》，爱看《万水千山》《金沙江畔》《翠岗红旗》《党的女儿》的红军崇拜者的思维和意识里，我改变了传统认知，开始了关注思考。

在林场办公室，长辈们在热烈商讨桂北游击队史料出版方案，我则一直在旁静静观察陈新州这位掉队红军。这年他正好古稀之年，仍在岗坚持工作。

他是我见到的第一位掉队红军，也就是失散红军。

1978 年 2 月，广西开始全面调查红军长征过桂北情况，这是新中国成立后的首次普查，重点是桂北地区失散红军的现状。调查组访问了在当地落户的 72 位失散红军和 550 余位帮助过红军的村民，形成全面调查报告，采访口述实录具体详细。

1982 年 9 月，中共桂林地委党史办和中共灌阳、全州、兴安、龙胜、资源县委党史办公室联合组成的《红军长征过广西》编写组开始进行资料征集工作，不仅在桂北实地调查访问，还远赴赣、闽、粤、湘、云、贵、川及北京查阅征集数百万字资料。

刘心潜、唐楚英还有同是岳父战友的灌阳县党史办正副主任陆绍述、邓敬和等叔伯都是其中成员，他们和他们的朋友、同事以及桂北地区的好几代党史工作者，在采访线索，资料提供、收集、整理，史实辨识订正，微观宏观把握等方面，都给予了我谆谆教导，热忱扶持、帮助，对我影响深远，使我受益匪浅，心存感激。

从他们赠予的资料，我读到了陈礼龙、唐一建、刘继元 1983 年 1 月 25 日对失散红军兰金甫老人的采访记录。

1985 年清明时节，我走进都庞岭大山余脉山腰谷地的灌阳县水车乡镰刀湾村，与兰金甫老人促膝长谈。

这是我对失散红军的第一次采访，兰金甫老人是我采访的第一位失散红军。

从此，我开始了多年多次集体或个人重走湘江战役长征路，开始了对失散红军刘来保、李贵财、陆献兑、陈正邦、毛八连、刘华连、廖仁和、邓炳彪、余财凤、李德祥……个人或集体采访。

印象最深的是，绝大部分失散红军，不论曾经是官还是兵，他们几乎都出身农民，但一加入了红军，在红军这座火红熔炉中淬火锤炼，就具有了中国小农经济传统农民所没有的特质，即红军特质：除了军事技能，他们具有了信仰、理想、信念、政治理论素质、文化科学知识。而且，这些红军特质因入伍时间长短而程度不同，军龄越长，越丰富深厚，水平越高，越坚定执着，这在采访中一再得到证实。

最终印象是，他们经历了中国革命中最惨烈悲壮的一段进程，从他们记忆深处穿越而出的既是个人的生命史，又是中国红色革命史。他们濒临绝境获救重生，人生命运剧变，甚至能证明他们革命生涯的所有物证都已无存，但信仰、信念、理想的青春印记已烙进了他们的大脑沟回，深入了他们的骨髓，身躯里始终奔涌着红色军人的热血，思想上、精神上始终都大步走在已离他们远去的红军军阵队列。

我理解，这就是初心和使命。

于是，我开始了红军长征湘江战役题材的文学创作。其中，长篇纪实文学《血江》（漓江出版社 1993 年版）出版当年就获广西区党委宣传部、区文联“广西优秀文学作品奖”，著名文学评论家、广西师范大学教授黄伟林初步考证为广西人创作出版的第一部湘江战役题材长篇文学作品；担任总撰稿的大型文献纪录片《红军长征过桂北》（桂林电视台拍摄）获国际电视节优秀作品奖……

多年过去，陈新州离世至今已 38 年，来不及采访他，成为我深深的憾恨。

2019 年盛夏，再到兰金甫家，迎接我的是兰金甫老人的遗像，他已逝去 33 年。他的家人含泪告诉含泪的我，老人临终前回光返照，一直喃喃自语：归队、归队……

2014年，刘华连老人96岁高寿逝世，至此，湘江战役桂北失散红军全部归队……

我的资料袋中，失散红军的采访记录、历史资料、传奇故事等越来越丰厚，尽管我一直涌动着创作冲动，但也总在遗憾焦急，它们中的大部分还只能在资料袋中静静待命，未能破袋而出列队奔赴主战场。

直到2016年红军长征胜利80周年前夕，漓江出版社总编辑张谦下达集结令，责任编辑何伟吹响冲锋号。

终于，《重生》跃然纸上。

又到全州。

全州东门外湘江、灌江、万乡河汇流的三江口，雷公岭临江高耸雄峙。

登上雷公岭山巅雷公塔，肃立浩荡江风，逆水极目莽苍迷茫远天：

越城岭、都庞岭两大山脉横贯湘南、桂北边境，夹峙着险峻谷地湘桂走廊。从中央苏区突围而出，已突破国民党军三道封锁线的中央红军，充满理想和献身精神，正迎着1934年初冬的冷峭山风，踏着血迹，步步走进湘桂走廊，走近湘江，走向中国共产党和中国革命生死存亡决定性关头，走向从挫折到胜利的伟大转折，走向波澜壮阔雄浑深远的壮丽史诗。

队伍中，22位青春热血红色军人，迎面走进了《重生》，走进了他们的浴火重生……

李时新

2019年8月1日

第一章　我坚持我的信仰

陈新州："我的命是你救的，你就是我的重生父亲。请你原谅，我还不能好好侍奉你，我要去找红军……"

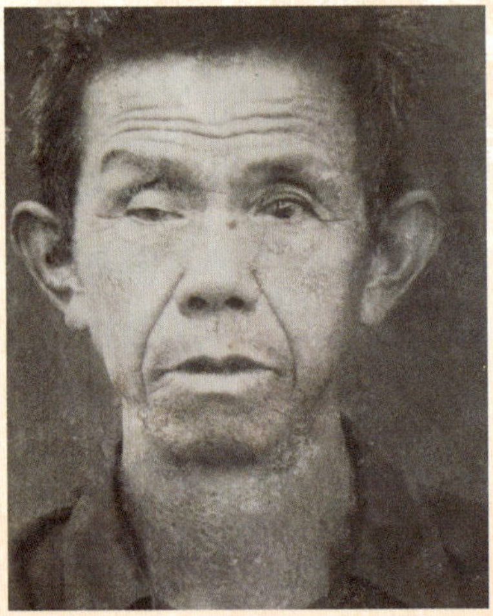

陈新州

- 陈新州，原名陈宗鸿，曾用名陈兴周（1909—1981），原籍江西省赣州市南康区凤岗乡龙江村委上新塘自然村。
- 1928 年任党支部书记，参加井冈山斗争。
- 1930 年任红二十二军政治部组宣股长，肃反委员会副主任，参加中央苏区第一次反“围剿”。
- 1931 年任红十二军三十六师一〇八团一连指导员，参加中央苏区第二、第三次反“围剿”。
- 1933 年任红军总供给部第五兵站政委、站长，钨矿公司劳改大队大队长，参加中央苏区第四、第五次反“围剿”。
- 1934 年中央红军长征过桂北时任红军总供给部运输队管理科长。
- 工作单位：广西全州县咸水林场，任副场长。

陈新州老人语气沉缓凝重，回忆肯定来自记忆深处。

……我伏在肖师傅的膝头，仰望着肖师傅说：“我的命是你救的，你就是我的重生父亲。请你原谅，我还不能好好侍奉你，我要去找红军……”

说到这里时，他眼中久蓄的两滴老泪一下子夺眶而出，顺着脸上纵横如沟壑的深刻纹路，一滴一滴跌落下地。

1978 年 2 月，广西开始全面调查红军长征过桂北的情况，这是新中国成立后的首次普查，重点就是桂北地区失散红军的现状。

当年 4 月 5 日，红军长征过桂北调查组在全州县咸水石枧林场采访了年近古稀的陈新州老人。老人忆起往事老泪纵横，此时虽然距他成为失散红军已近 44 个春秋，但他的记忆似乎并没有因被 44 年岁月风雨层层剥蚀而淡褪模糊。

老人一步一步走到窗前，立正，腰板挺直，头高昂，泪眼模糊地遥望着重重叠叠的山岭、雨雾迷茫的远天。他遥望的应该是 44 年前的历史行程，他和他的已经生离死别的战友正在来路急急行进：

我记得长征时没开会也没动员，就是跟着走。中央苏区十几个县已经丢掉了，不得不突围转移。

我们走着，却不知将走到何处，也不知为什么要走，是走向生路还是走向绝路，没人对我们说明白。

出发前，没人对我们说明白，我们只能忧心忡忡地去猜测。

他们从党的书记处书记、中华苏维埃共和国临时中央政府人民委员会主席张闻天发表在中央政府机关报《红色中华》上的那篇后来被称为“红军长征前夕政治思想动员的重要文献”的社论——《一切为了保卫苏维埃》中那些突变的提法上猜测。

在这篇社论中，他们看到了从没有过的这种提法：

为了保卫苏区，粉碎敌人的五次“围剿”，我们在苏区内部求得同敌人的主力决战，然而为了同样的目的，我们分出我们主力的一部分深入敌人的远后方，在那里发动广大的群众斗争，开展游击战争，解除敌人的武装，创造新的红军主力与新的苏区，以吸引敌人的力量到自己方面而歼灭之。……

为了保卫苏区，粉碎敌人的五次“围剿”，我们有时在敌人优势兵力的压迫之下，不得不暂时地放弃某些苏区与城市，缩短战线，集结力量，求得战术上的优势，以争取决战的胜利。

……而在有些地方，由于敌人堡垒的层层封锁，为突破封锁线转移地区，保持红军主力的有生力量，以便在新的有利条件下，继续粉碎五次“围剿”，成为当时必要的任务。……

国内战争的战线遍布全中国。由于各个战线上的环境与敌我力量分配的不相同，而免不了要采取各种斗争的方式，来争取战争的最后胜利。

国内战争的战线遍布全中国。在各个战线上，我们依照当时的具体环境而决定采取进攻、反攻、防御以至退却的斗争方式，一切这些斗争方式的运用，都是为了实现党的总的进攻路线，争取苏维埃革命的全部的胜利。……

……以最大的坚决与勇敢，在各个战线上去同敌人作战，反对一切机会主义的动摇，继续在斗争中去学习，活泼自如地运用一切斗争方式去打击敌人，去置敌人于死命。

（《红色中华》第 121 期至第 324 期合订本，人民出版社 1982 年影印本）

这篇社论，发表在 1934 年 9 月 26 日红军从中央苏区出发前十几天。

就是出发前几天，1934 年 10 月 9 日发布的《中国工农红军总政治部关于准备长途行军与战斗的政治指令》，也仅仅是说：

加强部队的政治军事训练，发扬部队的攻击精神，准备突破敌人的封锁线，进行长途行军与战斗。

……在得到行动命令时，应即适时地提出政治口号，主要是应当“发扬攻击精神，突破敌人封锁线，坚决实行反攻”。并应根据各兵团具体的战斗任务，灵活地提出鼓动口号。

……必须正确地估计到由阵地性质的战斗突然转变到长途行军与运动战的时候，可能发生的恐慌、迟缓、不惯行军、大批落伍、失去联络、抛弃武器公物与疾病的现象，必须预先采取有效的克服方法。

突破敌人封锁线的长途行军与战斗情况中，政治委员与政治部必须保证由政治上最强的部队担任侦察、警戒与后卫的任务。……

（《中共党史参考资料》第 7 册第 145~147 页，中国人民解放军政治学院党史教研室编）

然而，就是这些，也严令：“此训令只限于发到军团和师政治部止。根据此训令分别定出适时的工作与口号，迅速传达到连队中……”

就这样，陈新州和他的战友渡过了于都河，踏上了征途。

越城岭、都庞岭两大山脉，莽莽苍苍连绵数百里，横贯湘南、桂北边境，居高临下夹峙着一条险峻谷地——湘桂走廊。

湘桂走廊里，蜿蜒曲折地奔腾着一条滔滔北去流入长江的大河——湘江。湘江天险，紧紧扼住了湘桂走廊中几乎所有前连中原，后达西南的咽喉要道，自古以来就是兵家必争战略要地。

从都庞岭深处扑出的 1934 年初冬的冷峭山风，卷起漫天黄叶，飘洒向这支正从旧历史走向新历史的悲壮的中央红军大军。他们正迎着冷峭山风，踏着血迹，一步步走进湘桂走廊，走近湘江，走向生死存亡关头，走向中国革命和中国命运的决定性转折，也走向他们个人命运的决定性转折。

这支大军主要由红一方面军和中央纵队组成。

红一方面军下辖红一军团、红三军团、红五军团、红八军团、红九军团，拥有 7 万余人马。

中央纵队第一纵队，4700 余人，又称军委纵队，由中革军委、红军总司令部和总部各局、军委各机关人员组成。因该纵队的第一梯队代号“红星”，又常被称为“红星纵队”。纵队司令员兼政委为叶剑英。

第二纵队，9800 余人，由中央党政机关及党政干部、军委总供给部、总卫生部、野战医院、挑夫运输队（挑运宣传品、银元箱、兵工厂机器和其他工场设备等 5000 余人的队伍）组成。纵队司令员兼政委罗迈（李维汉），纵队副司令员兼副政委邓发，又称为“罗迈纵队”。

中央纵队中，走着党中央、中革军委的最高决策机构：“三人团”。

“三人团”由博古、李德、周恩来三人组成。

一句中国话都不会说，更谈不上了解中国国情的德国人李德（原名奥托·布劳恩），是共产国际派驻中华苏维埃共和国中央革命军事委员会顾问，此人被奉为“三人团”事实上的最高决策者。

中央纵队里，走着随中央红军撤出苏区的几乎所有党政军高级领导。他们是毛泽东、朱德、张闻天、王稼祥等。

中央纵队里还走着 5000 余名挑夫。

5000 余名挑夫和相当数量的红军战士肩头都压着沉重的十几人才能抬得动，抬一会儿就要换十几个人再抬的没有炮弹的一门门炮；沉重的数十人才能抬得动的红军兵工厂制造枪械的车床和其他笨重的机器设备；沉重的医院的 X 光机；沉重的印刷厂里的石印机；苏区银行数额巨大的银元、纸币，甚至满担挑着红军医院病房里的屎盆、尿盆、脸盆……

这支庞大而负重过量的队伍，为躲避敌机无休止的轰炸和扫射，不得不晓宿夜行。

在莽莽丛林、险峻高山、崎岖山道上拥挤夜行，是何等艰辛困难。

当然速度极慢，慢到难以想象的地步。

不仅是慢，而且也累，这样走，简直可以说是疲惫至极，似走非走，似停非停，疲惫得只有一个生理功能活跃，就是睡，走着睡，站着也睡，并自嘲为“睡眠行进”。

这支队伍已经落在前锋部队百余公里后，自己又稀稀拉拉拖长成了二三十里，首尾不能相顾，后来，这样的行军，被毛泽东称为“大搬家”。

陈新州领导的挑夫队仅是5000人挑夫队中的一支小分队。

长征时我被调到红军总供给部运输队管理科，管挑夫。每个挑夫挑1000块光洋，共100多人。我们总供给部、总政治部是跟总司令部走的……

我的挑夫队不分昼夜，连成一条断断续续却总也不断的线，疲惫不堪地下到谷底，又筋疲力尽地爬上山巅，草鞋或赤脚踏着野草荆棘，踏着野草荆棘上的晨霜，踏着尖利嶙峋的山石，磨破划伤的脚板脚趾，结痂又破，身后留下一滴滴殷红的血迹。

空旷寂静的山道上，只有低沉的脚步声和喘息声，没有人说话，因为已完全没有了说话的力气；只有人倒下，没有人停步，停步就倒下昏睡。

我身背大刀，腰插驳壳，从队前走到队后，从队后走到队前，照看着队里的每一个队员、每一担银元。每当昏昏欲睡欲倒时，就往嘴里塞一颗辣椒，也往倒下睡着和还没倒下的队员嘴里塞一颗辣椒。

塞到嘴里的辣椒是我从中央苏区带出的赣南特产，名叫“七姊妹”，一根枝头恰恰长出一簇七颗尖尖小小的朝天椒，其色如火，其辣比火还烈。

走着走着，“七姊妹”也渐渐失去了作用，只有冲锋号凄厉响起，喊杀声凶狠响起，枪声、炮声震耳欲聋，白刃搏杀刺刀相撞相击，伤者撕心裂肺的惨叫和亡者临死前的绝望呻吟，才能使战友们猛地震醒，维持数分钟或数十分钟的健步如飞……

他说，回顾和反思更沉重、更痛苦地压在他们心头。

回顾第一、二、三、四次反“围剿”，大胜大捷，痛快淋漓：

要和张辉瓒打仗了，连以上干部到黄陂总司令部开会，朱老总介绍了敌我情况，敌强我弱，我们的武器很差，两挺重机枪打不响，是做样子的。朱老总讲，这次战役决定中国革命的胜败。我们一致举手，坚决与敌人决一死战。当晚下大雪，正月初一我们包围了张辉瓒师（伪十八师），连伙夫都无一例外全部活捉了，杀了张辉瓒。第一次反“围剿”，打了两仗，胜利结束。

1931 年，第二次反“围剿”，敌人 20 万，鲁涤平当“剿共”司令。我们的办法是他不来，我们就打土豪分田地，一个月完成任务，还组织赤卫队。当时我当连指导员。第二次反“围剿”我们缴了两万支枪，机枪 、无线电也有了，子弹很多，每人有 200 多发。活捉了伪五十九师师长陈士奇（麻子，后被释放到红军大学当教员，用两个警卫员监视他）。打死了伪三十二师师长李明，跑了一个。我们先吃软的再吃硬的，这次消灭敌人两个师……

反思第五次反“围剿”，惨痛败退，葬送苏区：

第五次反“围剿”，我被调到五兵站当政委、站长，属总供给部管，部长叶季壮。1933 年我到钨矿公司劳改大队当大队长，看到了毛泽民同志，他是钨矿公司的经理。第五次反“围剿”我们窝囊屈辱，处处碰壁，一败涂地……

我们走到湘桂边境，还是跟从江西于都出发时一样，没受伤没患病的指战员走在队伍的前头、后面，队伍中间走着伤病员。

只是前后的队伍越来越短，中间的队伍越来越长。还有好多的战友，已从队伍中永远消失。他们或已葬身，或已遗尸在这最初的征途。

由回顾而反思，由回顾反思而生愤懑。他们愤懑“左”倾机会主义路线，他们愤懑进攻中的冒险主义，防御中的保守主义、教条主义，转移中的逃跑主义这一错误军事路线。

他和他的战友、红军指战员确确实实已在呼唤毛泽东：“毛主席，你在哪里？

你知不知道这一次次惨败？怎样才能反败为胜……”

笔者所采访的老红军几乎都曾这样回忆，这是历史真实。

仅仅是在心里呼唤，这也应该是历史的真实。因为，这种呼唤当时还不能喊出口，他们担心会遭到“左”倾机会主义路线的“残酷斗争，无情打击”。因为他们对“左”倾机会主义路线在中央苏区的“肃反”扩大化仍心有余悸。

陈新州老人把这段惨痛历史教训深深刻在了记忆里：

1930 年 2 月，我在宁都县黄陂学习，搞肃反打 AB 团。二十二军原有六十四、六十五两个师 6000 多人，肃反扩大化杀了一两千人，两个师合并为一个六十四师，师长唐天际。当时我是肃反委员会副主任，有权决定杀人，我几乎放弃。连和我一起暴动的贫苦出身的人也要杀，自己人杀自己人，我不同意。我和主任争论，两人拍桌子吵起来，他说我是反革命，我说他是反革命，其实我们都不是反革命……

由湘入桂时红军中因回顾反思而生的愤懑正在高涨，把它推向顶点的是湘江畔包括陈新州老人在内的 3 万余伤亡红军的热血与生命。

这支队伍，在李德“匠心独运”设计的“甬道”中行进。左翼为红一军团，其后为红九军团（入桂时变为右翼）。右翼为红三军团，其后为红八军团（入桂时变为左翼）。红五军团殿后阻击追尾的敌军。中央纵队走在“甬道”中间。

李德对付敌人围追堵截的战术原则是：正面硬攻，两侧硬顶，后卫硬堵，不惜任何代价，保护中央纵队。

于是，从苏区出发到进入湘桂边境，7 万余红军战士以血肉之躯，在“甬道”前后左右筑成血肉之墙，让中间的中央纵队慢慢吞吞地安全而行。

这是完全被动的挨打战术。中央纵队走得越慢，红军作战部队的损失就越大。这代价是极为惨重的。

据肯定不能完全准确的统计：

红军作战部队突破三道封锁损失共达 22 000 余人：突破第一道封锁线时损失 3700 余人，突破第二道封锁线时损失 9700 余人，突破第三道封锁线时损失 8600 余人。

虽然行进中不断有穷苦人加入红军的队伍，虽然整个中央红军的总数递减并不很大，但补充进来的都是无战斗经验、没经训练的新兵，致使部队的战斗力大大减弱。

李德在这极其险恶和严酷的时刻仍是毫无悔悟，仍指挥整个中央红军顽固不化地按照他的“甬道”战术前行。

李德握有战场最高军事指挥大权，却并不了解瞬息万变的战场情况，也就根本谈不上掌握战场上的主动权。就在这种时刻，他仍是我行我素地按着五次反“围剿”时的老一套：“图上作战”指挥。

突围西进中，李德强制执行在地图上画直线进军，正面硬攻，两侧硬顶，后卫硬堵的“甬道”战术，致使中央纵队前行缓慢，战斗部队伤亡惨重，更把中央红军沿红二、红六军团从江西走到湘西的所谓“萧克旧径”，前往湘西与红二、红六军团会合的战略目的甚至进军路线，明白无误地告诉了蒋介石。

李德不知道，蒋介石动用了 30 万国民党中央军、湘军、桂军、粤军，组成五路“追剿”大军正严阵以待，在他认定中央红军必经的湘桂走廊，必渡的湘江两岸战略险要之地，精心设计布置了第四道封锁线。

蒋介石的主要战略目的非常清楚：在湘江东岸与中央红军决战，一战置中央红军于死地。

这第四道封锁线，其实就是包围圈，因其形似三角，后来被军史专家称为“铁三角”口袋阵。

蒋介石信心十足，似乎胜券在握了，他这样严令他亲自任命的“追剿”军总司令何键：“务求全歼，毋容匪寇再度生根……”

因为此时，他的对手，不是毛泽东。

战场形势的变化发展本来可以使红军不再陷入绝境。

— 公路穿过永安关

— 湘桂交界要隘永安关

桂系首脑李宗仁、白崇禧认为：红军西进人马10万之众（当时红一方面军号称10万人马），来势汹汹，而且一连突破三道封锁线，其势正锐，但不会进占广西而只是路过。

广西拥有正规军两个军约5个师、16个团，且装备好，训练有素，战斗力较强。广西还有全副武装的民团常备大队8600余人，更有经过军事训练的壮丁近百万。广西完全有力量在湘桂边境、湘江畔倚仗有利地形和工事碉堡堵死红军，但广西不能去堵红军。

堵，就是死守。死守必须死战。死战势必造成桂军、红军两败俱伤，得利者只有蒋介石。蒋介石的20余万嫡系部队，将以不可阻挡之势，以追击红军为借口，趁桂军、红军两败俱伤之机，乘虚占领广西。

既要"反共"，又要防蒋。只能追击，不能堵截。

桂系首脑们决定：在红军入境前，将部队布防于湘桂边境兴安、全州、灌阳一线，摆出决战架势。此举有两个目的：一则应付蒋介石，使之相信桂军已全力以赴堵击；二则警告红军，广西早有准备，最好在进广西前改道另去。如红军过境势不可免，则相机侧击和追击，但绝不堵击。既促使红军快走，也防红军主力回头打击。

总而言之，只追不堵，打尾不打头，就是他们深思熟虑后制定的湘江作战的基本方针。

于是，就在中央红军走近湘桂边境时，桂军原在全州、兴安、灌阳一线布防的精锐主力夏威第十五军，几乎全部撤往东南一侧的恭城县、贺州等地，仅在全州留了两营干训队，兴安留了一个团，灌阳留了一个团。

撤下来的精锐部队立即堵住了蒋介石"一计除三害"计划实施时中央红军所必经之路。

此时，中央红军必经的全州至兴安60余公里湘江地段几乎是无兵在守，湘江渡口几乎向红军敞开。

湘江防线"铁三角"包围圈上最重要的一条"铁边"竟暂时不存在。

对于红军，最为关键而重要的是，李德并不了解桂军已从湘江地域撤军，这一段湘江已几乎不设防这一战场变化。或者是他已得知这一变化，因为红一军团已得知这一变化。或者是李德根本就不相信战场会发生这种变化，因为他根本不了解中国的国情。抑或是李德根本就没意识到这一变化对于中央红军的生死存亡所具有的极其重要的决定性意义。

其实，远在百余公里外的湖南道县潇水畔，红一军团指挥官们的眼睛就盯住了广西湘江边的全州。

坐落在湘江之畔的全州县城，是湘桂边境上的第一大县城，战略地位十分重要，古来就是征战双方必夺之地。兵家称全州县城为“全县居广西之北，当湘桂交通之要冲”，“为广西门户，北连湘楚，南蔽桂林，扼要筹防，向称重镇”……

控制了全州，就控制了由湘入桂的咽喉。尤其是控制了全州，就能有效地扼守住几乎所有这一地段上湘江的重要渡口。

谁先抢占全州县城，谁就得地利。因为“全州城门全用巨大青石筑就，西北城墙高丈五六，东面城墙高丈一二，用青砖巨石扣砌。城墙上每隔二三十步砌一小房，可住 10 人，用来守城，故全州城易守难攻”。

当年太平军北上为争夺全州不惜伤亡惨重攻城，连攻十几天不下，最后只得秘掘地道，用棺材装炸药放置于城墙下，才炸开城墙，攻占全州。占了全州的太平军渡过湘江，由桂入湘，势如破竹，很快定都南京。

红一军团侦察科科长刘忠率军团便衣队和红五团进抵全州城下时，国民党湘军前哨尚在四五十公里外，只要发起突袭，全州便唾手可得。

非常遗憾的是红军没有占领全州。没占领全州，是红一军团指挥官们最大的失策。

《左权传》中这样写道：

……刘忠奉左权的命令率领军团便衣队和红五团侦察排直插全州以北，被敌人包围五天。突出重围后，他们从界首渡过湘江，直抵全州城附近侦察。这时，城内只有民团，国民党正规军尚未到达。刘忠建议红五团从速渡过湘江，占领全州。但率领红五团的二师参谋长李棠萼认为要报军团指挥部，听候命令再行动。等“渡过湘江，占领全州”的命令下达时，国民党刘建绪的部队已先行占领全州，并向城外派出部队，布置了警戒线。红五团只好抢占觉山铺（脚山铺）。……刘忠向左权特别指出，二师参谋长李棠萼贻误战机，失去了控制全州的机会。左权深沉地说：“是的，假如占领全州，通过敌人的封锁线可能会顺利一些……”

（王孝柏、刘元生：《左权传》，人民出版社 1990 年 5 月第一版）

李德没去把握这一变化，而红一军团恰恰在没有李德命令的情况下没有及时主动地根据战场变化去采取他们认为应该采取的战术行动。

李棠萼要听候军团指挥部的命令。

军团指挥部要听候红军总部的命令，红军总部的命令其实也就是李德的命令。

在这种极关键极重要的时刻，连林彪、聂荣臻、左权这样的高级指挥员，都不得不被动地等候李德的命令。

李德却迟迟不下命令。

红一军团的指挥官不敢机动灵活地施展他们的指挥才能，不敢发挥主观能动性，也就不敢命令李棠萼迅速占领全州县城，就在这桂北深山野道上困守苦守在电台旁。

战机在等待中失去。失去了的战机就永远失去。历史似乎已注定要这样发展。错误，就这样铸成。

占领了全州，红军肯定不会在湘江之畔流那么多的血，殒那么多的命。

陈新州和他的战友满是汗垢硝烟甚至血迹的脸上，紧绷着对前途命运的迷惘焦虑和为信仰赴死的坚定悲壮，从潇水走向湘江，从湘南走进桂北。

过了两渡河，过了潇水，过蒋家岭，经新圩（记不太清楚了），到蕉江，万板桥宿营。第二天翻了一座大山，太阳还有一丈多高，就到了兴安界首，走浮桥过了湘江。

走到列水桥，又到鲁塘祥寿寺，天已经黑了。刚放下东西铺开准备宿营，来了命令又要走。又过山口，经洛江过三千界，到护卫岭吃早饭。饭后又走到资源中峰的沙洲坪、石田。

这天太阳很大，刚放下东西， 来了命令又要走。又转到余家田，在山上松林休息半天，吃过夜饭又出发。从枫木社岭翻老山界。人多，路小，队伍走完了，我的脚痛，走不动了……

进入桂北，他仍坚持着，身背大刀，腰插驳壳，从队前走到队后，从队后走到队前，照看着队里的每一担银元。

翻过山坳，走进树林，他的一位队员一跤摔倒，扁担断裂。

他走到路边一棵树下，想帮他的队员砍一根树枝做扁担。

一步踏出，脚下一阵钻心剧痛。他踩中了国民党桂系民团埋下的竹钉。

桂系民团奉命在交通要道，山野小道， 出村、入村必经路口以及红军可能经过或行走的各处地方，精心埋下了无数的小陷阱。陷阱以草、树叶、稻秸、麦秸伪装，极难分辨识破。陷阱里隐埋着削得尖尖的青竹钉。青竹钉五六寸长，用人尿、马尿浸过，再涂上桐油，既硬又毒。

穿草鞋的红军一旦踏进陷阱，脚板就会被竹钉刺伤甚至刺穿。被刺伤刺穿的脚很快毒性发作，红肿，化脓，流黄水，创口溃烂疼痛剧烈，继而引发高烧不退，危及生命。当时红军既无有效药物对症治疗，也无药物止痛，通常仅是用酒精甚至米酒洗洗伤口，简单包扎。

太平军北上过桂北时，清军和当地团练曾用这种毒竹钉对付过太平军，使太平军在这一带大量减员，损失惨重。

桂系民团故伎重演，竹钉成为红军长征过桂北时防不胜防伤害极大的“土地雷”。

陈新州来不及清洗伤口，撕下一条当作绷带配发的白布，包扎伤口，匆匆赶上队伍。

走过都庞岭余脉丘陵山地，走过湘江，走进越城岭大山，一直走到老山界，六七个昼夜，近 300 公里路程，他忍受着剧烈疼痛，一字没说，深埋在了心底。

与红军长征的万水千山相比，老山界算不上最高，但它是中央红军长征中翻越的第一座大山，它的险峻崎岖，使翻越过它的陆定一和众多老红军刻骨铭心。

当然，更使陈新州老人刻骨铭心。

他的红军长征，止步在老山界。

他拄杖走过龙塘江，半立半跪地翻过雷公岩和三跳，几乎是爬着过了神仙桥，老山界最险峻崎岖之处都已差不多被他越过了，就剩最后的百步陡。

他坚决谢绝战友们的搀扶，他不想连累战友。

他清醒地意识到自己可能再也无法坚持走下去了，他把驳壳枪交给战友带走，他的大刀早在界首过浮桥执行中革军委的轻装命令时，被扔进了湘江。

他撕下一块衣襟，包好党证、文件和组织配发的怀表，埋在了路旁一块墓碑石板下，记下方位、标志物，做好记号。

半夜，他昏倒在百步陡第一陡前。

后来，他伤好后，多次来到百步陡，坐在第一陡前，仰望着这几乎是直立的石壁上凿出的 108 级石阶，望着百步陡旁数十丈高的悬崖峭壁，望着战友们前进的方向，心中默默地唱着，饱含着怀念与追忆：

工农革命新高涨，工农红军有力量，共产党最好主张。哎哟，哎哟，共产党最好主张。

国民党军阀蒋介石，坐在南京大害怕，大调兵镇压革命。哎哟，哎哟，大调兵镇压革命。

一次派来鲁涤平，二次派来何应钦，到江西屠杀革命。哎哟，哎哟，到江西屠杀革命。

龙岗活捉张辉瓒，富田活捉公秉藩，我红军追到水南。哎哟，哎哟，我红军追到水南。

水南残部都缴枪，赶到永丰打敌人，多缴枪发给贫民。哎哟，哎哟，多缴枪发给贫民。

这次缴到数十万枪，土地革命更保障，苏维埃巩固发展。哎哟，哎哟，苏维埃巩固发展。

我们就是得了胜，还要继续向前进，把敌人完全肃清。哎哟，哎哟，把敌人完全肃清……

这歌声本来高亢激昂，响起在热火朝天、如火如荼的兴国、宁都、瑞金，整个中央苏区。而此时，他却只能在老山界的荒野，在心里默默地唱：

打败敌人百万兵，黄陂一战更惊人；红军英勇传天下，师长生擒到二名。蒋介石、罗卓英，南昌督战哭伤心；陈诚缩入乌龟壳，泥像过河难保身。

粉碎围攻第四回，国民狗党命垂危；革命形势大发展，残酷战争又到来。殖民地，苏维埃，两条道路看清来，自由独立新中国，障碍重重待打开。

反动狗子宋子文，出洋借款转南京；购买飞机毒气炮，轰炸苏区不消停。阶级恨，日加深，满腔热血沸腾腾，防空防毒多加紧，扩大红军更坚定。

争取江西胜利中，红军个个献英勇；南昌一打长江动，邻近苏区一片红。英、日、法，海、陆、空，在华势力不相容，快些准备来驱逐，扩大红军莫放松。

新做草鞋簇簇新，一针一线为红军；女工农妇多先进，到处宣传领导人。卅万双，要完成，区乡赛好用精神，争先慰劳红军去，消灭敌人好乐心。

优待红军条例多，执行优待莫辞劳；红军家属有优待，归队红军不用拖。同志嫂，笑呵呵，随时报告红军哥：“家中一切皆充足，祝你前方唱凯歌。”

文化提高到水平，目前政治也分明；工农群众皆兴奋，个个拳头向敌人。上前线，当红军，大家一刻不留停，上杭兴国做模范，自求解放要热情。

扩大红军总动员，逃兵归队各争先；敌人五次新“围剿”，惨败依然不可免。

赤地外，白区边，双方炮火响连天，生擒蒋贼来生割，献给工农大众前……

他一遍遍地唱，久久不忍离去。

后来他才知道，只要能翻过百步陡，只要能再坚持五六天，他就能跟着队伍走出桂北，走到湖南通道，走到贵州……

中央红军的三路部队翻越老山界后在龙胜会合继续行进至湖南省的通道和黎平直至贵州的遵义。

他昏倒在百步陡后的第 7 天“通道转兵”，第 10 天黎平会议召开，正好一个月后，遵义会议召开。

还是后来，他常常想，湘江战役中央红军由 8.6 万人锐减到 3 万余人，如果他能有幸成为 3 万余人其中的一人，他也许会走到一、二、四三个方面军胜利会师，也许会走到延安……

太阳出来的时候，我痛醒了。发现脚上包扎伤口的白布已经不见了，伤口涌出的脓血，在石板上凝成了浓浓的一小摊，小腿红肿得差不多有大腿粗，浑身火烫。

山道上已经看不到前进的大队伍，只散落着或躺或坐的红军伤病员，他们不时发出一两声痛苦的呻吟嘶吼。

我知道，我和他们一样掉队了。我清楚，在这陌生而又凶险的环境里，掉队意味着死亡。

我不怕死，我怕再也不能归队，再也不能当红军。

我试图爬上百步陡，刚一挪腿，就痛昏了过去。

再醒来，已是黄昏。

他是被推醒的。推醒他的是一位四五十岁的大叔，衣衫破旧，慈眉善目。大叔指着山下，急急说：“李军粮子（国民党桂军）追来了，快躲起来。”

他在昏昏沉沉中被大叔背上，爬上高山，钻进了密林。

__ 老山界下六垌河

__ 老山界百步陡前山道

刚停下，约一个连的桂军就出现在百步陡周围，四下散开，搜捕掉队红军。

他眼睁睁地看着伤病的战友一个个被辱骂殴打捆绑押走，伤重不能行走的就被开枪射杀。

桂军撤走了，民团拥了上来。桂军没发现的战友被民团搜出，剥光全身衣服，跪成一排，被踢下或抛下悬崖峭壁。

他在战友的惨叫声中又昏了过去。

醒来，他看见大叔蹲在他身边，低头看着他的伤腿，泪流满面，不停地说着：“可怜可怜，造孽造孽……”

他无力说话，情不自禁握了握大叔的手，也是泪流满面，对救命之恩表达深深的感谢。

这时，他才知道，大叔姓肖，是位瓦匠师傅，湖南永州人，已在老山界落户。

入夜，山风冷峭，米粒雪越下越密。雪粒打在脸上，一点不冷，脚痛好像也没那么剧烈了，昏沉中他感觉生命正一点点离他而去。

不能死，要归队。他挣扎着抬起头望了又望肖师傅下山的方向。

茫茫雪夜里出现了一点火光，越来越亮，那是打着火把的肖师傅。

肖师傅把我背进了一个小山洞，铺开油布，扶我躺下，盖上棉被，一口一口喂我吃了半竹筒米粥，一遍遍用浸水的麻布揩抹我发烧火烫的额头，喃喃不止：可怜可怜，造孽造孽……直到我沉沉睡去。

第三天，搜山的桂军和民团撤走，肖师傅把我背下了山，背进了自己的家。屋里火塘炭火熊熊，肖师傅请来的草药医生已在等候。

两个月后，我痊愈了。

那一夜，月朗星稀，我把肖师傅请到屋前晒谷坪上，端张椅子，请肖师傅坐下。面对肖师傅，双膝跪地，先恭恭敬敬叩了三个响头，然后跪行到肖师傅膝下。

这是我老家江西南康义子拜认义父的传统风俗礼仪。

我伏在肖师傅的膝头，仰望着肖师傅说：“我的命是你救的，你就是我的重生父亲。请你原谅，我还不能好好侍奉你，我要去找红军……”

肖师傅连连点头说：“好儿子，先跟我学手艺。”

为隐蔽身份，肖师傅给他改名为“陈兴周”。这个名字，在他逝世后镌刻在他的墓碑上。

从此，红军队伍里少了一位身背大刀、腰插驳壳的管理科长，越城岭大山里多了一位老实勤快的泥瓦匠。

他四处做泥瓦匠活，四处打听红军消息。

肖师傅要我跟他学手艺，后来湖南祁阳又有几个人，其中有一个姓陈的，他说是本家，我和他们一起学手艺，我跟他们扛料子（建房用木料），有一次从山上滚下来，又饿，晚上扛料子回到中峰已经半夜了。第二年他们离开了，我又到龙溪粟传祯家帮工三年……

红一军团一师三团八连班长朱镇中等五位伤病掉队的战友正好也在粟传祯家帮工，正在商量一起回江西老家，邀他同行。

他深知，这时他不能回去，家乡的反动派绝不会放过他。

那年，朱镇中他们约我回江西，我不能回去。家乡的反动派曾用500块大洋悬赏我的头。

朱镇中他们启程了，他把身上所有的钱交到朱镇中手里，一直送到几十里外，洒泪而别。他转回粟传祯家，继续边打工边找红军。

12年后，他知道桂北地区有了中共领导的桂北游击队。

他兴冲冲去找到那块墓碑，挖开石板，只能长叹：他的党证已融入泥土，怀表已经锈蚀朽坏。

作者采访陈新州的儿子陈华生（左）

1947年我听说有中共领导的桂北游击队，就挑了一担米，以卖米为掩护，到全州石塘一带找桂北游击队。一担米吃完了也没找到，只好回来。1949年，我终于找到了党，参加了桂北游击队，打游击直到解放。我把入党誓词永远记在了心里："严守机密，服从组织，牺牲个人，永不叛党！"我是有信仰的人，我坚持我的信仰，决不放弃……

老人已是一口地道的桂北方言，只能在他苍老深沉不知在心里已经唱了多少年的红军时代的歌曲中，依稀听出他的乡音：

送郎当红军，革命要认清。豪绅，地主，剥削我穷人。
送郎当红军，坚决打敌人。消灭，反派，大家有田分。
送郎当红军，切莫想家庭。家中，事务，妹妹会小心。
送郎当红军，纪律最严明。放哨，出勤，亲郎要小心。
送郎当红军，红军最文明。公买，公卖，大家来欢迎。
送郎当红军，阶级要认清。富农，流氓，都是不革命。
送郎当红军，冲锋杀敌人。帝国，主义，赶它不留停。
送郎当红军，努力去革命。勇敢，奋斗，都是为穷人。
送郎当红军，道理要认清。反动，宣传，亲郎切莫听。
送郎当红军，亲郎慢慢行。革命，成功，亲郎回家庭。
…………

唱到这里，老人咳咳喘喘再也唱不下去，老泪纵横，望向44年前他来的路。

中华人民共和国成立后，陈新州老人的最高职务是国营全州县咸水林场副场长，行政21级，大约相当于部队连排长。

1981年6月，陈新州逝世。全州县为他举行了隆重的告别仪式，县长致悼词：

陈新州墓碑（碑上用的是救命恩人肖师傅给他取的名字）

“……他为人正直，坚持原则，平易近人，克己奉公，遵守纪律，服从分配，保持和发扬了红军战士那种艰苦奋斗、勤俭朴素的优良传统和作风。晚年退休后，仍然为林场建设出谋献策，这种好作风、好品质，受到了广大职工的尊敬……”

他是全州咸水林场职工心目中永远的“林海中的红星”。

第二章　青山绵绵情意长

朱镇中："栗家院子的三爷、三娘、奶奶和所有亲人，我永远敬佩、怀念你们！"

栗传亮："他在回信中说，'我三岁死了爹，七岁死了娘，由伯伯养大，我的命是你救的，你就是我的亲爹娘了'。"

朱镇中

- **朱镇中，原名朱家芬，1916 年生，原籍江西省瑞金市壬田镇洗心村。**
- **1932 年 8 月加入中国工农红军，参加中央苏区第四、第五次反“围剿”。**
- **1934 年红军长征过桂北时任红一军团一师三团八连班长。**
- **1964 年被授予中国人民解放军上校军衔，曾任总参测绘局局长、顾问。**
- **1988 年被中央军委授予二级红星功勋荣誉章。**

寒浸浸的雾，阴冷冷的曙色。低低天际沉重压着成群成片像坟头的山头岭头。山头岭头覆盖着浓密的灌木丛、油茶树、马尾松。

浓密的灌木丛、油茶树、马尾松，漫山遍岭奔泻而下，一直奔涌到那条土黄色如死蛇般的湘桂公路两侧，才止住势头。

山头岭头，横亘数公里，排成整齐的两列队伍。湘桂公路正好从山岭中直穿而过。

山岭和路，形成一个标准的“≠”的形状。

湘桂公路左侧，依次排列着尖峰岭、双把牛角抱西瓜山、皇帝岭等。

湘桂公路右侧，依次并峙着怀中抱子岭、冲天凤凰山、美女梳头山、米花山等。

一个小村庄，坐落在这些山山岭岭的怀抱中。

这个没能躲过战火的小村庄，却因为那场在它周围的山山岭岭上进行的，在某种意义上对 15 年后中华人民共和国的诞生有一定影响的血战，被载入中国工农红军长征史，被载入中国人民解放军军史，被载入中国共产党党史。

这座小山村，叫脚山铺。

全州的脚山铺、兴安的光华铺、灌阳的新圩，刚好形成一个三角形。

红军的小三角形被紧围在蒋介石的大“铁三角”之中。

而脚山铺、光华铺和新圩，就是这个小三角形的尖角。

这三个尖角，形成三条阻击线，迎面刺向从三个方向攻向界首之敌，阻住三个方向敌之进路。

脚山铺，阻住从全州沿湘桂公路南下界首之湘军。

光华铺，阻住从桂林经兴安沿湘桂公路北上界首之桂军。

而新圩，则阻住从恭城一线回师灌阳直扑界首的桂军主力。

这三个角，只要有一个角被突破，正在界首抢渡湘江的中央纵队和将在界首渡过湘江的中央红军各军团都完全可能陷入死地。

红三军团第四师十团扼守光华铺，第五师十四团、十五团扼守新圩。

红一军团第一师、第二师扼守脚山铺。

血战一天后幸存的红一军团一师三团八连班长朱镇中和他幸存的战友，此时就睡在他们坚守血战的阵地上，就睡在敌我双方伤亡者鲜血浸透的阵地上，就睡在妄图攻占他们的阵地而被他们消灭的敌人尸体中间。

军团首长急令在潇水一线完成阻击任务的红一师，克服一切困难，日夜兼程赶到脚山铺参战。

红一师已在潇水之滨连续苦战数昼夜，几乎是没做任何休整，接到命令就急急上路。

已是极为疲惫之师，在一昼夜间走了 90 多公里路程赶到脚山铺，立即投入战斗，打退了国民党湘军三个师的轮番进攻。

太疲倦了。枪炮一停，绷紧的神经马上就松弛甚至崩溃，倒地就睡着。不管是躺在尸堆中，还是血渍上。

收容队和卫生员辨认得很艰难。

先辨认谁是我军谁是敌军，再辨认同是睡着躺着的指战员中谁是伤员或已是烈士，然后把伤员送到野战医院或卫生队，把遗体送到战火暂时还烧不到的地方。

朱镇中醒过来了，他不是在敌军进攻的枪炮声中醒来，而是在我军一线前沿展开的政治攻势声中醒来。

我军战壕里，红一军团政治部政工人员举起一个个铁皮喇叭筒，喇叭口对着敌军阵地，喊着话：

白军弟兄们：

半个中国，已经沦亡于日本，日军横行中国，如入无人之境，究竟中国还有谁能抗日救国？

是国民党南京政府吗？

不是！谁都知道，蒋介石、张学良都是一帮卖国贼。

是两广军阀吗？

不是！

是湘军总司令何键吗？

也不是！

他们虽然口头骂蒋介石卖了国，但他们自己什么时候派过一兵去收复东三省？还不是与蒋介石联合一致进攻江西的工农红军。

谁是真正抗日救国？只有苏维埃政府与中国工农红军。

中国工农红军已经对日宣战，红军北上抗日先遣队已经到了浙江、安徽，如果没有国民党军队拦阻，早就和日本帝国主义开火。

弟兄们，执戈卫国是军人天职。打倒国民党各派军阀，哗变暴动到红军中来，救国卫民，在此一朝！

弟兄们，你们的出路是哪一条？

你们看看你们的家乡！不是水灾，就是旱灾；不是旱灾，就是虫荒。国民党收捐收税，土豪劣绅催租逼债。妻离子散，家破人亡！

想想你们自己吧！冲锋拼命是你们，发财享福是上级官长。官长袋里花花绿绿，你们还是腰无半文。

如果拼命牺牲是为了抗日救国，倒也值得，但是军阀强迫你们进攻中国的工农，进攻反日反帝的红军。

你们走在"家破人亡""死不得所"的死路上。

弟兄们，你们的出路只有一条：团结起来，反对进攻红军，反对克扣军饷！暴动起来，打死压迫你们的官长！哗变拖枪到红军来，打土豪分田地，建立苏维埃，救你们自己，救你们全家。

弟兄们，怎样跳出死路走上生路呢？暴动起来，兵变到红军来！

暴动起来，拖枪到家乡去打土豪分田地，组织红军游击队！

不守堡垒，杀死官长，缴枪给红军！

官长强迫你们进攻时，到红军阵前托起枪杆子缴械！

撤退时，假装落伍，把枪支子弹送到红军来！

弟兄们，拿着枪哗变到红军来吧。我们要为抗日救国而战，为铲除国民党军阀而战，为打土豪分田地拯救人民而战，为救自己而战……

就在政治攻势声中，朱镇中和战友吃几把已渗进汗水，甚至血水的炒米和炒面；喝几口沟溪里打上来的冰凉冰凉的山水，咬紧牙，再咬紧牙，使出疲倦得已近极限最后剩下的那一点点气力，修筑工事。

轻伤员也加入了这个行列，只要还站得起身，双手还能活动。

干着干着，不时有战友突然倒地不起。

倒地的战友有的只是一时的昏迷，被战友唤醒后，立即加入抢修工事的行列。

但有的战友，倒地后再也没起来，相当大的部分是吐血而死，累死。

晨风徐徐扑面，清新却冷冽。寒雾由浓变淡，由厚变薄。

朝晖渐起，很红，染透山峦，染透树林草丛……

天很红，地也很红，天地都像在出血，血在天地间交织流淌。

一群敌机从红艳如血的朝晖中钻出，扑向脚山铺我军阵地，狂轰滥炸，阵地上顿时血肉泥石草木横飞，弹坑累累。

敌军排炮开始轰击，敌军竟跟着炮弹冲锋，黑压压低姿前进，攻向红一师三团阵地。硝烟还没散尽，硝烟后的敌军冲锋队伍就已到了阵地面前。

十几把红绸飘飘的军号高举过战壕，一齐吹响冲锋号。号声如利刃刺破长空，声震旷野，虎虎生威。

十几名身材高大、相貌英俊的掌旗兵，一跃而出战壕。

掌旗兵高擎着弹洞累累且被火药硝烟熏烤得已成黑红色的军旗，带头冲向敌军，紧跟在掌旗兵后的是枪上刺刀的朱镇中和一队队红军指战员。

掌旗兵直挺挺地站立着，跟在掌旗兵后的冲锋士兵直挺挺地站立着，几乎完全按照苏联红军步兵大典条例上反冲锋法的规定姿势，列成散兵线，操着正步，冲向迎面而来的敌军。

面对面，残杀的阵势在迫近。

冲锋的敌军姿势更低，冲在最前面的敌下级军官手中的德国造冲锋枪喷出的密集弹雨，首先泼向冲在最前面的红军掌旗兵。

掌旗兵仍直挺挺地，迎着敌军的弹雨照样往前冲。

一个掌旗兵倒下去。一个接一个的掌旗兵倒下去。

没倒下去的几乎是木然地往前冲，直挺挺地往前冲。

德国造冲锋枪的子弹疯狂射向同样直挺挺迎着弹雨往前冲的、挺着刺刀的朱镇中和他的战友。

红军冲锋指战员一排排被打倒。前面的被打倒，后面的照样往前冲，直挺挺机械地往前冲，迎着子弹往前冲。

红军的冲锋队伍是真正地前赴后继，是真正地踏着尸体和鲜血前进，而且是踏着自己人的尸体和鲜血。

对于这种僵化教条的战法，目睹这场恶战的时任红一军团第二师四团团长耿飚后来有过痛心疾首、发人深省的评说：

那时“左”倾路线还占统治地位，谁在作战时弯一下腰，也要被认为是“动摇”而受到审查，轻则撤职，重则杀头，这是照搬外国“经验”的恶果。

……打仗的时候，必须直着身子不断往前冲，不许弯腰，不许掩蔽，不许停顿，不许利用地形地物来躲避迎面射来的子弹和呼啸而下的炮弹。谁要躲避子弹，就算怕死，不革命。记得当时每个连、营或团等单位，都有一名掌旗兵负责打红旗。掌旗兵全是百里挑一的英俊小伙儿，但是这种人死得最多。因为无论是他们掌着红旗在队伍最前面冲锋的时候，或是护着红旗站在高处的时候，都不许弯腰，更不许蹲下，这样，他们就成了敌人的活靶子。所以，仅从这一点看，“左”的教条主义、形式主义，使我们无数的好战士做出了无谓的牺牲，给革命造成了极大的损害。

（耿飚：《耿飚回忆录》，解放军出版社 1991 年 7 月第一版）

冲锋的红军在继续前进。

冲锋的敌军在继续前进。

面对面，残杀的阵势在逼近。

红军从敌军眼中看到了骄横和凶蛮。

白军从红军眼中看到了仇恨和决心。

再接近，彼此都能听到发自胸腔的短促、急速、沉重的呼吸，都能感觉到对方全身上下所散发出来的带着血腥味的杀气。

突然，冲锋的两军面对面不约而同刹住了脚步。

血红的眼睛对视着，打量着，像虎豹在盯着猎物，在寻找置对方于死地的最要害部位和最佳时机。

停步和对视只是极短的一霎，红三团政委林龙发暴喝一声："冲啊……"一马当先，挺着寒光闪闪的刺刀，冲入敌群。

"冲啊，冲啊，一切为了苏维埃新中国……"

朱镇中和他的战友，紧随着他们的团政委，狂呼着，带着因战友的牺牲而激发起来的百倍仇恨和勇气，带着血战到最后一口气的决心，猛冲进敌群。

一把把寒光闪闪的刺刀，猝不及防地直抵敌人的胸膛，直刺敌人的咽喉。

而敌人的刺刀同样也抵进红军的胸膛和咽喉。

战场上没有别的声响，只有杀声和惨叫声，还有利刃刺破皮肉、刺入骨头、刺进内脏的闷闷的钝响。

时任红一军团政委的聂荣臻也目睹了这场血战，称此战为"……敌众我寡，但在'一切为了苏维埃新中国'的口号下，我们的士气惊天地而泣鬼神"。

搏杀是短暂的。占绝对优势兵力的国民党湘军在红军惊天地泣鬼神的士气和杀气震慑下，精神开始崩溃。一个湘军士兵突然发出一声疯癫般的惨号，丢枪抱头向后狂逃而去。像雪崩一样，湘军纷纷掉头逃跑，连手持德国造冲锋枪的下级军官也狂奔而逃。

国民党湘军丢下一地的尸体和伤员，全线溃退下去。

十余面红旗仍插立在我军阵地上，在寒风中、在硝烟中猎猎舞动，但十余名掌旗兵已没有一个能再站在自己的阵地上。

退回阵地的我军冲锋战士，还剩约二分之一。

红军长征胜利70周年前夕，在全州县史志办，笔者看到了当时所能看到的最完整的一份红一军团脚山阻击战阵亡将士名录：按姓氏排列，有名有姓，共1999位，大部分籍贯江西、福建；绝大部分正值十几二十岁青春年华。名录上特意以粗重黑体字注明：不完全统计。

阵地终于守住了，朱镇中倒在了阵地前。他又一次成为幸存者，在没能退回阵地的二分之一里，他不是烈士，是伤员。

他倒地流血的地方成为他生命历程的新起点，他的军旅生涯翻开了新的一页，他和铁匠粟传亮一家“青山绵绵情意长”的感人故事，完全可以作为正史传世。

朱镇中《青山绵绵情意长》：

……11月底，红军在广西全州同敌军展开激战。当时，我在红一军团一师三团八连当班长。那天，红军面临数倍敌军的包围，但红军战士临危不惧，个个顽强冲杀。在一次冲杀中，敌军的子弹打穿了我的左脚踝，鲜血直流，使我失去平衡突然摔倒在地，当晚被送到救护站后便昏迷过去。第二天清晨，我被枪声惊醒，才发现部队已经转移，我们100多个重伤员被留了下来。情况危急，我们不能等着当敌人的俘虏，只好各自分散行动。我拖着肿得发木的左脚，咬紧牙关，爬行在山路上，寻找部队。傍晚时，我爬到一座大青山脚下，这时左腿已经肿得老粗，再也爬不动了，正好碰到一个后卫部队的炊事员，他给我吃了点东西，又找了两个老百姓临时做了一副简易的担架，请他们把我送到前面部队去，我一上担架就昏过去了。哪知这两人原来是歹徒，他们把我抬到山腰后，趁夜晚无人，用草绳死死勒住我的脖子。我惊醒过来，挣扎了一阵又昏迷过去了。他们以为我死了，把我身上的一点钱和背包抢劫一空，就跑掉了。大约半夜，寒风使我苏醒过来，这才发现，我孤零零地一个人躺在崎岖的山路上。怎么办呢？能躺在这儿等死吗？不，决不能！革命战士决不能向困难低头，只要还有一口气，我就要去赶部队。我忍着剧痛，拖着疲惫无力的身子，艰难地向山顶爬去。

12月8日下午，经过几天的搏斗，也不知摔了多少跤，流了多少血，总算翻过了大青山，爬到了山脚的一座桥头边。我正想喘口气，忽然发现桥上写有“建昌”二字。这是我们部队的代号，我高兴得忘记了脚伤，一下子站了起来，想跑上桥去，可是脚支撑不住，我又摔了一大跤，伤口的血水和脓水往外冒，钻心的疼痛使我几乎昏过去。我强忍着剧痛爬到对面一棵树下，又一次昏过去了。不知过了多久，我迷迷糊糊地听到声声呼唤“共产党伢仔”“小把戏……”睁眼一望，只见一个两手黝黑，红黑脸膛上带有铁屑，约莫40岁的汉子，和善地蹲在我的身旁。他见我醒过来了，连忙扶我坐起。我看出他是个铁匠，是个好人，急忙问他：“老乡，我们部队开到哪里去了？”这个汉子悄悄地说：“离开大青山，过老山界往贵州高头去哩，已经走了三天啦！”轻易不会掉泪的我，一听说部队已经走远，顿时像娃娃失去爹娘一样，禁不住失声痛哭起来。他坐在我的对面，用手抚摸着我血糊糊的伤脚，劝慰说：“哭什么，伤成这个样子走不得了！”又问：“你这个共产党伢仔多大？哪里人？在队伍里干什么事？”面对这个心地善良的老人，我感到有了希望，有了力量，便告诉他：“我18岁，江西瑞金人，父母都去世，家中没有人，在队伍里干勤务兵。你是个打铁师傅吗？”他欣喜地拍着我的肩说：“小把戏，真聪明，被你猜准了。我听说你们红军是好人，专帮穷人打富豪。你把伤养好了再去找部队，要不要得？”铁匠沉思了一会儿，怪心疼地对我说：“真作孽啊，你的脚伤成那个样子不能远走啦，趁现在没有谁看见就跟我走吧。”我抬头看看四周重重叠叠高入云霄的山峦，心想眼下拖着这么一条负伤化脓的腿，怎么也翻不过座座高山追队伍了，倒不如跟着这善心的铁匠走，等养好伤再去找部队。就这样，我同意了。

铁匠不容我说二话，弯腰把我背起，一口气走了两三里路，把我背到粟家院子（现名龙溪村）一个荒废菜园的草堆下隐蔽起来。他抽出许多稻草为我打一个铺，然后跑回村看看风声再说。我感动得不知说什么才好。想到这里是敌占区，不能拖累他，忙说："老乡，太谢谢你了！我在这里休息一夜，明天再进山找部队去。"铁匠连连摇头："你跟不上了，我会去找医师给你治脚伤的，等着吧。"

这天晚上，偏僻荒废的菜园忽然热闹起来，粟家院子的老乡不断地来看我。看来风声不很紧，粟铁匠没有对乡亲们保密。来的人中有的叹息："小把戏造孽，三爷吃斋哟。"我从群众口里得知，铁匠在家排行第三，在乡亲们中威望很高，粟家院子的人都称他为"三爷"。群众走后，为了防止意外，我换了个地方躺下。盖着厚厚的棉被，想着好心的铁匠，我深深感受到红军和人民的鱼水深情，几天的伤痛和疲劳好像跑掉了一大半。入睡不久，我忽然被一阵狗叫声惊醒，正在惊疑不定的时候，只见粟铁匠披着衣服走了过来："伢仔，你一个人怪孤单的，我来给你做伴，明天就接你到家去住。"我说："明天我还是进山去。""这怎么要得，你们的部队早打到贵州高头去了，那儿离这里远得很哟，中间又没得人家，没得吃的，还有土匪，你又不能走，爬到半路不饿死也会被土匪害死。你就安心在我这儿把伤养好，天一亮我就请草药医师去。"说着，铁匠就在我的铺边坐下和我聊起天来。看起来，铁匠对红军的事情很感兴趣，我便利用这个机会向他做起宣传来了，给他讲了我的家乡瑞金是怎样打土豪分田地的，讲了我是怎样当红军的，讲了红军的好。铁匠越听越爱听，连连称赞说："要得，要得，红军可好，红军在这里过了三天，不拉夫，不抓丁，不抢百姓东西，真是个好队伍，好队伍！红军不走，在这里打土豪，分财主的田有多好！"半夜的交谈使我和铁匠的心贴得更近了。

第二天午饭后，粟铁匠从十五六里外的山里请来了一位打猎的老人，老汉背着猎枪，后面跟着一条猎狗。一到草堆边，铁匠就说："伢仔，这个医师要得的，他的药一敷上，没得出来的子子（子弹头）都能跑出来，很要得的。"猎人仔细地检查了我的伤口后，就从褡裢里掏出一把草药，放在嘴里嚼了一会儿，吐出来给我敷在伤口上，然后用一块干净布包扎好，猎人交代铁匠说："这服药是管消肿止痛的，两三个时辰内开始见效就有用，不行的话，明天下午再给他换一种药。”铁匠连声答道：“要得，要得。”说完掏出三块大洋交给了猎人，一边送他走，一边说着感谢的话，还说要请他再来看几次。铁匠刚转回来就问我：“这药要得不要得？”我告诉他：“这药要得，敷上后疼痛就轻多了。”“吃斋呀！过两天再请他来。”铁匠为我治伤花了这么多钱，我十分过意不去，便说：“不要再请了，不要再请了，我会好的，会好的。”

第二天晚上，粟铁匠带着一个年近40岁的女人来，向我介绍说：“这是三娘。伢仔，风声还不打紧，住到我家去吧。”边说边把被子卷起来给三娘抱着，他把我背上，一直背到家里。他们全家都在堂屋里迎着我。铁匠依次向我介绍：“这是奶奶，这是家赞（大儿子），这是矮子（二儿子），这是老满（三儿子），这是妹子（女儿）。”并叫他的孩子叫我大哥，我也亲切地叫“奶奶”，就像是回到自己家里一样。铁匠一家人待我都很好，特别是奶奶，对我尤其疼爱。她含着眼泪说：“伢仔造孽，要吃斋的。”为了给我治好伤，她真是把心都掏出来了。她听说南瓜瓤子可以消肿止痛，就把家里的瓜瓤全部掏出来，亲自给我敷上，过一会儿瓜瓤发热了，又换新的，家里的瓜瓤全部掏完了，就出去向别家讨。乡亲们知道后，有不少人主动送来。听说茶叶可以治伤，奶奶就用浓茶给我洗伤，用嘴巴把茶叶嚼烂给我敷伤口。三娘总是专门做些好吃的给我补养身体。在铁匠一家人的精心护理下，两个多月之后，我的伤慢慢地好了，不久，便丢掉了拐棍，慢慢锻炼走路。为了给粟铁匠家减轻负担，我尽量帮助他们干些力所能及的活。开始是放牛、砍柴，后来就下地干些农活或进山摘些蕨菜和其他野菜。可是粟铁匠一家人都很关心我，说什么也不让我干重活。有一次，我上山砍柴，试着挑一担回家，三娘知道以后，赶紧跑去接我说：“你这个老表，怎么挑这么多，累坏了怎么要得？”此后，她再也不让我挑柴了。春天到了，广西比较热，我还穿着过冬的衣服，奶奶对铁匠说：“你不知道这伢仔没得衣服穿呀？”铁匠马上说：“晓得了，我打算把几支鸟枪卖了，给他做身衣服。”我说：“你家里也困难，不用做了，我把这身衣服改成单的就行了。”事后粟铁匠还是卖了鸟枪给我做了新衣服，春耕大忙时节，正是青黄不接的时候，粟铁匠家断了粮，只好向地主家借，但利息很高，春借一担秋还三箩（一箩 50 斤）加 20 斤。借来的粮食主要是给我和临时请的一个短工吃，铁匠一家人基本上吃野菜及蕨根做的粑粑。他们听说这些东西吃了容易引起伤口化脓，就一点也不让我吃，我实在没得办法，就故意少吃，每餐吃一碗饭就不添了，奶奶和三娘看出了我的心事，就把我的碗抢去再满满地添上，我还是不愿吃。三娘就说："伢仔，我们家就是饿死，也不能把你饿坏了，不能让你这个红军小把戏再受罪啊！"听着这慈母般的话，我感动得热泪盈眶。

随着时间的流逝和伤口的痊愈，我是越来越想部队了。我想赶紧去找部队，但又难于对粟铁匠启口。一天，我路过一个地主家，地主婆把我叫进去，花言巧语，要我给她当干儿子，并答应把使唤丫头嫁给我，要我搬到她家里去住，给她干活，被我严词拒绝。那天粟铁匠一回来，我就把这件事告诉了他，粟铁匠思索一会儿，对我说："伢仔你做得对，你出来是为了打土豪的，她家就是土豪，她是黄鼠狼给鸡拜年，没安好心。我想，你不能在这儿久住下去了，虽然上面暂时没有追究，但时间长了，他们这些财主也会算计你的，我打听了好多人，都不知道你们部队的消息，我看，你是不是先回江西老家去？你要愿意，一到秋收我就送你走。"粟铁匠的话使我高兴得心都快跳出来了，原来粟铁匠和我想到一处去了。粟铁匠让我回江西，更使我心里一亮说："对，回江西找部队去。大部队到哪里去了，现在打听不到，江西苏区总还有红军的，那里人熟地熟，一定能找到。"

秋收后的一天，我把五个失散在龙溪村的红军战士邀到一起商量找部队的事情，确定了回江西的行动计划。第二天，我把回江西的打算告诉了粟铁匠。他一口答应，只要求我等两天再动身，说要给我筹点路费。他的心思我很清楚，原来说秋收后送我走，就是想卖点新谷，好给我一笔路费。我坚持不同意他这样做。我说："三爷，我们几个老表商量好了，没有路费，沿途讨饭，路上不住店，只要带上一斗米就行了，你们家的谷子一还债，顶多够吃到年底，明年春就要缺粮。三爷，你千万别给我弄路费了。"但是，粟铁匠还是卖了一些谷，凑了四块大洋，让三娘给缝在一顶破斗笠的几个地方，说是防止路上被坏人打劫。

离别那天，粟铁匠一家准备了丰盛的酒菜，给我送行。粟铁匠一筷接一筷地给我夹菜；奶奶、三娘的眼泪直往下滴，三个弟弟和一个妹子也哭了，都舍不得让我走。粟铁匠含着眼泪对我说："伢仔，一路上小心，到家后写信来以免我们想念。胜利了，有机会来玩……"

我流着激动的眼泪说："奶奶、三爷、三娘，我永远忘不了你们……"

经过长途跋涉，我们终于回到了瑞金。以后又经过多番周折，终于找到了在江西坚持斗争的红军游击队，回到了党的怀抱。我们部队在1938年年初正式改编为新四军。从那以后，我随着部队南征北战，一直没有得到粟铁匠的消息，我心里经常想念他。

广西一解放，我就写信去寻找粟铁匠，终于联系上了。1956年，我请粟铁匠到了我家做客，彼此畅叙了新中国成立前后的巨大变化和龙溪村的父老兄弟姐妹，共叙这段同生死共患难的革命友谊。"文化大革命"期间，组织上审查我这段历史时，粟家院子的一个坏分子乘机造谣诬蔑，还一再逼粟铁匠写材料陷害我，在那是非颠倒的年月里粟铁匠不怕高压，不怕受折磨，顶住各种压力，坚持正义，坚持讲真话，恢复了历史本来的面目。

青山绵绵情意长，阶级友爱永不忘。几十年来，大青山下这位普通铁匠及其一家的形象，一直如巍巍青山耸立在我的心间，他们冒着生命危险救护、倾注全部心血关怀的不只是我一个人，而是我们这支与人民血肉相连、生死与共的革命军队；他们爱的不只是我一个人，而是共产党领导的整个红军和革命事业，他们是广西各族人民的好榜样。

粟家院子的三爷、三娘、奶奶和所有亲人，我永远敬佩、怀念你们！

粟传亮口述实录（根据广西桂林行署文化局红军长征过桂北调查组1978年5月14日采访记录整理）：

1934年冬第二次过红军，是农历九月三十日，红军从三条路来：一路从青皮界，经坤福安、菜园里、油榨坪、社岭过老山界；一路是从大帽岭，经同乐、资源县城、菜石界；一路是从三千界，经枫木、菜园里、社岭。

大部队走后，留下五个红军，因为是大白霜，天气很冷，他们在庙堂里头烤火，我母亲叫我去看看。我去了，他们见我很害怕，我见他们有的受伤，有的脚被竹钉刺破，肿了，又很饥饿。我问他们吃饭没有，可我的话他们不懂，他们讲话我也不懂，我只好做了个吃饭的手势，他们才领会。

当天我就煮好饭菜送来，他们连菜也顾不上要就把饭一下吃完了。这么送饭我送了七天。

后来家里没有谷子了，在一个麻子地主家借了四担谷子，地主见我借谷子是为红军送饭吃的，要我还谷子，我只好把五个红军分散到别家去住，在别家做事，不要工钱，所以有几家都愿意领去。

这五个红军，廖昔生在王三家做事，一个名叫老清的在权家屋里帮事，欧阳凤（排长）在梓名家帮看羊，有个叫小老陈的在粟传信家帮扫地（他家是小土地出租），朱镇中（当时叫周富贵）住在我家。他当时才 16 岁（实际上已 18 岁），左脚的螺丝骨被打穿了，我给他治病养伤。

住了几天，伪政府派人来搜查，要是查出哪家养了红军，就与红军同罪，一同要抓起。朱镇中在我家，自卫队却没查着，敌人一来，我叫他躲在家里，这么过了好多天。

有一次，我崽要结婚了，我去姨娘家借钱，在姨娘家住了。乡公所派人把朱镇中抓走了，关在乡公所。

我去送饭，谢希文用棍子扒我的饭，发现饭里有猪肉。谢希文说："共匪，红军，你还给他送肉吃，不行！"

我当时吓了一跳。幸亏炊事员钱满是个大好人，他做手势叫我把朱镇中带走。我趁乡丁都不在，在钱满的帮助下，把朱镇中偷偷地带到了松林里。

他脚还痛，夜晚我背他回来，白天背他上山，后来见没事才回家。

我懂点草药，把他的伤口治好了，他帮我砍了半年的柴火，我就每天打铁。

这时候我见他总是愁眉苦脸的，我母亲问他为什么这么忧愁，他唉声叹气总是不说，后来才了解他想回老家。我安慰他，回去还是留下由你自己决定，他很高兴。

一年以后，有一天，我正在打铁，朱镇中等五个红军走到我跟前，他讲："三爷，我们来了一年多了，很想老家，今天要回去了。"

我很难过，我讲："江西离这里这么远，拿什么做盘缠（路费）；衣服又少，不冷死你们？"

他们说不要钱，讨米回去。

我给了朱镇中两串铜钱加四块花边（银元），又看他衣服单薄，我就把自己的衣裤都脱给他穿上。

我送他们到油榨坪，在一大堆坟山丛里坐下休息。

朱镇中对我讲："三爷呀，我们就要离开你了，不知道什么时候我们还能相会，我回去后一定马上来信告诉你。"说着他马上哭起来。

我也哭了，他们五人跟着一起哭起来，当时我们就这样分开了。

他走后，我心里难过。我想，江西这么远，一定是没命了。新中国成立后我连做梦也没想过他还活着。1954 年 12 月，当时油榨坪供销社来了一封信，是南京来的，寄"西延油榨坪三爷收"。资源县是红军过后第二年成立的，"三爷"是朱镇中对我的称呼。

因为是部队的信，都不敢拆。大概一个月了，信摸来摸去都漏出信纸了。有个叫年包仔的，他家有人参军，他说："拆吧，怕个鬼，我有个哥在部队，恐怕是他们也难说。"他拆了。

那时，我崽在供销社工作，他见信里的内容像是我平时常讲的周富贵的事，就急忙拿回家给我看。我看了，正是周富贵写来的。我很高兴，急忙回了信，我把周富贵当时在我家的情况一五一十地告诉了他。

10 天后，马上接到回信，这么来回三四封信，原来他现在改名叫朱镇中。

他在回信中说："三爷，你来吧，我三岁死了爹，七岁死了娘，由伯伯养大，我的命是你救的，你就是我的亲爹娘了。"信上又详细地写了去南京的路线图。

我不懂游泳，害怕坐船，就由旱路走。1956年，我和我女婿乘坐火车到了南京一个部队，在门口很多军人，他们不理我，还以为我是什么外来人找错了路。我把信给他们一看，他们才知道我是朱镇中的家属，这时就很热情，又递烟，又请喝茶，又请坐。

不一会儿，朱镇中来了，我看他额上有颗痣，就认出来了。

到了朱镇中家里，他叫了爱人董秋萍和四个儿女来，说："这就是我经常给你们讲的那位爷爷。"

在朱镇中家，他告诉我，他当年从我家走后，五个红军到了衡阳，住在伙铺里，恰好又遇到国民党抓兵，有三人逃跑了，他和欧阳凤躲了起来。第二天，他俩又走，好不容易到了江西老家。他到家就生病，欧阳凤被国民党抓去当兵，他后来在江西参加了游击队，在太行山跟董秋萍结了婚。

我在朱镇中家住了50天，他给我缝了长袍皮衣，花了100多元。每天我进进出出都有部队的人跟着，就是上厕所也怕我出危险，还总有人服侍，又没火烤，我过不惯那里的生活，闹着回家，不久我就回来了。

1962年，我又去他那里，那时他已在北京西路17号。同年，他也回资源来探望我，并在油榨坪、县里各地做了报告。

想起来红军真苦，朱镇中命也长，我连做梦也没想到他还活着……

1982年，粟传亮病故。

1989年，已73岁的朱镇中再次回到资源县龙溪村，亲往粟传亮老人墓前敬献花圈拜祭。朱镇中亲笔书写花圈挽联："义父粟传亮老人千古——红一军团一师三团八连八班班长朱镇中哀挽。"

前排左一为粟传亮，右一为朱镇中

全州县觉（脚）山阻击战纪念碑

全州脚山村老街

资源县中峰乡龙溪村粟传亮家老屋

第三章　我伤口痛心更痛

刘来保："我们排剩下的四个人就还有我一个人活着，也没负伤，我被调到一个临时组成的排，我们营剩下的人也只能组成三个排了……"

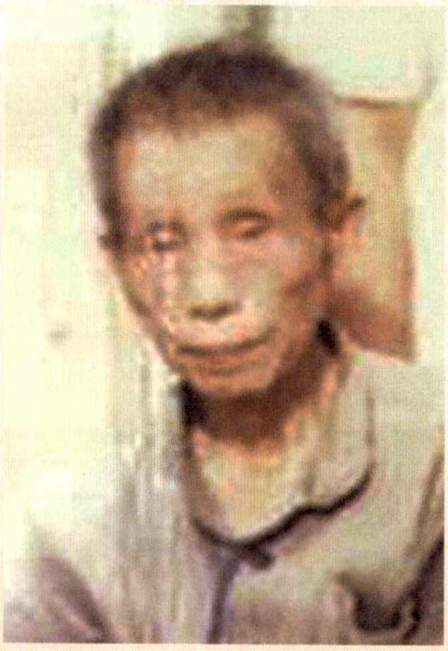

刘来保

- **刘来保，原名刘炳煌、蒋来保，1917 年生，原籍江西省宁都县洛口镇刘均前村。**
- **1934 年加入中国工农红军，参加中央苏区第五次反“围剿”。**
- **1934 年中央红军长征过桂北时为红三军团五师十四团三营二连三排战士。**
- **落户广西灌阳县新圩镇潮立村，务农。**

1990年初春的灌阳县新圩镇潮立村，环村而立的六谷岭、马路山、石鼓岭、当面岭、广西壳、龙塘岭上，花树藤蔓绽蕾吐芽，润湿清新，杂香野馨拂面而来；正待开犁的田垌里，荡漾着大片密密簇簇嫩绿欲滴的地地菜、绯红撩人的紫云英。

坐在刘来保家屋前晒坪倾听，笔者的思绪正随着刘来保老人的回忆进入1934年的初冬。

刘来保老人的记忆深处，1934年初冬的桂北山野，灌木已落叶。没落叶的是松杉枫柏。松杉依然青苍浓绿，枫柏已是如火如血。

松杉的青苍浓绿和枫柏的如火如血从山道蔓延铺展到山谷，簇拥着湘桂边境一道险关要隘——雷口关。

就在跨过雷口关残存的石门时，他竟不由自主地停步，回首，心里一下满溢浓浓的乡思：桂北都庞岭和家乡宁都翠微峰初冬的景色太相似了。

他看见他们师长李天佑也在雷口关前驻足，眺望右前方。他听说李师长的家乡在广西桂林六塘，离这里已不远，李师长是不是也在思乡？

他不知道，右前方是湘桂边境又一道险关要隘——永安关。

整整4年前，邓小平、张云逸、李明瑞率领红七军从右江根据地出发，转战7000余里，前往中央苏区与中央红军会合，就是从永安关打出广西。李天佑，这位后来的共和国上将，时任前锋连长，走在这支队伍的最前面。

到达中央苏区的红七军老战士，大部分编入了李天佑的红五师，并成为中坚骨干。

从中央苏区突围西进，李天佑指挥的也是前锋部队。突破国民党军三道封锁线时是右翼前锋，逼近广西时又变为左翼。

中央红军的右翼前锋红一军团二师从永安关进入广西，而左翼前锋红五师进入广西是从雷口关，不知李天佑是否有所遗憾。

苍茫暮色中的西南方，那才是他的家乡广西桂林六塘，距离雷口关仅有一百七八十公里，他已有多年没能回乡……

驻足极短，李师长策马前行。刘来保快步跟上。

军情万分紧急。

国民党桂系李宗仁、白崇禧等开始按照既“反共”，又防蒋；只追不堵，打尾不打头的作战方针，既狠又快，悄悄出手。桂军两个精锐主力师又一个团从恭城前出灌阳，在湘桂边境突然插向红军与中央军之间。又两个主力师则从桂林方向北上直扑兴安境内湘江一线。

国民党桂军和湘军要抢占的是同一个地方：兴安界首。

红一军团抢在湘军之前占据桂黄公路通往界首镇的咽喉要隘脚山铺，构筑阻击线，这仅仅是封住了蒋介石“铁三角”口袋阵的一条边。

中革军委把封住另两条边这个关乎中央红军命运的天大重任，都交给了彭德怀的红三军团。

同样是还远在百余公里之外的湖南境内潇水畔，林彪、聂荣臻紧盯住的是全州城；彭德怀和杨尚昆紧盯住的是灌阳的新圩，界首南面的光华铺。

他们一致认为，这两个地域，是设置阻击线，封住另两条边的最佳位置。

好多年过去后，李天佑仍清楚记得新圩阻击战场的战略重要性：

这是敌人进逼江岸的必经之路。公路两侧则是一片连绵的丘陵地带，紧紧扼住公路的道口……满山的松树和簇簇的灌木丛，约有一人深，刚好成了掩蔽部队的场所。但是这个地形也告诉我们，一定要在这片山岭上守住，否则，过去背后的新圩直到江岸，就是一片大平川，无险可守了。

（李天佑：《把敌人挡在湘水面前》，《红旗飘飘》第三辑第123~128页，中国青年出版社1957年8月第一版）

他们预见，李宗仁、白崇禧同样会紧紧盯住新圩，而且，必定会抢先占据新圩。

他们当然不知道，还在他们进军广西途中，桂军第十五军就在灌阳召开了师以上高级将领紧急作战会议，军长夏威把抢占新圩作为第一要务，并胸有成竹地这样报告白崇禧：占据新圩后，在红军进路的侧面新圩、石塘圩之间展开攻击，红军地处平坦，桂军居高临下，红军前有湘江，后有灌江，完全处于不利地位……

只有果断出击，才能抢占先机。

11月27日11时，彭德怀、杨尚昆以“万万火急”电，报告中革军委主席朱德：

（甲）决以第五师主力进占新圩以南，确实占领马渡桥，并巩固该地和迫城侦察。

急电发出前，两支红色利箭就已虎虎生威地射出。

张宗逊、黄克诚率红四师直赴光华铺。

李天佑、钟赤兵率红五师第十四、十五团以及特别配备加强火力的中革军委炮兵营，约3900人马，架设浮桥抢渡灌江，急插新圩地域。

李天佑也清楚记得彭德怀下达的那道钢铁般的严令：“不惜一切代价，抢在桂军前面占据新圩，全力支持三天至四天！”

11月27日17时，朱德回电：

桂军约四个师拟经灌阳前出到苏江、新圩、石塘圩一线，阻止我军西渡湘江，并相机袭击我的左翼。桂军究已到何处，灌阳已否到桂军，现尚未查明。

五师主力应进到新圩地域，其一个团则进到苏江地域，主力应确实进占马渡桥。

红五师在朱德回电前一小时，已经抢占新圩、龙桥和周围高地。

桂军仅比红军晚到了决定性的半个多小时。

后来忆起，李天佑充满自豪：“敌人的企图是十分明显的，他们正沿着大路急进，要想快些赶到新圩，来控制我们渡河进路的左翼，但是被我们这只铁拳迎头挡住了。”

于是，在这场惨烈大战中，成了红军居高临下，桂军地处平坦。桂北的大山，再一次挺起坚实的胸膛，帮助了红军。

红五师占据新圩，标志着湘江战役脚山、新圩、光华铺三大阻击线正式形成；“铁三角”的三条边，已掌握在中央红军手中。这三大阻击线，后来被称为“中央红军的生命线”。

刘来保记得很清楚，1934 年 11 月 28 日上午的太阳刚刚露出水口山山巅，6 架敌机隆隆轰鸣着临空，俯冲，炸弹倾泻而下。山头上、山坡上顿时岩石迸裂，断木横飞，浓烟和尘土漫山遍野弥漫。接着，桂军开炮，新圩阻击战开始。

刘来保所属的红十四团三营作为预备队，隐蔽在枫树脚村后山。刘来保知道，他们将投入的肯定是更残酷更激烈的恶战。他没有惊慌，也没有恐惧，因为他已经参加过恶战，中央苏区第五次反“围剿”广昌战役中著名的高虎脑阻击战：

我们红三军团五师十三、十四团为第一梯队，坚守高虎脑主阵地。我听连长说战斗前夕，彭德怀军团长、杨尚昆政委来到十三、十四团前沿阵地视察。彭德怀指示说：“高虎脑地势险要，是构成整个防御地带的重要部分，敌人一定会死力争夺，我们一定要利用这一有利地形，居高临下，打他个下马威！”

8 月 5 日，天蒙蒙亮，敌军出动三四十架飞机，数十门大炮向我们团阵地狂轰滥炸。紧接着大批敌军气势汹汹地蜂拥上来展开了疯狂进攻。我们和数倍于己的敌人展开了激战，第一天我们红五师就伤亡 500 多人，我们班打得就剩下 4 个。我第一次参加战斗，我心慌慌的，枪打不准，手榴弹也投不远，班长就叫我在后面帮战友运送弹药。打到下午，班长牺牲了，我就在班长的位置打，机枪手牺牲了，我就到机枪手的位置打，打完弹匣里的子弹，又换地方打。打红眼了，再也不知道怕了，有时根本不躲避敌人的子弹，站起来打……我命大，一天打下来，班里四死三伤，就我一个人没挂彩。

6 日上午 9 时，在敌飞机、大炮轰炸之后，敌军像蚂蚁般密密麻麻蜂拥着向我们红五师阵地扑来。当敌人扑到离我们前沿阵地 30 米时，我们的机枪、手榴弹一齐开火，阵地前留下一大片敌人尸体和伤兵。这天敌军先后组织了 8 次冲锋，都被我们打退下去，我们的阵地岿然不动。

8 月 13 日，敌军发动了最后一次冲锋，在红十五团的反击下死伤惨重，被迫退出战斗。我们取得了高虎脑战斗的胜利。

撤下阵地时，我们连80多人只剩下三分之一，我们班就只剩我一个，还是没受伤。

高虎脑战斗，红三军团虽重创敌八十九师，毙伤敌军4000余人，但红军也伤亡1600余人，其中团以下干部400多人。

面对此战况，彭德怀向李德进言不宜死守，李德反而指责彭德怀没有组织反攻，忍无可忍的彭德怀当即向李德发火：“我们每人只有几发子弹，怎么反攻？你这是崽卖爷田不心疼！”这句话，后来成为彭德怀坚持原则、反对“左”倾的经典名言。

隐蔽在枫树脚村后山观战的刘来保和战友惊奇地看到，桂军的炮弹先集中落向月亮包、水口山，接着落向钟山、判官山，如此密集的弹群，他和战友没见过，以至于记忆非常深刻：

第一天打仗，我在后面，未参加战斗。在后面山上看到，我们的阵地，到处都被敌人打得稀巴烂。第一道工事，连影子也没有了；山上的松树也只剩下了枝干。战士们牺牲很大，几个村子都住满了伤员……

炮轰倏然而起又倏然而停。

炮轰中，冲锋的桂军已运动到红五师阵地前沿。

白崇禧专门从围剿中央苏区战场调回的桂军王赞斌第四十四师，几乎倾其兵力发起全面攻击。

岩石后，崖缝中，树丛里，山脚到山腰，都铺满了运动的钢盔和黝黑的枪管。冲在前头全是清一色的营、连、排军官，端的是清一色的德国造冲锋枪。冲锋枪崭新的烤蓝在朝阳下闪着冷冷的光泽，枪口猛烈喷射着灼热的火舌。敌整连整营的士兵紧随其后呐喊号叫，低姿前冲，装备同样崭新。

对于眼前的桂军，李天佑是既熟悉又不熟悉。红七军与桂军是老对手，桂军的战术特点依旧，武器装备却是全新的。

此时的桂军，刚刚换上新式装备。1935年的桂军《七军年刊》记载：“本师武器弹药及各项附属用具，自上年换发以来，现均一色新式步枪，机件精良，射击准确，至轻重机枪及各附属用具，亦配备完全。”新式装备是桂系向蒋介石索要的，作为条件，换取桂军全力堵截红军。

而此时红军的武器装备如何，历来众说纷纭。索尔兹伯里的考证应该是历史真实：

开始长征时他们的装备相当不错了。他们拥有步枪、卡宾枪、手枪、冲锋枪和轻重机枪等共计32 243支。其中，651件是轻重机枪。有38门迫击炮，少量火炮（基本上是山炮）。大口径火炮早就扔掉了。他们携带了积存的180万零1640发子弹，2523发迫击炮弹和76 526枚手榴弹。

（［美］哈里森·索尔兹伯里：《长征——前所未闻的故事》，解放军出版社1986年5月第一版）

红三军团是中央红军中装备最精良的部队之一，红五师又是该军团的精锐。红五师在新圩战场与桂军狭路相逢，兵戎相见，双方不仅是宿敌、仇敌，更是强敌，因此分外眼红。

第一个回合，败的是桂军。

李天佑回忆：

……当敌人前进到离我们只有几十米时，突然腾起了一阵烟雾——我们成排的手榴弹在敌群中爆炸了。战士们就像土里钻出来似的，追着溃退下去的敌人屁股射击。“红星”炮兵营的炮弹也在敌群中爆炸开来。敌人的冲击垮下去了。……从敌人溃退的情况来看，我们给敌人的杀伤是不小的。但是，因为我们没有工事，在敌人的炮火和机枪扫射下，我们也付出了相当大的代价。

（李天佑：《把敌人挡在湘水面前》，《红旗飘飘》第三辑第123~128页，中国青年出版社1957年8月第一版）

桂军第四集团军桂林行营发表当日战报称："赤匪恃险率众顽抗，战事异常剧烈……王赞斌师因奋勇杀敌，连续向匪阵地冲锋，故伤亡下级颇多，损失亦以该师为大。"

下午，正面进攻失利的桂军改变战术，暗中迂回到红五师阵地左侧后，红五师腹背受敌。

入夜，红五师被迫撤退到杨柳井、枫树脚一线。

山的怀抱，铺展着一片没有一棵杂树的松林，月华低挂在树梢，林中，光影斑斑驳驳。

林间空地铺上了一层厚厚的松枝，还有松针，松枝、松针散发着浓郁的馨香，盖住了血腥气。

厚厚的松枝松针，向树林深处铺展，像一张长长的床——灵床。

一排排红五师阵亡指战员的遗体，静静地躺在松枝松针铺就的散发着馨香的灵床上。

没有香烛，没有供品，更没有殓服；遗体，一色穿着破了或没破的草鞋，褪了色的或破了烂了的灰军装。

遗体旁，放着一个统一配发的黄色瓷缸，还有一条也是统一配发的长条米袋。

黄瓷缸空空，米袋空空。烈士的肚里，也是空空。部队已近断粮。所有的粮食都已集中起来统一配给，每次发放，是正常饭量的五六分之一。

指战员们几乎都是饿着肚子血战，饿着肚子受伤或牺牲，官兵都一样。

而这支危境中的军队，这支血战中的军队，这支满怀赴死决心毅然决然的军队，虽然饿着肚子，但仍自觉地遵守着他们认为神圣不可犯的纪律。在苏区，这支军队的纪律严明是有口皆碑的。在这被称为白区的敌占区，他们一如既往，而且军纪更为严明。

1936 年毛泽东在陕北对埃德加·斯诺的谈话中，这样谈到红军的纪律：

……早在井冈山时期，红军就给战士规定了三条简明的纪律：行动听指挥，不拿贫农一点东西，打土豪要归公。1928 年会议以后，曾经做了很大努力争取农民的支持，在上述三条之外，又添加了八项。这八项是：

一、上门板；

二、捆铺草；

三、对老百姓要和气，要随时帮助他们；

四、借东西要还；

五、损坏东西要赔；

六、和农民买卖要公平；

七、买东西要付钱；

八、要讲卫生，盖厕所离住家要远。

（［美］埃德加·斯诺：《西行漫记》第四篇第六节：红军的成长，三联书店 1979 年 12 月第一版；中国人民解放军政治学院党史教研室编《中共党史参考资料》第 6 册第 403 页）

在苏区，他们模范执行。在这长征路上，他们也模范执行。上级要求他们模范执行。

就在突破第三道封锁线的战斗紧张危急时，邓小平主编的红军军报《红星》报，还以《本报号召创造争取群众工作的模范连队》为题，专门出号外，发到全军：

为着保持红军的阶级纪律和与群众的亲密关系，取得群众的同情与拥护，实现赤化广大白区的任务，本部提出下列号召：

（1）不乱打土豪，不乱拿群众一点东西；

（2）不私打土豪，打土豪要归公；

（3）损坏了群众东西要赔偿，借群众东西要送还；

（4）不强买东西，买东西要给钱；

（5）完全做到上门板，捆禾草，把地上打扫干净；

（6）实行进出宣传，进入宿营地时要向群众做宣传解释，出发时要向群众告别；

（7）保持厕所清洁，不要随地乱屙屎，宿营时掘厕所。

我们要求各连队用革命竞赛的方式来完成上列各项工作，创造争取群众工作和红军纪律的模范连队，大家起来向破坏红军纪律的坏蛋做斗争。要使红军成为苏维埃革命运动的宣传者与组织者，这首先就要求我们在地方居民中的工作有彻底的转变。

（中国工农红军总政治部：《红星》报 1939 年 11 月 7 日号外）

他们自己更是自觉地模范执行。

在这老百姓普遍受国民党宣传蛊惑，对红军无知、怀疑，甚至仇视的湘江之畔，红军首先是以其严明的秋毫无犯的纪律来赢得最初的民心。

当地百姓与中国所有纯朴的百姓一样，都认定耳听为虚，眼见为实。于是，当初他们所信的国民党的宣传很快就在事实面前冰消瓦解，红军的纪律在当地也有口皆碑。

于是，就有许多佳话流传至今，更会一代代传下去。

这既有历史意义，更有现实意义。

李天佑师长从警卫员身上摘下水壶。

半蹲跪，把壶口对准了黄色瓷缸。壶里的水，慢慢流进了缸中。清清的水，流进了一只只缸中。

钟赤兵政委从警卫员手中接过水壶，把清水注进一只只缸。

刘来保和战友们纷纷摘下水壶，默然而肃穆地把清水注进一只只缸。

水注进缸，泪也滴进缸。

清清的水，一缸缸，摆放在烈士脚下。

水面，浮动着皎洁的月光。月光在水面闪动，像生命跳跃，不止不息。

李天佑走向一棵枝叶繁茂的松树，慢慢伸出手，折断一根松枝，又折断一根松枝。折断的松枝被抱在手上，被抱在胸前，直到太多抱不下。

他缓步走过一排排遗体，直走到林子深处，走到最后一位战士的血渍斑斑的遗体旁，停步，把松枝平平展展地铺开，铺成一张灵床。

刘来保和他的战友，跟着他们的团营连排长，抱来一把把松枝，铺成一张张新的灵床，为自己，也是为战友，铺灵床。

天边云层隙缝，已露出了暗淡迷蒙的启明星。

预备队红十四团三营投入战斗，刘来保投入战斗：

第二天天刚亮，敌人就冲上来了，把我们前面的一个排全部搞掉了，我们被迫退到杨柳井山上死守，同时抓紧时机冲下去打了几次反攻。我们的子弹越来越少，连长命令不准乱打，要保证一颗子弹消灭一个敌人。敌人攻不上来，就用飞机大炮对付我们，我们伤亡很多，我们排只剩下我和三个战友，只有我一个人没负伤。

发起进攻的是桂军覃连芳的第二十四师。第二十四师是第七军的主力师，第七军是桂军中的王牌军。北伐战争中，第七军在汀泗桥、贺胜桥、武昌等决定性战役中，敢死敢拼，勇猛顽强，战功卓著，被誉为“钢军”（粤军第四军被誉为“铁军”）。

国庆 50 周年前夕，笔者在北京采访解放战争衡宝战役亲历者，在衡宝战役中率部打掉桂军第七军军部的李九龙将军，他时任解放军第四十五军一三五师四〇五团连长。对于已是强弩之末的桂军第七军，李将军仍这样评价其战斗力：“真能打，战术灵活，射击准确，行动迅速；真硬，打到最后也不放下武器。我们整整打了八天八夜，才打掉了他的军部，歼灭了他的第七军大部。我们连打得只剩下 11 个人……”

曾任红七军军长，后来的共和国大将张云逸，曾经如此评价桂军第七军：“被反动宣传灌输得麻木，作战勇猛得如野人拼命，阵地上战至最后一人时，仍能坚决拼刺刀顽抗，直到被打死，反抗才停止。”

红军长征过桂北时，应该说正是桂军第七军的鼎盛期。

覃连芳的第二十四师，当年是“围剿”左、右江革命根据地的主力，更凶狠地围追堵截向中央苏区战略转移的红七军；是红七军的宿敌、仇敌，更是强敌、死敌。

桂军的飞机一拨紧接一拨，狂轰滥炸红五师阵地。他们当天就宣布战果：“……实施酷烈之黎明轰炸，耗弹近百，匪徒伤亡甚众。”

桂军的排炮开始更猛烈的轰击。

为保存中央红军唯一的一个炮兵营，以利将来革命事业发展，军委炮兵营奉命黎明前悄悄撤出阵地，向界首渡江点转移。

桂军的炮火完全压制住了红五师。

李天佑回忆：

伤亡增多了，一列列的伤员从我们身旁抬到后面去。十四团报告，团政治委员负了伤。十五团参谋长何德全同志来电话，团长、政治委员负伤，三个营长两个牺牲，全团伤亡约500人……我们的部队还在顽强地坚持着。

（李天佑：《把敌人挡在湘水面前》，《红旗飘飘》第三辑123~128页，中国青年出版社1957年8月北京第一版）

桂军逼近红十四团水口山阵地。

黄冕昌团长枪上刺刀，跃出战壕。营长、连长、排长和战士紧跟着他们的团长，猛冲向桂军。黄冕昌团长战死。

1995年版《灌阳县志》记载：“在水口山双方肉搏拼杀，桂军死伤100多人，红十四团牺牲200余人。”

被炮弹、炸弹翻开了的黄色表土，露出青灰色石灰岩的野地。

怪石林立的山坡……

遍地都是裸露着的一片片、一堆堆敌我双方阵亡者的尸体。

还有更多的尸体，隐没在树林里。

这些尸体，都在双方阵地的射程之内，根本无法去收容。

于是，这些尸体仍保留着战死时的原始形态。

大部分尸体，是被冷兵器所致命。

或胸前插着枪刺。

或被枪刺洞穿胸部、颈部。

或背上、胸前嵌着大刀、马刀，或背上、胸前被大刀、马刀砍开血肉模糊的创口。

嵌在背上、胸上的大刀、马刀，刀柄上的红绸，在冷风中，不是飘，而是摆。

因为红绸已被血浸透，又被凝血板结，已不能轻盈地飘，而是沉重地摆。

桂军覃连芳第二十四师刚退下，王赞斌第四十四师就发起了又一轮进攻。

打矿山、马鞍山、判官山、水口山等阵地在红五师守军几乎全部阵亡后失守。

午后，红五师各部交替掩护，后撤到板桥铺、龙塘、楠木山、虎形山一线最后阵地，构筑层层工事，集中兵力死守。师指挥部由杨柳井转移到竹岭脚。

李天佑回忆：

我们已经整整抗击了两天，中央纵队还在过江。现在两个团的团长、政治委员都已牺牲或负伤了，营、连指挥员也剩得不多了，负伤的战士们还不断地被抬下来……

（李天佑：《把敌人挡在湘水面前》，《红旗飘飘》第三辑 123~128 页，中国青年出版社 1957 年 8 月第一版）

桂军迫不及待地宣布："我十五军王师，本日（29 日）午后 1 时夺回新圩。当面之敌确系伪第三军团主力，几经肉搏，彼我死伤甚多。"

其实，此时桂军只是靠近新圩。桂军前进路上前方的三四平方公里的山头，还控制在红五师手里，桂军还可望而不可即。

我们排剩下的四个人就还有我一个人活着，也没负伤，我被调到一个临时组成的排，我们营剩下的人也只能组成三个排了。

我们排抢上另一座山包，排长说，在没接到撤退命令前，死守不动。

失守后的红五师阵地满山遍野躺满了人，也站满了人。

站着、动着的是穿草黄色军服的桂军，而躺着的是穿灰军装的红军。

在这万人反复冲杀血战过的山头、阵地上，桂军在搜寻再也站不起但还活着的红军伤员。

桂军是占领者，他们已把自己的死者、伤者收容，送到山下公路，装车送往后方。收容时他们最大的麻烦是不得不用很大的力气，才把红军、桂军紧紧撕咬着抱在一起的尸体分开；有时不得不撬开红军的嘴，拿出被死死咬住的桂军士兵的肉。

然后，他们就搜寻红军伤员。他们搜寻得很仔细，也很耐心。他们一具具翻动着红军的遗体，看弹创部位，看指甲颜色，看肤色，翻眼皮看瞳仁，贴胸听心跳和呼吸。

偶尔，他们发出欢呼或者狂呼："找到一个……"

接着，他们把枪口对准红军伤员的胸或头，扣动扳机：补枪。

一名当年的桂军士兵对笔者如此说。至于他补没补过枪，他没说。

笔者向刘来保老人求证，老人的头垂下又昂起，眼里有火也有泪，没说话，默默点头。

敌人越过了公路，往我们这个山包上冲。我们这个山包满是松树，敌人看不见我们，我们看敌人却看得清清楚楚。排长不准我们打枪，说我叫打你们就猛打。敌人刚上到半山腰，我们开火猛打，把敌人打下去了。

敌人如潮水般涌来又如潮水般退下去。

枪声、炮声、杀声，都渐渐暂时停息。

红军们头发蓬乱，他们满脸污垢又疲惫憔悴，他们衣衫破烂，他们身上几乎都带着血痕，他们中还有人伤口正流着血。

他们把手中的大刀片、老套筒、汉阳造、中正式、苏式骑枪和德国造冲锋枪握得更紧更紧。

他们黑瘦的脸绷得紧紧的，眼里仍有迷惘、疑惑，仍有焦虑，仍有悲痛和悲愤，但此时更多的是激烈壮怀……

守住了正面阵地，再也无法分兵去增援守卫侧翼的部队，侧翼在我防守部队全部阵亡的情况下，被一股突然发起强攻的敌人突破。

突破了侧翼的敌人马上展开预定的战术动作，兵分两路，迂回到刘来保他们背后，包围了他们阵地。

一架敌机隆隆钻出阴沉沉的云层，降低高度，没俯冲，而是盘旋。

刘来保发现，敌机的机翼没挂炸弹。

敌机对准山头，低低掠过，拉起，机翼一歪，抛下无数白花花的小纸片。

纸片满天飘飞，落在山头山坡山道，落在树林草丛。

一张纸片飘落在刘来保脚下，纸片上印着数行黑森森的字。刘来保上过红军扫盲学校，成绩优秀，纸片上的字他都认识：

红军弟兄们：

我们奉总司令的命令等你们好久了，请你们快来，

来来来！

来进我们布下的天罗地网吧……

红军弟兄们：

这里离你们的家乡还不远，

家里有老又有小，

放下武器，

我们护送你们回家去……

“刺啦”，纸片被刘来保撕得粉碎，甩手抛在地。

满天的传单还在继续纷纷飘落，落在战士们脚下。刘来保和战友踩踏着满地的纸片，抢修工事，整理武器，准备战斗。

1934年11月30日凌晨1时，彭德怀、杨尚昆再以“万万火急”电，报告朱德并告林彪、聂荣臻：

（一）马渡桥之敌约一师，拂晓向新圩出击，五师伤亡颇大，两团长、政委伤；师参谋长及一政委亡。六师未按时赶到接替任务。五师29（日）尚在新圩以北……

红五师的指挥官们早已接到彭、杨首长的命令。命令同样是1934年11月30日凌晨1时发出，同样是“万万火急”：

（一）五师十三团向大塘进到庵门前北端陈东，渠口地位，对光华铺及唐家市东岸之敌严密警戒……该师主力于3时由新圩以北出发……到庵门前北端之渠口与十三团会合。

军团首长再把重任交到他们手中：迅疾驰援已是万分危急的红四师光华铺阻击线。

红六师十八团未能按时赶到接防，他们无法按时执行命令，继续坚守阵地。

又是一个上午的激战，双方一个山头一个山头反复拼抢争夺，战况惨烈至极。

桂军第十五军夏威军长亲自向白崇禧报告战况，除了过分夸大战果，其余相当真实：

……双方突击，极其猛烈，匪以多数机关枪集中射击，匪军冲锋数次，至上午10时左右，我以飞机6架连续轰炸，擒斩赤匪2000余，获枪千余杆，始挫其锋，覃师死伤官兵百余名，为此次与匪作战之最惨烈者。

（《桂军与赤匪最近在新圩剧战》，香港《循环日报》1934年12月2日）

桂军的又一次攻击被挫败，溃退下去。

漫山遍岭，枯茅、断树、残桩上的余火仍在燃烧，风起时明，风停时暗。

一具具完整或不完整的尸体横躺直卧在炸坍的工事旁，炸翻的新土上；横躺直卧在弯曲的刺刀、退出的弹壳、炸坏的枪支和一把把砍缺了口的大刀上；横躺直卧在焦黑的灰烬中和暗红的火焰上。

炸断和未炸断的树干上，树枝上，树叶上，溅着黏黏的血，还挂着、吊着浸透血的军装残片。桂军的军装是草黄色。红军的军装是灰色。但浸透了血，全变成了一个色：凝血色。

血战后幸存的红军指战员，此时，就坐在他们坚守血战的阵地上，就坐在被他们自己的血、战友的血和敌人的血浸透的阵地上，就坐在妄图攻占他们的阵地而被他们消灭的敌人尸体中间。他们已是疲倦至极，枪炮一停，绷紧的神经稍一松弛，倒地就会昏睡不醒。他们只能坐，决不能睡，他们还要战。

我们有些同志牺牲了，我就去把他们的枪收集起来，身背一把大刀、一支马枪，拿着一支手枪，刚想去拿一挺轻机枪，敌人又攻上来了。

正面打得太激烈了，我们已顾不上隐蔽在侧面山头的敌人打来的机枪火力，我什么时候受伤的我也不知道。

班长看到我背上流血，衣服染透了，大声喊："你受伤了，快下去。"

我说我不下去，我还能打。我又投出一颗手榴弹，用力过猛，伤口大概撕裂开了，血涌了出来。

子弹打得又近又密，班长很着急，他扑到我身上，抱着我一滚，滚到石坡底下。他撕烂他的衣裳，扯下一块布，把我的伤口扎紧，叫卫生员马上把我送到下立湾村的临时战地救护所。班长把我的马枪拿走，给我带上一支连长牺牲时留下的手枪，却没有解下我背着的大刀。

刘来保伏在担架上，被抬着走下山坡。他挣扎着仰起头，一遍遍望向还在激战的战场，就是想再看看战友，再看看班长。

过一片树林，过一片田垌，绕过一个水塘，走到村边的一座祠堂。下立湾村的师临时战地救护所就设在这座祠堂里。祠堂里祠堂外躺满了红军伤病员，不时响起一阵阵痛得实在无法忍受而发出的呻吟哭号。卫生员放下担架走进祠堂看了看，回来说，这里已经没有我躺的地方了，就把我抬进了村后半山腰的一座破土地庙。

刘来保躺在庙门口，庙已没有门板，门外长着一排稀疏低矮的灌木。孤身独卧空寂破庙，风雨声中，刘来保情不自禁望向山下，望向枪炮稍息的战场，望向下立湾村

下立湾村新圩阻击战战地救护所

的临时战地救护所，望向那座静卧在湘桂公路一侧山的怀抱里的下立湾小山村。

小山村至多四十户人家，没有炊烟，没有暮归的农人和牲畜，也没有主妇的呼唤、孩儿的回应。

是不是村民都已躲到别处，躲避燃烧的战火……

久久凝望着风雨中的村舍、村路、村树……刘来保眼中竟渐渐浮起了一层泪雾。

泪眼中，下立湾小山村渐渐隐去，由朦胧而清晰的是另一座小山村，这座山村不时出现在他的思念中，那是他的家乡，千里外的江西宁都县洛口镇刘均前村。

打破他浓稠乡思的是再次响起的越来越近的枪炮声。

下午 3 时许，担任中央红军后卫正在水车一线坚守苦战的红十八团，几乎没做任何休整，接到命令就急急上路，一昼夜间走了 70 多公里，一路突破桂军和民团的层层阻击，终于赶到新圩接防红五师。

李天佑、钟赤兵默默地举起了望远镜，由近而远，巡视着他们马上就要离开的，血战后还淌着血的新圩战场。

战壕里、岩石后、树丛中，幸存的战士们与他们的首长一起望向牺牲的战友，告别。

在杨柳井附近的红五师阵地，数以百计的红军战士牺牲在阵地上，无法掩埋。杨柳井居民何小妹回忆说："战壕沟成了杀人沟，死了的几百红军战士，没有办法掩埋，就直接把土拉下来，把尸体掩埋掉。"

他们望向山后下立湾村方向，100 多名身负重伤的战友，还躺在村中祠堂临时战地救护所，已无法随部队行动，注目道别，也许就是永别。

1934 年 11 月 30 日下午 4 时许，红五师撤出新圩阻击线。

这个红三军团的主力师、师直部队和第十四、十五团撤下新圩阻击战场时，师参谋长，十四团团长、副团长及团参谋长、政治部主任牺牲，十五团团长、团政委和十四团政委负重伤，营以下干部大部分牺牲。由 3900 余人锐减至连伤兵在内的千余人。

《中国工农红军第三军团史》中说："红十四、十五团浴血奋战三昼夜，伤亡 2000 多人。"

渡过湘江后，1934 年 12 月 2 日，中革军委电台在敌情通报中特地指出："我三军团第五师此次战役损失甚大……十三、十四两团，现仅有 600 余人，十五团尚有四五百人……"

不久，红五师被缩编为一个团。

广西解放 50 周年，百色起义 70 周年前夕，笔者在北京采访了李天佑的老战友，当年的红七军连长兼指导员、后来的共和国中将莫文骅将军。

莫文骅将军说："红七军 7500 多广西子弟兵，从广西出发到达中央苏区只剩 1300 人，长征到达陕北还有 100 多人。这 1300 人，大部分牺牲在广西新圩……"

说到这里，笔者清清楚楚看到，这位 89 岁老人已近枯涩的老眼深处，慢慢溢出了清亮的泪。

第二天破晓，撤出新圩阻击战场的红五师，突然出现在七八十里外的光华铺阻击线，迎头痛击正冲向界首中央纵队渡江点的桂军，掩护中央纵队顺利渡过湘江。

我们的队伍撤离阵地下来了，国民党队伍从上立湾山头用机枪追着打，我们的队伍边打边退。看着战友们越走越远，最后走完看不见了，负伤跟着走的战友不断地倒下，山上、田里、路边到处都是，我的伤口痛，心更痛，失去了知觉……

刘来保终于醒过来了。

雨后残阳，已落到山后，残红渗透了天际、地面，红得太艳太鲜，像鲜血，像刚从被利刃割裂的肉体中流出的还冒着热气的鲜血。

残阳斜斜射进破土地庙内，胡乱涂抹着猩红惨淡的光影，挟卷着硝烟、血腥、尸臭，还有凶恶狠毒的叫嚣怒骂。

他循声望向山下。

村边祠堂的红军战地救护所已被一群群一伙伙的桂系民团包围。一个个已失去抵抗力甚至失去行动能力的红军伤病员，被民团抬出、抛出祠堂，五花大绑押出村，又打又骂，押向村对面的山谷。

他知道战友此去凶多吉少，他在心里默默地数着，目送着战友，他终生难忘，他只数到第 106 个，是个女战友，被剥光了衣裤……

他还死死地记住了两个最凶最狠的民团首领的相貌，好有朝一日为战友报仇雪恨。后来，他打听到了这两人的名字，同样死死记住。近 60 年后，笔者问起这两个人名，刘来保老人把它们写在了笔者的采访本上，一笔一画，力透纸背：蒋成勋、蒋连勋。

他数到第 106 个，再也数不下去，抓起身边的大刀，想冲出去跟民团拼命，但跌倒在庙门石坎上晕厥过去了。

这时，他根本没去想，如果不是卫生员把他抬进破土地庙，他肯定是其中的一个。

灌阳新圩阻击战战场

刘来保对日期似乎特别敏感，近60年后他还清晰记得，他走过于都河上浮桥开始长征是1934年10月16日，他跨过雷口关是1934年11月27日，新圩阻击战打响是1934年11月28日，他躺在破庙里目送战地救护所的战友是1934年11月30日，1934年12月1日是他的救命日，也是他的第二次生命诞生之日。

我当时在庙里伤口发痛，伤口一直在流血，好像身上的血已差不多流干净，我想我活不到明天了。口干得要命，什么也不管了，就是想喝水，想拼着最后一点力气，爬到村边最近的一户人家要点水喝。这时，这家的后门开了，一个老人家顺着山路，向庙里走来。我神志已经不清楚，分不清是男是女就叫："老伯伯，给我碗水喝……"走近才看清，她是老伯娘，不是老伯伯。

老伯娘看见我一身的血，眼泪就流出来了，连连说："可怜啊可怜，怎么打成这个样子……"她叫我到她家去，要我快点，别出声，村里山下到处是民团。我痛得不能动，她又背不动我，她说去叫她的男人来。

她走回屋里带来一个50多岁的老伯伯。老伯伯看到我，二话不说蹲了下来，叫他的老伴把我扶到他背上，气喘吁吁地把我背到他家里，放到他床上，赶快关上了门。

老伯伯脱下自己的外衣给我换上，把我的衣服藏了起来，然后翻箱倒柜找出药粉，敷在我的伤口上，包扎好，大冷的天，忙得一头一脸的汗。

药一敷上去，一直流着的血很快止住了，伤口也不那么痛了。

我心想，我真命大，我遇上了好人，遇上了救命恩人，我得救了。

老伯娘给我端来一碗稀饭，先在唇边试了试冷热，一口一口地喂我吃，边喂边说，现在还不能吃干饭，伤好点再吃。

这是我几天来吃的第一口热饭，第一次饱饭，我吃了一碗又一碗。吃完，我叫老伯伯帮我把大刀和手枪收好，我睡着了。

醒来，床前烧起了一盆炭火，暖烘烘的，老两口坐在床边，笑眯眯地看着我。

老伯娘摸了摸我的额头，喂我喝了口水，对我说："年纪轻轻的，打坏了，好可怜好可惜，以后莫去了，再去，恐怕连命也没得了。 我们两个老人家无儿无女，如果你不嫌弃我们家穷，就留下给我们做儿子好了……"说着说着，眼泪流了下来。

我就在床边给两老叩了三个头，认了义父义母。

义父名字叫蒋振发，他帮我取名来保，蒋来保。我的名字由"刘炳煌"变成了"蒋来保"，义父去世后，按当地风俗，又改成"刘来保"，一直就叫义父取的名字：来保。

我在义父义母家养伤，一个多月足不出户，全靠两老照料，伤渐渐好了，背上留下了个小碗口大的伤疤。

伤好了，我更想部队了。想去找部队又舍不得义父义母，想来想去拿不定主意，想得晚上睡不着觉。

伤好能出家门的第一天，我首先想的就是探探路，打听一下我们的队伍是从哪里走的。

刚走到公路边，两个气势汹汹的男人拿着锄头从村里追了出来，一个抓住我的胸口，大叫要我的命；一个把我的衣裤全部剥掉。

我光着身子，冷得直发抖，拼命往村里跑。跑了一下我就没力气了，那两个人追了上来，咬牙切齿地骂："你们打土豪，打土豪，老子一锄头挖死你……"举着锄头就要朝我头上打来。

这时义父赶到了，他拦在我身前，指着那两个人的鼻子大喊："你们只要敢动我儿子一根汗毛，我就跟你们拼了！"

那两个人只得骂骂咧咧地走了。

义父告诉我，那两个人是被红军分了财产的地主，一个叫蒋念宣，一个叫蒋伯志。

义父还告诉我，从深铺源方向走出来的一个红军伤病员，十五六岁模样，背了一支枪，还有些银元，走到下立湾的公路边，遇到土豪蒋可然。蒋可然把这个小红军带到他家，住了十来天。有一天，蒋可然说让小红军看看当地是怎样烧石灰的，把小红军骗到了山上石灰窑。来到窑洞口，趁小红军不备，蒋可然猛推小红军跌到窑底，用大石头活活砸死……

我住在义父家再也不敢外出。义父担心他不在家时坏人来伤害我，又把我藏到陶之舅父家，避了好长一段时间，情况好转才让我回来。

我不在家那段时间，有一个比我小的红军伤病员躲到我们家，我义父义母也好喜欢他，把他留了下来，帮他治好伤，认他做了儿子，取名蒋来富。

义父抬轿，义母砍柴，我帮地主蒋情宣打工，弟弟给地主蒋临宣放牛，义父义母关爱我们兄弟，我们兄弟孝顺义父义母，我们一家四口就这样过着贫苦的生活。

我和弟弟也想过去找红军，但不知道红军到哪里去了，根本就不知道去哪里找，慢慢也就冷了心。

1935年的11月30日深夜，也就是刘来保躺在破土地庙里目送下立湾村战地救护所的战友被民团五花大绑押走整整一年后，他和弟弟悄悄走进了下立湾村对面的山谷，来到一口石壁深井前，燃起三炷香，长跪不起，祭奠战友。

这口石壁深井，看似井，其实是个溶洞，直通地下暗河，深不见底。由于井像个上小下大的酒坛，当地人把酒坛称为酒海，就叫它酒海井。

一年前的今天，下立湾村祠堂战地救护所的红军伤病员，被民团押进这座山谷。民团把五花大绑的红军伤病员丢进了酒海井这个深不可测的地下河，接着用机枪扫射，用步枪点射，然后封锁了所有通往这座山谷的大小路，不准村民营救。

100 多位红军伤病员全部被害。

四五天后还能听到酒海井里传出的哀号呼救，六七天后酒海井的水和附近地下河流出的地表水还是血色，三四十年后抗旱抽取酒海井水，还能见到烈士的白骨和捆绑烈士的绳索。

此后，每年清明和农历七月十五，都有当地村民到酒海井焚香烧纸，跪拜英灵，直至今日。

2016 年 4 月 8 日，按当地前三后四风俗，还是清明时节，笔者第三次来到酒海井。三鞠躬后，俯身井口，呼唤英灵，魂兮归来。

酒海井深处回声深沉雄浑，似烈士英灵呼号呐喊，既悲且壮，久久不息。

风中松林，风中灌木，风中茅草，撼摇舞动，势若腾龙走蛇，形若排浪叠涌。咆

酒海井

哮澎湃之声，从水口山滚向月亮包、判官山、虎形山、楠木山；滚向排埠江、杨柳井、下立湾……与烈士英灵既悲且壮的呼号呐喊，交汇融合，仿佛在奏鸣历史与未来的交响曲。

用心静静聆听，像听主旋律。

临别，面对烈士纪念碑塔，面对酒海井，面对群山，笔者高声诵读酒海井红军烈士纪念碑碑文：

由于中央红军第五次反“围剿”失败，为保存革命力量，红军被迫退出赣、闽苏区，进行战略转移。1934年10月，中央红军8万多人，从江西瑞金、于都和福建长汀、宁化等地出发，开始了举世闻名的长征。在突破国民党反动派设置的三道封锁线后，经湖南道县永安关、雷口关进入灌阳，拟在全州、兴安间渡过湘江，继续西进。国民党反动派利用湘江天然屏障，集中30万兵力，妄图聚歼红军于湘江东岸的灌阳、全州、兴安等地区。1934年11月27日到30日，为掩护中央红军抢渡湘江，中央军委炮兵营，红五师第十四、十五团及红六师第十八团，先后受命在新圩至排埠江一带，阻击国民党军两个师及一个独立团的疯狂进攻，浴血奋战四天三夜，完成了阻击任务。因形势紧迫，红军撤退时来不及将伤病员安全转移，国民党反动派伙同当地土豪劣绅，将红军设在新圩下立湾村祠堂的临时救护所里的100多位伤病员捆绑后，残忍地丢进酒海井这个深不可测的地下河里，最后全部壮烈牺牲。为缅怀先烈，告慰英灵，教育后人，特立此碑。安息吧，英勇的烈士们！

中共灌阳县委员会、灌阳县人民政府立

公元二〇〇三年十一月

这座山谷正在大规模兴建“灌阳红军烈士纪念园”。

1935年11月30日后的几乎每年的11月30日，刘来保都要来到酒海井前，燃起三炷香，长跪不起，祭奠战友，直到年老力衰，行走不便 。

1937年，我被国民党征兵到了兴安，去了不到一年，就逃跑回新圩了。回家一个多月，伪村长又拉我去当兵，补充到了平乐，我又逃了回来。1939年，国民党又要征我兄弟俩当兵，我弟弟去了，这一去，就再也没有音讯，再也没有回来。

我们父子打短工，义母在家做些针线，一家三口相依为命，艰难度日。

父母年老做不动了，我就一个人外出打工，赡养父母，在文市江西人开的一个杂货店干了三年，1949年我义母去世，我才回来，披麻戴孝，为她老人家送终。

新中国成立后，我帮解放军贴标语，搞宣传，因我是独子，我的义父年老体弱，我再也不能离开他长期外出，不然，我又去当解放军了。

土地改革那年，我结了婚，我有一子一女，义父积劳成疾，患病多年，于1953年去世。……

灵堂上长明孤灯摇摇晃晃忽暗忽明，刘来保披麻戴孝，长跪义父棺前守灵。

亲朋好友、父老乡亲络绎不绝地前来为这位勤劳善良的老人吊孝，相送最后一程。

歌师唱起孝歌，哀哀婉婉，凄凄切切：

杀起枪来竖起枪，进了楼门进歌堂，
进了歌堂无歌唱，好比鸡崽初离娘。
鸡崽离娘吃白米，鸭崽离娘水上荡，
鹅崽离娘吃青草，孝子离娘断肝肠……

刘来保悲从中来，百感交集，抚棺号啕大哭：给了他第二次生命的义父义母都已离开了人世，他却不知道亲生父母是不是还健在，想为他们养老送终尽孝而不能……

他说，这是他一辈子唯有的两次号啕大哭，这是第一次。

1973年，他终于回到了阔别近40年的江西宁都县洛口镇刘均前村。

父母、哥哥早已离开人世，迎接他的只有堂哥堂弟、侄儿侄女。

他长跪在父母墓前，号啕大哭，久久不起。

20 多天后，他再次离开老家，回到灌阳新圩潮立村，回到他的妻子、儿女身边，再也没有回去。

晚风轻轻，村野静静，暮色浓浓，夕阳正红。正待开犁的田垌里，已是一片蛙鼓虫鸣。

采访结束，刘来保老人执意相送到村口。走了好远好远，回头，还看见老人佝偻着腰身站立在那棵老白果树下，挥手告别……

那次采访，给笔者的最初印象是刘来保老人已是地地道道的桂北灌阳老农，甚至连乡音都已全变。

最终印象是他的人生虽已改变，但红军经历已烙进了他的大脑沟回，深入了他的骨髓，对于他来说，那段历史似乎从来不曾走远。

距离那次春天里的采访，又过了 26 年。

2016 年的春天，笔者再次来到灌阳潮立村。花树藤蔓绽蕾吐芽的润湿清新的杂香野馨依旧拂面而来，田垌里不见大片大片密密簇簇嫩绿欲滴的地地菜、绯红撩人的紫云英，而是秧绿云铺，禾稻正返青拔节。

在刘家，笔者仍旧受到炒花生、红瓜子的当地风俗贵客般的款待，但端出炒花生、红瓜子的已不是热情的刘来保老人，而是同样热情的他的儿子刘建生、儿媳蒋满姣。

刘来保老人已于 1995 年去世。

在那张也许是刘来保老人人生最后的留影上，笔者看到，他和老伴端坐在新盖的楼房前，儿媳孙儿孙女绕膝。唯一的遗憾，是儿子外出打工未归。

在这块战友流血牺牲、他流血重生的土地上，他整整生活了61年，然后在这里长眠。

出殡那天，远近乡邻倾村而出前来祭拜，百余名青年轮流抬棺为他们敬重的老人送行。

他长眠在他家对面那座叫广西壳山的山腰，登上山巅放眼望去，近前是新圩阻击战战场，远天云岚迷茫处是他的原籍江西宁都洛口镇……

刘来保和家人的合影。前排左一为刘来保，左二为老伴，后排左一是儿媳蒋满姣

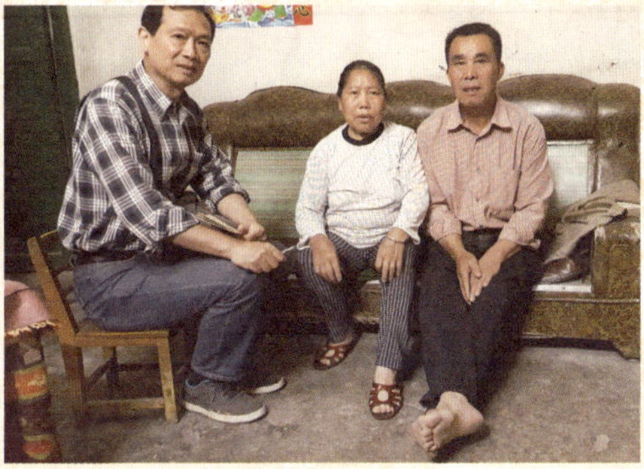

作者采访刘来保儿子刘建生、儿媳蒋满姣

刘来保墓（2016 年摄）

第四章　他在家乡是烈士

李贵财："我很幸运，我在黄泉路上被义父钟道生，被范四八家婆和范四八，被钟家村的父老乡亲救了回来……"

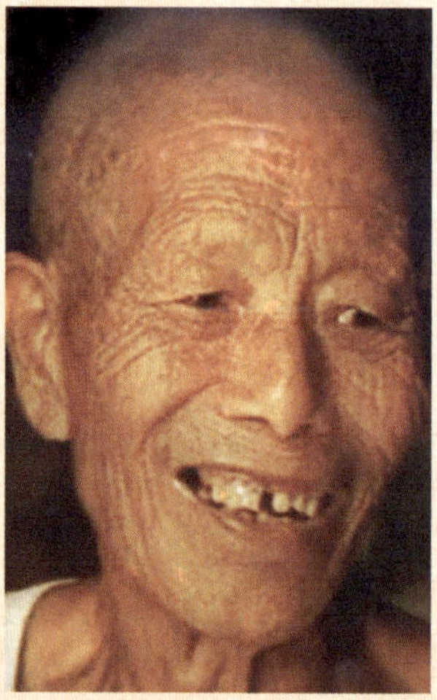

李贵财

- 李贵财，1914 年生，原籍江西省赣县田村镇白石村。
- 1930 年 8 月加入中国工农红军，参加中央苏区第二、第三、第四、第五次反“围剿”。
- 1934年中央红军长征过桂北时任红三军团六师十八团三营九连代理连长。
- 落户广西灌阳县新圩镇钟家村。

就在刘来保躺在破土地庙门口，风雨声中浓稠乡思被越来越激烈的枪炮声打破时，担任中央红军后卫在水车一线坚守苦战的李贵财和他的红十八团战友，一路突破桂军和民团的层层阻击，终于赶到新圩枫树脚一带，在团长曾春鉴、政委吴子雄的率领下，几乎没做任何休整，便投入了战斗。

红十八团在新圩接防后，仓促在新圩枫树脚南面楠木山、炮楼山一带进行布防，其中我所在的三营和一个兄弟营扼守楠木山村附近之炮楼山，另一个营布防于陈家背。

我们团接防时，红五师师长李天佑再三叮嘱我们团团长曾春鉴、政委吴子雄：一、多砍树伐木，埋削尖木桩，立即修筑木桩、鹿砦障碍工事；二、一线只摆少数监视部队，如遇强敌来犯，则节节抵抗，节节收缩，尽量拖延时间，最后将部队收缩集结于工事坚固的高地，死守。

红五师政委钟赤兵还吩咐部下给红十八团每个战士发上几颗红辣椒，修工事时咬上几口提神。

他更记得，他们红十八团刚进入阵地，就有相当部分战士一停下脚步就虚脱乏力倒地不起。他们已经连续四天四夜未睡觉，已经一天多未吃食物。

他和更多的战士一样，是修着修着工事，嘴里咬着其辣如火的辣椒便睡倒在地。把他们唤醒的是枪声、炮声。

桂军以三个团绕过红十八团向北追击，四个团留在楠木山村围攻红十八团，趁红十八团立足未稳，对红十八团楠木山阵地发起猛攻。

李贵财是第一次跟桂军作战，他对桂军的战术记忆深刻：

第一次冲锋，没有飞机轰炸，没有炮火准备，也没有机枪火力掩护，就这样悄无声息掩杀上来了。

我听见哨兵大叫：“敌人上来了……”就看见至少有两个营的桂军，黑压压一队接一队，列成散兵线，前锋已气势汹汹地冲到距我们前沿阵地四五十米处。

我还看见，同样是悄无声息，桂军另一个团迂回到了我们红十八团团部背后。

完全出乎意料的是，敌人竟来得如此迅猛，如此隐秘，我军完全没有察觉。当敌人突然出现在我们阵地面前，当敌人的排炮在我们阵地上炸响时，从湘桂边境长途奔袭而来一路激战疲惫至极的我军，确实是有点疏于防备，但我们并没有惊慌失措。

黑压压的桂军冲锋部队没等炮火完全延伸就冲了上来，被我军火力一排排射倒，但他们根本不退，踏着尸体就往上冲，被我军更猛烈的火力挡住，他们就搬过尸体，垒成工事，趴在尸体上射击，射完子弹，挺起刺刀再冲；连伤兵都流着血往上冲，直到倒地不起。

我军一处又一处阵地被攻占。在我军被攻占的阵地上敌我尸体横陈，尸体各种形态都有，最多的是你咬住我的耳朵，我卡住你的脖子；你刺刀扎进我的肚子，我枪托砸碎你的脑袋。这种惨烈场景，以后几十年经常出现在我梦中，把我惊醒，彻夜难眠。

桂军没退，只是伏地不动，接着，发起第二次进攻。

敌人的炮火再次轰击我们的阵地。观察兵判断，敌人至少有山炮 4 门、迫击炮 4 门，我们完全被敌人火力压制，只能把敌人放近再打，只能靠枪、手榴弹。

我们伏在掩体后，面前摆放着所有的手榴弹，全拧开了盖。

等敌人进入 30 多米处，我喊了一声“打”，一颗颗手榴弹如飞蝗般落向敌群。

手榴弹爆炸的烟尘冲天而起，爆炸声中夹杂着惨呼哀叫。留在我们阵地前的敌尸，无一不被手榴弹炸起的火药熏得焦黑。

步枪、轻重机枪又开始射击，尤其是那挺马克沁重机枪成扇面扫射，如暴风骤雨，直到打完所有子弹。

成排成束的手榴弹一次又一次如飞蝗般落入敌群，弹片横飞，炸起团团烟尘，紧紧裹住桂军。

你不怕死，我们更不怕死。大家杀红了眼，根本就不知道死，端起机枪，端起步枪，跳出战壕，就站着，面对面猛射！

枪管打红了，烙得手冒起烟，烫起疱，都不知道痛。不争气的是枪管太热了，子弹越打越近，打到最后就掉在眼前，急死人，只得扔掉，捡起脚下阵亡战友的枪，再射！

你冲锋，我们就反冲锋，和你拼刺刀，赵指导员、王副连长、张排长和好多战友就倒在我身边，我命大……

我们身后不到百米就是团指挥部，就是楠木山阵地主峰，再也不能退，一步也不能退。我向全连指战员传达了团长的命令：临阵后退者，立即执行战场纪律。

敌人又冲上来了。我的驳壳枪的子弹已打完，接连抓起牺牲战友的两支步枪，弹仓里的子弹都已打完，接过通信员递过来的捆绑在一起的四五颗手榴弹，拼尽全力朝敌人扔去，然后马上伏地躲避弹片，因为敌我距离太近。我听见了“轰”的炸响声，接着，就听到了我军的联络号音。抬头，看见敌军的冲锋队形被营长带来的援军打乱了。

敌人的军号也响了，停止了进攻。敌人交替掩护，撤退。拖走了伤兵，留下了尸体，差不多有几十上百具。

我们连伤亡过半，撤到团部阵地休整，八连接防我们九连的阵地。

接防的红三十四师迟迟未到，红十八团腹背受敌，陷入绝境。

2000 余人的红十八团，接连打退桂军七八千人的近 10 次进攻后，伤亡大半。

桂军几乎没有歇息，再次兵分数路，分割包抄，迅疾向楠木山、炮楼山周围高地等我军占据要点摸进。

曾春鉴团长命令，集中机枪连所有火力，居高临下打击进攻炮楼山之敌。集中一个连的兵力增援楠木山侧翼我们连原来防守的阵地，以一个加强排的兵力运动到敌人的后方，扰乱敌人的进攻。

我知道，团长在做最后拼死一搏，但是已经起不了太大作用。

我在楠木山主峰阵地清楚地看到，敌人的迫击炮、轻重机枪和冲锋枪火力压制住了我们的火力，散兵线运动极快，很快就切断了我们的火力联系，突破了我们的一处处防守要点，围攻我们楠木山主峰阵地。

夕阳里，浓重的硝烟带着新鲜而湿热的血腥气在漫山遍野飘散，扑面而来。

硝烟里跃出了纵横交错的一条条散兵线，冲在最前面的是敢死队，紧随其后的是士兵，再后，是端着冲锋枪的督战队。

楠木山前沿阵地上已没剩几个能站起来的守军，但这不多的几个守军仍勇猛地挺着刺刀迎了上去。当最后一个守军倒在敌人的弹雨下时，两军相距仅五六米。

敌人踏着我们战友的尸体，踏着我们战友的鲜血继续进攻。

侧翼，一堵石壁下我军的一挺轻机枪突然射击，斜扫过敌人散兵线，一下子把敌人打倒了五六个。

三发炮弹落在了我军轻机枪位置，轻机枪哑了。

我军七八个战士跃起，投出手榴弹，接着冲向敌人，还没冲出几步，就被敌火力压在地上抬不起头。只要敌人机枪稍停，我军就跃进，前进到距敌人约30米时，躺在地上能动的只剩两人。两人躺在地上顶着敌弹雨瞄准射击，打倒了两三个敌人，再也不能动了。

敌人的排炮齐射，再次覆盖我们连原来防守的阵地、山头。

最后几发炮弹刚炸响，敌人步兵就开始冲锋，连没包扎的伤兵都跟着冲，没有遭到抵抗。

我知道，接替我们防守阵地的八连战友，已经全部战死。

我和战友们红着眼，咬着牙，毁掉了党证、入党志愿书、文件、日记、识字课本……我们把最后的子弹都压进了枪膛，把最后剩下的所有手榴弹全部拧开盖，决心死在阵地上。

这时，我们接到命令：撤退。

我和战友们朝敌人投出了所有手榴弹，迅速悄然后撤。

硝烟散尽，桂军再次发起冲锋，红十八团阵地上，除了战死者的遗体，已空无一人。

已被枪弹炮火撕成布条，已被硝烟和鲜血染成黑红的军旗，仍在楠木山山巅阵地上，在疾劲山风中猎猎舞动。

楠木山战斗的惨烈，至今仍为当地人惊叹。

楠木山村 1916 年出生的易炳宣老人回忆说：

桂军是从马渡河打过来的。从村后向红军打来，红军叫我们不要出门，他们就在那边山上（楠木山、炮楼山）和桂军打了起来。那仗打的啊，子弹从好远的地方都打到我家的楼板上，有的还穿进墙来。……打了两天两夜，枪声慢慢稀了，我看见桂军密密麻麻从炮楼山那边开了过来，也没进村，就往新圩那边追过去了。我是躲在屋子里透过窗户看到的。桂军走了以后，我们村上的人过了两天才敢到那边山上去看，山坡上到处是尸体，尽是些十几二十岁的红军啊！太多了，村上的人埋不过来了，只好把尸体推到战壕里，又把土盖上。

此时，除红三军团六师十八团、红五军团三十四师被切断在湘江以东外，中央红军已全部渡过湘江，正进入越城岭山区。

粮弹已尽，伤亡大半，援兵无望，红十八团为避免全团覆没，后撤向陈家背。

桂军紧紧咬住红十八团不放，一路跟踪追击。红十八团的两个营刚撤到陈家背，桂军便追了过来。

从楠木山村撤向陈家背时，李贵财的九连，80 多人打得只剩下不到 20 人，团长命令他们断后，掩护团部撤退。

当他们打完了所有子弹，站起来准备肉搏时，他的大腿被桂军子弹打穿，血流如注。

也就在这时，天空一声炸雷，大雨倾盆而下，桂军追击暂停。

卫生员帮他包扎好伤口，和通信员架起他就往后撤。走到一座村庄，他叫卫生员、通信员把他放下，命令他们别管他，快走，追部队。说完，他昏了过去。

他在一座破磨坊的角落里醒来，身上盖满了禾草，禾草上压着树枝干柴，四

新圩阻击战枫树脚阻击线

新圩阻击战战场

周已静寂无声。他明白，是战友用禾草树枝盖住他，使他暂时躲过了桂军的搜查。

被雨水淋湿后的伤口更痛，痛得他咬紧牙关也无法忍受，只好咬嘴唇，以致嘴唇咬出了血。

伤口还在流血，他全身发冷发抖，已经虚脱。

恍惚中他听见了脚步声，脚步声在他身边停住，他身上的禾草树枝被拿开，透过蒙在眼上的血渍和汗尘，他看见了一张古铜色苍老的脸，还听见了一声叹息："可怜……"

不知为什么，最先掠过他心头的闪念就是"有救了……"

他的救命恩人叫钟道生，灌阳县新圩镇钟家村的贫苦农民。

救我的人天天帮我送饭送菜送红薯，送了三天四夜。那个老人家帮我爬到樟树下的一间不漏雨的小茅屋，他讲："你在这个地方睡着不要动，有红薯、有茶、有饭，我少吃点，省下给你吃。你好了，给我做儿子吧……"

我说我想回去。

他讲："你莫回去了，现在到处都是李军粮子（桂军）和民团，他们又毒又狠，杀了好多你这样的受伤红军，回去你会没命的，你就给我做儿子吧，我就一个老人，无依无靠，我们有父子缘分……"

我讲："好啊，你救了我一命，你是我的救命恩人。"

一连七八天，不管晴天雨天，老人拿张椅子，坐在大樟树下茅屋旁守护，从清早坐到傍晚。深夜，给李贵财送来第二天的饭菜茶水，帮他敷好药，再离去。

桂军、民团来来去去搜查了好几遍，都没发现小茅屋里藏着红军伤员。

老人病了，卧床不起。

李贵财说，给他送饭的人换成了一位圆脸大眼、端庄壮实的少妇。少妇梳着两条粗黑的大辫子，粗黑的大辫子在辫梢处扎在一起，垂在背后，显得麻利而干练。

少妇名叫范四八，受卧床不起的钟道生老人委托，给李贵财送饭、换药。

李贵财与范四八同龄，送饭、换药时都没满 21 岁。

距她给李贵财送饭、换药整整过了 60 年，范四八仍梳着两条大辫子，大辫子辫梢处仍扎在一起垂在背后，仍显得麻利而干练。只是大辫子由粗黑变成花白，健美少妇已变成硬朗老太，额头和手背，还留着患白癜风的病痕。

李贵财也由一个精壮小伙变成了清瘦老头，门牙缺了一颗，说话有点漏风，伤腿走路有点跛，头发也与范四八一样霜染成了坎坷磨难的花白，但思路清晰，双目有神，令人遐想当年红军连长英姿勃发的神形。

围坐在李家灶房火塘前，火塘里柴火熊熊，周围摆放着葱花、香菜、米花、花生、熟红薯、酸辣椒……范四八掌锅，打油茶。

第一碗茶她倒给了笔者，第二碗茶她倒给了李贵财老人，最后一碗，她倒给了自己，灶房里顿时茶香馥郁扑鼻。

问起当年送饭、换药，范四八清楚地记得其间的点点滴滴：

屋里头的老人家（钟道生）对我家婆讲："大樟树下茅屋里的那个红军仔伤得好重，好可怜，我病了走不动，你帮我拿点饭给他吃。"我家婆就煮好饭菜，叫我给他送去。

他在茅屋草堆里躺着，动也动不得，走也走不得，我就喂他吃，吃完给他换药。十来天后，他可以爬起走。又过了十来天，他可以拖起一条腿走了。差不多两个月吧，他可以走路了，我才知道他给屋里头老人家做崽了……

李贵财老人目不转睛地深望着范四八老人，不时颔首，似乎两人一同沉浸在往事中。

范四八老人说，土改后，他们分了田分了房，还成了一家人。还有半个月，就是她和李贵财的结婚纪念日，那一天是大年初四。

李贵财老人说，范四八的前夫去世了，她拖儿带女的，又没有劳动力，日子过得好艰难。他感激她，可怜她，也喜欢她，就找人说合，1953 年娶了她。

他们夫妻两人一起给义父钟道生老人送的终。

茶过几巡，李贵财老人从灌阳的油茶说到了江西赣县老家的擂茶。做擂茶时，擂茶的人坐着，双腿夹住一个陶制的擂钵，抓一把绿茶放入钵内，拿一根半米长的擂棍，接连舂捣、旋转，边擂边不断地给擂钵内添些芝麻、花生仁、香草、黄花、香树叶、牵藤草等，待钵中的东西捣成碎泥，茶便擂好了。然后，用一把捞瓢筛滤擂过的茶，投入铜壶，加水煮沸，擂茶便满堂飘香。

从擂茶说到江口的倒菜、鳝鱼儆子、白鹭芋包、黄元米果炒腊肉和沙地板鸭，声音渐渐沉缓，老眼渐渐润湿。

1979 年，他带 25 岁的儿子李运生回了一次江西赣县老家。

李运生清楚地记得他陪父亲回老家的情形：

1979 年，我陪父亲一起回江西老家。当时回去的时候，我有一个叔叔在县里工作，他陪我们到了县民政局。民政局的同志拿出册子一看，有我父亲的名字，才知道他当时在老家是儿童团长、赤卫队队长，后来参加了红军。长征后他再无音讯，县里以为他牺牲了，把他当作了烈士。

面对赣县革命烈士纪念馆正门 4 根大理石柱上镶嵌的“发扬革命传统”“争取更大光荣”12 个毛体镏金大字，李贵财深深鞠躬，泪流满面，久久移不动脚步。

在赣县革命烈士纪念馆灵堂，在记录了 8740 位红军烈士的纪念簿上，他再次看到了自己的名字。他的名字后面“牺牲地点”一栏上写着“北上无音讯”。

赣县隶属赣州市。赣州是全国著名的“红色故都”，中央革命根据地在此创建，中华苏维埃共和国在此奠基，举世闻名的红军二万五千里长征从瑞金、于都等地出发，艰苦卓绝的南方红军三年游击战争在赣南山区浴血坚持。赣南苏区人民踊跃参军扩红，成为中央红军的基础力量，当时赣南苏区 240 万人口中，33 万余人参加红军，60 余万人支前参战，仅有名有姓的烈士就达 10.82 万人，分别占江西省、全国烈士总数的 43.8%、7.5%。据相关统计，长征路上平均每公里就有 3 名赣州籍

新圩阻击战主题雕塑

新圩阻击战红军烈士纪念碑

灌阳县水车乡宾家桥村红三军团指挥部

烈士倒下。

李贵财负伤后，红十八团战至 1934 年 12 月 2 日黄昏，一部被分割包围于陈家背，一部在团长曾春鉴、政委吴子雄的率领下突围而出，边打边撤，向湘江岸边转移，最后被桂军分割包围于全州古岭头一带，伤亡殆尽；只有少数战士突破重围，但又在随后的地方民团的“围剿”中惨遭杀害，幸存者极少。

我很幸运，我在黄泉路上被义父钟道生，被范四八家婆和范四八，被钟家村的父老乡亲救了回来……

李贵财是红十八团极少的幸存者之一。

第五章　惨烈壮烈中结束

邓炳彪："我对着方志敏宣誓，劫杀豪绅地主，铲除贪官污吏，建立劳农政府，平债均分土地，如有中途变心，刀斩弹穿不赦。"

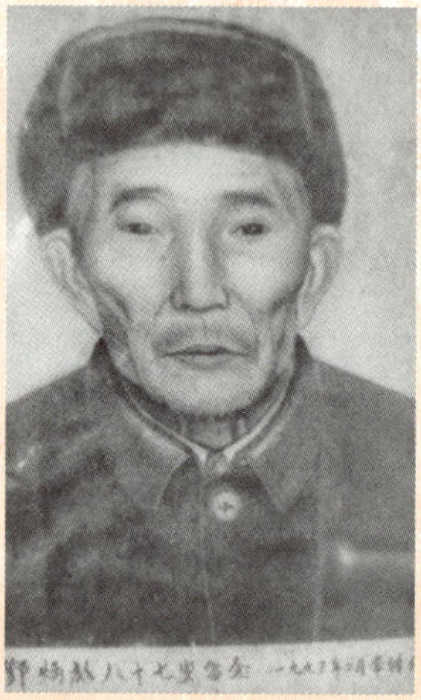

邓炳彪画像

- 邓炳彪，1908 年生，原籍江西省弋阳县。
- 1928 年参加方志敏、邵式平、黄道等领导的弋横武装暴动。
- 1929 年加入江西红军独立第一团。
- 1930 年加入中国工农红军第十军，参加开辟和保卫闽浙赣革命根据地的历次斗争。
- 1933 年 1 月，红十军改为红十一军，与中央红军会师；7 月编入红七军团，任第四连连长，参加中央苏区第四、第五次反“围剿”。
- 1934年中央红军长征过桂北时任红八军团二十一师六十一团二营四连连长。
- 落户广西兴安县华江瑶族乡千祥村，务农。

时隔 15 年，再次走进邓炳彪家中，站在邓家堂屋四顾，那种物是人非的感觉非常强烈。堂屋里的几乎所有摆设都仍照旧，只有供桌上方“天地国亲师”的牌位旁，多了一个镜框，镜框里，是邓炳彪老人的遗像。

邓炳彪的老伴施石娇老人，端出两碗热气腾腾的姜茶，一碗捧给笔者，一碗捧放在供桌邓炳彪遗像下。而 15 年前施石娇老人端出的两碗同样热气腾腾的姜茶，一碗捧给笔者，一碗是捧给坐在笔者对面正沉浸在回忆中的邓炳彪老人的。

1990 年的初春，地处都庞岭余脉的灌阳县新圩镇潮立村春意盎然，而越城岭大山深处猫儿山主峰下，原始森林环抱中的兴安县华江瑶族乡千祥村，瓦背还留着残雪，屋檐的冰挂正在消融，空气冷冽而清新。邓炳彪老人就站在冰水滴答的邓家门旁，站在春寒料峭的山风中，等候笔者。

采访完刘来保，接着就前往采访邓炳彪。

邓家房屋与桂北普通山地民居房屋没有什么区别，黑土瓦、泥砖墙、门窗、椽梁、楼板纯杉木；只是邓家房屋木面可能因建造时间较早，风雨剥蚀得厉害，显得木纹更凹凸，木色更陈旧。

邓炳彪老人与刘来保老人都身材瘦削，面容清癯，皱纹深刻，邓炳彪老人显得更苍老黧黑，毕竟，他比刘来保年长 9 岁，那年，他已 82 岁高龄。

邓家堂屋的摆设与桂北普通山地民居堂屋也没有什么区别，正对大门是供桌，供桌上方民国前应是“天地君亲师”牌位，现在只改了一个字，是“天地国亲师”牌位。

采访就在供桌前，“天地国亲师”牌位下进行。

与刘来保一样，从他记忆深处穿越而出的既是个人的生命史，又是中国红色革命史；不一样的是，邓炳彪思绪最先进入的不是 1934 年，而是 1928 年；最先讲的不是自己的经历，而是方志敏的故事：

当年我们赣东北根据地，男女老少都会唱一首歌：上有朱毛好主张，下有方邵打豺狼。第一英雄方志敏，第二将军邵式平。两条半枪闹革命，打倒土豪为人民。

里面的“两条半枪闹革命”说的就是方志敏的故事。

这两条半枪的由来还要从1926年漆工镇暴动说起。1926年的冬天，200多个贫穷的农民在共产党的领导下发起了漆工镇暴动，他们手持大刀、梭镖、锄头、扁担占领了漆工镇警察派出所。在这次暴动中，一共缴获了3条枪，其中一条被截去了半截。方志敏就带着这两条半枪闹革命了。

南昌起义后，方志敏返回弋阳发动秋收暴动，又组织领导了弋横暴动，是我们暴动总指挥。我拿了两把大刀，带着四个同村兄弟，先参加农民革命团，后参加游击队。我对着方志敏宣誓：劫杀豪绅地主，铲除贪官污吏，建立劳农政府，平债均分土地，如有中途变心，刀斩弹穿不赦。

我们弋阳、横峰的农民革命团和游击队在暴动总指挥方志敏的指挥下，组成六路纵队，全面出击，各地起义队伍向外围猛烈发展。一月之内，参加暴动的农民达七八万人，纵横100余里的地区到处都是暴动的队伍，村村飘扬着红旗。农民革命团掌握了政权，罪大恶极的土豪劣绅被镇压，贫苦农民平债分谷分财物，出现了一派热火朝天的革命景象。

暴动失利后我跟着方总指挥转入磨盘山区坚持斗争，我们白天在山上睡觉，晚上下山打土豪。敌人来得多我们不打，敌人来得少我们就打，摸他的岗哨，搞他的枪。打第一仗，缴了敌人5条枪，好高兴。毛主席在井冈山，方志敏在磨盘山，我们配合起来反敌人的“围剿”。

在磨盘山打游击真是苦啊，吃糠咽菜是常事，有时糠菜都没得吃，只得喝水撑肚子，方志敏也和我们一样。他经常跟我们讲，我们今天吃糠咽菜，流血牺牲是为了什么，就是为了天下劳苦大众不再受剥削压迫，不再吃糠咽菜，而是吃米吃面，吃鸡吃鸭，当家做主，丰衣足食，为了革命理想，我们坚持斗争，胜利就会到来。

有一次，方志敏发现自己吃的是白米粥，而我们大家吃的是米糠和野菜煮的粥，就叫我告诉伙房：“大家吃什么，我吃什么，不能特殊。”伙夫班长听了，叫了起来：“什么特殊？要讲特殊方主席就应该特殊，他操心又劳累，病痛常常发作，病坏了谁来指挥我们打胜仗？哪个要为这事提意见，我第一个反对，要处分就处分我！”方志敏感谢这位老伙夫，但坚持要我把粥端了回去，和大家一起吃糠咽菜。这碗粥，分给了伤病战士。

打破敌人围剿，形势好转后的那年腊月，下着大雪，我们护送方主席从弋阳走路去参加贵溪苏维埃代表大会。代表们看见方主席穿着一件薄薄的破棉袄，要给他换件厚点的新棉衣。他坚决不同意。他说：“每个穷人，每个战士都穿上新棉衣了，我才能穿。”他在夜里补好那件破棉袄，第二天照样穿着去开会。代表们感动得流出了眼泪，都说：“方主席，你真是只顾革命不顾自己啊！”

在我们闽浙赣革命根据地，人人都知道方志敏和母亲金香莲的故事。

赣东北信江八县苏维埃成立后，方志敏当了苏维埃政府主席。很多人都觉得他是大官，管着很多钱。他们看见方志敏妈妈年纪这么大，日子过得这么贫困艰难，就劝方妈妈去向儿子要些钱。

方志敏对母亲说：“姆妈，我是当主席，可当的是穷人的主席，哪里是官？钱是有，但一分一厘都是劳苦大众的，都是红军战士们的，我没有权力给姆妈。当主席的饷银嘛，将来可能会发，发了，我会全部交给姆妈……”其实苏维埃政府哪有饷银发，方主席是在宽慰老妈妈。

方妈妈回答：“晓得了，晓得了。姆妈这一趟没有白来，明白了崽是当穷人的主席，我苦点也舒心啦！”

大家都说，这是方妈妈唯一一次找方志敏要钱……

1930年7月22日，我们中国工农红军第十军在乐平众埠界首村举行建军典礼。这时，我们红十军已是闽浙赣革命根据地的主力红军，共有1700余人，枪1000多支，军长是周建屏，政委是吴先民，我当了排长。我们军部设在界首祠堂，主席台设在祠堂外右侧的古戏台上，方志敏主席主持大会，给我们做报告，从两条半枪闹革命讲到开创闽浙赣革命根据地，从中国革命讲到世界革命，讲到劳苦大众当家做主、人人过上好日子的共产主义社会很快就会到来，讲得我们眼睛发亮，热血沸腾，为早日实现革命理想，恨不得马上奔向战场，奋勇杀敌。

跟着方志敏我受了三次伤，手脚都被打断又被接好；跟着毛主席在中央苏区反“围剿”我受了两次伤，一次在兴国，一次在浦城，伤的都是左手。

第五次反“围剿”后，我们力量就小了。大家纷纷传说，要到云南、四川去与兄弟部队配合。我们学习了一个星期，准备了很多绳子，以后过河好用。10月从瑞金出发，我被编到红八军团二十一师六十一团二营四连，我是连长，指导员姓冯，营长姓钟……

从1933年9月开始，在为期近一年的第五次反“围剿”中，红军遭受了重大损失。战斗人员的紧缺，自然成了短期内必须解决的难题。为此，中革军委决定组建中国工农红军第八军团。

1934年9月21日，根据中革军委命令，由红二十一师和中央警卫师（后改为红二十三师）在江西省兴国县崇贤圩合编，组建成红八军团。军团长周昆，政治委员黄甦，参谋长唐浚（后张云逸代），政治部主任罗荣桓。第二十一师师长周昆（兼任）、政治委员黄甦（兼任）；中央警卫师师长孙超群、政治委员李干辉。整个军团约10 000人，部队的武器很少，枪支还不到3000支。

在红八军团的两个师中，中央警卫师是在时任中共中央政治局候补委员、中华全国总工会苏区中央执行局委员长刘少奇的倡导下，经中革军委批准，于1933年8月1日在瑞金成立的，原名为中国工农红军工人师，由孙超群任师长，李干辉任政委，全师共1000多人，执行保卫红色政权首都——瑞金的任务。经过第五次反“围剿”的鏖战，实际人数已经不足一半。红二十一师原属红七军，在韦拔群、陈洪涛、黄松坚的领导下于1930年冬在广西右江乙圩成立。虽然红二十一师成立较早，但因几经转战及第五次反“围剿”，已经严重减员至不足千人。也就是说，在整个红八军团里，基本上都是在数天时间里通过紧急扩红招募的新兵，且绝大多数是根本没有参加过战斗的兴国籍子弟。

因为对部队生活不适应，加之知道要离开家乡，一些新战士思想波动很大，不愿意到外地去，有些人甚至还开了小差。为尽快解决这一难题，加强全军团的政治工作，指战员们常和战士们在一起，向他们讲革命道理和革命传统，编了很多简短通俗的战斗口号，便于战士们牢记，以宣传鼓动大家的士气。

随后，刘少奇接到由周恩来和博古签署的中央电令：“刘少奇参加中央红军第八军团的领导工作，任中共中央代表。”其目的主要也是解决上述存在的问题。刘少奇到红八军团后，立即着手对部队的党组织进行充实，安排一些干部到连队去当支部书记，加强党的领导，进行思想教育和政治动员工作，在政治上巩固这支部队，使红八军团很快就有了一定起色。

但这个军团毕竟是新编成的，战斗力不是很强。

红八军团越过第三道封锁线进入湖南后，变为长征部队的左后翼。

红八军团减员严重，对此，中革军委决定将红八军团压缩改编为红二十一师，命令刘少奇负责红八军团的改编工作。然而部队还未来得及改编，突破第四道封锁线的湘江战役打响了。红八军团实际仍为两个师：红二十一师和中央警卫师。

战斗力较弱的红八军团，既要掩护中央机关，自己也得边打边撤。

渡过潇水后，红八军团在红九军团后面向江华、永明方向开进。11 月 30 日傍晚，军委纵队将近一半渡过了湘江，而红八军团才刚刚到达灌阳，距离湘江还有四五十公里。可此时红八军团又突然接到军委命令，要他们赶至灌阳县水车地区，与红三军团第六师取得联络。由于追兵紧随在后，加之去水车又要返转再走道县，部队未及动员，便匆匆忙忙地边搜索边前进。他们并不知道，其实红三军团第六师已走在他们前面，只是事先未派人侦察和联络，结果白白耽误了大半天时间和行程，红八军团无形之中成了全军的后卫，也是整个中央红军掉在最后面的部队，而且基本与中央失去联系并与前队相距甚远。

桂军两个师从红八军团后面席卷而来，与此同时，至少一个团的桂军又从红八军团中间插入，将红八军团拦腰截断。

午夜，敌人蜂拥而至，顿时枪声大作、飞机轰炸、炮火腾空，顷刻间红八军团建制乱了，队形乱了，官找不到兵，兵找不到官，四处都是涌动的人群。混乱开始时，罗荣桓还能尽力组织政治部一干人集体行动，但他的苦心很快付诸东流，他周围的人也很快被打散。军团长周昆在黑暗中悲戚地命令："让中央警卫师断后掩护，其余的尽快往湘江方向冲击，非战斗单位也一律跑步前进。"然而所有的路口都已经被桂军占领，桂军接下来的冲锋，也很快将红八军团完全切割破碎。

12月1日午后，红八军团先头部队才陆续到达湘江边。此时界首浮桥已经被炸毁，界首渡口已经被桂军占领。红八军团只好掉头向北，从位于界首下游12公里的凤凰咀徒涉过河，这是红八军团在湘江战役中第二次走直角形的弯路！

当红八军团先头部队赶到湘江东岸麻市村时，发现红五军团第十三师和红九军团部队正在凤凰咀渡口抢渡。红八军团为了保证兄弟部队渡江，主动担负起后卫掩护任务，布置好警戒并赶紧煮饭。没有菜、没有盐也没有碗，指战员们用帽子装饭吃。饭还没吃完，从新圩追来的桂军四十四师的部队又从旁边插过来了，敌机也前来轰炸扫射。全军团将士立即抢占有利地形抵抗，数百名指战员在激战中牺牲。

红九军团、红五军团第十三师刚过湘江，凤凰咀渡口浮桥便被炸断，这对被打散后突围出来的红八军团官兵，是致命的打击。

敌人已将主要火力放在了这支红军最后过江的部队上。只能涉水渡江的红八军团官兵，面对敌人各种枪弹扫射、炮弹轰炸，几乎没有还手之力和招架之功。

罗荣桓到达西岸时，跟随他的仅有一个油印员。他呆呆地望着河面，看着仍在江水中挣扎的战友，虽肝肠欲断却又无奈、无助。随后，军团长周昆也过了江，他的身边也只剩下数人。"到底有多少人赶到了江边？"罗荣桓问道。周昆沮丧透顶："不知道，不知道！伤亡太大了。"

当天晚上，罗荣桓收容过江人员，整理队伍，发现全军团战斗人员仅剩600余人，连挑夫、勤杂人员等加起来，也不过1000余人。

这时，邓炳彪仍在罗荣桓收容的1000余名过江人员中，他又负了伤，第六次负伤。

由江西经过湖南到广西，白天黑夜走，没有好好住过一夜，边走边休息，把枪放在路边休息一下又走，有人送来米饭吃一餐算一餐，走了一个月零五天到广西。一路走一路打仗，在全州大拱桥我负伤了。

那天我们连是尖兵连，走到全州大拱桥一带突然发现大批敌人，是国民党桂军从东、北两面向我们军团围攻过来。

我马上命令全连跑步前进，抢占路旁一座石山高地，掩护军团主力突围。

我们连一口气冲上山巅，我观察地形，看见山石沟壑交错连接，犹如战壕纵横相通。密密层层的山竹石松、野蔓荆棘遍山覆盖，又形成了天然的防护伪装网，如果利用地形特点再抢修一些工事，隐蔽其中，敌炮火轰击效果不会大。敌从山下来攻，我方居高临下，敌明我暗。易守难攻，正好杀敌。

我命令全连在各指定位置严阵以待，等待敌炮火过后的冲锋。

这是敌人惯用不变的战术，我早就熟知底细。

果然，炮火一停，敌军的一个营兵力成梯队漫山遍野冲了上来。

我也还是用老战法：放近打。

敌前锋连冲到我阵地前十来米时，我吹响了哨子，各排长也立即吹响了哨子。

哨声就是命令。哨声起，我方阵地上各种火器已喷出火舌，直射向敌人。

尤其是我们连唯一的那挺马克沁重机枪成扇面扫射，如暴风骤雨，把敌人打倒一大片。

成排成束的手榴弹落入敌群，炸起团团烟尘，紧紧裹住敌军，敌兵四散而逃。

然而，他们没逃多远，又回头冲了上来。

青天白日旗在冲锋敌军队列最前面摇摆，我把它当作一块招魂幡。

敌军没接近我方阵地，远在50米外就四散开，抢占有利地形，建立起支撑点。每一个支撑点就是一个火力点，火力点成交叉网，仰射我方阵地。

虽然我们居高临下，但敌人也有茂密树丛掩护，又有山石隐蔽，一时倒难对付。

正面的敌人没往上冲，从侧面冲上来的敌人悄悄摸到我方阵地前突然发起进攻。

当我发现时，已有三个敌人跳进了我们阵地外壕。

副连长王和善的驳壳枪对着这三个敌人就扣动扳机，整整一梭子子弹打出，把立足未稳的三个敌人全打倒了。

王和善副连长来不及换弹匣，把驳壳枪往皮带上一插，抓起一挺上好弹匣的轻机枪，对着冲到外壕边正想往内跳的敌军就是猛扫。

一梭子打完，敌军倒下一片，但后面的继续往上冲，而我方阵地上的其他战士正忙于对付各人面前蜂拥而上的敌人，根本无法脱身支援王副连长。

王副连长来不及卡机枪梭子，敌人已冲到离他只有五六米处。

这时他发现，他脚下有一堆已拧开盖的手榴弹。他放下机枪，抓起手榴弹就扔。

离敌太近，手榴弹的弹片炸倒了敌人，也擦着他的头皮飞过。

已顾不得这许多，一颗接一颗地扔，炸退了自己正面之敌，又朝战友对面的敌人扔去，扔完最后一个，手指上的套环已有七八十个之多。

敌人退下去，又冲上来。越上越多，越冲越狂。

我军的轻重火器已无法阻止敌军狂潮般的推进。敌人穿过火网，一步步迫近我方阵地。

誓与阵地共存亡的我军，铁心死拼。所有能站起来的指战员无不枪上刺刀，待命跃出战壕工事，准备杀入敌阵。

这时，虽然我也杀红了眼睛，但我头脑很冷静。我们全连就只剩 30 来人，冲杀进近 10 倍于我军的敌阵，不但会全部牺牲，而且肯定会丢掉阵地。而如果丢掉了阵地，敌人就完全有可能合围军团主力，合围军团部。结果如何，不堪设想。

我马上命令，后撤，撤到山巅最后阵地，坚守待援。

20 多个战士跟着我撤向了山巅，王副连长没有听到我的命令，带着七八个战士跃出了战壕，冲向了敌人。

王副连长端起一挺轻机枪冲在最前面，后面紧跟着一排长刘吉春还有其他战士。

王副连长一梭子机枪子弹好像都还没打完，就被敌人乱枪打倒在地，刘排长带着战士们冲进敌群拼刺刀，被敌人包围。

我命令三排长为代理连长，死守阵地，自己带着 5 个战士冲下去增援刘排长他们。

冲到半路，就听到侧面传来我们熟悉的军号声，也看到敌人阵脚开始大乱。接着，就看到我们杨汉章团长亲自带着援军赶到了。

敌军在我军正、侧面交叉打击下，终于退了下去。

刘排长在卫生员帮他包扎伤口时咽了气，冲入敌群的王副连长他们全部牺牲。

我在冲下去增援刘排长他们时，被敌人子弹打中脚，负伤倒地。杨团长把自己的马拉给我骑，叫三排跟着我走，保护我。

军团主力部队向右边一条路走了，我们也向右边走，跟后卫走在一起，还没掉队。

进全州县境后有50多个敌人紧追我们，我们狠狠还击，敌人不追了。

我们从凤凰咀渡口过了湘江，走咸水、油榨坪，走白水站到同仁，我们又同敌人打了一仗。

到龙塘江我们开始掉队了。过雷公岩我和马都掉下了悬崖，马腿跌断了，我叫三排快走，快去赶部队，不要管我。

三排走了没有半个钟头，敌人追上来了……

湘江战役红八军团受到重创，基本丧失战斗力。1934年12月18日，在贵州黎平会议上，中央政治局决定撤销红八军团建制和番号，将其并入红五军团。

红八军团的军史，仅短短三个月，就在惨烈、壮烈中结束。

这短短三个月，也是红八军团二十一师六十一团二营四连连长邓炳彪革命军旅生涯的最后三个月，然后，与红八军团的军史一样，在惨烈、壮烈中悲剧式结束。

这短短三个月，对于邓炳彪的人生太具有转折意义，太重要，必定会铭心刻骨。

也许他把它埋藏在了心里最深处最痛处，甚至已化成碎片融进血脉灵魂，难以或者不忍甚至无法重新聚集组合，因此，这三个月，这第六次负伤，他回忆叙说得太简略，在笔者请求下重说了三四遍，仍是太简略。

这不仅是亲历者的个人经历、一己之事，更是历史事件，涉及史实；而亲历者的回忆叙说，最真实接近历史事件的因果、真相，当然应该补足。

这三个月，与邓炳彪一同走在红八军团队伍中的军团部书记张宜步，新中国成立后任中国人民解放军华东军区海军后勤部副部长、部长，东海舰队后勤部部长，1962年2月任海军舟山基地副司令员，1955年被授予大校军衔，1964年晋升为海军少将军衔，获三级八一勋章、二级独立自由勋章、二级解放勋章。1988年获一级红星功勋荣誉章。2011年3月23日在上海逝世，享年98岁。

张宜步将军“以此来纪念红八军团在湘江战役中牺牲的红军将士”的回忆录《红八军团组建始末》（张宜步原著，张培舟整理），对这三个月的亲历记述真实、详尽、生动，弥足珍贵：

1934年8月25日，江西赣南独立团改为六十三团与六十一团、六十二团组建成红二十一师，9月21日中央革命军事委员会决定以二十一师和二十三师（原中央警卫师）六十七、六十八、六十九团合编为中国工农红军第八军团。刘少奇任党代表，周昆任军团长兼二十一师师长，黄甦任军团政委兼二十一师政委，唐浚任军团参谋长兼二十一师参谋长（后是张云逸、毕占云），罗荣桓任军团政治部主任兼二十一师政治部主任，全军团共8000余人。

开始我被分到军团卫生部任书记，几天后调到军团部任书记。9月底红八军团组建完成，其任务是“以运动防御为主，阻击由龙岗方向推进之国民党第六路军七纵队的敌军前进，为中央红军主力准备突围争取时间”。红八军团有的部队已在前线参加第五次反“围剿”，由于敌人在围剿中采用步步为营、稳扎稳打的碉堡政策，加上我军是在王明路线中采取消极防御，部队在夜间做好的工事第二天就被敌人的飞机、大炮摧毁了，我军后撤一个山头，敌人前进一个山头。虽然我军部队有时也组织反击，但效果不大，只见天天丢失阵地，天天后退，苏区日益缩小，我军将士的心里很沉重。军团首长有时私下说：这个仗不知要打多久，照这样打下去苏区快丢光了。红八军团是新建起来的部队，战斗经验不足，武器弹药又不多，有些子弹还是自己翻造的土子弹，只见消耗加上部队减员，又没有补充。就这样红八军团在极其困难的处境中坚持战斗，在第五次反“围剿”中消灭了大量的敌人，自身也受到很大损失。

红八军团政委黄甦是个既能打仗平日里又和蔼可亲的人。记得有一次我在给直属团起草军团命令后交给黄政委看，黄政委看后对我说：“小张啊，你写得太复杂了。”当时我看到他严肃的样子，心里有些紧张。黄政委看了我一眼，微笑地对我说：“你不要紧张嘛，你念了几年书啊？”我说在家乡念过 4 年小学，文化程度不高。黄政委笑着又说：“这不能怪你，没有学过公文格式。”接着他思考了一下，细心地一字一句地教我公文书写格式，公文写好后他笑着对我说：“你有一些文化，在部队里要发挥好的作用，但年轻人要好好学，不懂的要多问，将来就会有大的进步。”此后，黄政委一有空就教我学文化，讲革命理想和革命道理，我的思想觉悟得到很大的提高，同时工作也得到进步，使我一生都受益匪浅。可惜的是，黄政委在渡过湘江后黎城整编时被调到红一军团二师四团当代理政委，在陕北直罗镇战役中牺牲了。

1934 年 10 月上旬的一个晚上，在兴国境内的一个村庄里，军团团以上干部正在开会，月亮升起很高会还没开完。当时我不知道开的什么会，可是会开完后军团的管理科长就不辞而别了。军团领导的面容都很严肃，前沿的部队在往下撤，我知道部队要转移了，但往哪里转移却不知道。

这时红八军团经过补充已有 1 万余人，部队往东南行动，第三天我们冒着蒙蒙细雨到达于都河附近。军团首长戴着斗笠指挥部队静静地过河，当时的渡河工具有小船和竹排，只见船工们一次又一次地往返，把红军战士们送过河，沿河的父老乡亲不停地向我们挥手告别。部队上岸后，向南偏西方向前进，从此，红军开始了漫长的征途。

渡过于都河的第三天，部队到达信丰附近，迅速突破敌人第一道封锁线，红八军团跟随红三军团在中央纵队左翼行进。由于大搬家，行李笨重，部队行动速度很慢，在汝城口之间通过敌人第二道封锁线后，又在良田宜章间通过平汉路突破敌人第三道封锁线。

在红军长征途中，国民党军队前堵后追，前有湘粤军，后有中央军十几个师尾追。天上有飞机空袭，走的是崎岖的羊肠小道，机关部队走不动，队伍走走停停。唐参谋长亲自指挥军团机关大小行李的行军，战士们挑着的担子在行进中损失了不少。有一天，唐参谋长没回机关来，后来听说他被错误地杀害了，成了王明路线的直接受害者。

上级先派张云逸任参谋长，没多久就调走了。后来毕占云任参谋长，他待人和蔼，平易近人，关心体谅下级。在长征途中，我在他的直接领导下工作，行军宿营后他总是让我多睡一会儿，他自己常常先起来亲自起草第二天的行军命令，然后才把我叫醒。由于行李损失，我随身携带的复写纸都没有颜色了，每次命令复写 5 份，下面的都看不清楚。毕参谋长教我用火烤一下复写纸再用，文件的确清楚了很多。可是，天长日久还是不行，毕参谋长就和我一起抄 5 份。有一次直属团马团长问我，为什么下达的命令总是看不清，我心里很不安，毕参谋长就耐心地向他解释原因。在通过敌人第三道封锁线时，我在夜行军中右脚不慎扭伤了，痛得不能行走，毕参谋长把自己的马给我骑，并亲自把我扶上马背，自己走路。行军的路又窄又挤，天又黑走得又快，加上风大雨大，在通过一条沟时我从马背上掉下来，马一惊跑了。我心想到哪里去找马啊，如何向毕参谋长交代呢。幸好天亮后后续部队把马送回军团部来了，可是光有马鞍，马褡子和行李都跑丢了。当我一瘸一拐又沮丧地向毕参谋长报告时，他丝毫没有责怪我并亲切地对我说："东西丢了没关系，可以克服，你没有跌伤回来就好。"我望着他慈祥的面容，感到好亲切，我被感动得不禁流下热泪，长时间说不出话来。我内心在想，一定要做好工作，来报答关心爱护我的好领导，我们的好参谋长。

突破第三道封锁线后，前面一条是潇水，一条是湘江。为了迅速突破湘江，红一、红三军团在两翼强占渡江口要点高地，红八军团临时改变任务，奉命折回道州附近。我们日夜兼程追赶主力，有时还和敌人平行前进。由于急行军部队两天两夜吃不上饭，又不能停下休息，战士们非常疲劳，行军时，战士们走着走着，便一头栽倒在路旁呼呼睡着了，怎么喊也喊不醒。面对如柴火摆列的一长串"睡兵"，军团政委黄甦急得双眼通红，用马鞭子朝躺着的战士们一鞭鞭劈去，可这也收效甚微，抽醒了这一个，那一个又躺下了。这种情形，令慢性子的军团长周昆都憋不住发急，从机枪班一个战士手中夺过一挺轻机枪，朝空中扣了一梭子。这招倒也有些效果，还在梦中的战士被枪声惊醒，以为又同敌人遭遇，一下子弹跳起来，懵懵懂懂朝前乱跑，有的撞在树干上，有的跌进沟坎里，有的跑错了方向……好不容易到了水车才宿营，第二天天尚未明就随红九军团之后继续前进。

这天是突破敌人第四道封锁线的第一天，枪声很急，敌机在空中投弹、扫射，走了一段看到水车方向担任掩护任务的红五军团三十四师阻击敌人的战斗开始了，红八军团无形之中也成了全军的后卫。红八军团接到中革军委由三十四师转来的十万火急电，要求红八军团不惜一切代价于30日中午赶到全州青龙山宿营。军团首长命令我们快速前进，红八军团刚出水车不远，后面便有急讯传来，说敌人卷上来了，黑压压的，至少有两个师的兵力。这种消息在队伍中引起的惊慌是不难想象的。岂料，应对之策未出，又有消息传来，左翼也有大队敌人出现。途中又听到右方也响起了密集的枪声，原来这是刚从灌阳方向赶来的敌人，是企图打红九军团后卫部队和掉队的红军的。这时红九军团主力已通过，红八军团已成了孤军。敌人从四面八方围了上来，顷刻间枪声大作，弹线交错流曳，炮弹在四下里腾起了巨大的火团。我先头部队一到达，立即投入战斗。步、机枪声更加激烈了，由于敌人占领了有利地形堵住了红八军团的去路，而这时水车方向敌人的枪声也越来越近，已接近红八军团的后卫部队。一下子，红八军团部队全盘乱了套。建制乱了，队形乱了，官找不到兵，兵找不到官，四处都是涌动的人群。至此，军团领导也别无他法，军团首长听枪声判断，估计掩护部队被敌人切断了，我军腹背受敌，情况万分危急，有被敌人包围歼灭的可能。军团政委黄甦有一种巨大灾祸即将降临的感觉，急切地问周昆："怎么办？"周昆在黑暗中咧了一下嘴，果断且悲戚地喝令："让第二十三师断后掩护，其余的尽快往前冲，非战斗单位也一律跑步前进。"这道命令加剧了恐慌，机关人员全部拿起了武器，加入了前进的行列中。这时敌人的飞机来了，俯冲向我们的队伍轰炸、扫射，敌人的子弹疯狂地向我们的队伍射击。这时情况糟糕的程度简直无法形容，红八军团被敌人分割成几段，掉队的，走岔了方向的，跌伤了手脚的，产生失望情绪而开溜的……敌人不时从侧后搅进来，黑暗中敌我难分，乱仗纷纷，有时不免出现自相残杀的惨局。一路过去，伤亡遍地，溃兵四散，到处都有丢弃的辎重物资。

红八军团先头部队一停，后续部队不明情况纷纷赶到集中在狭小的区域里，这时敌人的飞机又折回来了，在敌机的轰炸扫射下，红八军团损失惨重。混乱开始时，军团政治部主任罗荣桓还尽力组织政治部一干人集体行动，但他的苦心很快付之东流，途中几场仓促的战斗，把他周围的人都打散了，他不得不和机关人员一样，掏出手枪直接参加战斗。突围时，我和毕占云参谋长一直在一起，可是到后来我们被冲散了，我背着油印机跟在罗荣桓主任后面一起往前突。这时军团首长命令掩护部队不惜一切代价占领两翼，主力部队从右侧方向突围。部队由前卫做掩护，前卫变后卫、后卫改前卫向右侧方前进。由于当时通信工具缺乏，军团对部队的指挥非常困难，只能靠通信兵的两条腿去传送。有时通信兵出去了回不来，首长很着急就派参谋、干事去传送。这时有报告说红一、红三军团已突破湘江，正在两侧掩护军委纵队过江。我们离江边还有几十里路程，必须尽快接近主力红军。在红五军团十三师的支援下，我红八军团与敌人展开激战，终于打退了敌军。这时的部队又饥又饿太疲劳了，军团首长命令剩余的部队不要休息继续往前突，尽量保证中央纵队的安全。

敌人的先头部队离中央纵队过江的凤凰咀渡口只有不到 30 里了，由全州来的敌人正在向我军掩护部队猛攻，有些敌人已突破我军的阻击向凤凰咀渡口急进。在这个严重时刻，我红八军团首长命令部队暂停前进，占领两翼高地，坚决担负起掩护中央纵队过江的责任，在离凤凰咀渡口 10 余里的区域里与敌人展开殊死战斗。同时，军团直属团一面阻击，一面组织突击队掩护军团机关向江边急进，赶到湘江边的凤凰咀渡口。前卫部队过江时，五六架敌机朝渡口飞来。敌机向红军队伍扫射、轰炸，红八军团伤亡更加惨重。敌机刚飞走，追来的敌军突破红八军团后卫，向凤凰咀渡口冲来，军团首长亲自率领军团直属队向敌人发起冲锋，将敌军击退。这时，敌人已将主要火力放在了这支红军最后过江的部队上。只能涉水渡江的红八军团官兵，面对敌人各种枪弹扫射、炮弹轰炸，几乎没有还手之力和招架之功，成了敌人的活靶子。俯冲的敌机简直有恃无恐，甚至像要触到水面，机腹上的青天白日图案清晰可辨。

又一批敌机飞来猛烈轰炸，疯狂扫射渡江的红军战士，正在涉渡的红军战士成批地倒下，江水慢慢变成了红色。红八军团奋勇冲过湘江凤凰咀渡口，顽强地向着东岸前进。由于红军战士的英勇顽强，浴血奋战，部队终于杀出一条血路突出了重围。我一直跟在军团政治部罗荣桓主任后面突围，当我们渡过湘江，看到江中巨大的水浪此起彼伏，不断有人沉下去，不断有尸体、枪支翻上来，整个湘江血水茫茫！心情万分悲痛！欲哭无泪！近万红八军团战士，血染湘江，从此就成了我心中永远的痛！

在湘江战役中，由于我红八军团奋力阻击敌人，加上年轻的部队缺乏作战经验，连续征战，他们有的在突围时牺牲，有的被打散，一部分无法过江被敌人围歼，还有一部分牺牲在过江途中，大部分没有能过湘江，损失太惨重了。过了江的只有军团机关和少数战斗部队，红八军团只剩下1200多人了。过江后由于部队编制被打乱，无法集结，只好随主力部队向越城岭前进。红八军团由于严重减员，12月中旬军委决定撤销红八军团建制，在贵州黎平附近，余部并入红五军团，红八军团组建前后不到三个月时间就结束了。

红八军团部书记张宜步渡过了湘江，渡过了赤水，渡过了大渡河，渡过了金沙江，渡过了延河，渡过了长江，成为共和国将军；红八军团二十一师六十一团二营四连连长邓炳彪负伤渡过湘江，马失前蹄跌下悬崖，从此人生改道……

第二天地方民团来了，把刀架在我脖子上，逼我缴枪。我把枪死死地抱在胸前，被打晕过去，枪被抢走。

我在悬崖下躺了一夜，饥寒交迫，伤痛剧烈，只好咬住衣角忍受，衣角被牙咬出了一排洞。

天亮后，来了六个民团的人，一上来就拳打脚踢，逼我缴枪。见我没有枪，就把我的衣裤剥光，连内裤都抢走。就这样光着身子，我在悬崖下又躺了一夜。第二天，已经是只有出的气没有进的气，昏昏沉沉讲不出话，干脆闭上眼睛等死。

一个老造纸工人看见了我，脱下自己的棉衣给我穿，把我背出悬崖，背到一棵大树下，喂我喝了几口水吃了几口饭，我才慢慢活了过来。我看出他是个心肠软的善良人，他看见我这个样子，眼泪就要流了出来。

他砍了一根树枝给我做拐杖，我撑着树枝刚站起身，又跌下了地。他背上我，背到了他的造纸坊，烧大火给我烤，煮甜姜茶给我喝，还帮我把伤口包好，我睡着了。

三天都没见国民党兵和民团来搜查，他照顾了我三天，我元气也恢复了些。

他说的话我听不太懂，我说的话他也听不太懂，但大概意思都明白。他要送我到兴安，说到了兴安我就能回家。我知道，他是听信了国民党的宣传。进广西后沿途都能看见桂军和民团贴的告示、标语，叫红军当逃兵，到兴安集中，国民党政府会送他们回家乡去。

我答应到兴安但不要他送，我说:“你要干活养家，我自己走就行。”他又留我住了五六天，给我带上水、饭和四个铜板，穿上他的衣裤，送我走到狮子庙，叫我顺着路走到兴安。临别，我给他磕了一个头，感谢他的救命之恩。

我没往兴安方向走，边走边打听，往我们红军大部队走的方向走。我要找到红军，我还要打仗干革命。拿着树枝做的拐杖，一拐一瘸，也不知走的路是对还是错。白天讨饭，晚上睡在戏台、牛棚、破庙， 走了两个多月，走到了茶源头。

我脚上的伤口恶化了，不断地流脓流血，烂肉一点点地掉，露出了骨头，实在走不动了，一天傍晚，我瘫倒在一间破旧木房大门外。

说来真巧，这家的主人叫李白章，是位草医。他仔细看了我的伤口，说能治好，就把我留在他家治伤。

开始肿是消了，也不流血流脓了，但伤口总是收不了口，他用刀划开伤口，用镊子把子弹头夹了出来，伤口才慢慢愈合。

两个多月后，伤治好了，他要我给他做崽，我答应了。他给我改名叫李老二，就在他家帮干活。大约过了三年，我义父李白章去世了。给他办完后事，我离开了李家，到山上打柴火卖，继续找红军，可是没有办法找得到。我被国民党抓了三次兵，都想办法逃了出来，当兵只能当红军……

1937年，我到了兴安华江千祥村，在施家上门，做了女婿。

那时我已经差不多30岁了，我老伴小我15岁，我们夫妻感情很好，她为我生了15个孩子，养活了10个。

岳父岳母和乡亲们都知道我是掉队红军，都对我很好，我就留在了这里，再也没去找红军……

新中国成立后参加土改、复查、清匪反霸，当农会主席，一直到老了才没干。

“四清”后的1964年，我第一次回老家，家乡的人以为我老早已死了，一直挂着烈士牌，一点都不相信我能活着回来。我哥哥、弟弟都认不出我，我只认出一个弟弟，他的脸上有一颗痣。

哥哥、弟弟和一大帮亲戚把我带到老屋场进行审查，把大门关上，问大门向什么方向开，门外有什么树……

弟弟问我：“母亲是怎么死的？埋在哪里？”

我说：“母亲死，我不在家，你带我去。父亲死，你不在家，我带你去找父亲的坟，带你去找我们邓家的祖坟。”

我都答对了，父亲的坟和祖坟也找到了，他们才真正相信我还活着，才认了我这个兄弟。一家人抱头痛哭，哭了好久，连门外的乡亲都跟着一起流眼泪。哭完，一家人就亲得“屎尿不分”……

乡亲们纷纷来看我，请吃饭，回去20多天，只在家里吃了两天饭。

我去了漆工镇湖塘村方志敏故居，我在方志敏像前站了好久，只在心里对方志敏说了一句话：“方主席，我对不起你，我没完成你交给的任务，没走完长征……”

为什么管我们叫失散红军呢？我们就是红军，红军就是红军，没什么失散不失散的，有谁是愿意掉队的……

如果我没在全州大拱桥受伤，如果我没摔下雷公岩，如果我的马没断腿……

邓炳彪家村前竹林

采访结束后 15 年，再次站在邓家堂屋，面对邓炳彪老人的遗像，笔者情不自禁怅怅地叹息，然后在怅怅的叹息中离开邓家……

遗像不是照片而是画像，邓炳彪老人栩栩如生。遗像下题字：邓炳彪八十七岁留念。生于一九〇八年十月十日子时。一九九五年二月常捂（字迹难辨不确定）绘。

邓炳彪的老伴施石娇记得清清楚楚，丈夫与她永别那天是 1995 年农历三月二十八日。

15 年来，施石娇老人每次来到老伴墓前，都会泣不成声："他要葬在这里，远处他不去，葬在这里，他可以天天看到我们。来到这里，我眼泪总不干，心里总供着他。儿子女儿也总回来烧纸供他……"

他的墓前立碑，碑上镌刻一副挽联："荣名德范留万代，忠魂事迹存千秋。"

采访完邓炳彪后笔者特地再读方志敏的《我是个共产党员了》《可爱的中国》《狱中纪实》《清贫》，历史与现实叠加，感悟颇多。

第六章 碎片特定的历史

刘华连："我不会游水，到了水深的地方，就抱着两个漂浮在江面上的战友的遗体，浮过了湘江。"

刘华连

- 刘华连，原名刘诗泽，1918 年生，原籍江西省赣县田村镇下白石村。
- 1934 年参加中国工农红军。
- 1934 年中央红军长征过桂北时为红八军团战士。
- 落户广西兴安县华江乡同仁村，务农。

笔者惊奇地发现，落户广西灌阳县新圩镇钟家村的红三军团六师十八团三营九连代理连长李贵财，与落户广西兴安县华江乡同仁村的红八军团战士刘华连是江西赣县田村镇的小老乡，李贵财家是白石村，刘华连家是下白石村，这两个村还很有可能是邻村。

采访刘华连则是意外。走出邓炳彪家门，陪同采访的当地朋友告知，千祥村的隔壁村同仁村也居住着一位失散老红军。

刘华连居住的同仁村坐落在越城岭猫儿山更高处，刘家与邓家，房屋的结构、建材、式样、规模，几乎完全相同，连朝向都一样，只是邓家显得更陈旧些。

刘家的堂屋供桌上是“天地国亲师”牌位，牌位上方是镜框，镜框里是毛主席像。

1918 年出生的刘华连，比邓炳彪年轻 10 岁，但看上去年纪相差并不多，更像长年累月面朝黄土背朝天辛勤耕作过多衰早的老农。可能挑担过重，背有点驼；上山砍柴被竹子刺伤的左眼，近乎失明。笔者第一次见他时，他头戴斗笠身披蓑衣，正在村外山坡野地放牛，头发胡子花白。

当时，刘华连的老红军身份外界所知并不多，后来成为名人，是因为 1999 年 8 月 14 日《桂林晚报》记者罗素玲采写的通讯《六十载未了回家梦》刊出，老红军的故事引起了社会的广泛关注。桂林日报社开展了“圆老红军回家梦”的活动，报社全体党员和部分党外干部职工纷纷为老红军捐款，并在晚报上开辟专栏，进行连续报道。报社还向江西革命老区的新闻媒体发出公函，请求援助。很快，《南昌晚报》《赣南日报》和江西电视台纷纷加入，桂赣两省区联合举办了一场影响全国的特殊寻亲活动。

刘华连的红军军龄，几乎与红八军团的红军军龄相同：3 个月。

湘江战役的失散红军，不论他们曾经是官还是兵，几乎都出身于农民。但一加入了红军，就开始脱胎换骨。他们身上仍然具有中国小农经济传统农民的特质，但也已具有了中国小农经济传统农民以前所没有的特质——红军特质。除了军事技能，他们具有了革命理想信念、政治理论素养、文化科学知识，并因入伍时间长短而程度不同，军龄越长，越丰富深厚，水平越高。这一点，采访邓炳彪时感觉特别鲜明强烈，采访刘华连时再一次得到证实。

笔者从 20 世纪 90 年代初开始，3 次采访刘华连，发现这 3 个月的红军经历，在刘华连记忆中已化成了一块块碎片，而且，很多碎片已经在他的脑海里不断迷失。他已忘记他所在的师团营连排班，只记得是红八军团；已忘记他的师团营连排班长，一个都记不得；连他的老家所在的县都已不记得，后来只记得乡，再后来只记得村……

但存留下来的每一块碎片，都真真切切和那段特定的历史，和他的个人命运血肉相连，有着难以质疑的历史真实性。

我哥哥头一年当兵是自愿的，戴着大红花，敲锣打鼓送走的。我当兵了，家里的田地就没有人种了。走的那天，我哭，我妈妈踮着脚在路边送我，哭得好伤心……

靠“打土豪、分田地”翻身做主人的中央苏区农民为了保护自己的胜利果实，积极踊跃参加红军，与前来“围剿”的国民党部队英勇作战，是第四次反“围剿”前的历史真实。

中央苏区创立初中期，红军招兵以宣传鼓动为主，比较注重自愿原则，以及优待红军家属的政策。可以说红军队伍迅速扩大，是红军战士对苏维埃政权忠心耿耿的基础之一。兵员的素质较高，战斗意志也很顽强。

16 岁的刘华连是在中央苏区最后一次“扩红”中，加入了仓促组建的红八军团，成为张宜步、邓炳彪的战友，在同一支队伍里，走上了长征路。从江西走过广东，走过湖南，走到湘桂边境，他被编入作战部队，领到了一支枪：

首长发给我一支步枪、三发子弹和一颗手榴弹，反复告诉我：“这是革命的火种，只有打败了国民党，穷苦人才能当家做主。”我懂得这些道理，也知道这些话的分量，所以一路上都用手按着那三发子弹，生怕它们飞了。

发了枪以后，教了我们怎么打枪，拉枪栓，上子弹，扣火，我记住了，一直没有练习过。被敌人追到湘江边，我才开了枪，边跑边扭过身子，朝着后面开了两枪，不知道打没打中。

在刘华连记忆的碎片中，渡过湘江这一块，被鲜血浸透，与历史记载，与他的战友张宜步、邓炳彪的回忆完全相同：

我们过湘江时，浮桥已被炸断，在敌人猛烈的炮火面前，我们只有冒死过江。我周围不少战友都中弹牺牲了。眼看着战友一个个地倒下，没有一点办法。人家往前冲我也冲，前面倒下去，后面接着上，怕也没用。惨啊，战士的遗体浮在江面上，江水都成了红色。我是扒开一个个战友的遗体朝前走的。我不会游水，到了水深的地方，就抱着两个漂浮在江面上的战友的遗体，浮过了湘江。

这时，刘华连和张宜步、邓炳彪一样，仍在罗荣桓收容的1000余名过江人员中，而且没有受伤。

渡过湘江的红八军团余部连夜赶路，追赶已进入越城岭大山的中央纵队和兄弟部队。天刚拂晓，走入一片竹林，饥寒交迫疲倦至极的刘华连一步踏出，踩中了桂军民团埋设的毒竹钉，右脚被刺穿。

刘华连用步枪做拐杖，开始还能拼命忍痛跟着部队，竹钉毒性发作后渐渐离红八军团越来越远，进入了山道上伤病掉队红军战士的行列。

走了两三天，走到寺门前，遇到了一个首长，有匹马，知道我们是掉队的，叫我们跟他走，我们一起三四百人，走到佛子岭，被国民党桂军包围了。战友们突围出去了，我打掉了枪里剩下的那颗子弹，脚痛得趴在地上动不得，被敌人抓了，当作俘虏，送到兴安县城一个会馆，关了起来。

邓炳彪没有听从救命恩人老造纸工人的建议到兴安，而是自己去找红军大部队，如果去了兴安，他的命运肯定会改变，很可能比刘华连更惨。

1934年12月2日晚，白崇禧去电广州，向李宗仁汇报战况并请示如何处置红军俘虏问题。白电称：

……综合情报判断：该匪残余不过五六万人。现我军以第十五军为第一追击队，第七军为第二追击队，协同友军，尾随穷追。经我军击毙之匪，在兴安一带将近万数。我军伤亡官兵百数十名。投诚者有原属李明瑞部之桂籍500余名。械2500余支。再者，俘匪除桂籍外，拟留桂或他处处置外，其余2000余名，各省皆有，但以江西、湖南为多，并有各级官长在内，应否解送中央，抑交芸樵（何键）兄处置，听候电示。崇禧冬戌行……

12月13日晚，白崇禧再次去电广州。请示李宗仁如何处置红军俘虏。电文如下：

广州，总司令李钧鉴：

绝密。共匪自窜入桂境以来，迭次大战之结果，被我军俘获共匪伪官兵7000以上。本拟解交芸樵处置，但因陆路道远且长，沿途匪逃散必多。禧意拟将俘匪由桂林雇民船送梧，再易轮船运粤，经粤汉铁路至韶关，请中央派员接收处置，或押解入赣，使其各自为农。如何？聆覆。职崇禧叩元戌……

12月18日，李宗仁去电陈济棠，告之遵从蒋介石指示，红军俘虏交给湖南何键。电文如下：

广州，抄送陈总司令勋鉴：

顷据白副总司令筱电称，“得何总司令芸樵电，遵蒋委员长电，接收俘匪解赣，现定于号日由兴、全、灌分批起解至黄沙河交湘军接收，约两星期可竣事，解粤拟作罢论，崇禧筱行副印”等语，特电察照。弟李宗仁叩巧。

以上三电均为李、白等军内密电，应有一定的真实性及参考价值。

红军长征过桂北后，桂系李宗仁、白崇禧等拍摄了一部似纪录片又似故事片的电影宣传片：《七千俘虏》，对于其中红军被俘人数的真伪，至今仍存很大争议。

影片素材的拍摄地在广西的兴安、全州、灌阳等桂系关押红军被俘人员地点，其中主要在兴安。

时任桂系第四集团军总政训处中校宣传科长的李文钊是这部影片的剧作者，他回忆：

这次他（桂系第四集团军总政训处处长潘宜之）率领一批政工人员来到兴安，在县中操场集中这批“俘虏”，做了挑拨离间和欺骗的宣传，叫别人莫再受共产党的骗，从此回家安居乐业，做个良民，同时他叫随去的我等人分组进行慰问和讲话。随去的电影队人员，把他们的这次活动都摄入了镜头，这便是影片《七千俘虏》的第二部分素材……

……剧本的内容是借一对青年男女同学的恋爱故事来做线索，男的响应了广西政府的号召，应征从军，参加了阻击红军之役，胜利归来，完成了美满姻缘，过着幸福的生活。在男主角的口述和回忆中把桂系如何“俘获”红军，如何“优待俘虏”，和如何“遣俘”还家，一一连贯表现出来。影片于1935年夏秋间拍摄完成，为新桂系夸耀战果起了一定的欺骗宣传作用。

刘华连成为“七千俘虏”中的一个，他没有受到“优待”，侥幸躲过了被“遣俘还家”，但差点死于非命：

我被关在兴安会馆，关在这里有二三百人，听说还有关在城隍庙、学校好几个地方的。发了一件旧棉衣给我，棉衣里有好多臭虫，痒得我乱抓，一身都烂了。住的地方四面透风，就给一把禾草铺在砖地上，没有盖的，外面刮着大北风，下着大雪，结了好厚的冰，晚上冷得我缩成一团，不停地打抖，抖得牙齿咯咯地响。

陆陆续续有人被押走了，说是遣送回江西老家，我也想回老家，就跟看管我的一个老人家说。老人叫我快别作声，他说，不要回江西，半路会没命的，遣送回家的，不挨打死也挨饿死、病死，留在广西好了，还能留一条命。我听了老人的话，没敢再作声。

我脚上的伤口恶化了，轻轻一按，脓和血就喷出来，又腥又臭，止都止不住。腿又红又肿，比原来一倍还要粗。天天发高烧，动都动不得，瘫在地上，已经像个死人了。他们只给我上过一次药，就再也不管我了。

大约关了三个月，有一天，一个当官的进来捂着鼻子跟我说，看你这个样子，关着也是死，放出去大概也活不下去，就放你出去算了。我就这样被放了出来……

我只能爬着走，沿街讨饭，好多人看见我都躲得远远的，我身上伤口臭。

一天，我爬到一个叫柘园的地方，在一家小店铺门口要饭，老板把我扶起来靠墙坐着，先给我喝了一碗茶，又给了我四个糍粑。糍粑蘸着糖，又甜又热又软，我几口就吃完了。

老板对我讲："小兄弟，这样下去你会死的，你年纪轻轻的死了太可惜，做父母的会伤心的……你就留在我这里吧，我想办法帮你治好脚上的伤，你就在我这里帮我做工。"

老板姓蒋，我和蒋老板一言为定，就留在了蒋家。

蒋老板四处帮我寻医找药，伤口有了好转，能做的我都帮蒋老板做。

一年后，我的伤好了。

伤好后，按照我们当初的约定，我很卖力地帮蒋老板又做了三年工，没要他一分钱。

__ 兴安县华江乡千家寺红军标语楼

再后来，只要蒋老板需要我，我就去帮他的忙，随叫随到，从来不要钱，我把蒋老板当作救命恩人来报答。

我四处做工，打听红军的消息，想去找部队。听说红军已经去了好远好远，我再也追不上了，才不得不失望，放弃。

1948年秋，刘华连来到兴安县华江乡同仁村上门入赘陆家为婿，他的妻子陆美荣是一位善良、纯朴、勤劳、能干的农家女。

1949年年底，他听路过他们村的解放军说，毛主席领导中国共产党打倒了国民党、蒋介石，革命胜利了，解放军就是当年的红军。就在这天，他的独生子陆志元出生。也就在这天晚上，他辗转反侧，第一次把自己曾经是红军的秘密告诉了妻子。

15年前，他是这支从挫折走向胜利，浴火走向重生队伍中的一员；15年后，这些已然是久远且开始散碎的记忆。

20世纪60年代中期，兴安县有关部门派人到华江乡调查，他是失散红军的情况被官方知道，跟其他失散红军一样，开始享受不断有所增加的一点补贴；到2010年后，政府每月都会发给老人800元养老金，医疗费3万元以上的报销1万多元，3万元以下的报销80%。

刘华连依旧日夜操劳，耕田种地，喂猪养鸡，种粮种菜，割草砍柴……

一年年老去，思乡情更切，日夜魂牵梦萦都在想回到阔别多年的老家看看。

《桂林晚报》记者罗素玲的通讯《六十载未了回家梦》写的就是他越来越强烈的归省愿望，1999年8月14日在《桂林晚报》发表后，反响强烈。

同年9月中旬，江西新闻、民政等各界看到报道后，立即组织人力查阅历史档案，分成五个“寻亲小组”深入革命老区查询。经过半个月的努力，终于大海捞针似的从8700多名赣县红军烈士名单中，找到了已被定为烈士的刘诗泽（刘华连原名），并且找到了老人的亲人。此中过程，曲折跌宕，极具故事情节。

1999年9月20日至10月4日，江西电视台在《江西新闻联播》节目连续播出了我们采写的跟踪报道《失散老红军刘华连寻亲纪实》，在为老红军寻访家乡的过程中，我们两下赣州，南下广西桂林，驱车行程达4000多公里，终于帮助老红军刘华连核实了家乡，为老红军圆了65年的回家梦……

老红军刘华连想回家牵动了江西、广西两地人的心

广西《桂林晚报》记者罗素玲是这起事件的发起者。今年8月，罗素玲了解到，在广西桂林兴安县华江乡的小山村同仁村里，住着一位失散老红军刘华连，刘华连13岁参加红军，在湘江大战中他右腿受伤，与红军队伍失散，从此在广西住了下来。在刘华连心中，家虽然贫寒，但无疑是自己最后的归宿。六十五年来，他时时想起他参军离家时，妈妈在人群里踮着脚为他送行的情景，希望能找到家去见他的妈妈、他的亲人。但令他后悔不已的是，由于年少没文化，离家时，他只记得自己是江西省天村区哈叭下村人，具体在江西哪个县不知道。20世纪60年代末，广西政府部门帮他向江西有关部门发函查询过，但因地址不详而无法找到。从此，这成了他一块心病，有几次，他也产生最简单、最实在的想法，沿着当年红军走过的那条路返回去，一定能成。有一天，他真的把家门一锁，沿路往回走，但走到天黑时，他突然想起因工致残的儿子，万一自己死在路上，儿子岂不也成了没爹妈的人了，他只好又转回去。今年八一前夕，对着前去看他的桂林警备区的首长们，刘华连提起这桩心事，希望能找到家，回家去看一看。

江西电视台是第一家为老人寻家的电视媒体。

今年8月下旬，桂林日报社把公函发到了《南昌日报》，要求江西新闻界协助查找老人的家乡，随函附有《桂林晚报》记者采写的《六十载未了回家梦》。江西电视台的领导知道这件事后，给予了高度重视，尽管在国庆50周年之际，电视台设备紧张，人手紧张，但还是对这件事的宣传报道给予了优先安排……

9月20日，我们和南昌晚报社的记者共同开始了寻访老人家乡的行程，进行同步报道并刊发了《桂林晚报》记者罗素玲采写的通讯《六十载未了回家梦》，这些报道

在社会上引起强烈反响……从反映的线索来看，刘华连老人的家可能就在江西赣县地区，《赣南日报》记者李伟民也告诉我们，《赣南日报》在一天之内就接到了几十个电话和群众来信，从反映的情况来看，老人的家可能就在赣县田村镇和白石乡附近，因为这两地在20世纪30年代曾叫作天村区，而现在的白石乡（现田村镇）下白石村在当地方言中就叫哈叭下村。

9月21日，我们连夜赶到了赣县，赣县民政局的同志告诉我们，当听说了刘华连的情况后，赣县出现了很多户认亲者，其中下白石村村民刘恒忠家的情况和刘华连提供的情况很相似。为进一步查证，9月22日，我们一行经过两个小时的颠簸，来到了白石乡下白石村。在白石乡下白石村我们看到，刘恒忠家的老屋前有一条曲折的小溪流过，屋后则是一座苍翠的小山，地形、地貌都与刘华连老人描述的家乡地形地貌相吻合。当年近八旬的刘诗泮老人听说省城来了记者，特意穿了多年未穿的新衣服，向记者谈起了刘华连儿时的趣事。刘诗泮拿出不轻易示人的刘家祖谱，指着上面的“刘诗泽”说，“这是刘华连的大名，是我的堂兄”。而在《赣县人民革命史》革命烈士英名录中，刘诗泽作为查找下落不明者，赫然在册。

在刘家祖屋的墙上，贴了一张泛黄的纸条，上面写着“刘诗泽”三个字，几十年来，年年祭祀，刘家的子孙一直在供奉着这个“亡灵”，他们万万没有想到，这个人依然活在人间。为了不增加刘诗泮一家的负担，我们采访那天的午饭本来安排在白石乡政府，但刘诗泮一家坚决不让记者走，硬拉记者在他们家吃顿午饭。同日，我们还赶到赣县田村镇另一户认亲者刘诗清家进行核对查证，结果表明，刘华连老人家在该处的可能性很小，但刘诗清也真切地告诉记者，他现在生活幸福也全靠这些革命者，不管刘华连老人是不是他家的人，只要他愿意回来，他们也会热情地接待他，把他当作亲人来对待。

桂林认亲

9月24日晚，是万家团圆的中秋良夜，而为了老人与亲人的团聚，也就是在这天下午，我们和赣县白石乡下白石村村民刘恒忠、刘书财一道踏上了去桂林认亲的征程。到桂林之后，桂林日报社的同志告诉我们，当他们收到我们已经为老人找到家乡的消息后，当即在报纸上做了报道，随后在当地引起相当大的反响。许多热心人都愿为老人回家提供路费，一名下岗工人带了 2000 块钱到报社要求资助刘华连回家。当地交警部门也表示，愿意护送老人回家并负担老人今后全部的医疗费用。与此同时，刘华连老人所在的兴安县委县政府也为老人回家捐了款，并为老人回家开欢送会。

回 家

9 月 27 日，刘华连老人在儿子儿媳和江西、广西两地新闻记者陪同下，踏上了回家的行程。在车上，老人一路谈笑风生，不断向记者提起 20 世纪 30 年代红军行军时鲜为人知的奇闻趣事，记者也不断向老人提问，老人回答时思路也非常清晰。起初大家都很担心老人的身体，怕他长途旅行身体吃不消，但这种顾虑很快就打消了……

国庆节前几天，也就是 9 月 29 日上午，护送刘华连老人回家的车队刚到下白石村村门，乡亲们就敲锣打鼓，吹响了当年欢送红军的乐曲，刘华连的堂弟和乡亲们以村里最隆重的礼节迎接自己家人的到来。在村门口，刘华连一路走一路看，专注地辨认着留在他记忆中的房子特征，年近八旬的刘华连情不自禁地在众人面前推起了小时候用过的石磨。

帮老人找到了家，老人终于和家人团聚了……

（杨玲玲、饶晓刚、林云志《六十五年寻亲梦 新闻记者帮助圆——〈失散老红军刘华连寻亲纪实〉出台前后》，载《声屏世界》1999 年 12 月）

最后一次采访刘华连是 2006 年红军长征胜利 70 周年前夕，刘华连对于红军记忆的碎片越来越碎，越来越少。

他家堂屋的墙上不知何时挂上了一张照片，照片上的刘华连胡子全白了，身

桂林文学院作家们采访刘华连，前左一为作者、前左四为刘华连

__ 兴安县华江乡同仁村刘华连家

穿现代红军军装，正在往全是白发的头上戴红军八角帽。照片下有一行小字："你看我现在和当年是一样的。"

站在刘华连家门前放眼眺望老山界，从山脚到山顶，竹林、杉林、松林，密集整齐得如同集结待发冲锋陷阵的庞大军阵，山风呼啸，树撼枝摇，70 年前刀光剑影的战场仿佛重现眼前：成千上万的人在密集的弹雨中倒下，成千上万的人前赴后继，黄昏，血色……

2014 年，刘华连去世，享年 96 岁。

第七章　歌声在穿越时空

余财凤：“离开了红军队伍，就像掉队的孤雁，心里凄苦又孤独，还不能跟人说……”

余财凤

- **余财凤，原名余藤方，1911 年生，原籍江西省兴国县良村镇。**
- **1930 年加入中国工农红军。**
- **参加中央苏区第一、第二、第三、第四、第五次反“围剿”。**
- **1934 年中央红军长征过桂北时为红三军团第六师十六团三营七连通信员。**
- **落户广西兴安县华江乡同仁村，务农。**

红三军团第六师（兴国模范师）十六团三营七连通信员余财凤落户在广西兴安县华江乡同仁村，与红八军团战士刘华连同在一个村委，自然村相邻。几十年来，出工开会，进村出村，田间地头不时相遇碰面，虽然彼此都知道曾经是战友，但两人都说不上是为什么，交谈来往并不多。

余家坐落在村边，是一幢独立的房屋，与邓炳彪、刘华连家的房屋相似，但大得多。1996 年笔者采访余财凤时，余家房屋里已是人丁兴旺，四世同堂。

站在余家屋前四望，远山莽莽苍苍云雾缭绕，近山青青翠翠竹木繁茂，梯田层层叠叠铺展到房后屋前，清清山泉顺着引水竹筒涓涓流进他家水缸、水池，一年四季不停不歇。

长年累月，每天鸡刚啼鸣，余财凤就起床开始一天的劳作。85 岁时，儿孙们再也不让他干农活、重活，但他闲不住，只要力所能及，他都乐意做。

85 岁的余财凤老人虽然腰背佝偻，步行微跛，但面容白皙，五官端正清秀，青春年华时肯定是高挑俊朗的帅小伙。而下颌留着的长髯，右面颊两颗黄豆大的肉痣则令人印象深刻。

余财凤老人点燃一把干透的竹条放进灶膛，引燃灶膛里架空的柴火，余家屋脊陈旧的暗黑瓦面，便升起缕缕炊烟；当越来越浓的炊烟融入越来越淡的晨雾，老人做好了一家的早饭。打开柴房，放出一群鸡，在晒谷坪撒两把谷子或碎苞谷让鸡啄吃，转身回猪圈，给猪喂食……

老人常常感叹："现在不行了，吃也吃不得了，半斤米也吃不得了，捡柴还可以捡三四十斤……"

朝阳喷薄而出时，余财凤老人抱着刚满周岁的曾孙女，坐在了屋前大树下，乐呵呵含饴弄孙。

这是他的第五个曾孙辈孩子，小名叫"蛇婆仔"，正牙牙学语，他喜欢教曾孙女唱歌。

这首歌，他教过女儿、孙子，现在又教曾孙女。

他还教村里人唱，村里不同年龄段的不少人都会唱这首歌，都说他唱歌好听，这首歌好听。这首歌被乡亲们称为“红军歌”：

红米饭那个南瓜汤哟嘿啰嘿，
拔野菜那个也当粮啰嘿啰嘿，
毛委员和我们在一起，
天天打胜仗呀打胜仗……

桂北越城岭山区的当地老农无论如何也唱不出这种带着江西口音的原汁原味的兴国山歌“红军歌”，乡亲们都知道，余财凤是老红军。

那时，我们兴国县苏维埃政府实行农村军事化，7到15岁的儿童少年都要加入儿童团，16到25岁的青年都要加入少先队，26到45岁的青壮年都要加入赤卫队。儿童团、少先队、赤卫队不打仗时参加军事训练，打仗时就出发上前线，听从指挥，配合红军作战。

我当过少先队员，当过赤卫队员，1930年，我19岁，我参加了红军，是毛主席、朱总司令领导的红一方面军，在红三军团六师十六团（河口团）三营七连当通信员。

当了通信员我才知道责任的重大。连长、指导员的指示、命令要以最快的速度传下去，把下面的情况带回来报告。尤其是在作战中传递命令，领导大多数是口头命令、指示，很少有书面文字的，记错了，传达错了，有时是要被执行战场纪律枪毙的。

作战中传达命令往往又是非常紧急的，耽误了时间也不得了，所以一点儿都不敢马虎。这些我都做得蛮好，连长、指导员和排长们都很喜欢我。

我参军打的第一仗，就是打张辉瓒……

1930年10月，蒋介石纠集了12万重兵，分成8个纵队，以当时的江西省主席鲁涤平为总司令，以第十八师师长、江西省“剿匪”总指挥张辉瓒为前线总司令，从江西吉安、福建建宁一带，由北向南，“分兵合击”，第一次大规模地围攻中央革命根据地，企图一举消灭“朱毛”工农红军。

这时，中央苏区工农红军的红一方面军有第一、第三两个军团，共约4万人，部署于清江（今临江）至分宜的袁水两岸地区。在面临敌人大规模“围剿”的情况下，红军决定采取“诱敌深入”的战略战术，红一方面军渡过赣江，退到根据地内作战。

12月16日，部署就绪的国民党军开始向根据地中心区域进攻。张辉瓒等3个师进占富田、东固、龙冈、源头一带。毛泽东明察秋毫，寻找着战机。他决定中间突破，先歼灭张辉瓒部。

29日晚，乘着满天大雾，红三军、红四军、红十二军及红三军团一部共2万多人静悄悄地埋伏到了龙冈附近的山中。30日凌晨，毛泽东同朱德一起登上小别山指挥战斗。

30日早上7时许，张辉瓒率领的第十八师从龙冈以东、小别山以西开始登山。遮天盖地的大雾，着实让张辉瓒分不清龙冈的深浅，辨不明红军的虚实。他万万也没想到，他的大军踏进小别村的小石桥后，就钻进了红军设下的“大口袋”。

上午10时，红军发出了攻击令。仅半个钟头，敌五十二旅就被吃掉了两个营。旅长慌忙将战况电告张辉瓒。至此张辉瓒方才大梦初醒，知道红军主力已云集龙冈，布下了天罗地网。他深知陷入众兵重围的后果，下令直接掌握的师直属部队和五十三旅做正面应付，并集中手中的迫击炮和几十挺机枪，对合围过来的红军进行反攻，以且战且退的方式向万功山方向逃跑。

然而红军岂能让到手的猎物跑掉。穷追猛打，越战越勇，很快追上并捣毁了十八师师部，师参谋长周伟黄被俘虏。张师各部乱成一团，至下午4时左右，全师9000余人全部被红军消灭或俘虏。

师部被捣毁后，张辉瓒眼见已无力回天，便急忙扔掉身上的中将呢子军服，换上了一件士兵上衣，穿着来不及脱下的将军服裤子，只身向万功山山顶爬去。

当他爬到半山腰时，忽听山顶上有枪声，知道山顶已被红军占领不能再上了，便慌慌张张四下观望，发现不远处的一棵大枫树下有个土坑，便急急忙忙爬过去钻进土坑，将边上的茅草使劲往身上盖。

不一会儿，红四军第十师几个搜山的战士来到了这棵大枫树下。他们见土坑边的茅草刚刚被人扒拉过，便上前用枪一挑，藏在里面的人露了出来。张辉瓒就这样被红军战士活捉了。

毛泽东欣然填词《渔家傲·反第一次大“围剿”》：“万木霜天红烂漫，天兵怒气冲霄汉。雾满龙冈千嶂暗，齐声唤，前头捉了张辉瓒。二十万军重入赣，风烟滚滚来天半。唤起工农千百万，同心干，不周山下红旗乱。”

我参军后的第二年，在莆田打国民党谭道源第五十师。我们团对谭道源的后卫部队发起总攻击。

30余里山道上空响彻我们嘹亮的冲锋号声，我军以泰山压顶之势从战壕中跃出，从掩体中跃出，从山崖石缝中跃出，冲向公路上残余之敌。

敌军在我军的总攻击下，除一部分夺路而逃外，其余被包围在沟中的已完全崩溃，成为我军追剿的对象，那是真正的追剿，追剿逃窜之敌。

我们端起刺刀，一次冲锋，几乎就把沟中之敌彻底消灭。

在这条狭窄的山道上，我和连长两个人就俘虏了30多个国民党兵。

百多辆大车挤塞在山道上，成为我们的战利品。我们把缴获的敌人重机枪、轻机枪、步枪、中正剑等武器装备集中在一起，在公路上排成一列又一列，堆成一堆又一堆，光步枪就缴获了2000多支，还有布匹、服装、粮食和银元……

还有体肥膘壮的战马，一群群被我们赶拢在一起，对着即将跌落山头的夕阳咴咴低鸣……

接着在龙冈，在我的家乡良村，我参加了第三次反“围剿”作战。

第二次反“围剿”胜利后，红军第一方面军3万余人，在闽西北、闽西、闽赣边和赣南等地区开展群众工作，进行第三次反“围剿”准备。

1931年6月底，在中共红军第一方面军临时总前敌委员会书记毛泽东和方面军总司令朱德的指挥下，最后判明国民党军即将发动第三次“围剿”的企图，决定继续采取“诱敌深入”的方针，待敌深入苏区中心区，再集中兵力实行反攻，以打破“围剿”。

随后，以独立第四、第五师和红三军第九师在吉安、吉水、永丰、乐安、宜黄以南地区，红四军第十二师在南丰以南和东南地区，协同当地地方武装和赤卫军、少先队，以运动防御和游击战阻碍敌军前进；红一方面军主力红三军团、第四军主力、第十二军在临时总前委书记毛泽东、总司令朱德的指挥下，于7月10日前后由闽西、闽西北、闽赣边和赣南等地迅速收拢，向苏区中心区集中。

红军冒着盛夏酷暑，紧急行军，绕道瑞金以北的壬田，行程千里，完成回师集中的任务，于22日前到达雩都（今于都）以北的银坑、琵琶垄、平安寨、桥头地区，同由雩都、瑞金北上的红三军主力、红三十五军和由赣江以西来到的红七军及红二十军军部和第一七五团会合。28日，红一方面军主力转移到兴国县城西北的高兴圩地区，完成了回师集中的战略任务。

与此同时，中国共产党苏区中央局向苏区各级党组织、各级政府发出紧急通知，动员和组织人民群众、地方武装、赤卫军、少先队支援和配合主力红军反“围剿”作战，不断地阻击、袭扰向苏区进攻的国民党军，苏区人民群众则实行坚壁清野，使深入苏区的国民党军饥疲交困，锐气大减，从而有力地掩护了红一方面军主力回师集中，并为转入反攻作战创造了条件；并命令在湘赣苏区活动的红军第七军、第二十军军部及第一七五团东渡赣江，同红一方面军会合。

国民党军进入中央苏区20余日，找不到红军主力进行决战。至7月底，蒋介石才得悉红军主力在兴国地区，判断红军可能西渡赣江，遂以其主力分路向兴国地区急进，企图压迫红军于赣江东岸而消灭之。

此间，红一方面军主力已在高兴圩地区进行了反攻作战的准备。1931年7月31日，方面军总部得悉国民党军正向兴国方向行动，其右侧富田、头陂、新安一带仅有3个团防守，由富田往东的后方联络线上，兵力也较薄弱。据此，毛泽东、朱德决心采取“避敌主力，打其虚弱”的方针，将红军主力由高兴圩地区秘密北移，首先突破富田一点，然后由西而东，横扫敌后方联络线，置深入赣南苏区之敌主力于无用之地，待敌发觉回头北向时，再乘其疲惫寻机打其可打者。当日晚，红一方面军主力开始向富田开进，当先头部队进到石陂以北时，发现第二路进击军两个师已进到富田。毛泽东、朱德决定改变计划，率红一方面军主力于 8 月 4 日折返高兴圩地区，另寻战机。

形势对红军极为不利，西有赣江，南、北、东三面有国民党军 9 个师逼近。但其中进到白石、崇贤地区的第一军团，进到兴国地区的第一路进击军和第四军团，以及在富田地区的第二路进击军，战斗力较弱。

据此，毛泽东、朱德决定：以红三十五军、红十二军第三十五师和独立第四、第五师，协同地方武装和赤卫军、少先队，以积极行动，将敌第二、第一路进击军，第四军团向万安、良口方向牵引，将第一军团牵制在白石、崇贤地区；集中红一方面军主力向东突进，实行中间突破，求歼向莲塘前进的第三路进击军，而后由高兴圩地区向东突进，进击龙冈、黄陂，调动敌人，择其好打者打之，于运动中予以各个歼灭。

为隐蔽这一意图，造成“围剿”军错觉，红一方面军以一部兵力协同地方武装，将“围剿”军主力 7 个师吸引到兴国以西和西北地区，主力则于 5 日晚从兴国、崇贤两地国民党军防线之间 20 公里的间隙中隐蔽向东急进。6 日午前进到莲塘、官田地区隐蔽待机。

国民党军对红军的这一行动没有察觉，其第一、第二路进击军在红三十五军、红十二军第三十五师的牵引下，正扑向赣江边；而第三路进击军则由良村分两路向莲塘、城冈前进。

6 日午后，第三路进击军第四十七师先头第二旅进到莲塘附近时，毛泽东、朱德当即决定，集中兵力歼灭该旅，而后向北进击，求歼第三路进击军主力。

当日晚，红三军团、红四军、红七军秘密接敌，于 7 日拂晓突然发起攻击，战至 9 时，全歼第四十七师第二旅又 1 个多营。

莲塘战斗后，红军主力乘胜向良村急进，途中与由良村出援的第五十四师第一六〇旅遭遇，歼其1个团，该旅余部逃向良村。红军衔尾猛追，于13时许攻入良村，又歼刚由城冈撤回良村的第五十四师师部和2个旅的大部。良村战斗后，红一方面军以红三军佯攻龙冈，率主力东进围歼刚从君埠、南陵等地缩回黄陂的第三军团之第八师。11日晨，红军进到黄陂附近，中午向黄陂发起攻击，一举突入村内，歼第八师2个团。15时，第八师余部向洛口、宁都突围，红军在追击中又歼其2个团。随后，红军主力转到君埠以东君岭脑山区休整。莲塘、良村、黄陂战斗的胜利，使红军从被动中夺得了主动。

良村战斗后，蒋介石和前线总司令何应钦始知红一方面军主力已由兴国西北地区东进，并估计可能北出临川，遂于8月9日起，令其第一、第二路进击军和第一军团掉头向东，企图协同由广昌西进的第十师，围歼红一方面军主力于宁都以北地区。于12日至15日，以密集大包围态势接近红军集中地——君埠以东地区。

为摆脱“围剿”军8个师三面包围的不利境地，毛泽东、朱德决定以红十二军（缺第三十五师）向乐安方向佯动，将国民党军主力向东北方向牵引；红一方面军主力秘密西返兴国县境内隐蔽休整。

16日晚，红一方面军主力2万余人，利用夜暗，从正在东进的国民党军第一军团和第二路进击军之间10公里间隙地区秘密疾进，跳出国民党军的合围圈，次日晨回到兴国东北的白石、枫边地区隐蔽休整，并同中共苏区中央局和中革军委会合。红十二军主力则扬旗鸣号，大张声势地向东北方向行动，并以一部兵力攻占乐安县城。

蒋介石误认红十二军为红一方面军主力，并判断红军将进攻宜黄，威胁临川，遂急调其第十师返回临川，令第一、第二路进击军等部追击红十二军。红十二军主力采取灵活机动的战术，将国民党军主力一部拖了近半个月，掩护了红一方面军主力的西移和休整。

8月底，待国民党军发觉红军主力再回头西进寻找红一方面军主力决战时，红军已休整近半个月。蒋介石随即以其第一军团为先头，其他各部随后，再次西进，寻求红军主力决战。毛泽东、朱德为进一步调动和消耗国民党军，于9月初率红一方面军主力继续西移，转到兴国、万安、泰和之间的均村、茶园冈地区隐蔽待机。

国民党军在中央苏区来回奔波已达两月，除其3个师遭到歼灭性的打击外，其余各部也受尽了苏区人民群众、地方武装坚壁清野和不断袭扰的困苦，士气急剧下降。

与国民党军情况相反，红军三战三捷之后，又经过半个多月的休整，士气更加旺盛。战场上国民党军被动、红军主动的形势更为明显。

9月6日晚，红一方面军总部得悉兴国地区国民党军正沿高兴圩大道向北撤退，毛泽东、朱德当即决定首先抓住兴国地区北撤之敌一部歼灭之，而后伺机扩张战果，遂令红三军、独立第五师迅速抢占老营盘，断敌退路；红三军团、红四军（并指挥第三十五师）、红三十五军进攻高兴圩及其南北之敌；红七军牵制兴国之敌。

7日拂晓，国民党军第四军团由兴国地区向北撤退，其先头独立旅撤到老营盘附近时，红三军一部切断了该旅与第四军团后续部队的联系，随后，红三军、独立第五师向独立旅发起迅猛攻击，战至14时许，将其全歼。

7日，红七军向兴国进逼，牵制敌第五十二师；红三军团、红四军（并指挥第三十五师）、红三十五军向高兴圩地区之国民党军第六十、第六十一师发起攻击，激战至8日，毙伤敌2000余人，战斗形成对峙。红军为保持主动，即撤出战斗。

13日，国民党军第四军团主力和第五十二师分别由长迳口、兴国等地向吉安撤退，红一方面军主力对该部实施追击。15日拂晓，在第四军团主力通过方石岭隘口后，红一方面军主力赶到，一部抢占了方石岭，截住第五十二师及第四军团的1个炮兵团和1个步兵营，并将其包围于方石岭以南地区，随即发起猛攻，战至9时，将其全歼。

其他各路国民党军纷纷撤至吉安、永丰、宜黄、南城、南丰、广昌、宁都、赣州等地。至此，红一方面军粉碎了国民党军对中央苏区的第三次“围剿”。

第三次反“围剿”的胜利，使中央苏区江西部分和福建部分连成一片，达到21个县，人口250万。

第四次反“围剿”，我在福建河田县打仗，这一仗我们把国民党的兵工厂都搞来了。

接着，我参加了广东南雄水口战役，打陈济棠的国民党粤军，打了一个漂亮仗。

敌人白天攻不动，夜袭又不成，便在夜间进行近迫作业，企图用工事步步接近，包围我们。

我们按照团长的命令，把工事挖到敌人阵地的空隙里去，来个反包围。

挖来挖去，越挤越近，最近的敌我阵地只隔几十米，彼此说话声都听得见。

我们白天开展冷枪活动，射杀暴露的敌人，晚上分成战斗小组偷袭敌人的阵地、哨所、小股部队，使敌人大吃苦头。

敌人为摆脱这种不利局面，开始使用人海战术进攻。

连长估计，敌人向我们排两块小小阵地进攻时，竟动用了一个营的兵力，连续攻击十次之多，一次攻击便使用了炮弹百多发，我们阵地工事都被摧毁，但敌人仍然不能得逞，成群的敌人倒在我们阵地前沿，连敌人的一个副营长也被我们击毙了。

许多阵地都是敌我反复争夺。敌人拥上我们的阵地，我们用手榴弹反击。

一排手榴弹打过去，夺回一点阵地，巩固一个立足点，又是一排手榴弹打过去，最终把阵地夺回来。

我们红六师坚守阵地两天一夜，一直守到红一军团、红五军团等兄弟部队集结完毕，把敌人团团包围，发起总攻。

我们营分别从阵地左右两侧迅速向敌群冲去。已无心恋战的敌人，被歼灭一部，其余在我军猛烈的火力攻击下慌忙后撤，没来得及逃跑的敌人全部缴械投降。

我们迅速向敌人纵深冲去，冲向敌人的另一处重要阵地榨油坊，冲到榨油坊附近，遭到敌人阻击。敌人在一座砖房二层楼上架设重机枪，封锁住我军进路。

冲在最前面的战士负伤倒地，我们部队立即利用地形地物隐蔽还击，并架起轻、重机枪展开火力。

但敌居高临下，火力太猛，我轻、重机枪手负伤，右侧进攻的连队也受阻，副连长用轻机枪压制敌火力点时，被流弹击中牺牲。

连长把打残的两个班凑成一个班，八个人，叫我代理班长，去打掉敌人机枪。我带着这个班隐蔽后从右侧迂回，悄悄摸到敌人机枪后面，一阵手榴弹投过去，炸哑了敌人机枪。

我们连乘机发起冲锋，敌人仓皇败逃，我军攻占榨油坊。

我军占领榨油坊后，败逃之敌企图夺回这一重要阵地，曾组织多次反冲锋，均被我军打退，弃尸十数具，再次败逃。

我军冲向敌人的另一重要据点小梁山。小梁山居高临下，控制住通往山外的路口，是敌人突围必经之路，本来应该死命防守。但我军一个冲锋，就攻占了小梁山，堵住了敌人的退路。

我军奋勇追击，手榴弹雨点般投向敌人，打哑敌人机枪后，冲入敌群与敌展开白刃战，经过激烈厮杀，敌人遗尸百具以上，又是败逃。

一百多敌人骑兵冲向小梁山路口，企图夺路逃跑，被我军山上机枪打得人仰马翻，溃退回去。侥幸冲出去的十几骑，暴露在开阔地，被我们居高临下当活靶点射，死伤殆尽。

紧随在敌人骑兵后面的步兵、家属和数十辆满载物资和人员的大车进退不得，乱成一团，被我军从几个方向冲上来团团围住，不得不缴枪投降。

这一仗，我们把广东陈济棠的八个团都打败了，缴了他好多枪。

第五次反"围剿"仗打得最多，差不多都记不起了。

我记得在老营盘把国民党一个副师长打死了，这一下不得了，国民党不要命了，跟着我们接连打了40多天仗，打到高村，我们一个团顶到他们两个师，团长下了死命令，说高村死也不能丢。

部队按部署进入指定位置埋伏起来。我们隐蔽得很好，虽然又冻又饿，浑身水湿未干，但各就各位伏在新阵地上，目视前方，紧握武器。

四架敌机呼啸着低空投弹扫射，炸弹和机关炮弹冰雹般倾泻在我军老阵地，硝烟蒸腾，铁火横飞。

敌人满以为经过这场狂轰滥炸后，我军会丧失抵抗力，第一轮冲锋的敌兵简直就是直着腰板嗷嗷叫着前进。

但他们失算了。当他们趁着浓烟烈火冲上来时，却被惊呆了。一片废墟的老阵地无人，迎接他们的是老阵地废墟两侧飞出的成串的手榴弹。

手榴弹在敌群中爆炸，一下就把敌人炸退了回去。

但退回去的敌兵又像潮水般倒卷了回来，敌人的督战队的机枪对他们的冲锋士兵简直是毫不留情，只要后退，就格杀勿论。

冲上来的敌兵又遭到我军机枪的迎头扫射。

阵地前敌人尸体越积越多。敌人的炮弹一串串飞来，炸开的泥土把敌人的尸体埋住，又炸开，抛向四处。

一股敌军企图向我阵地侧后迂回，被我红十六团两个排的出击部队几乎全部歼灭。

我军也有很大伤亡，特别是弹药消耗厉害，我们连八九十人，竟凑不起1000多发子弹来，我们都省着用，不太敢射击了。

敌人看出我军这个弱点后，攻击更加频繁。敌人在更猛烈更密集的炮轰后，冲上了高村北山。

阵地上烟雾弥漫，一片沉寂。敌人认为我守军全部阵亡，放心冲锋，越冲越快。眼看就接近阵地前沿，营长下令："杀……"

我们从泥土中蹿出来，从弹坑里跳出来，从血泊中站出来，从战友的尸体堆里爬出来，挺起刺刀冲上去，和敌人展开白刃战。

敌人又被打下去了，有的连队，在击退敌人多次攻击后，干部全部伤亡，战士即自动组织起来，与敌死拼。

没有子弹用刺刀，刺刀弯了用枪托，枪托砸碎了用石头。

轻伤不下火线已是平常事。重伤的只要不是昏迷不醒，也决不离开阵地，有时，几个重伤员和敌人扭在一起，把敌人活活掐死或掐昏，最后被冲上来的敌人杀害。

第二天拂晓，我们连刚要吃饭，一个营的敌人攻上来了。

我们把饭碗一丢就和敌人打了起来。敌人在一排阵地前被手榴弹打退，便掉过头去攻击二排的阵地，把二排阵地三面包围了起来。

二排阵地眼看就要失守，连长一看不好，便率领我们连部人员赶过去增援。

我跑在最前头。突然，一阵稠密的子弹打了过来，我身后的同志们都倒下了，连长也被敌人的猛烈火力压得抬不起头，我一个人闯进了敌群。

我甩过去两颗手榴弹，敌人被炸倒好几个。我又甩过去两颗手榴弹，敌人乱了。

连长趁着敌人一乱，带领其余战士冲了上来，和二排会合，把敌人打了下去。

打到最后，我们连只剩下 3 个人，一个营才剩 13 个人。后来，兄弟部队来接防，我们退到后方补充兵员，就开始长征了。

也许余财凤老人把他的这段血与火的战斗经历当作了他人生最辉煌的顶峰，这些记忆，在他的脑海里保存得相当完整，而且不是长久深藏封固，而是时常心潮澎湃，因此，他经常向后辈说起他当红军的故事，说起时，意气豪壮，神采飞扬。

跟邓炳彪、刘华连一样，他也是上门女婿，入赘同仁村廖家。

余财凤和同仁村的妻子没有生育，女儿廖秀珍是养女。

85 岁这一年，他已有了四个孙儿，五个曾孙。村里分给他的田地，交给女儿廖秀珍、女婿李明晨耕种，平时，他跟大孙子一起过，因为他的大孙子喜欢听他讲红军故事，他的女儿则不怎么爱听。

他女儿廖秀珍说："他以前经常跟我讲红军的事，他讲些什么，我没有记性，孩子才记得。我的事情多，我也不想听，孩子多，听了头痛。孩子们喜欢听，他说的小孩都记得。"

步入老年，他对后辈们说得更多，有时说着说着，相同的内容重复几次，他并无察觉，照说。

对笔者说到他的长征，他情绪明显低落，常常陷于沉思，不知他对后辈说时是不是这样：

长征时我由银坑进入湖南，只记得到过宜章、道州、麻子渡，在麻子渡上面一点过湘江，过江时我脚负了伤开始掉队，跟着后面，部队过了三千界。

余财凤过湘江完全有可能不负伤。他们十六团已经抵达中央纵队的渡江点界首，已准备通过架设好的浮桥渡过湘江。他们在浮桥头集结，等候命令过江时，等来的却不是过江的命令。

12 月 1 日 1 时 30 分，中革军委主席朱德向全军下达紧急作战命令：

（一）30 日的战斗，全州之敌已进到朱塘铺，兴安之敌已进到光华铺，灌阳之敌已进占新圩，并续向古岭头方向前进。周敌之先头部队有已渡过文市河之可能。（二）一、三军团主力在全州、兴安间河西岸沿马路的地域，军委一、二纵队已进到路塘、路江圩地域，九军团已通过到石塘圩地域以西，五、八军团情况不明，其一部及六师之一小部有被新圩北进之敌切断的可能。…… 三军团应集中两个师以上的兵力在汽车道及其以西地域，有向南驱逐光华铺之敌的任务，并须占领唐家市及西山地域。六师之部队应留河东岸，有占领石玉村的任务，并掩护我五、八军团及六师切断的部队通过湘水。以一个营仍留界首任掩护，该营应向麻子渡派队与五军团保持联络。在万不得已时，三军团必须困守界首及其西南和东南的地域。……

在这道命令中，红三军团六师的任务是师主力留湘江东岸，占领石玉村，掩护红五、八军团及红六师被切断在湘江东岸的部队渡过湘江。

马上执行命令。

他们营就是朱德命令中“该营应向麻子渡派队与五军团保持联络”的那个营，营部正好派他们连立即前往麻子渡联络红五军团。

麻子渡口，又叫凤凰咀渡口，位于全州县凤凰乡麻市村委的湘江边，与界首渡口、屏山渡口、大坪渡口同称为中央红军抢渡湘江的四大主要渡口。

他们连在麻子渡口附近刚走出一片竹林，就与一股桂军偷袭部队猝然迎面相遇。

他们又累又饿，筋疲力尽，行动稍稍迟缓，被桂军占了先机，余财凤被手榴弹炸伤脚部……

过三千界时天黑黑的，路好难走，我一瘸一瘸地走了过去，伤口在流血，我一点都不知道。过了三千界，到护卫岭打了一仗，退到了枫木、八坊。到了八坊歇下来一看，包脚的白布都被血染成了黑红色。

八坊有十多间房子，我们停下来煮早饭吃，架起锅刚煮饭，饭还没开，噼里啪啦打起枪来了，敌人一下子就冲到了村边。

特务排的排长第一个受伤，肚子被打了一个洞，他死前讲的最后一句话，就是对我讲的。他讲："不好，我受伤了，走不动了，你带特务排在这里挡，要死守在这里，上级喊你走你就走，不喊你走要死守这里。"

我明白他的意思，我们前面，中央首长们刚刚走过不到一个时辰，我见过的毛主席、洛甫（张闻天）、王稼祥、徐老（徐特立）都在里面，绝不能让敌人追上他们。

我们就在八坊守了一天，打了一天，就守一条山路。给我们带路的当地老乡讲，要追上前面的部队，不走我们守的路，走别的路要翻好几座大山，绕很远的路。只要守住这条路，桂军就追不上红军。

打到下午，我数了一下，倒在我们阵地前面的敌人有三十多个。

天黑，一直等不到上级来跟我们传达撤退命令，我们悄悄撤出了阵地。我们心里都清楚，大部队已经走得很远了，上级走远了，我们再也赶不上……

走到白竹洞，脚伤痛得我再也不能走了，我掉队落单了，一个人藏在山里，善良的当地村民彭福生发现了我，把我接到他家养伤。

我会草药，自己找药治伤，伤好就想去找红军。

我一个人又不能去，我不清楚敌情，彭福生就去帮我探路。

他回来告诉我，桂军和民团杀红军杀得好凶，刺刀刺死、大刀砍死好多，我不可能走得出山。华江桥头那里有个姓任的，见掉队红军就砍，他说是"共匪"，抓住就是一刀，砍死好多……

我就留在彭福生家，帮他挖蕨根，以后四处给人打工……

离开了红军队伍，就像掉队的孤雁，心里凄苦又孤独，还不能跟人说；又不知道红军走到了哪里，但我坚信，只有红军消灭国民党反动派，国民党反动派不可能消灭得了红军。

1948年，我就懂得红军胜利了，我们共产党胜利了。有些国民党的兵逃亡回来，他们讲，东北那边有好多八路军、新四军，就是以前的红军，打仗好厉害，把国民党打败了。

新中国成立后，我想去参加志愿军，区长讲："你这把年纪还参加志愿军，不要你了，你都三十几快四十岁的人了还要你，年轻还差不多。"

是啊，一眨眼就是四十岁的人了，不要我，我也没得办法。为什么想去当志愿军？我原来是共产党来的，还想回共产党去，管他还有没有出息，至少能跟着共产党回原籍……

1952年我就写信回老家，老家回信，哪晓得你还在，我们都以为你不在了，你的名字都上了烈士塔，家里都挂烈士牌了。

1956年我在政府民政局的帮助下终于回到了老家。我的结发妻子张润秀和我儿子都已不在人世，可以说是家破人亡了。

村里人都不认得我。我有个婶娘比我大不了两岁，从小一起长大的，她讲我来看看，是不是老二的哥哥回来了，他哥哥我认得。婶娘跑过来，凑到我的面前仔细看，马上就大哭了起来，她讲就是老二的哥哥，快叫老二回来……

我兄弟赶快跑了回来，几十个家人一起回来了，我一个都认不得，兄弟嫂、侄儿一个也认不得。我兄弟比我小十多岁，也认不得我；只有婶娘讲认得我，她讲我年轻时脸上有两颗痣，看这两颗痣，就是余藤方。我在家里是叫余藤方，参了军才改名余财凤的。

一家人见面，哭成一堆……

他女儿廖秀珍说：“我爸爸没在那边留下来，他在那边安不得了，来这边久了，习惯了。我母亲也还在，他舍不得我们，就回来了。”

回了江西兴国老家，余财凤才知道，兴国是全国著名的“烈士县”：在第二次国内革命战争时期，兴国只有23万人口，参军参战的就达8万余人，占青壮年的80%。为革命英勇献身的有名有姓的烈士达23 179名，其中仅牺牲在长征途中的就有12 038名，是全国烈士人数最多的一个县。

他说，他曾经是兴国籍烈士中的一名。

兴国是全国著名的“将军县”，在1955—1965年解放军实行军衔制的10年间，兴国籍将军就有56位，其中上将2位、中将6位，与湖北的红安、安徽的金寨一同被誉为全国三大“将军县”。

他说，这些将军，有些是他的首长，多数是他的战友。

夕阳西下，斜晖脉脉，余财凤老人抱着刚满周岁的“蛇婆仔”，又坐在了屋前大树下，继续教牙牙学语的小曾孙女唱歌。苍老的歌声在苍凉的晚风中仿佛穿越时空，来来去去：

哎呀嘞——
斧头不怕扭丝柴，
红军不怕反动派；
井冈红旗飘天下，
铁桶江山要打来。
哎呀嘞——
苏区干部好作风，
自带干粮去办公；
日着草鞋干革命，
夜走山路打灯笼……

第八章　被竹钉改变人生

赖选章："我把这些年积攒下来的部队里发的所有钱，有四五块光洋，都拿出来给了他，感谢他的救命之恩。"

- **赖选章，1913 年生，原籍福建省长汀县濯田镇水头村。**
- **1929 年加入中国工农红军，任中央军委特务营战士，参加中央苏区第一、第二、第三、第四、第五次反“围剿”。**
- **1934 年中央红军长征过桂北时任红一军团一师三团团长黄永胜警卫员。**
- **落户广西全州县两河镇白水村委载福自然村。**

记忆中的老家福建省长汀县濯田镇水头村，坐落在群山中的一条坑谷里，地势前低后高，上百座村民居屋大多建在一个平缓的山坡上。

村口是一排繁茂的风水林，有两座像狮子、大象的小山，村民就叫它“狮象把水口”。村头村尾和周边山上的树林相连接，环绕村庄。

村里大多数是土木结构和纯木板房，大多就地取材用周围山上的杉木来做建筑材料。为了防火，村里还有许多池塘，既可养鱼，也便于取水防火。我家就是木板房，门外有一口清水池塘。

一条弯弯曲曲的青石板村路穿过村子，一直通到赖氏宗祠大门石阶前。

一条幽清的溪水从山里流出，跟着青石板村路流过村里，绕过赖氏宗祠围墙，又流回山里。

赖氏宗祠青砖封火墙到顶，飞檐翘角黑瓦，很高大。里面厅堂很宽，两边还有配厅，墙上原来画了福禄寿喜，龙凤呈祥，被我们用石灰水盖掉，用笋壳笔、杉皮笔、棕帚蘸上土红、石灰、染料，写上了“一切土地归苏维埃，拥护全世界苏维埃政府”，“打土豪分田地，实行土地革命”，“实行婚姻自由，反对买卖包办婚姻”，“创造铁的红军，红军是保护穷人利益的军队”等很多革命标语。

我们村的“苏维埃”、赤卫队部、少先队部、儿童团部都在赖氏宗祠里。

1929 年 3 月，毛主席、朱总司令带领的红军来到我们长汀，来到我们濯田水头村，我就参加了少先队。我们每人一杆梭镖，背一个绣了个“红”字的布袋子，每天站岗放哨，操练开会，扫盲识字，还去过区苏维埃、县苏维埃会操比赛。

新中国成立以后我才知道，毛泽东、朱德、周恩来、刘少奇、邓小平、陈毅、叶剑英等一大批伟大人物都在我们长汀做了很多惊天动地的大事，为我们长汀留下了很多红色革命斗争的第一：红军入闽第一仗——长岭寨战斗，红军第一个军团建制——红一军团在长汀成立，中央苏区第一次创设市级苏维埃政权——汀州市，中央苏区第一个县级红色政权——长汀县革命委员会，中央苏区第一所红军医院——福音医院，红军第一次在长汀统一军装，红军第一次在长汀发放军饷，中央苏区第一批国营企业在长汀成立，中央苏区第一支赤卫队——长汀赤卫队，二万五千里长征起始点、红军长征第一村——中复村……

记得很清楚，满 16 岁的第二天，我就参加了红军，而且是在保卫毛主席、朱总司令的中央军委特务营当战士。班长告诉我，我们中央特务营的一个士兵的待遇跟普通连队的排长一样。

我们营长是黄永胜。

我打的第一仗，是攻打一座县城，县城有很高很坚固的城墙，兄弟部队打了三天都没打下，把我们营调了上去。

我们营上去后马上组织敢死队。黄永胜营长请示朱总司令，敢死队是选拔还是报名。朱总司令说先报名。我们营有 60 多个报了名，选拔了 30 个，我是第 3 个被选上。

四连（机枪连）连长当敢死队队长，每人 1 支长枪、1 支短枪、4 颗手榴弹。

我们在机枪火力的掩护下，扛起竹梯靠上城墙就往上登，牺牲的、重伤的掉下去，轻伤的、活着的继续往上冲，只用了 20 多分钟就攻了进去。

走下战场，敢死队队长检查我的刺刀上有没有血。

这是我们红军的规定，连长检查排长，排长检查班长，班长检查战士，看刺刀有没有见红。因为大部分是白刃战，要靠拼刺刀最终战胜敌人。

我刺刀上的血还没干，正往下滴。

战斗结束，30 人的敢死队活着的还有 13 个，我被调到营部，当了黄永胜的警卫员。

打完这仗以后，黄永胜先后任红三十一师师长、红六十六师师长，都把我带了过去，还是当他的警卫员。就这么一直打仗，败仗很少，打了很多胜仗，都记得不太清楚了。

难忘的是第四次反“围剿”中，我们红一军团和红三军团紧密配合，在黄陂山打了个漂亮的歼灭战。

我们红一军团再接再厉，接着又在草台冈大胜国民党“进剿”军，打得蒋介石嫡系号称从没打过败仗的国民党军第十一师全军覆灭……

1932年5月，蒋介石对各根据地红军发动第四次“围剿”。这次“围剿”，采取的是逐次转移重点，实行各个击破的战略：首先集中兵力进攻鄂豫皖、湘鄂西根据地，得手以后，再转移兵力完成对中央苏区的包围，对中央根据地发动大规模的军事进攻，妄图围歼中央红军。

蒋介石自任鄂豫皖三省“剿匪”总司令，准备对红军鄂豫皖、湘鄂西根据地发动“围剿”的同时，又组成以何应钦为首的赣粤闽边区“剿匪”总司令部，指挥江西、广东、福建和湖南的国民党军队，牵制削弱中央苏区红军的力量，为大举进攻中央苏区做准备。

同年10月，蒋介石在结束对鄂豫皖和湘鄂西根据地的“围剿”以后，即把“围剿”重点转移到中央苏区。集中40多万兵力，亲自在南昌指挥，采用集团推进战术（集中七八个师在一起，使红军不能一口吃下）先攻苏区东侧之黎川、建宁、广昌，第二步向腹地进攻。

12月，何应钦调集30多个师的兵力，分左、中、右三路，对中央苏区发动“围剿”。中路军为“进剿”军，由蒋介石嫡系部队12个师组成，陈诚为总指挥，担任第四次“围剿”的主攻任务；左路军为“清剿”军，由驻福建的第十九路军6个师又1个旅组成，蔡廷锴为总指挥，主要负责就地“清剿”，并策应中路军行动；右路军也为“清剿”军，由驻赣南、粤北的广东部队6个师又1个旅组成，余汉谋为总指挥，其任务和左路军相同。此外，还有5个师又2个旅，分别在南城、南丰、乐安、崇仁、永丰等地担任预备队和守备任务。

1933年1月，陈诚把中路军编为三个纵队：第一纵队，由第五军军长罗卓央任纵队长，指挥第十一、第五十二、第五十九师，向乐安、宜黄地区集中；第二纵队，由第四军军长吴奇伟任纵队长，指挥第十、第十四、第二十七、第九十师，向抚州、龙骨渡地区集中；第三纵队，由赵观涛任纵队长，指挥第五、第六、第九、第七十九师，向金溪、浒湾地区集中。第四十三师为预备队。总兵力约 16 万人，采用分进合击的作战方针，妄图一举歼灭红一方面军的主力于黎川、建宁地区，并摧毁我中央根据地。

由于王明“左”倾路线尚未贯彻到红军部队中，红军第一、三、五军团，计 5 万多人，在朱德总司令和周恩来政委的指挥下，仍按毛泽东的战略战术：“诱敌深入”，“集中优势兵力”，“大兵团的伏击战”，“从敌长蛇阵中截一节吃掉”，“避实就虚”，“大踏步前进、大踏步后退”等，打算乘敌人“围剿”部署尚未完成之际，先发制人，集中一切力量消灭抚河流域敌人主力，进而夺取江西全省的胜利。

闽浙赣的红十军和闽西的红十二军、赣南的红二十一军两万余人分别奉令南下和北上，统归方面军总部指挥。红十军渡过信江，与红三十一师合编为红十一军。这时，红一方面军有第一、第三、第五军团和第十一、第十二、第二十一、第二十二军，总兵力共 7 万余人。

2 月上旬，红一方面军总司令朱德、总政治委员周恩来，在已不可能在抚河东求得以运动战消灭敌人主力的情况下，决定率领红军主力西渡抚河，进攻南丰城。同时提出，如敌情地形有变，不便强袭，或“我牵制敌人兵力不奏效，敌地增援队三、四师由马路并进”，仍须放弃强袭南丰的计划，转为进攻宜黄、乐安，调动敌人于山地运动战中歼灭。

2 月 12 日晚，红三、红五军团向南丰西北敌外围阵地发动进攻，守敌第八师 6 个团凭据险要的城防工事，坚守待援。陈诚一面令南城第二十四师驰援，吸引我军于南丰城下；一面令中路军各纵队迅速向南挺进，企图以优势兵力同红军主力在南丰地区进行决战。

何应钦误认为红军主力已转向黎川地区，即令中路军向广昌、黎川推进。其第三纵队由金溪出黎川；第一纵队由乐安、宜黄出广昌、宁都；第二纵队由南城、南丰出康都，企图围歼我军于黎川、建宁地区，并占领广昌。

敌第一纵队与第二、第三纵队相距较远，并迫近我之集中地，其行进地区两侧山高林密。因此，红一方面军首长决定，采取大兵团伏击战法，集中主力，在宜黄之黄陂地区，各个歼灭敌第 一纵队之第五十二、第五十九师。

2 月 26 日，敌第五十二、第五十九师由乐安出动，企图经东黄陂向广昌前进，侧击红军的后方。

红军主力（一、三、五军团）秘密地由黎川一带西进，夜行日宿，遮住了敌人的耳目，到达了广昌西北、摩罗嶂以西之蛟湖、大龙坪，登仙桥以南，在距敌人前进道路几百米的山上和田埂边设伏。

红三军团在敌人前进必经的摩罗嶂大路两侧担任阻击，不准敌人前进，把敌人挡在摩罗嶂山下。

红一军团在蛟湖、大龙坪、登仙桥分段布置，准备在敌人行军纵队前卫到摩罗嶂与红三军团接触时，立即奋勇出击，将敌两个师的行军纵队，如斩蛇一样，一截一截斩断歼灭。

我记得大概是 1933 年 2 月 27、28 日这个时间，黄陂战役打响了。

战斗打响之前，我看见林彪军团长、聂荣臻政委亲自到前线，听取了我们师便衣侦察员和当地老百姓的情报汇报。听完汇报，就带着红十师师长，在我们师长和团长陪同下，跑到最前沿阵地观察地形和敌情。当时敌军正在登仙桥附近渡河，一队接一队行进，从容缓慢，对隐蔽埋伏在右侧高地的红军似乎没有丝毫察觉。

聂荣臻政委说，黄陂地区的摩罗嶂山脉，是乐安到宁都的必经之路。敌人行军必须经过绵延数十里群山中的一条 15 公里长的峡谷地带，这种地形不利于敌人雨中行军，却十分适合我军埋伏大部队。而且，摩罗嶂山区属于苏区，有很好的群众基础，这一仗必须打胜。

我们师和兄弟部队攻击重点是第五十二师师部，黄永胜师长命令，务必于天黑前歼灭敌师部及直属队，使绵延十数里的敌行军部队失去控制，然后与兄弟部队配合，各个击破，直至全歼。

我听师长命令各团长，大部队在山区阴雨大雾中运动，无线电失效造成联络不便，以军团司令部吹响冲锋号为进攻信号。

这天，细雨蒙蒙，道路泥泞，山雾弥漫，我看见，敌人在泥泞山路上的行军队伍稀稀拉拉足有十数里，队形混乱。

下午 1 时，军团部的冲锋号响彻山谷，我们师的司号员和兄弟部队的司号员一齐吹响了冲锋号，我军居高临下突然向敌发起进攻。李明的第五十二师当即被我军打了个晕头转向措手不及。激战 3 个小时，经过一番艰苦的白刃战，第五十二师师部和直属队被消灭。师长李明中弹被俘，伤势过重，经抢救无效死亡。

在解决了敌第五十二师之后，我们接着就包围了敌五十九师。敌第五十九师除一个多团逃脱外，两个团被全歼，师长陈时骥被我们一个炊事员俘虏。

我听见林彪军团长对黄永胜师长说，黄陂大战开创了红军大兵团山地伏击战的先河。

被我军歼灭的敌两个师刚刚更换新装备，捷克式轻重机枪 300 余挺，步枪 1 万余支，迫击炮 40 多门，德国造 20 响驳壳枪 100 余支和子弹 200 万发等，一色新枪、新炮，全部被红军缴获。战后，红军学校开办了“机关枪训练班”，朱德总司令亲自到训练班讲话，鼓励学员。刘伯承校长指示红军学校俱乐部主任兼特科大队政治委员赵品三编写了一本《机关枪教程》，作为训练班学员的教材。

蒋介石的这两个师被红军消灭了，蒋心痛万分，说：“东黄陂一战，五十二、五十九师覆灭，是有生以来未有之隐痛。”

黄陂战斗以后，国民党军于 3 月中旬，采取中间突破的方针，并调整部署，以第二纵队为前纵队，第一及第三纵队第五、第九师为后纵队，其余两个师为预备队，10 万大军，由黄陂、东陂地区向广昌方向进攻，企图攻占广昌，诱我军主力与其决战。

红军主力避敌决战，迅速后撤到黄陂休整，命令独立师、赤卫军采用游击战术与敌人纠缠。

几路敌军齐头并进向广昌推进。

红军查明敌军动向后迅速北去，在摩罗嶂西集结。红一方面军以第十一军进至广昌西北地区，吸引敌人前纵队加速南进，以主力向北移动，准备侧击敌之后纵队。

3 月 20 日，敌后纵队之第十一师进至草台冈、徐庄一线，第五十九师残部在后跟进，第九师位于东陂附近，与前纵队已相距 100 里，处于孤立态势。

21 日拂晓，红一军团对草台冈之敌第十一师突然发起攻击，经激烈战斗，打得蒋介石嫡系陈诚赖以起家，号称从没打过败仗的国民党军第十一师全军覆灭，打死敌军两千多，俘虏两千多，杀伤无数，缴获大批武器装备。

草台冈大捷，为第四次反“围剿”胜利画上了一个著名的句号。黄陂、草台冈两仗，共歼敌近三个师，俘敌万余名，基本上打破了敌人的第四次“围剿”。

第四次反“围剿”，创造了红军大兵团伏击歼敌的重要经验。这次反“围剿”所以能取得胜利，是因为周恩来、朱德等运用前三次反“围剿”的成功经验，坚持正确的作战指导思想，从实际出发，毅然决定撤围南丰，实施战略退却，抵制了“左”倾军事冒险主义方针的结果。

红军在取得粉碎敌人第四次“围剿”胜利之后，“左”倾盲动主义者在红军中着手贯彻错误路线，实行正规化编制，红军由小师（每师三小团，共 1500 ～ 2000 人）改为大师制（每师三个大团，每团 1500 ～ 2000 人，每师 6000 ～ 8000 人）；红军由三大任务改为单一作战，放弃群众工作与筹款生产任务；政治工作的形式主义大推行，战略战术由游击运动战改为正规运动战，把集中优势兵力，握成一个拳头歼灭敌人，改为两个拳头打击敌人。1933 年 5 月红军在藤田进行了大整编，组成红一军团，下属一师、二师、三师；红三军团，下属四师、五师、六师；红五军团，下属十三师、十四师、十五师。是年冬，红军新建红七军团和红九军团。

我们红一军团一师是1933年6月7日在江西永丰县藤田镇组建的。当天召开大会举行授旗仪式，中央军委授予了我们师两面旗子，一面旗子上面写着“决胜千里”，另一面上面写着“牺牲决胜”。

晚上还开了晚会，指战员们都上台表演节目，还有好多首长也上台演话剧、活报剧，而且还化了装。李克农、聂荣臻、罗瑞卿都上了台，罗瑞卿演的是蒋介石。记忆最深的是萧劲光在台上跳乌克兰舞，他穿着个长筒皮靴子，踏在台上那个声音好有节奏，蛮好听的。

我们红一师三团由红二十二军六十六师缩编组建，团长是黄永胜，政委是邓华。我还是当团长的警卫员。

第五次反“围剿”开始时，我在吉安、建昌、吉水、建宁一带打仗。第一仗，我们打胜了。

1933年8月，敌人正在苏区边沿修公路，抢占要点，构筑碉堡，准备封锁苏区。敌第八十师到吉水与永丰之间的乌江构筑碉堡、工事。我们红一军团一、二师由藤田出发，一夜一上午强行军走了百余里，对乌江之敌第八十师实施长途奔袭。

敌人根本就想不到，警戒疏忽，枪支架在一起，直到我们冲到他们面前才发现，已经晚了。我们一吹冲锋号，一个冲锋就将敌人打散了，好多敌兵还未拿到枪就当了俘虏。后面的敌人听到枪声，慌忙应战，没有用了。敌人一个师一下就被我们猛打猛冲，穿插分割，包围起来歼灭了。

后来就不行了，国民党实行堡垒政策，见岭就修，我们屡打败仗，越打越往后退。

我记得第一次惨败，是我们红一师被调往中央苏区北线，战前动员时告诉我们，我们师是作为“拳头”，去突破敌人的堡垒封锁线。我们跟上海来的宋子文的两个全副德国装备的税警团展开了“堡垒对堡垒”的“短促突击”战。

我们防守，土木堡垒被敌军的优势炮火震塌、炸毁，射击孔被堵塞；我们出击，又被敌钢筋水泥碉堡里的机枪、小炮火力射击，伤亡惨重。我们红一师三团9个连队就阵亡了13名连队干部，团长和政委眼睛都红了，最后不得不撤退。

再败，是在三岬嶂、凤翔峰战斗，还是“堡垒对堡垒”“短促突击”，红一军团伤亡惨重，还是被迫撤退。

后来，一直退到了广昌。

就在凤翔峰战斗结束后第二天，林彪、聂荣臻联名上书李德。

林、聂在名为《凤翔峰战斗经过及经验教训》的战斗总结中，建议李德、博古控制的中革军委，应改变战术，尽量避免“堡垒对峙”的“短促突击”战术，以运动战消灭敌人。

这在当时需要极大勇气。

李德和博古正在中央苏区，在红军中大搞“惩办主义”。对反对甚至仅仅是提意见或建议的人，李德、博古是实行“残酷斗争、无情打击”。

林彪、聂荣臻的建议没有被采纳，但也没遭到打击报复，这不能不说是极幸运的。

因为大敌当前，军情紧迫，李德、博古不得不用这两员智勇双全的战将，不得不手下留情。

紧接着来的，是红一军团更大的败仗。

1934年4月21日，中共中央临时总负责人博古、中革军委主席朱德、红军总政治部代主任顾作霖联名发布《中央、军委、总政保卫广昌之政治命令》：“敌人已尽力采用一切办法企图占领苏维埃的广昌”，“我们的战斗的任务，是在以全力保卫广昌……”

广昌位于江西东南部，抚河上游盱江西岸，是中央苏区重镇门户，战略地位非常重要。

蒋介石任命陈诚为前敌总指挥，罗卓英为副总指挥；请来67岁高龄的德国一级上将塞克特为军事顾问；调集北路军第三路军陈诚部的3个纵队11个师及1个炮兵旅计 12 万兵力，集中在 5 公里宽的地面上，沿盱江两岸丘陵地带向广昌进攻。只要占领了广昌，就能打开中央苏区的北大门，进而攻占中央苏区首府瑞金。

以博古、李德为首的等人坚持“左”倾军事教条主义，拒绝毛泽东为红军提出的将红军主力转至外线，调动歼灭敌人，用以保卫和扩大根据地的正确主张，照搬苏联红军作战经验，提出“御敌于国门之外、武装保卫广昌、不让敌人侵占苏区寸土，以堡垒对堡垒、以阵地对阵地”等错误战略方针，部署红军在广昌与敌军进行决战。

红军集中一、三、五、九军团 9 个师兵力（实际参战兵力不足 28 000 人），在广昌北面境内的甘竹至县城附近地域修筑“半永久性工事”，阻挡敌军向广昌城前进。

罗炳辉军团长的第九军团第三师、十四师和孙超群师长的第二十三师固守甘竹以北咸水岩、罗家堡一线，阻击敌河西纵队前进；林彪军团长的第一军团第一师、二师，彭德怀军团长的第三军团第四师、五师、六师，第五军团陈伯钧师长的第十三师在盱江东岸的大罗山、延福嶂一线，阻止敌河东纵队推进。

同时在广昌以南的头陂株溪埠村设立红军前方野战司令部，博古、李德等在司令部亲自指挥，并亲临广昌前线督战。

4 月 10 日早上 6 时，空前激烈的广昌战役打响。敌军出动三四十架飞机，数十门大炮向甘竹红军阵地狂轰滥炸，猛烈炮击，炸弹、炮弹如暴雨般倾泻下来，红军阵地一片火海，硝烟弥漫，大部分工事被摧毁。

紧接着大批敌军以营方阵组成集团冲锋队形，气势汹汹地向红三军团五师、红九军团三师等红军阵地展开疯狂进攻。

红军与数倍于己的敌人展开激战，成营的红军进行数次冲锋突击，均未成功。一队队红军战士跳出战壕，刚冲到开阔地带就被敌军炮火击中，侥幸冲过敌军炮火的也被敌人机关枪一排排扫倒，战况惨烈，第一天红军就伤亡 1000 余人。

彭德怀向博古、李德进言：以红军现有实力，不可能固守广昌。李德则一个劲儿地指责彭德怀没有组织反攻。彭德怀当即忍无可忍地向李德发火：“我们每人只有几发子弹，怎么反攻？你这是崽卖爷田心不痛！”

4月11日，红三军团在白叶堡打了一个小胜仗，歼敌约一个营。同日晚，陈诚根据战场情况，及时调整部署，令河东纵队在盱江东岸拖住红军主力，掩护河西纵队前进。

12日起，敌河西纵队集中兵力向红九军团防御阵地发起猛烈攻击，红军奋勇反击，与敌人拼杀，激战数日，红军大量减员，弹药又接济不上，打得十分艰苦，终于抵挡不住敌军的先进武器和重兵进攻，红军向后撤退。敌军于12日占领百子岭阵地；13日占领刘家堡、罗家堡一带高地；14日占领甘竹圩、咸水岩等地；至17日，敌军已占领了甘竹以南的株溪堡、朱华山一线。至此，广昌战役甘竹第一道防线被敌军突破，红军向南撤至长生桥一带，布置阻击敌军越过第二道防线。

长生桥位于广昌城以北约8公里处，是敌军进攻广昌城的必经之路。4月19日，敌河东纵队六师、七十九师利用飞机、大炮做掩护，向延福嶂、大罗山、高州土段、饶家堡等红军阵地发起了猛烈进攻。敌军凭着乌龟壳（堡垒）在盱江两岸步步为营推进，每推进一次只1000～2000米，然后在其火力完全控制下，突击修筑工事、堡垒，配好火力，再向前推进第二步。红军一、三军团执行李德“短促突击”打法，激战一天，未能阻挡敌军猖狂进攻，延福嶂、大罗山阵地失守。是日晚，红一军团接近敌阵地，经一夜激战，收复了大罗山以南阵地。

20日拂晓，敌六师、七十九师在飞机大炮的掩护下，向红一军团猛烈反扑。由于红军其他部队尚未跟进到指定位置，红一军团陷入孤军奋战困境，经过几次肉搏，阵地得而复失。为不致遭受更大损失，林彪、聂荣臻下令撤出战斗，退至饶家堡与红三军团会合。

下午，敌先头部队一个旅另一个团冒进至饶家堡附近。红一、红三军团从三面将该旅包围。

敌七十九师和另一个旅在猛烈炮火的支援下，突进饶家堡与先头部队会合，并合力占领了饶家堡、司前排阵地，与后撤红军形成对峙。傍晚，天下起了蒙蒙细雨。晚8时，彭德怀、杨尚昆亲率红三军团主力攻向饶家堡，一夜间，饶家堡阵地六易其主。

第二天拂晓，庞大的助攻机群出现在饶家堡上空。彭德怀含泪下达了撤退命令，红三军团向南退至云际寨阵地。

21日，“中共中央中革军委、总政联合发出保卫广昌之政治命令”，仍旧强调执行李德的“以堡垒对堡垒、以阵地对阵地”命令：

“我支点守备队，是我战斗序列之支柱，他们应毫不动摇地在敌人炮火与空中轰炸下支持着，以便用有纪律之火力射击及勇猛的反突击，消灭敌人的有生力量。”

突击部队“在攻击时应不顾一切火力，奋勇前进，坚决无情地消灭敌人”，“全力保卫广昌”。

同日，敌河东纵队以三个团兵力进攻山羊咀、云际寨等红军阵地，敌河西纵队九十八、十一等师正面齐头进攻长生桥等红军阵地。红军在长生桥周围一线、盱江两岸顽强抗击敌人。

22日，敌军采用包抄战术和猛烈炮火轰击，先后攻占了官府岭、张家山红军阵地，使红三军团主阵地云际寨孤陷敌阵中，为避免遭敌包围，彭德怀下令部队撤至杨家庙，长生桥、云际寨等红军阵地失守。

23日，红军反攻敌人占领的伞盖形高地后又复失守；敌九十八师在炮火的配合下，攻下了险峻、坚固的火神岩阵地。敌军在原地修筑工事，布置兵力，准备向广昌城进攻。

长生桥第二道防线被敌军突破后，广昌城危在旦夕。中革军委为保卫广昌城，命令红一、三军团主力西渡盱江，布防于县城西北一带阻击敌军前进。

24日，博古、李德亲临广昌城北前线督战。李德命令红三军团继续构筑“半永久性工事”，坚守广昌。

彭德怀在乌石岗红军临时前线指挥部再次向李德进言："在自己没有飞机大炮轰击的情况下，就算是比较坚固的野战工事，在今天敌军的装备下，是不起作用的。如果固守广昌，少则两天多则三天，三军团12 000人，将全部毁灭，广昌也就失守。"

李德一意孤行，坚持派工兵速修工事，并强调正面守备军不能少于1个加强营。

26日，博古、李德以前线总司令朱德的名义，下达了坚守广昌的作战命令，将红九军团三师和红五军团十三师组成东方集团，由罗炳辉、蔡树藩统一指挥，在广昌城盱江东岸抗击敌河东纵队，掩护红军主力的行动；红一、三军团和二十三师组成西方集团，由军委直接指挥，担任保卫广昌任务；红九军团第十四师和总部高射机枪连组成广昌支点地域守备队，坚守广昌；红三军团主力集结于广昌西北的新人坪地区，准备反击南进之敌；红一军团集结于广昌以西的蕉坑、上西，阻敌沿盱江南进，并协同红三军团向西北方向反击。

同日，陈诚在前线指挥所下达会攻广昌的命令。

敌右纵队十一师、九十八师占领了城北5里处的清水塘、巴掌形一带阵地；敌左纵队占领了距县城8里处的赵陂州、藕塘下等战略要地。

我们团坚守在广昌的最后阵地，在一个大田垌里与敌人血战了一天一夜。

我们把附近的所有树木锯倒砍倒，用来搭工事的顶盖，上面盖上三四尺厚的泥土，构筑成单兵掩体、机枪工事、小炮工事、指挥所；各营、连阵地之间，我们还挖了大半人高或一人高的交通壕、战壕连接；在阵地前沿开阔地，我们还埋了地雷、鹿砦、竹钉。

地雷很少，是苏区兵工厂造的，土炸药杀伤力小，作用不大，主要是靠大量的竹钉。

战前，苏区的群众就帮红军削制了大量竹钉。从山上砍来老毛竹，锯成六七寸长一段一段，一根根劈开成小指头粗细，削尖一头，放到砂锅里炒，再将竹钉头用煮开的桐油炸一下，就制成了坚硬有毒的竹钉，它成了苏区反“围剿”作战的常用武器，有效地降低了敌军的战斗力。

没想到，长征进入广西，桂军和民团也是用竹钉来对付我们，我和好多战友都是被竹钉刺伤掉队的，竹钉改变了我和好多战友的命运。

第二天，天刚蒙蒙亮，敌人又开始进攻了。敌军出动 10 多架飞机向我们阵地进行了一个多小时轰炸，接着又炮轰了 20 多分钟，我们阵地上顿时火光冲天、弹片横飞，被战火硝烟所吞没；工事、堡垒一个个被炸烂；指挥所、交通壕也被摧毁。

一营一连的工事被敌人炮弹炸塌，大部分被掩埋，从土里爬出来的还不到三分之一； 三营的一个排一个也未能冲出工事，全部被活埋。

敌军轰炸、炮击之后，整营、整团扑向我们阵地。

突然，敌人凶狠的冲杀声变成了凄厉的惨叫，他们冲进了我们密集的竹钉阵。

冲在最前面的敌人被竹钉扎中，不是站不住跌下地又被竹钉扎中屁股，就是爬起来单脚乱跳又被竹钉刺中倒地，坐又坐不了，逃也逃不掉。有的双手抱着枪杆不敢再动，有的掉头往回乱跑，后边的敌人哗的一下就退了回去。

被竹钉刺中的敌军就成了活靶子，在机枪和步枪的点射中，一个个倒下。

敌军又开始炮击，一枚枚炮弹不是落在我们阵地，而是落在阵地前沿的开阔地，把我们的竹钉阵几乎“犁”了一遍。

竹钉阵已经挡不住敌人，我们的火力更无法压住敌人。

打到最后，我们用的子弹大部分是红军兵工厂生产的再生子弹。这种子弹的装药是厕所墙壁上刮下来的尿碱熬成的土造硝盐，燃烧速度慢，动力不足，射程不远。而弹头，则大都是由几股电线拧成或者是以木头、竹子削尖制成，根本不啮合膛线，射出去就在空中打跟斗。

敌人冲到了我们阵地前，我们只好一次一次地冲出残破的战壕，向敌人发起反冲击，用刺刀拼、马刀砍、枪托砸，与敌人生死肉搏，打退了敌人一次次进攻。

11 点钟左右，毛泽东、朱德、林彪、聂荣臻来到我们阵地（口述可能失实），还调了军团部三门炮。

双方在那片田垌里打过来，扑过去，中间的村子都打平了，给敌人以重大杀伤，还是拼不过在数量上和装备上都占绝对优势的敌军，我们团被迫后撤到二线阵地。

到下午5点钟，师部来了命令，叫三团掩护大部队撤退。当时黄永胜发牢骚说，早就该撤了，怎么守得住。

晚上8点钟左右，大部队已过河撤走了，我们三团才撤出阵地。很奇怪，敌人并没有追击我们，而是看着我们后撤按兵不动……

1934年4月27日夜，广昌城已处在敌军东西北三面包围之中。

当夜，博古、李德以朱德名义发布撤离广昌命令。红军主力于28日凌晨撤出阵地，向广昌以南的白水、头陂撤退。

敌十四、六十七、九十八三个师当晚进占广昌城，中央苏区北大门——广昌陷落。

广昌战役从4月10日打响至28日凌晨结束，历时18天。红军虽然给敌军以重创，但红军亦伤亡5093人，占参战红军总数五分之一。

广昌失守，建宁接着失守，敌军乘势攻进中央苏区腹地。

广昌、建宁相继失守后，红一军团领导更加迫切要求中革军委改变“堡垒对堡垒”和“短促突击”战术，而采用“诱敌深入”战术，制造运动战战机。

5月20日，红一军团领导致电中革军委：“敌占广昌、建宁以后，战争已转到新的形势，因敌开始深入基本苏区，其每次前进的距离当更短……很少有大的运动战给我们打的可能。因此再次建议，军委如没有新的情报，敌人没有新的动向，则仍应采取运动战，集中主力，以消灭敌人的有生力量。”

6月9日，红一军团领导再致电中革军委：“目前敌已入我基本苏区，近来每次前进距离较其过去在边区为短，较在白区则更短，在组织短距离的前进中，我军突击敌人，因地域甚窄，容不下大的部队进入战斗，同时因战斗发生突然，战斗经过时间极短，等大部队赶到后，战斗已结束。因此，建议红军第一军团东移……”

7 月 13 日，红一军团领导又致电中革军委，建议将主力后移，引敌冒进：“我军与敌过于逼近，极有利于敌采取以堡垒与火力掩护的方法推进，在此情况下，我们建议，我军应以求得歼灭敌之有生力量为主要目的，须将部队后移，保持与敌 15 里左右地域集结……待发现敌进攻时再出动主力歼灭敌人。”

林彪、聂荣臻得到的指令是：“抗击向永安进攻的李延年纵队，并掩护红军第九军团安全转运资材。”

于是，红一军团奉命抵达苏区东部闽西的曹坊地域，准备抗击敌东路军李延年纵队。

1934 年秋，西起龙冈，中经广昌，东迄建宁、永安、连城，南至筠门岭的大片地区在红军的节节“抗击”中相继失守，福建苏区只剩下汀州（长汀）、宁化等接近江西边界的狭长地区。

此时，敌军李延年第四纵队第三师、第九师、第三十六师、第八十三师 4 个兵员充足、武器精良的“整理师”共 19 个团进占朋口后，目标是攻占中央苏区东大门的重要屏障松毛岭，继而一举拿下汀州城，而后直取瑞金。

红一军团于 8 月 25 日移至闽西曹坊地区，林彪和聂荣臻勘察地形后发现，李延年纵队从朋口向汀州（长汀）急进必经过温坊村（现名文坊）。温坊位于闽西长汀县东南，距朋口 20 里，沿途地势险峻，两侧高山绵亘，可以埋伏大部队，是一处有利于在运动中歼敌的极好地形。

红一军团参谋长左权立即派出军团侦察科科长刘忠带军团便衣侦察队和红二师侦察连，并携电台一部深入敌人纵深摸清敌人动向。

林彪、聂荣臻、左权冒死决定，不管李德等“六路出击”“全线防御”的严厉命令，打一个好久没打的运动战。

林彪、聂荣臻、左权指挥红一军团和暂归红一军团指挥的红九军团主力后撤

20里，以期诱敌深入，然后秘密运动，预先隐蔽埋伏。再诱敌一部离开堡垒，离开主力，然后断其后路，集中优势兵力，突然攻击，一举歼灭。

周建屏师长、杨英政委统率独立红二十四师先期在敌军前进方向构筑工事，引敌来攻。

敌第三师第八旅两个团为我所诱，贸然脱离主力，脱离堡垒群达10余里外。

红一军团早已秘密、神速集结于温坊附近发起攻击之有利地域。

红二十四师两个营隐蔽迂回到洋坊尾、马古头，截断敌两个团退路。

8月29日，林彪、聂荣臻进至南山坝、大田地域后，将红一军团的作战意图和初步部署电报朱德。

8月30日，林彪、聂荣臻收到朱德复电："同意来电部署，最后部署应由林、聂依实况自下决心。"

9月1日晚9时，狂风大作，暴雨倾盆，我军趁夜突然发起进攻。

红一师担任歼灭温坊村外构筑堡垒敌人的任务，并负责截断敌人返回温坊的退路；红一团和红三团担任主攻；红二团隐蔽在距离温坊只有七八里路的山口，切断敌人的退路。

天上没有敌人飞机轰炸，地上没有敌人大炮轰击，我们枪上刺刀，肩背手榴弹，在黑夜中顶风冒雨冲向敌人。

敌人白天修了一天工事堡垒，毫无防备，正在睡觉，被我们的喊杀声惊醒，兵找不到官，官找不到兵，一片混乱。

我们一轮手榴弹投出，马上冲入敌群白刃格斗，刺刀见红。

敌人广昌作战的凶狠劲不知丢到哪里去了，不到一小时打得敌人丢弃堡垒工事四散而逃，全线溃退。

我们按照作战计划，迅速对敌人进行穿插包围，轻重机枪都没架起，就靠刺刀、手榴弹解决战斗。

我们活捉了一名俘虏，俘虏告诉我们，敌军认为前方只有红军一个团，旅长许永相已准备好，当红军对敌人“短促突击”时，敌人先头部队马上后撤，然后用猛烈炮火消灭冲锋的红军。

战斗于拂晓前结束，除敌第八旅旅长许永相带约一个营残敌逃脱外，温坊的敌第八旅几乎被全歼。

9月2日凌晨，战斗刚结束，林彪、聂荣臻给朱德发去温坊初战告捷电报，“温坊之敌于今早2时即解决，但约有一营逃脱，仅一军团俘虏就达1600人左右，轻重机枪三四十挺，迫击炮数门，步枪弹药数目前尚无法统计，苦战一年，此役颇可补充”，“因夜间战斗我军伤亡不大”。

红一军团决心采用最拿手的“迂回”围歼战术，再吃掉敌一部先头部队。

以红九军团切断敌向洋坊尾的退路，并向马古头实施攻击；第一师负责截断敌温坊与洋坊尾之间的联系，并预备阻止、打击援敌；由红二师及红二十四师担任主攻，分别从八前亭、马古头两个方向夹击温坊之敌。

9月3日8时许，敌第九师先头部队第五〇团进至温坊。

9时，林彪、聂荣臻发出攻击命令，各部队按计划发起攻击。受第一次温坊战斗胜利的鼓舞，各部队果断大胆地插入敌人部队之间，猛冲猛打。担任主攻的红二师从八前亭，红二十四师从马古头两个方向迅速夹击温坊之敌。

3颗红色信号弹飞升上高空，划过3道长长的弧线，还没落地，我们红三团阵地上就响起了狂风暴雨般的枪声。

我们团将首先发起攻击，打的是“蛇头”，也就是进入我军伏击阵地的敌人先头部队。

黄团长举起了望远镜。我用肉眼都能看清楚，就在第一轮枪声中，敌军第一辆马拉炮车的驭手被打死跌出车外，第二辆车被机枪一个点射把马打瘫再也不能动弹，接着的几辆车全被打坏，堵死了狭窄的山路。

我们团伏兵四起，形成三把尖刀，迅速插向敌人。冲锋的战士边扔手榴弹边冲向敌人队伍，一下把敌人切成几段。步枪、机枪、手榴弹、迫击炮一齐发射，首先把拥塞在山下那一大群挤成一团的人和车打得人仰马翻。

十几把冲锋号同时吹响，红三团战士高喊着“杀”冲进敌群，一下子就把敌军拦腰斩成十几截，双方交织在一起厮杀……

这时，我看见正拿着望远镜观察激战的黄团长、林政委同时锁紧了眉头。

敌军在这突然的猛烈打击下先是措手不及，一团混乱，损失惨重，但这第九军不愧是国民党中央军嫡系中的嫡系，果然顽固不化，训练有素。

被打散的敌军士兵在失去指挥的情况下，自觉形成小组，三四人、五六人一组，背靠背，挺出刺刀，与我军冲下山沟的战士拼杀。一股敌人以地形地物为掩护悄悄接近我们团一营机枪阵地，突然发起冲锋，竟把我们一个机枪排的阵地夺了过去。其他的敌军也开始快速集结，运动着朝我军制高点冲去。

团长和政委商量了一下，马上报告师部，接着命令：全线出击，歼灭敌人。

十几把冲锋号再次同时吹响，我们团的所有轻重机枪全部开火，暴雨般地扫向敌人。红一团、红二团的阵地也响起了冲锋号声，响起了沉闷的急促的重机枪射击声，敌人乱成一团。

我军的尖刀班、尖刀排、尖刀连跃身而出，冲向敌群，杀得敌人溃败四散，纷纷举手投降。

激战至当日 16 时，将进驻温坊的先头团大部歼灭，战斗胜利结束。

林龙华政委在战后总结会上自豪地说，红军在温坊的连续两仗均出乎敌人预料，共毙伤敌人 2000 余人，俘虏 2400 余人，缴枪 1800 余支，迫击炮 6 门，子弹 44 万发，迫击炮弹 341 发，手榴弹 3000 余颗，骡马 50 余匹，西药 11 担，以及各种通信器材等物品。红军仅伤亡 700 人。

国民党东路军主力连续两次在同一个温坊村遭遇惨败，被歼灭一个旅又一团。蒋介石在震惊和震怒下，下令枪毙了只身逃回的第八旅旅长许永相，并将第三师师长李玉堂由中将降为上校。

红军指战员们还想再接再厉，再这样去接着打胜仗。但他们已没有机会这样去打胜仗了，因为红军的第五次反“围剿”整个败局已定。

温坊战役的大胜在红军中引起极大震动。实践证明，在敌“堡垒主义”战术下，灵活运用运动战歼敌的可能性依然存在，运用运动战术可以有效地改变敌我的攻防形势。它有力地说明了“左”倾冒险主义的僵化战略方针是错误的，“诱敌深入”的灵活战略方针是正确的。

但为时已晚。

我们师撤到了兴国县一个大田垌里，在那里休息了3天，开了一个大会，一边开会，一边加餐。毛主席在会上讲了话，朱德也讲了话，总参谋长也讲了话（口述可能失实）。

第二天早上5点多钟就出发长征了，天天走路，边走边打，我问黄永胜团长天天走路去哪里作战，他说不知道。

走了一个多月，在一个叫石壁溪的地方和广西粮子（桂军）打了一仗。双方都是三团，都想到那里宿营，尖兵碰到了一起，一问才知道对方是敌人。军团部命令我团抢占制高点，敌人也抢占制高点，但是我们比他们先占领，打了两天，把他们打退了。

我们继续走路，走了十五六里，就出山了，刚走上平路，我的脚就被竹钉刺中。

红军的竹钉是埋设在阵地前，桂军和民团的竹钉是埋设在我们可能经过的路上和我们可能走到的几乎所有地方，而且很难识别它的伪装。

我见过敌军被我们竹钉刺中的惨状，我知道竹钉的厉害，但我自信，红军不怕竹钉，红军能战胜竹钉。

兴安县华江乡千家寺红军楼红军标语

刚被刺中时我感觉还能忍受疼痛，团长把他的马给我骑我不要，我也不要卫生员搀扶，拄着我的小马枪，还能跟上队伍。很快，伤口溃烂化脓，腿脚红肿，我痛得直冒冷汗，很难挪动脚步。

这时，团部接到紧急命令，要我们三团火速赶到百多里外的全州脚山铺阻击湘军，确保中央纵队渡过湘江。

我记得，黄永胜团长专门叫炊事班长给了我一小袋两三斤的炒米，下马握了握我的手，拍了拍我的肩，眼睛红红的，没讲一句话，转身上马就匆匆走了。

我鼻子酸酸的，眼泪差点就流出来了，但没想到这是我们见的最后一面。

我的背包里还装着两双专门为黄团长打的草鞋，我都忘记给他了。

我在红军里学会了打草鞋，打完仗休整，一有空闲，我就喜欢打草鞋。打草鞋前，先准备好耙子、码子、锤子、橇筚和弯子等工具，还有粗麻和稻草。先揉粗麻和捶稻草，将粗麻揉成麻绳，把稻草洗净、晾晒并用锤子捶松软，就可以编织草鞋了。我给团长、政委编，也给战友们编。黄团长特别喜欢穿我打的草鞋，说它又软又结实。

没在分手时把草鞋给黄团长，我后悔了好久。

我就和兄弟部队掉队的伤病战友一起，慢慢走，朝凤凰麻市湘江渡口走。

我们走过蒋家岭，过文市浮桥，过马鞍岭、桐木岭、鲁水、老屋里，在白露住了一夜。当时有许多部队在那里过夜，第二天一觉醒来，部队都走了。我一个人慢慢走过石塘，走到麻市，走到凤凰咀湘江边，正好看到涂着青天白日标志的敌机飞到，轰炸扫射渡江红军。

湘江上，浮起一具具红军战士的遗体，浮起一股股浓浓的血红，染红了江水。

敌机飞走了，敌军围上来了，密集的枪炮射向江中抢渡的战友们。

我根本无法渡过湘江，我在凤凰咀渡口附近一间破旧半倒塌小柴房的禾草堆里躲了三天，眼睁睁地看着战友流血牺牲，昏过去又醒来，醒来又昏过去，流干了泪。

从凤凰咀渡江的红军大部队走远了，没能渡江的战友们走散了，渡口四周都是桂军和民团，来回搜捕红军掉队伤病员。我躺在禾草堆上痛得缩成一团，奄奄一息，听天由命。

天差不多黑的时候，柴房里进来个挑了一担烂东西的干瘦老人。

老人看见我这个样子，从怀里掏出个小纸包，一层层打开，拿出一小颗黑东西，掐下一小点，放进我嘴里，倒了一碗水喂我吃下。

吃下了这一小点东西，伤口竟然没那么痛了，人也有了点精神。

老人叫我帮他看着那担烂东西，转身就钻出了柴房。

我就着那碗水吃了点炒米，人好像又活了过来。

半夜，老人又进了柴房，又喂我吃了点黑东西，叫我跟他回家去。

我撑着老人的扁担，能慢慢走路了，就跟着老人走到了他在石塘的家。

老人找来了草医，给我吃了药又敷了药，疼痛减轻了好多。

住了十来天，开始那几天，老人天天给我吃白米干饭，自己吃稀饭；后来，我们两人都吃稀饭；再后来，稀饭越来越稀。

一天，老人愁眉苦脸地对我说，家里没米也没有钱买米了，他抽鸦片烟把钱都抽光了，还欠了一屁股债。

他说，他看我可怜，原来想留我在家里，帮我把伤治好才给我走。现在没钱帮我治，连吃的都没有，没有办法留我了，很对不起我。

他说他有个好朋友在余粮铺开了一个伙铺，家境比他好得多，如果给那人当崽，以后那人的独生女儿就许配给我。

他还叫我别的什么都不要想，先要把伤治好，要不然会害人一辈子。

我说："你老人家是我的救命恩人，你为我好，我听你的。"

我把这些年积攒下来的部队里发的所有钱，有四五块光洋，都拿出来给了他，感谢他的救命之恩。

后来我才知道，老人喂我吃的那两小点黑东西，是老人当作命根子的鸦片烟。

我跟着老人到了余粮铺他朋友家。

从此，我再也没见过这位老人，我听说，不久他就在贫病交加中死去。

余粮铺这家人对我很好，给我治病，给我增加营养，住了二十来天，我的脚伤就好得差不多了。

这时，李军粮子和民团开始在余粮铺挨家挨户搜查红军伤病员，他们把我送到他老庚（同年同月同日生的结交朋友）屋里，那家也只有老两口，在那里住了二十来天，又回到余粮铺，治好了伤。

当时余粮铺还有一个红军伤员姓曾，是个兵，在一个地主家做崽。他说："我给他做崽，还不如他给我做崽。"就邀我一起走，去找红军。

这个想法我早就有了，只是下不了决心。

我就对余粮铺这家人说："你们对我好我记在心里，我现在不能给你们当崽，我要去找红军。不管我找不找得到红军，我都会回来给你们当崽，一言为定。"

我们两人边打工边找红军，从广西到贵州到湖南，找了大半年，找不到红军。

当我回到余粮铺，这家伙铺已在一场火灾中烧掉，这家人不知去向，听说回湖南老家去了。

我到石塘打工碰上两河载福村的王献卿，叫我去帮工，我就去帮工了，新中国成立后在那里成了亲，几十年就这么平平淡淡过去了。

人到晚年，夜深人静常常睡不着觉，我就会想，被红军竹钉刺伤的国民党兵是不是也像我一样痛，是不是也像我一样只得听天由命，被一支小小的竹钉改变人生命运……

他被一支小小的竹钉改变了人生命运，而接到紧急命令火速赶到百多里外的全州脚山铺阻击湘军的红三团，血战后伤亡惨重。

时任红三团党总支书记的肖锋在日记中写道："晚上一查点，全团折损一半，不少同志都痛哭流涕。炊事员挑着饭担子，看到香喷喷的米饭没人吃，边走边哭。……这是我到三团后第一次大损失。从中央苏区出征时，我团是 2700 多人，现在仅剩下八九百人了。"

第九章 哥哥讲我真命大

李德祥："我知道，我已经回不了河南老家，我早就在心里把广西全州当成了自己的家。"

李德祥

- 李德祥，原名沈士彦，1915 年生，原籍河南省博爱县界沟乡。
- 1931 年加入中国工农红军，为红三军团七军十九师五十六团战士，参加中央苏区第四、第五次反“围剿”。
- 1934 年中央红军长征过桂北时为红三军团团部警卫连战士。
- 落户广西全州县才湾镇李家村。

同志们，
快快起来，
拿起枪，
我们是工农的武装，
要消灭帝国主义国民党，
要成立苏维埃共和国。
红军向前冲，
我们是无敌的红军……

歌声苍劲悲壮。

1996年，唱歌的李德祥老人81岁，已在广西全州县才湾镇李家村生活了60多年，但乡音未改，仍带着浓浓的河南方言口音。

他记得，这是他参加红军后连指导员教他唱的第一首红军歌曲，指导员牺牲得早，名字他已记不得，连长和副连长的名字他记得很清楚，连长叫刘任凤，副连长叫张连奎。

他14岁当了国民党西北军的兵，15岁就当了红军。

他所在的国民党部队奉命去打红军，在苏区，他看到了红军的宣传标语，也听到了老百姓对红军的赞誉，他就认定红军是穷人的队伍，是为穷人过好日子打天下的。一个暴风雨夜，他和十几个河南小兄弟带了七八条枪，悄悄溜出国民党军营，参加了红军。

后来，他原来所在的国民党部队举行了著名的“宁都暴动”，17 000多人全部参加了红军，组成了红五军团。

他很自豪，他参加红军后一直是彭德怀的部下，先是在红三军团七军十九师五十六团当战士，中央红军长征前夕，被选拔到军团部警卫连，保卫彭德怀军团长、杨尚昆政委。

1934年10月长征开始了，出发时我在红三军团部警卫连当警卫，军团部直属设有无线电连、干部连、警卫连、机枪连。

部队经过湖南的永州、道州，过广西的灌阳，从全州石塘几个小村子出麻市，从凤凰走到界首过湘江。这时，已经是半夜了。

过江后，彭德怀军团长和杨尚昆政委把军团指挥部设在江边的一座孤零零的旧庙堂，庙堂里空空的，供着三尊菩萨。

彭德怀对杨尚昆说，这里地势高些，便于观察周围情况。

我们警卫连一部分被派去协助工兵和当地群众，在军团指挥部前面江上，用木船、木板、毛竹和美孚油桶搭浮桥；一部分留下来保卫军团首长和军团部。我和四个战友负责保卫彭德怀。

天蒙蒙亮，有三座浮桥搭好了，我跟在彭德怀后面，站在浮桥旁边，观察队伍走浮桥过江。

刚开始很混乱，抢渡的队伍建制几乎已完全打乱，人喊马嘶，争先恐后，从互相拥挤，到互相推搡，到互相冲撞，到抢路夺路。

几匹无人看管的战马被惊，狂跑着闯入人群，横冲直撞，恣意踩踏，队伍更乱，惨叫声响成一片。

挤不上浮桥的就从浮桥两边涉水，在激流中，有的丢掉了枪支，有的丢掉了被服，有的丢掉了所有能丢掉的东西。江面上杂乱地浮着钞票、文件、宣传品，还有一顶顶军帽……

我看到彭德怀脸色铁青，从我们警卫连廖排长手里拿过一支冲锋枪，朝天打了一梭子，大喊："团长带好你的团，营长带好你的营，连长带好你的连，共产党员和共青团员带头遵守纪律，整好队伍，按建制顺序过江……"

混乱停顿住了。

有位同志在人流中举手高呼："我是小松（中央纵队三梯队代号小松）炮兵营营长，炮兵营全体同志请向我靠拢……"

码头上响起了一片番号呼唤声。

码头上，河滩上，排起了井然有序的队伍，一队队人马走过浮桥。

军委纵队的人马陆续到达了界首，中央首长队伍后面，成群的马匹驮着重物，战士和民夫搬运着大行李，一眼望不到边的挑夫队伍，黑压压地走向江边。

军委第一纵队缓慢地刚走过浮桥过了湘江，我就听见天边云层里响起了敌机的闷闷轰响……

初升的太阳，像被刺刀挑开的胸膛，血光浓烈，满天溅洒。

溅洒在越城岭山脉突断成两截，在此分界东西的桂北古镇界首。

溅洒在流经界首镇外上游因暴雨而突然暴涨的湘江。

溅落在由灌阳新圩方向通往界首湘江渡口的那条黄泥路上。

溅落在黑压压簇拥在一起拼命奔突冲涌向湘江的人流上。

溅落在道路两旁遍地杂乱丢掉的机器、炮架、书籍、纸币、宣传品，甚至一箩筐一箩筐翻倒在地的银元上。

溅落在离湘江越近，越来越多倒卧在地的红军伤病员及尸体上……

血光下，涂着青天白日标志的飞机尖啸着轮番俯冲轰炸扫射。

血光下，弥漫着硝烟、弥漫着飞尘、弥漫着血腥气……

炸弹在江水中爆炸，掀起了冲天的水柱，浮桥开始摇晃，受惊的马匹惊叫着不肯上桥，马夫和战士们咒骂着、抽打着，慌乱的马匹加剧了浮桥的动荡。大行李把浮桥堵塞了，人们大声喊叫着，催促着前面的人赶快让路，但是动荡的浮桥使搬运行李的战士和民夫连站都站不稳。后面又走上来一支队伍，是红军的剧团！小红军们已经很疲惫了，抬着的大箱子摔裂开，花花绿绿的服装和道具撒了出来，小红军一边收拾一边哭。突然，一颗炸弹在距离浮桥很近的地方爆炸了，桥上的人马全被掀翻到江里，人在挣扎，马在挣扎。

湘江上，夜里架好的三座浮桥在敌机清晨的第一轮轰炸中就被炸毁。

被炸成碎块的架桥的木船，船上铺设的木板，连同被炸得血肉横飞的挤满浮桥的人，被江水吞没。

兴安县界首镇湘江渡口

江面，浮起一段段烂木，浮起红军战士的遗体，浮起一股股浓浓的血红。

一股股血红染红了一江水，流向下游。

一个桂军的空军军官在其笔记中这样写道：“……29日晨，我侦察机在界首又发现浮桥数处，此桥均似昨夜始完全者，其南岸道旁，有数千散‘匪’正欲渡河，见我机飞来，即借伪装帽隐蔽，我等自高下瞩，几不能辨识，降低一视，乃赫然敌人也，即以机关枪扫射……我机知尚有大帮‘共匪’渡河未成，乃飞回报告。复命轰炸机数架，前往破坏浮桥，以断‘匪’之逃路。……我乘其不遑之际，实施酷烈之黎明轰炸，耗弹尽百，‘匪’徒伤亡甚众。各机于数分钟内，投弹多命中，悉予炸毁浮桥无遗……”

敌机暂时飞走了，被炸弹破片撕碎了的曙色，刚渐渐弥合。

湘江翻涌着，把血涡、血浪推向下游。

血涡、血浪下，是遇难红军残缺不全的尸体。

一两天后，这些尸体中的一部分，在湘江下游的一个个回水湾江面浮出。

红军的尸体太多，密密麻麻浮在回水湾里，一眼望过去，江面一片灰色。灰色，是红军军装的本色。

灰色，在江面好久没有消失。有的被冲上岸，被当地人草草掩埋。更多的，浮起后，又沉没，永远沉没。

炮声响起，枪声响起。

枪炮声不是响起在湘江边的界首镇，而是从脚山铺方向响起，从新圩方向响起，从光华铺方向响起，从三个方向紧紧迫向界首镇。

枪炮声远远地传来，不是暴脆，而是既重又闷，不是震耳欲聋，而是惊心动魄。

界首镇在战栗，在抖动。

我们护送彭德怀从隐蔽处回到军团部，刚歇了一下，就收到了光华铺阻击部队发来的电报，从彭德怀严峻的脸色看出，可能是告急电，光华铺很危急了。

彭德怀看完电报，跟杨尚昆说了声：上去看看，转身就往外走，我们紧紧跟了上去……

1934 年 11 月 27 日下午，红一军团二师四团抢占界首。

红四团抢占界首后，奉命参加脚山铺阻击战，将界首防务移交红三军团四师。

11 月 28 日，红四师 3 个团全部到达界首，在界首附近的湘江两岸布防。

谢嵩团长、苏振华政委率红十二团留守河东江南渠口。

邓国清团长、张爱萍政委率红十一团前出到石门及西北地域布防。沈述清团长、杨勇政委率红十团在湘江西岸界首南面光华铺地区构筑工事，从正面阻击兴安方向来犯之敌。

兴安县界首镇三官堂红三军团指挥部

光华铺是界首至兴安间桂黄公路边的一个小村庄，位于界首渡口以南10余里，村北是平坦开阔的稻田，东西南三面是连绵起伏的小山岗。

11月29日，红十团团长沈述清命令三营营长张震率部在光华铺南面布防，以两个连在正面向兴安县城方向筑工事，机枪连和另一个连做预备队，团主力部署在渠口渡附近高地，团指挥所设在渡口附近的小高地上。

桂军在兴安驻有第十五军四十三师一二八团，发现界首渡口被红军占领后，急调第十五军四十五师的一三三团、一三五团，十五军四十三师一二七团赶往兴安增援，防备红军南下攻占兴安威胁桂林。

29日晚，桂军第十五军四十三师一二八团一部向红军据守的光华铺高地攻击前进。

当日深夜，前沿阵地的红十团三营哨兵看见湘江边的山上有手电灯光晃动，忙向张震营长报告。

张震立即派出一支部队前往搜索，发现湘江西岸出现密集的手电灯光，向界首方向急急移动，马上判明，桂军一部已经迂回到三营阵地背后，直插界首渡口。

桂军这支部队行至界首渡口南面五六里处，被红十团主力截住，双方随即猛烈交火。

张震营长见界首渡口危急，急忙率部回防，与红十团主力夹击来袭桂军。敌我双方在黑暗中混战，但敌人数量众多，双方激战后形成对峙。

11月30日拂晓，张震率三营与团部会合，但部分敌人突破红十团防线后继续前冲，严重威胁界首渡口。

此时，军委第一纵队即将抵达东岸准备渡江。中央的主要领导人和中央红军的指挥机关都在军委第一纵队，情况万分危急。

沈述清团长见三营伤亡惨重，下令三营休整，自己亲率一、二营直奔渡口，向冲向界首渡口的桂军发起猛攻。敌我双方都没有工事做依托，在江边来回拉锯，战斗异常残酷……

1994年9月，时任中央军委副主席的张震重返光华铺，凭吊60年前牺牲的战友，站在当年的阵地上，他说：

29日深夜敌军偷袭我们阵地，并迂回到我们身后，向界首渡口奔去。我们三营奉命追赶，同敌军短兵相接。夜里漆黑，展开混战。

30日拂晓，我们虽已消灭大部敌人，但界首渡口西岸失守。此时，中央第一纵队即将抵达东岸准备渡江，情况万分危急。团长沈述清率领一、二营直奔渡口，经过多次冲杀争夺，最后消灭了敌军，夺回渡口，加强守备力量，巩固了周围阵地。

面对桂军的凶猛进攻，双方就在这开阔地里来回拉锯，战斗激烈的时候双方甚至肉搏！十团团长沈述清拿着驳壳枪站起来，一声呐喊，带领指战员进行反冲击，把桂军压下去。几颗子弹穿透了他的胸膛！

沈述清团长的牺牲使彭德怀十分焦急，他从军团指挥部一下子跑上了前沿，正在前沿指挥战斗的四师政委黄克诚看彭德怀上来了，就冲他喊："你赶紧下去，赶紧下去！这儿太危险了。"但是彭德怀全然不顾，站在前沿不动。他任命红四师的参谋长杜中美为十团代理团长，带领十团继续坚守阵地，阻击桂军。

下达完这个命令，彭德怀转身回到军团指挥部，但他刚进指挥部的门，后边跟进的人就向他报告说，团长杜中美也牺牲了！（注：师参谋长杜中美被彭德怀称誉是红军中的"张飞"，杜中美代理团长后布置再次反击敌人，将其驱逐到光华铺以南，他向三营交代完任务再赶往二营阵地时中弹牺牲。）

这天晚上，朱德和周恩来都赶到了界首，在那里向全体红军下达了命令，要求红一、三军团在这个界首通道的两侧坚决阻住敌人。……到了中午，敌军两个团在被我军打得尸横遍野后才占领光华铺，敌军另一个团沿江东岸向界首渡口进逼。

这时，彭老总一方面紧急调四师两个团来接应我们十团，另一方面又令五师一个团迅速打击东岸立足未稳之敌。黄昏后，中央第二纵队开始过江，我们全师向处在高处的光华铺之敌发动反攻，经过又一夜的艰苦战斗，终于守住了我们阵地的第二道阻击线。

天亮，已是12月1日。完成新圩阻击战任务的红五师主力赶来，与我们一道阻击了敌军数十次连续进攻。直至中午时分，中央纵队安全过江、穿越桂黄公路后，十团才奉命撤离。……

（石仲泉：《惨烈的湘江之战》，载《百年潮》2003年第7期）

至12月1日黄昏，中央机关和红军大部队全部渡过了湘江。

至12月1日夜晚，中央红军除红八军团一部、红三军团第六师第十八团、红五军团第三十四师被敌切断无法过江外，其余部队都已渡过湘江。

中央红军渡过湘江后，西行横过桂黄公路，进入越城岭大山区。

渡过湘江，标志着中央红军突破国民党的第四道封锁线。

我们跟着军团部首长渡过湘江后就往洛江去，一直翻过大界，进入资源大山，到龙胜边界。那里有一条小河，河边有一处热水井，军团部首长和我们警卫连的战士，每人都抢着去喝一口热水。热水井的水流进小河，形成了这条小河的分水界，一半水是滚烫的，一半水是冰冷的，好奇怪。

我们走过河口、江底，刚进入马堤，前面部队就跟桂军接上了火，打得很激烈。敌人飞机也来轰炸扫射，我们的二三十个战友牺牲了。

前面部队打垮桂军后，我们走到了一个叫平等的大寨子，刚住下准备做饭，敌人就围上来了。侦察员回来报告，有桂军，也有湘军，起码各有一个团以上，情况很危急。

当时跟着军团部的除了直属部队，战斗部队只有一个营。军团部首长命令这个营阻击敌人，军团部马上向湖南通道方向转移。

还没进入湖南通道县境，我们警卫连和机枪连一个排被命令火速返回平等寨，增援阻击部队，坚决挡住敌人。

没想到，我和战友一冲进包围圈，就再也出不来了。

半夜到达平等寨，我们就在山上睡了，天一亮就打起来了。

我们连的北面，有一座高山，山顶有敌人，连长估计是观察所。

居高临下，我们的行动被敌人看得很清楚。

敌人还占领了东南面和西南面的所有山头，以猛烈的火力轰击扫射，压制我们刚刚设立的阵地。

只有一座黄土山没有敌人的射击声。黄土山的标高估计七八十米，在群山中只算矮子，但毕竟也是高地，而且树木比较茂盛繁密。

连长断定，黄土山敌人没设防，可能以为没多大价值。

占领了黄土山，能有效地掩护位置更低的我军主阵地。不然，既没有工事可依托，更没有制高点可利用，根本无法阻挡敌人的进攻。

我们兵分两路冲向黄土山。副连长率领的一个排很快被敌人发现了，而且敌人看出了我们的意图。

敌人由几个山头、山坡火力点发射的机枪弹组成的火网，把副连长他们阻挡在山坡下，进退不得。

虽然暴露在敌火力下，但副连长他们还是拼死抵抗，以猛烈火力还击敌人，吸引敌人的注意力。

我们排从侧面顺利地冲上了山顶。好险，山的另一边，大约一个连的敌人也正气势汹汹地往上爬，已爬到山腰。敌人此时应该完全清楚了这座土山的价值。

“准备射击！”已来不及抢修工事，只有利用现有地形地物。陈排长一面卧倒隐蔽，一面组织火力。

敌人没有察觉，仍直线往上冲。待敌人冲近，陈排长一声令下：“狠狠打……”

顿时，机枪、步枪、手榴弹一起打向埋头往上冲的敌人。

猝不及防的敌人遭到迎头痛击，惊慌失措，一下全部退了下去。

退下去的敌人迅速调整了部署。敌人没有继续进攻山头，而是朝着山的另一面冲去，冲向副连长他们。

周围山头敌人的火力压得我们排抬不起头，我们根本无法火力支援副连长他们。

不仅我们无法支援，已没有人能支援他们，这时，几乎我军所有阵地都被敌人分割攻打，都是自顾不暇。

副连长和战士们与两面冲来的敌人展开了肉搏战。

我和战友就在山顶，眼睁睁地看着副连长他们与敌人惨烈拼杀，直到敌人倒下，他们也都倒下。

副连长身中3把刺刀，才慢慢倒下。

这时，周围山头敌人的火力突然停止了射击。

陈排长含着泪大吼：“打！”

我们的枪弹如暴风骤雨，扫向正在副连长他们遗体旁搜寻战利品的敌人。

敌人像被割了的草一样倒下，一部分成为死尸，其余的四下逃散。

敌人也开炮了。我们排据守的黄土山一片片繁茂的竹、树被炸倒，野草被烈火烧成焦黑。

好多战友就倒在敌人的炮弹下，倒在火海中，再也没有站起来。

我和活着的战友无法躲避敌人的炮弹，也无法寻找地形地物掩护，就伏在被烈火烤得发烫的地上射击。

打几枪，就滚一滚。不换位置，敌人的机枪点射马上像长眼睛一样飞到，好几个战士就这样牺牲了。

我滚到一个山坎后，给机枪换上一个梭子，朝着越冲越近的敌人扣动扳机。为了节省子弹，只能三发一个点射。打到后来，就忘了点射，换上梭子就猛扫过去。连帮我压子弹的连部通信员已倒在我身边中弹牺牲都不知道，直到卡上一个空梭子就扣扳机……

那是真正地杀红了眼。

也就在这时，一颗炮弹落在山坎前。我听到炮弹逼近的尖啸，已本能地有了隐蔽的意识，却没有去隐蔽，而是挺直腰以半跪姿势，打出了我自己压上的最后一梭子弹。

我只觉得眼前一亮，甚至连炮弹落地爆炸声都没听见，就不省人事……

醒来的时候，太阳已升起在头顶。

我用力撑起身子，眼睛什么都看不见，眼前只有飞舞的血点点。使劲擦了擦眼睛，看见袖子上沾满了从眼上、脸上、额头上擦下的血。

又有血流下，遮住眼睛，才觉得额头上剧痛。

又擦净眼上的血，看见山坎前面的被烧焦的灌木丛、荆棘，几乎被尸体压平了。

尸体下的土地，被炮弹炸出的石块、石缝上，都凝着血，或渗着血，或正流着血。

尸体各种形状都有。最多的是你咬住我的耳朵，我卡住你的脖子；你的刺刀扎进我的肚子，我的枪托砸碎你的脑袋。

山坎后已没有几个活着的战友，活着的战友已没有一个不是血染身躯。

国民党兵嗷嗷叫着，一排排往山上冲锋，督战队的枪就顶在他们的屁股和脊背上。

在我军机枪、手榴弹下倒下一排又一排，一排又一排的敌人又直冲上来。

敌人只进不退，连伤兵都端着枪往上硬冲，往上扑。

敌人用六挺重机枪封住了所有路口，死死围着我们打，走也走不脱，跑也跑不掉，只好伏在地上不动，等敌人冲上来，就一阵猛打，把敌人打退，又伏在地上不动。

打到下午，我们没有子弹了就用刺刀拼，最后刺刀拼弯了，枪托打断了，我们 200 多名红军战士大部分负伤，被敌人俘虏了。

敌人把我们押到龙胜，准备经义宁送到桂林。走到义宁和五通之间的山林里，我和十余位同志逃走了。

跟我一同逃出来的有姓莫、姓杨、姓刘三人，他们和我最好，三人约我一起，一路讨饭回江西去。我们想，跟着大部队走的路线去找红军，路上都是敌人，可能还没找到红军，命就丢了；那就回江西去，肯定能找到红军。

我们白天睡在山上夜晚走，风里雨里都走，边走边找我们的来路，往回走。

我们走到全州才湾脚山铺旁边的李家村，就到李发才家讨饭。我腿上的伤和肚子上的伤痛得厉害，全身发烧，烫得像火炭一样，瘫在地上，再也走不动了。

李发才家只有他一个老人家，他看我可怜，就叫我别走了，说我现在这个样子，再走下去，如果遇上国民党兵、民团，命都保不住；不遇上，伤这么重，命也保不住。

他留我做崽，我答应了，就在李发才家住下，治好了伤，姓名由沈士彦改为李德祥，此后好多年，我们父子二人同甘共苦，相依为命。后来，我结婚了，我和妻子赵绍玉一起，为我养父李发才老人养老送终。

他们三人继续往江西走，从此下落不明。

李德祥落户的李家村前的米花山，邻村脚山铺村旁的尖峰岭和周围的美女梳头岭、怀中抱子岭、皇帝岭、双把牛角抱西瓜山、冲天凤凰山等，就是红一军团脚山铺阻击战的主战场。

与红三军团四师十团在光华铺阻击桂军浴血奋战，彭德怀在李德祥和战友警卫下冒险亲临火线指挥的同时，红一军团一师、二师，也在这里浴血阻击国民党湘军。

在光华铺阻击战红三军团四师十团团长沈述清牺牲的同一天，红一军团二师五团政委易荡平在脚山铺阻击战中牺牲。

从早晨激战到中午，伤亡惨重的红五团在易荡平政委的指挥下，从尖峰岭第一道工事退到第二道工事。

第二道工事被敌炮弹炸毁，易荡平政委带领红五团指战员从土里爬出，从树枝中爬出，与冲上来的敌人展开白刃战，把敌人杀退。

敌人退下去后，跟着而来的密集炮弹又把第二道工事再炸翻一次，然后数倍之敌又嗷嗷叫着冲了上来。

易荡平抱着一挺机枪挡在最后，掩护剩下的几十位战士撤向山巅的最后一道工事。

一个个敌人倒在易荡平的机枪下，但敌人未退，仍往上冲，距离越来越近。

机枪被打红了，握枪管的手被烙得冒出了油烟，但易政委还在射，直到打出最后一梭子弹。

眼看短兵相接，敌人挺着刺刀距离易荡平已不过七八步，已不再射击想抓活的。

易荡平倒握机枪，枪托朝前做个抡起猛击姿势就要向敌人冲去，就在这时，他身后响起了枪声。

在他对面的敌人在枪声中纷纷倒地。

两双有力的手扯住他的臂膀，拉起他就往山巅跑，已撤到尖峰岭山巅的红五团战士，又冲下来接应他们的易政委。

敌人紧紧尾随着，也冲向山巅。

山巅没有树，只有一块块的岩石，从地表黄土里，从稀疏茅草中突出，易荡平和战士们倚托着战壕，利用着岩石射击。

易荡平和战士们射击的火力很弱。已经没有弹药，用的是红军兵工厂制造的再生子弹。

敌人没停顿，边射击边往上冲，已接近战壕。

就在这时，易荡平在转移射击位置时，跃过一段被敌军炮火轰平的战壕，想去右侧阵地增援。他身后紧紧跟着他的警卫员。

右侧阵地已没有了枪声。战士们已全部阵亡，敌人正蜂拥往上冲。

就在这时，猛地跃起的易荡平跌落，一颗子弹击中了他的胸部。

他用手紧捂住伤口，血从指缝里从手掌下涌出。倒地的易荡平大口喘息着，嘴角溢出猩红的泡沫。

易荡平吃力地抬起手掌摘下头上的军帽，团起，用力塞向胸前的伤口，然后捡起掉地的驳壳枪，狠狠朝敌人射击，直到把子弹打完。

敌人停止了射击，步步逼近。

嗷嗷的叫声隔着山头都能听见："抓活的，抓活的……"

易荡平把没有子弹的驳壳枪甩向一道深沟，挺起上身，大声命令警卫员朝自己开枪。

警卫员泪如泉涌，连连后退，无法下手。

敌人的刺刀离易荡平还有几步，只要一个前冲，就能抓住易荡平。

易荡平突然跃起，一把夺过警卫员手中的驳壳枪，一掌将警卫员推开，怒视着冲上来的敌人，把枪口指向自己的太阳穴，"砰——"

易荡平政委壮烈牺牲。

敌人被这壮举震惊了，竟一时忘了去追杀易荡平的警卫员，警卫员得以生还。

正在皇帝岭指挥作战的红一军团聂荣臻政委，就这样眼睁睁看着易荡平自戕殉国，就这样看着敌人冲上尖峰岭，攻占尖峰岭，然后在山巅发出一阵又一阵胜利的狂呼。

他无可奈何。他没有一兵一卒可派去增援，这种结局，已在他的预料之中。

当然，如果易荡平撤下尖峰岭，也许不会牺牲。他已指示易荡平在实在守不下去时就突围，向红四团阵地靠拢。

易荡平已铁了心与阵地共存亡，他不是撤向红四团阵地，而是边打边退向没有退路的尖峰岭山巅。

后来，已是共和国元帅的聂荣臻在他的回忆录中写道："这时，敌人端着刺刀上来了，荡平同志要求他的警卫员打他一枪。警卫员泪如泉涌，手直打战，荡平同志夺过警卫员的枪，实现了他绝不当俘虏的誓言……"

易荡平政委的遗体和红五团数十位阵亡战士的遗体，还留在尖峰岭山巅，已经无法抢运下来。

尖峰岭山巅，躺满了红五团指战员的遗体。

国民党湘军攻占尖峰岭后并未去翻找红军伤员，他们已认定，这座山头绝不会有活的红军。

红军的遗体，保持着他们临死前一霎的姿势，都是在最后的拼杀中死去，死状都极其悲壮惨烈。

在这些死状极悲壮惨烈的红五团指战员的遗体中，躺着他们的政委易荡平。

易荡平的遗体和阵亡红军指战员们的遗体，在西风残照下，俨然一个触目惊心、痛心警心的血色问号。

在李发才家住下的李德祥，不久就知道了这里是脚山铺阻击战的主战场，有很多他的红军战友牺牲在这里。

他和比他小一岁的脚山铺村农民王寅修成为好友，因为王寅修帮红军煮过饭，还冒着敌人的炮火，帮红军炊事员把饭送上了米花山阵地，在红军战壕里住了一夜，帮红军修工事；更因为王寅修掩埋过红军烈士的遗体。

王寅修告诉我，打完仗第三天，国民党兵还不时路过这里，王寅修就和两位村民上山掩埋红军遗体。遗体太多，埋不过来，他们就埋山路两边了。后来，他们才知道，他们掩埋的红军遗体中，有一位就是易荡平政委。

当时他们并不知道那人就是易荡平，只是看他头上血肉模糊，一只脚穿了鞋子，一只脚没穿鞋子，灰色衣服满是血迹黄泥，样子很惨，他们就帮他整理了一下衣服，

兴安县光华铺阻击战烈士墓

兴安县界首老街

抬下来，埋在半山坡上，没有棺材，垒了一座坟。

第二年清明，王寅修带我来到这座坟前，我们上了香，烧了纸，还在坟旁种了一棵小柑子树。

在我想红军、想家的时候，我就到山上走走，在这座坟前坐坐，和战友们讲讲话，谈谈心。

清明，农历七月十五或者八月十五，过年，这些战友回不了家，也没有亲人来看他们，我常常在山前野地洒些水酒，烧点纸钱，和他们一起过过节……

1966年，我终于回了一次河南博爱县界沟老家，那时叫界沟公社，现在叫界沟乡。

我清楚地记得老家的路，老家的屋，一点都没变，我一下就找到了家。

家里人一个都认不得我了，问我是谁，来干什么。

我好心酸，眼泪流得满脸都是，止都止不住。我就讲起了父母，讲起了兄弟，讲起了过去的事，他们就知道我是谁了，就认出我了，哥哥抱住我就哭，两兄弟一哭，侄儿也哭起来了，哭得话都讲不出……

哥哥讲："我们都以为你死啦，没想到你还活着。"

我讲还没死，在广西全州成了家。

哥哥讲："你真命大啊。"

我讲，我的命是养父李发才救的，没有他，我可能就再也见不到哥哥啦……

讲着讲着，我们兄弟俩又哭了起来。

回老家还没几天，我就想全州才湾李家村的家了。

开始我没敢讲，一个多星期后，我实在忍不住了，就告诉哥哥，过几天，我要回全州去了。

他讲刚回来又要走，这是什么道理？

我讲我已经在全州成了家，讨了老婆，有了孩子，那边也是我的家。还有，河南老家有哥哥为父母守坟头，也就是帮我为父母守坟头，我放心；在广西，只有我为养父守坟头。

__ 脚山铺阻击战后掩埋易荡平遗体的王寅修

我的两个侄儿跟着我到了全州，想劝我老婆、孩子，我们一家人一起迁回河南老家。

我们一家人还是决定留在全州，我两个侄儿只好哭着回去了……

我知道，我已经回不了河南老家，我早就在心里把广西全州当成了自己的家。

1996年，81岁的李德祥腰不弯背不驼，身体还很硬朗，他和妻子赵绍玉单独过，耕种着两亩水田还有几分旱地，农忙时节，四个已成家的儿子都会带着媳妇、孩子，回家帮老人干活。

他唱起红军歌来，仍然吐字清晰，中气十足：

国民党成什么样，
日本精兵快到长江。
谁也不抵抗，
谁也不打仗，
节节退却、节节退却，
退到石家庄。
张学良士兵二十多万，
全不抵抗只管缴枪。
好个卖国的国民党，
见了日本就投降。
常胜红军三万多支枪，
北上抗日要打胜仗……

他说，长征出发前他学会了这首歌，这是他参加红军后学会的最后一首红军歌。

他说，教他唱歌的军团部文书小张，比他小三岁，不知道现在是不是还活着……

第十章　我心里想着红军

毛八连：“我不可能离开战友们流血牺牲、我死而复生的地方……”

毛八连

- 毛八连，原名刘保林，1914 年生，原籍江西省赣县田村镇东山村。
- 1931 年加入中国工农红军，为红五军团后方医院看护员，参加中央苏区第四、第五次反“围剿”。
- 1934 年中央红军长征过桂北时任红五军团十三师卫生部看护排副班长。
- 落户广西全州县咸水镇黄沙村委毛家自然村。

落户广西全州县咸水镇黄沙村委毛家自然村的红五军团十三师卫生部看护排副班长毛八连，落户广西灌阳县新圩镇钟家村的红三军团六师十八团三营九连代理连长李贵财，落户广西兴安县华江乡同仁村的红八军团战士刘华连，原籍都是江西赣县田村镇。

毛八连落户广西全州县咸水镇毛家自然村后，20世纪60年代初回过一次老家，不过老家在他92岁的脑海里已是相当模糊，田村花灯，几乎成为他对老家的唯一深刻的记忆。

1996年、2006年，两次采访，时隔10年，他最先说的都是田村花灯。一说起田村花灯，他就兴奋激动。虽然他左眼残疾失明，右眼也是微闭，很难看得出表情，但他苍老的脸上顿时神采奕奕。

我们田村闹花灯跟全州不一样，全州是在元宵节，是“正月里来正月正，正月十五闹花灯”。我们田村的花灯节是闹中秋，是“八月里来八月正，八月十五闹花灯”。

我五六岁时，妈妈就开始教我扎花灯。用细细的竹篾枝条扎，扎成各种各样的形状，用纸裱糊好，再用染成各种颜色的绵纸和金银箔纸，剪出花草树木、虫鱼鸟兽、人物图案贴在上面，然后在每盏灯的底座安装一个或几个蜡烛托或油灯托，在上面放上蜡烛、小油杯，小油杯里放上灯油，再放一根灯芯，花灯就做好啦。

我和妈妈一起做过花篮灯、龟纹灯、麒麟灯、狮灯、象灯、云灯、莲灯、架花灯，有十多二十种，还做过走马灯。先将马头和马尾做好，用竹篾扎成的框架把前后两截连接起来，再在灯面上罩上彩布彩纸，配上马鞍、铃铛，点亮后马会自己走，边走铃铛边叮叮当当响，很好玩的。

灯节那天，先要用白布或黑布把圩镇街道的上空遮盖好，我和妈妈还有乡亲们把做好的花灯全部挂在布帛下面的绳索上，下雨也不怕灯被淋湿，妈妈说这叫“瞒天过海”。一条条街都挂满了花灯，好热闹……

不是八月十五，我们田村也闹过一次花灯，是红军打下赣州，庆祝红军胜利。

妈妈说，那次闹花灯最热闹，可惜我没能回家跟妈妈一起做花灯，一起看花灯。

那时，我已经是红军战士了……

说完田村花灯，他会沉思好久，脸上的奕奕神采渐渐退去，变得凝重和深沉，然后，说起他和红军，说起他的长征，说起他的落户。

我参加红军时并不在红五军团，到底在哪个部队，我已实在想不起了，只记得是在八连当卫生员。宁都起义的国民党部队改编为红五军团后，红军各部队都抽调了些政治上可靠的同志去充实红五军团，我就过去了。

在家时，我跟我父母学了些中草药常识，又是连队卫生员，到红五军团后，我被分配到了红五军团后方总医院当看护员，负责看护领导、首长伤病员。

我记得红五军团后方总医院有医务室、药房、住院部、看护班、事务排，有四五名医生，十几名护士、看护员和十余名担架员。

刚到医院时，觉得这个医院的条件要比我原来部队的医院条件好得多，有从国民党部队带过来的一些医疗设备，虽然也比较简陋，但总还有些。最要紧的是西药比较多。

随着仗越打越频繁，越打越大，伤病员数量也越来越多，很快药品奇缺，尤其是西药极少，主要依赖中草药和土方给伤病员治病。

我们就自己动手，用土法采制药品，用食盐或硝盐配水代替生理盐水，在没有食盐的条件下，又用黄连水、老茶叶水、金银花药水冲洗伤口，用猪油膏代替凡士林做软膏，用烧酒代替酒精做酊剂，用硼砂水、石灰水代替消毒液，用自制的三黄散来消炎止血，用车前草吸脓……

赣州、宁都、瑞金一带中草药较为丰富，我们医院就组织采药队上山采集中草药，我还当过采药队的副队长。一般由医院懂中草药的医师，还有我，先采集标本，然后大家照样子去采。

我们当时采集的中草药主要有首乌、金银花、石斛、天南星、板蓝根、杜仲、冬藤、鱼腥草、缘皮草、接骨草、土黄柏、南天竹、黄连等好多种，拿回医院来，清洗干净，切片晒干，制作煎剂，或者研成粉做药丸，或熬制成膏丹，如感冒丸、伤风止咳散丸、抗疟丸、抗赤痢丸、止血散等。很多常见病用这些土药方基本都能治好，在药品奇缺的情况下，这些药成为我们医院的主要药品，用来治疗伤病员，使不少伤病员得到治愈重返战场。

医院的医疗器械也十分短缺，为了医疗救护需要，我们只得用土办法制作一些器械来代替。

没有锯骨头的锯子，就用小锯齿的木锯当作骨锯来给伤员们做手术。

没有手术刀，医生们就用盐水泡过的剃头刀甚至切菜刀当手术刀使用。

没有缝合伤口的针就用缝衣服的针代替。

我们把大毛竹的竹节两端，锯成一段一段，制成像盆子一样的器皿用来代替消毒盆、便盆、脓盆。把竹子削成很扁的薄片，放在火上烤弯制成镊子。探针也是竹子做的，长的有一尺，短的六七寸，粗细各种规格都做。

纱布绷带用了又洗，洗了又用直到实在不能用为止；连烂绷带都没有了，就撕开床单、被单甚至衣裤，用开水消毒后代用；有时大批伤员下来，床单也没有了，就用其他的破布甚至用树皮或稻草代替……

我们也想方设法从白区弄来一些药品，但敌人封锁太严密，想了很多办法，甚至流血牺牲，但医院能够得到的药品还是很少。

我们最盼望的就是打胜仗，从敌人那里缴获药品。红军打下赣州后，我们军团缴获了国民党军的大批西药，全部送到了我们医院，我们非常珍惜，只给重伤员用，用了好长时间。但这样的缴获毕竟太少，药品总是很不够用。

我们经常无可奈何眼睁睁地看着好多应该救得活的伤病员和可以治愈的伤病员，痛苦地死在手术台上，死在病床上。

后来，我经常想起我们政委说的那句话，他说，这就是革命胜利的代价，革命胜利总是以革命者的生命为代价。

在我们医院，我最佩服张步峰医师（新中国成立后任西南军区卫生部副部长、志愿军后勤部副部长兼卫生部部长、第四军医大学校长、总后勤部卫生部部长，1955 年被授予少将军衔。获二级八一勋章、二级独立自由勋章、二级解放勋章、一级红星功勋荣誉章。1999 年 10 月 28 日在北京逝世）。我记得他是河南人，讲一口和蔼可亲的河南话，他是通过宁都起义参加红军的。他人好，医术高，救活了好多重伤员。他对我很好，很耐心地教我，我跟他学了不少医疗卫生知识。红五军团后方总医院的领导、战友，其他人的姓名我都记不得了，我就记得张步峰医师。

在红五军团，我最佩服的人是我们副军团长兼参谋长赵博生……

赵博生是宁都起义主要领导人，中国工农红军高级指挥员。1897 年出生于河北沧县东慈庄（今属黄骅市）。1917 年毕业于保定陆军军官学校第 6 期，先后在皖系、直系、奉系军队中任职。1924 年冬转入冯玉祥的西北军，任旅参谋长、特种兵旅旅长、军参谋长，参加过国共合作的北伐战争。其间受共产党人刘伯坚等的影响，倾向革命。他曾亲自创作《革命精神歌》在部队教唱：“侧耳倾听，宇宙充满饥寒声。警醒先锋，个人自由全牺牲。我死国生，我死犹荣。身虽死精神长生……”

1931 年任国民党军第二十六路军参谋长时，赵博生被调至江西“剿共”战争前线。九一八事变后，他坚决反对蒋介石“攘外必先安内”的政策。同时，与在第二十六路军中的中共特别支部取得联系，他表示：“我要求加入中国共产党，叫我干什么就干什么，即使赴汤蹈火亦在所不辞！”

同年 10 月，中共中央批准赵博生为中国共产党党员。

12 月 14 日，在蒋介石准备清除二十六路军中的共产党员的危急时刻，赵博生和季振同、董振堂等率所部 1.7 万多名官兵在宁都起义。起义部队改编为中国工农红军第五军团。

他先后任红五军团十四军、十三军军长，军团参谋长、副总指挥，率部参加赣州、漳州和南雄水口、建（宁）黎（川）泰（宁）等战役。每战他都亲临前线，部署周密，指挥果断，屡建战功，曾获中华苏维埃共和国临时中央政府授予的一级红旗勋章。

印象最深的是南雄水口战役打陈济棠，赵博生手臂受伤，是我帮他包扎伤口。记得应该是他的左手臂，被一块弹片打中，伤口有一根大拇指大小，剜掉了一块肉，可以看到骨头，流血不止。

我要给他上止血粉，他坚决不让，说：“我这点伤口流血不会太多，止血粉太少太宝贵，留给重伤员用。”我只能服从命令，用布条扎紧他的伤口上方止血，然后在他的伤口上撒上消炎粉，包扎好。血好久才止住，把绷带都浸透了。

包扎好伤口，医师和同志们都劝他下去休息，他只说了一句，流血很少，小小伤口不用考虑，又上了前线指挥战斗。

医师不放心，要我跟着他随时护理，我看到他，直到战斗胜利结束，一眼都没看伤口。

1933年年初，蒋介石的主力第九十师、二十七师和十五师向金溪、南城一带苏区进犯，企图歼灭我红军主力一、三军团。

为保障红军主力于黄狮渡歼灭敌人，赵博生奉命率四个团在长员庙吸引和钳制三倍于己的敌人。

赵博生深感责任重大，带领干部战士亲临前线勘察地形，缜密研究与部署战斗，告诫叮嘱指挥员，在长员庙易守难攻的地形上，要择险而守，要注意发挥老兵的长处，善挖战壕构筑碉堡，发扬我军善于防守阵地的作用。这次战斗事关全军胜利，必须要完成这次战役的光荣使命。

战斗开始后，敌人的进攻十分猖狂，先是集中大炮轰炸我军前哨阵地，然后发起连续数次进攻，但均被打退。

此时，我军弹药所剩不多，到上午11时左右，敌人又向我军左路发动进攻。赵博生很快意识到，如果敌人攻下右路一三五团的阵地，左路一二八团就有被包围的危险，要守住阵地是十分困难的。于是他立即命令一二八团特务连出击，协助一三五团恢复阵地。

特务连多为身强力壮的老兵，武器配备较为精良，每人拥有大刀、手枪、冲锋枪三大件，战斗力较强。出击以后很快打退敌人，恢复了一三五团的阵地。

赵博生把一二八团团长袁血卒找去说，估计敌人还会进攻一三五团阵地。一三五团阵地地势低，工事薄弱，战斗动作不熟。要他补充工事，形成扇面火力，注意节省弹药，他把指挥任务交给他的参谋，自己则亲赴一三五团这处最前线、最危险的阵地上。

敌人经过一段时间的喘息，又立马集中力量向两翼阵地轮番发起冲锋。我守军战士子弹打完了，手榴弹扔完了，赵博生就指挥战士们用石块猛砸敌人，用写有“百战百胜”字样的斗笠装上鹅卵石回击敌人。部队伤亡增大，阵地发生了动摇。赵博生亲自带领由军官组成的最后突击队，向疯狂的敌人发起猛烈的反冲锋。赵博生在距敌百米远的地方，一边指挥，一边回击敌人，不幸头部中弹，当即倒地……

赵博生不幸牺牲的噩耗传来，中华苏维埃共和国临时中央政府致电红五军团，吊唁赵博生。

唁电说：副总指挥赵博生“是为苏维埃政权而牺牲的，为中国民族解放与社会解放而牺牲的。他的牺牲，永远光荣于中国苏维埃史上。中央政府表示悲悼和敬意”，并慰勉红五军团的广大指挥员“更要继续赵博生同志的牺牲精神，坚决地进攻敌人，彻底粉碎帝国主义国民党四次‘围剿’与对我中央苏区的大举进攻，争取苏维埃在全国胜利，来完成赵博生同志未完成的任务”。

为了永远纪念宁都起义的领导者、红五军团的缔造人之一赵博生，1933 年 1 月 13 日，中华苏维埃共和国中央执行委员会下令，将宁都县改为博生县，命令全苏区于 1 月 21 日举行追悼大会。

中华苏维埃共和国临时中央政府又在瑞金叶坪广场上建造“博生堡”以示纪念，朱德总司令还亲笔题写了“博生堡”三个大字。

赵博生的遗体被安葬在他领导起义的宁都县城。毛泽东称赵博生是“坚决革命的同志”。

赵博生牺牲后，领导派我参加收殓赵博生遗体，我给赵博生清洗头部伤口。

我一边清洗一边流泪，眼泪一直都没停过，掉落在赵博生的头上、伤口上。后来想，我是在用眼泪，用我崇敬佩服他的心在给他清洗，仔仔细细，里里外外，一遍一遍清洗，直到干干净净。首长和同志们都很满意。

不久，我被调到红十三师卫生部看护排当副班长，是师卫生部部长杨新彩把我调去的，说我机灵能干、认真负责。

在广昌战役中，我到一线去救护伤员，我的左眼被炮弹皮炸伤了，眼球都炸坏了，两个多月后伤口才愈合，伤口长好了，左眼也瞎了。

部队首长做我的思想工作，说我已经不适合在部队打仗了，让我回地方去，回家去，地方苏维埃政府会照顾我。

我坚决不走，我已经把红军部队当成我的家了。我一只眼睛瞎了，还有一只眼睛是好的，照样还可以行军打仗，照样可以干好我的工作，我绝不离开部队，我还要当红军。

后来，杨新彩部长把我留下来了。

不久，红军开始转移，长长的队伍望也望不到头，每天不停地走，不停地打，到哪里去，我们也不知道。刚开始我的眼睛走路有点不方便，但我坚持跟着大部队走，一路走一路护理照顾伤病员，走着走着也习惯了，也没感觉有什么不方便了。

就这样，从湖南道县走到广西灌阳的文市……

长征中，红五军团的行军序列一直在最后，主要负责抗击敌军追兵，掩护红军主力北上。

一路上，红五军团以顽强的阻击和悲壮的牺牲为自己赢得了声誉，“铁流后卫”成为红五军团的另一称呼。

红军队伍中流传着这样一句话：“红一军团打先锋，攻无不克；红五军团打后卫，守无不固。”红五军团阻击着数倍于己的国民党追兵，不顾自己随时可能与上级和兄弟部队失去联系，孤军作战，甚至全军覆灭的危险，击退并迟滞了国民党军队的行动，保证了红军主力和中央机关的安全。

1934 年 11 月 30 日 14 时，为了抗击尾追而来的敌人，红十三师陈伯钧师长命令后卫团红三十七团在泥口坪、马鞍山一线占领阵地，进行阻击。

陈伯钧率师直和另外两个团继续前进。队伍走了没多远，西南方向又传来了枪声。原来，有一部分桂军已经前出至全州两河乡鲁枧村隔壁山一带，截断了红十三师的去路，红十三师陷入前后受敌的困境。陈伯钧立即命令红三十八团占领隔壁山西北高地阻击桂军，掩护其他部队（含收容起来的比红十三师多两倍的各部队掉队人员）绕过隔壁山，往石塘圩方向前进。

红十三师和敌人打了大半天，直到太阳西斜，完成了掩护红八军团等部队西进的任务，才开始撤退，向湘江前进。走了二三十里，已经是夜晚 9 点钟，红十三师指战员已经一天没吃饭了，刚要宿营做饭，又接到命令要求他们迅速渡过湘江。

1934 年 11 月 30 日 24 时，陈伯钧接到军团参谋长刘伯承派人送来的信件，中央驻红五军团代表陈云在信中指出："这是紧急关头，关系中国革命的命运，希望你们下最大的决心，赶快渡过湘江。"

红十三师忍着疲劳和饥饿，紧急向着湘江前进，一口气跑了 45 里，天未亮，先头部队已经到达湘江边，从凤凰咀渡口抢渡湘江。

红十三师师长陈伯钧后来回忆当时的情况说："那时渡过多少就是多少，过不去就丢掉了。过了湘江以后，传来一个命令，各军团自己收容部队，不管哪个部队的，都收容起来编在自己的军团里。当时就搞得那么紧张、狼狈。"

我在离石塘 20 里路的地方被敌机扔下的炸弹的一小块破片擦伤脑袋，伤不重，很痛，流的血不时把那只好的眼睛糊住，看不清路。我继续跟着部队走。战斗部队早就走到前面去了，我们后勤部队走得慢，离石塘不远处又休息了一下，连夜接着走，越走越慢，第二天中午前才到凤凰河口，我们十三师战斗部队已在几小时前过江了。

走到江边，我最先看到的是江边有一架大水车，正好被敌机的一颗炸弹击中，被炸得粉碎。接着就看到七八架敌机不停地轰炸，炸完了就飞得低低的，用机枪扫射，两岸和江中密密麻麻全是人。

敌机飞走了，在兄弟部队的掩护下，我们抓住时机赶紧涉水抢渡湘江。

排长看我一只眼睛是瞎的，一只眼睛被血粘住半睁半闭，脑袋又受了伤，就要我坐担架过江。我死活不肯，我又不是重伤员，不应该坐担架。

我们顺着一道龟背形的堤坝过江。走在堤坝上，江水不深，刚没过膝盖，最深的地方也没到大腿。可能是身体很虚，感觉江水很冷，冷得像透进骨头里去。一下水我就差点跌倒，班长赶快过来扶着我过江。

正好走在江中间，就听见敌机的轰响，敌机一下就到了头顶，有五六架，低低地飞过来，边扫射，边丢炸弹，队伍就乱了。

江面上无任何遮挡，我们根本无法躲避，也不能还击，只有顶着敌机的轰炸扫射，拼命地向对岸冲去，冲上岸就是活路，岸边就是一片茂密的竹丛和柳树林。

还没冲出几步，一颗炸弹落在堤坝附近的水中爆炸，把我和班长一起从堤坝上猛推倒在水中，班长压着我的右腿，倒在我的身上。我抽出腿，扶起班长，才发现鲜血从他的胸口涌出，我用力喊“班长，班长”，可班长已经没有了呼吸，再也不能回答我。我哭喊着“班长”，看着班长半沉半浮，顺水漂了下去。江水中，好多牺牲的战友和班长一样，顺着水，半沉半浮，往下游漂去，血水一股一股涌上江面，把江水染红。

突然，我感觉右腿一阵刺痛，我低头一看，透过江水就能看到，我的腿上有个伤口，鲜血也正在涌出。我弯下腰伸手想捂住伤口，腰上也在流血，也有个伤口。我顾不得那么多了，咬着牙，双手划着齐腰深的水，冲到了对岸，一上岸，我抓着河岸的竹子，躲进了竹丛，马上包扎伤口。

我好像听见了排长在喊“护理排集合，护理排集合”，然后就什么都不知道了，昏了过去。

我醒过来时，太阳正在落山，硝烟味散去，血腥味很浓。江面上已见不到抢渡的部队，回水湾里一个挨一个浮着战友的遗体，我失声痛哭。

这时，一位伤腿的战友爬到我身边，叫我别哭，趁着敌军和民团还没来，快走。

我们两人你扶我、我扶你，跌跌撞撞朝着西边的大山追赶部队。走到一座村庄外河滩的芦苇丛里，我伤口流血不止，头昏眼花，浑身无力，再也走不动了。我叫战友自己走，我就藏在芦苇丛里，是死是活就随他去了。战友告诉我，他叫伍业文，也是红十三师的。他说，他找好地方安顿下来，就回来找我，就朝前走了。

第二天早上，一个中年妇女在芦苇里发现了我，她是一个穷苦人，她把我搀扶到远处芦苇中一个无人居住的小草棚。她说，外面到处在抓掉队的红军，你在这里哪儿也别去，我给你送吃的。从那以后，她每天天黑时就给我送吃的，还带来草药治我的伤口。就这样过了十几天，外面的风声不紧了，她把我领到了她家，就是咸水镇毛家自然村，这位妇女叫秦玉秀，就是我后来的养母。

我养父毛兴泰开始把我藏到谷柜里，后来把我藏在牛棚架子上，藏了两个多月。我伤又重，又得了打摆子病（疟疾），瘦得像根干柴火，养伤、养病，差不多养了三年才能干活，全是我的养母养父照顾我，他们待我如亲生儿子，我们一直生活在一起，我也就这样定居下来了。

儿随父姓，我改姓了毛，但我不同意养父给我改的名字，我说名字我自己改，我就改成“八连”。我参加红军时是在第八连，我的名字就叫毛八连。我心里想着红军，我想回到部队，如果这个名字跟我一辈子，我这一辈子就是红军的人。我这一辈子再也未能回红军回部队，毛八连这个名字跟了我一辈子。

新中国成立后，我和湖南来的刘带玉结了婚，婚后才三个月，她就去世了。我把她带来的两个孩子拉扯大，没有再结婚。

人民公社时代，我回老家探过亲，但亲人们都在红军离开后被敌人杀害了，其实我已无亲可探。老家村里人再三要我留下，我还是回到了广西全州县咸水镇毛家自然村，给养父养母养老送终。

我心里很明白，江西省赣县田村镇东山村的刘保林再也回不去了，他已成了广西全州县咸水镇毛家自然村的毛八连，我不可能离开战友们流血牺牲、我死而复生的地方……

__在全州凤凰咀渡口寻找当年的弹洞，左一为作者

1996年到2006年，82岁到92岁，整整10年，毛八连老人面貌变化并不大，连皱纹寿斑都看不出增多，甚至感觉有了点返老还童的细润光泽。

还是那么健谈，还是谈完一段就闭目一会儿，以前可能是沉思，现在可能是养神。回忆述说的内容明显少了，忘记的内容明显多了，他说想不起了；有些事，却往往重复说几次，需要提醒才停住。

变化最大的不是他老人家自身，而是他的住房。

那栋泥砖黑瓦木板的陈旧老屋，变成了一幢钢筋水泥白色瓷砖贴面的现代新房。正对大门右边外墙高处，白色瓷砖上镶贴着三个镀成金色的醒目大字：“红军楼”。

第十一章　和尚救我的故事

伍业文："老和尚坚持不交，被打得头破血流，浑身是伤，也不把我交给国民党反动派。"

- 伍业文（生卒不详），原籍江西省梅林圩新田村。
- 1931年加入中国工农红军，为红七军军部勤务兵，参加中央苏区第三、第四、第五次反“围剿”。
- 1934年中央红军长征过桂北时为红五军团十三师营通信员。
- 落户广西全州县文桥镇长坪村。

我在红七军当了一年勤务兵后，又被调到红五军团十三师当营通信员。

长征开始时，经江西到广东到湖南又到广西，我们是后面的部队，那时天天行军打仗，很艰苦。我们的首长们更艰苦，他们把鞋子让给别人穿，自己打赤脚走；他们的马也让给伤员骑，自己走路。

长征途中每天都有国民党部队在后面追，有时相距只有六七里，前面有部队堵，天上有飞机炸，妄想将我们红军消灭。

部队在湖南永州与何键部队打了一仗，我们的部队经湖南过灌阳至咸水都走小路，到了咸水又打了一仗。

在咸水打仗后营长叫我留下，等三连连长，叫三连留在后面收容掉队的战士。

当时我一个人留在那里，背了一支长枪，拿着一支短枪，坐等三连连长来。3个国民党民团模样的人见我一个人，就拿着刀朝我冲来，想抢我的枪。我朝天放了一枪，他们才跑开。

三连连长来后，我就跟三连一起走，没能跟上营部。

走到公路上，国民党的汽车向公路开来把我们拦住，战斗打响了。此时天上有飞机，前面有拦截，后面何键的兵又到了，战斗很激烈。

指导员命令我一定要冲过去，我那时只有5发子弹。部队打到没有子弹了，连长、指导员用最后的一颗子弹打死自己，壮烈牺牲了。全连人数损失很大，大部分都牺牲或被国民党抓走了，只有少数人跑出来。

我冲出来后，跑上一座山躲了起来，村里有些人发现我后，就要我把枪给他们，说不给就打死我。

当时我已经一天半没吃饭了，浑身无力，只得把枪给了他们，他们拿了一碗饭和两个红薯给我吃。我吃完，他们要我马上走，说："国民党军队就要来了。"

一路上我碰到了一些跑散了的红军，最后集中在一起有16个人。

一个伪乡长的父亲煮饭给我们吃，我们就住在他家。他怕他的儿子回来发现我们，第二天天不亮就要我们走。

晚上，我们到一座庵堂借宿，没被子盖，好冷，我们就烤火熬过一夜。

第二天他们15个人都走了，但跑不远就被国民党军和民团包围，全部牺牲了，他们的衣物也全部被抢走。

幸好那天庵堂里一个老和尚叫我吃斋，我留下没走，保住了生命。

老和尚怕我被国民党抓走，连夜送我到大山里的另一座庵堂躲起来，我在那里住了一个多月，老和尚经常来看我，用草药给我治伤，我的伤口很快就好了。

国民党军把老和尚抓了去，拷打了7天，说16个红军，打死了15个，还有一个肯定是他藏了，要他交出来。

老和尚坚持不交，被打得头破血流，浑身是伤，也不把我交给国民党反动派。最后，国民党反动派没办法了，逼他，要他交一条枪的钱，才放他出来。

一个小和尚把情况告诉我后，我知道国民党反动派不会放过我，我不能连累老和尚，只有马上离开。

我挑了一副担子，装成做生意的，沿着马路走，到咸水住了两夜。

咸水庵堂里一个老师父知道我的情况后，就给我40元钱卖鱼苗做小贩，我就四处游走，居无定所，逃避国民党反动派的追捕。

后来，我转到全州县咸水长坪安家落户。接近解放时，我结了婚。

当红军时我是共青团员，土改时我当民兵队长，后来任生产队长、贫协组长等职。

我常对孩子们说起老和尚救我的故事，我一辈子都忘不了老和尚的救命之恩，我的后辈也不能忘记。

第十二章　我们哭着下阵地

吴可义："1934 年 12 月之前和以后，我好像是两世为人，不管我愿不愿意，我无可奈何，老天安排我这一辈子就这么过来了……"

- **吴可义，1915年生，原籍江西省兴国县江口乡江口村。**
- **1931年加入兴国游击队，同年参加中国工农红军，任红一方面军中央教导团（中央教导队）战士、班长，参加中央苏区第四、第五次反“围剿”。**
- **1934年中央红军长征过桂北时为红八军团二十三师（中央警卫师、红军工人师）师部侦察员。**
- **落户广西龙胜县马堤乡东升村。**

我 1931 年 3 月参加兴国游击队，正好 16 岁。

我们游击队除了不穿军装，跟红军正规部队差别不大，其实就是红军的敌后便衣挺进队。

我们经常昼伏夜出穿过敌人的封锁线，深入敌占区破坏公路、桥梁、通信线路，袭击敌军小股部队，炸毁碉堡，开展游击战争，牵制敌人的有生力量，破坏敌人的“围剿”计划，配合红军主力的反“围剿”斗争。

我们侦察发现，敌军士兵行动无自由，生活也非常艰苦，供给艰难，有时莫说“二粥一饭”难以为继，就连青菜也买不到。碉堡里不通空气，阴暗潮湿，蚊虫又多。这样一来，生疥疮烂疤、发感冒伤寒的很多。我们就进行针对性的宣传，动摇敌人士气，瓦解敌人军心。

一到月黑风高或者风雨交加的深夜，我们便三五个人一组，悄悄摸到敌人阵地前，给碉堡里的敌军士兵送点礼物和宣传品，如布鞋、毛巾、牙膏之类的，和标语、漫画、书籍等宣传品一起，放在碉堡前面，然后隐蔽在碉堡附近观察，看到敌军拿走了，我们才悄悄离开。

我们还向敌军士兵喊话，唱一些“敌军士兵苦情歌”等兴国山歌，这些歌我还记得蛮清楚的：

白军士兵你来听，你们都是穷苦人，因穷苦才去当兵。哎哟哎哟，因穷苦才去当兵。

你们当兵有几年，身上仍然无文钱，生活上苦不堪言。哎哟哎哟，生活上苦不堪言。

打唐打桂打阎冯，压迫士兵去冲锋，打死了性命枉送。哎哟哎哟，打死了性命枉送。

升官发财是官长，骑马坐轿好威扬，士兵们几月无饷。哎哟哎哟，士兵们几月无饷。

劝告白军弟兄们，莫替军阀打红军，你与我都是穷人。哎哟哎哟，你与我都是穷人。

士兵不要打士兵，穷人不要打穷人，掉枪头打你官长。哎哟哎哟，掉枪头打你官长。

欢迎白军弟兄们，起来暴动当红军，这才是你的出路。哎哟哎哟，这才是你的出路。

红军就是工农军，主张抗债抗税捐，分田地自由结婚。哎哟哎哟，自由结婚。

阶级决战正展开，莫替军阀当炮灰，快觉悟暴动过来。哎哟哎哟，快觉悟暴动过来……

我们的宣传还是很有效的，常有敌军拿着我们的宣传品，拖枪过来当红军。

我们得到了上级的重视和肯定，我们兴国游击队全体被编入了主力红军。

1932 年 3 月，我被调到红军中央教导团，也叫中央教导队，因为团部在瑞金，也叫瑞金教导团，开始是战士，后来当了副班长、班长。

我记得中央教导团的团长叫孙超群（新中国成立后历任防空高射炮兵学校校长，华北军区防空军司令员，中国人民解放军工程兵副司令员兼工程兵学院院长。1955 年被授予少将军衔，获一级八一勋章、一级独立自由勋章、一级解放勋章），后来是我们红二十三师的师长。

我还记得中央教导团有重机枪营、炮兵营和工兵营，还有个侦察连。每个营下设三个连。如工兵营有爆破连、土工连和架桥连。我在侦察连主要学习侦察技术。

我们上政治课，学习党和红军的建设、国内外政治形势和无产阶级革命斗争的性质与任务。上军事课，除了学习步兵单兵和班排连攻防动作及协同作战的军事知识，还学习特种军事技术，如爆破、架桥、构筑工事等。我们还上文化课。在中央教导团，我认得了几百个字，摘掉了文盲帽子。

学习结束，我就成了教员，一批接一批培训红军各部队送来教导团的军事骨干。

1933年下半年，我跟随教导团团长孙超群调到红军工人师，也就是中央警卫师。

1933 年 2 月 8 日，中共苏区中央局做出《关于在粉碎敌人四次“围剿”的决战前党的紧急任务决议》，其中，紧急任务便是“最大限度地巩固与扩大主力红军，在全国各苏区，创造一百万铁的红军，来同帝国主义国民党军队作战”。

2月17日，中华全国总工会苏区中央执行局委员长刘少奇在瑞金主持了中国店员手工艺工人工会筹备会。在大会上，他提出“3月份要动员2000名会员参加红军，成立中国工农红军‘店员手艺工人师’”。刘少奇的这一建议很快得到与会者的热烈响应。

2月27日，苏区苦力运输工人工会筹备会在瑞金沙洲坝枣子排村召开。会议决定在3月份征调1000名会员参加红军。根据与会同志的请求，刘少奇郑重向中革军委领导要求，将加入红军的苦力运输工人组成“苦力运输工人师”。

中国农业工人第一次代表大会和中国店员手工艺工人第一次代表大会先后于4月1日和5月1日在瑞金正式召开。刘少奇分别做了《目前的政治形势与中国农业工人的任务》和《关于革命形势和工会工作任务》的报告。他再次向中央苏区的工人兄弟发出号召：带头行动起来，加入红军，创建中国工农红军工人师，参加革命战争，为保卫苏维埃政权、保卫中央苏区做出贡献。

在“一切为了前线的胜利”这个口号的感召下，中央苏区工人很快形成了参加红军的热潮，由兴国、博生、胜利等县工人武装组建了中国工农红军工人师，共8000人，辖3个团。

工人师成立之初，主要担负保卫红色首都瑞金的任务，因此又称“中国工农红军警卫师”。孙超群任代师长。

8月1日，中革军委在瑞金举行盛大阅兵典礼，纪念中国工农红军成立6周年和检阅红军工人师。

这是红军第一次八一建军节。参加阅兵典礼的，有临时中央负责人博古、临时中央政府主席毛泽东和苏区党政军领导干部及各界代表。

项英代表中革军委，将绣有“八一”字样的军旗授予中国工农红军工人师。

全总苏区中央执行局的代表在会上宣读了给中央警卫师（红军工人师）的祝词。祝词写道：

“全总执行局热烈庆祝中央警卫师（红军工人师）的成立，这是1933年‘八一’给红军纪念日的赠品。工人师的每个战士从今天起将要执行工农红军在中国革命历史上的伟大任务。”

工人师全体指挥员、战斗员在会上发表了《中国工农红军中央警卫师（工人师）成立宣言》：

“我们奉中央革命军事委员会的命令，于今年的‘八一’反帝战争斗争日、南昌暴动（南昌起义）和中国工农红军成立的纪念日，在赤色首都——瑞金正式宣布我们中国工农红军中央警卫师（工人师）成立了。”

“我们工人师全体指挥员、战斗员在全总执行局的号召和领导之下，自愿来当红军的，我们坚定地在中国共产党与全总执行局领导之下，完全接受苏维埃中央政府与中央革命军事委员会所给我们的光荣任务，并绝对服从其命令与指挥。”

1933年8月1日出版的第98期《红色中华》报，分别在第1、2版刊登了全总苏区中央执行局的祝词和工人师全体指战员的宣言。该报还在第1版发表了署名文章：《欢迎新战士与继续扩大红军的战斗任务》。文章称，今年的“八一”，我们完成了两件光荣的任务：工人师与少共国际师。

1934年2月，根据中革军委的命令，工人师改编为中国工农红军第二十三师，开赴中央苏区永丰、龙冈前线，投入保卫中央苏区西线的反“围剿”战斗。为加强红二十三师的力量，原中央教导团三营补充到红二十三师。孙超群任师长。

据1934年4月4日，陈毅给朱德、周恩来去电报告了“二十三师人员武器统计”：“二十三师人数3300名，战斗员2055名，步枪1656支，步弹63 914发，轻重机枪24挺，子弹5074发……”

中央苏区第五次反“围剿”中的西线战场，主要作战方向有两个：一是永丰县的沙溪、龙冈、银龙下至兴国东部的雄岭、古龙冈地区；二是泰和县的沙村、老营盘至兴国的高兴圩地区。

向龙冈方向进攻的敌军为薛岳第六路军第七纵队4个师；向沙村、老营盘进攻的敌军为第六路军之周浑元第八纵队6个师。

1933年10月到1934年10月，战斗在西线战场上的红军和地方部队有在龙冈方向的前期以陈毅为司令员，由地方部队组成的西方军、红二十三师（原中央警卫师）和江西军区独立第二团、三团，后期第八军团组成后，红二十一师亦调到这个方向作战；在沙村、老营盘方向前期为江西军区的独立第十三团和各县警卫营、赤卫队等（后编为独立第十一团、十二团）。

我跟随教导团团长孙超群被调到红军工人师，也就是中央警卫师，在师部侦察排当侦察员。

当侦察员真是不容易。那个时候，我们是徒步侦察，有时是潜入敌人阵地前沿，更多是深入敌后，一天走几十上百里是常事，冒严寒顶酷暑，忍饥挨饿也是常事，一旦与敌人遭遇交火，不是陷入重围，就是死里逃生，危险性很大。尤其是打起仗来上火线侦察，要在枪林弹雨中穿来穿去，没有坚定的政治信念，没有过人的胆量，没有灵活机智的头脑，是很难完成任务的。

战斗激烈，兵力不够了，师长、政委、参谋长等首长往往就命令侦察排上。像第五次反“围剿”的乐安县大湖坪闻华山战斗、龙冈保卫战、富田保卫战、雄岗阻击战等，我都参加了战斗。几乎是每个战役侦察排都要直接参加几次战斗。因为侦察排人员精干，武器装备好，军事技术也精通，指挥员在关键时刻把它当拳头使用。

侦察排也是培养干部的地方。在战斗中，有时哪个营的营长牺牲了，或者哪个连的连长牺牲了，就让侦察排的干部或战士顶上去，有的临时代理一下，有的一下子就是正式的了。可以说，侦察排是指挥员身边的一支特殊部队。

1934年3月，我们侦察到，敌军一个团轻兵冒进进攻乐安县，要经过大湖坪的闻华山地区。闻华山地区数座山峰夹着一个盆地，山路正好从盆地穿过，地形很适合打伏击，孙师长决定打个伏击战。

1934年3月25日，我们师在江西地方独立团的配合下，埋伏在乐安县大湖坪的闻华山，孙师长下达的战斗任务是全歼敌军这个团。

战斗打响，我们居高临下展开火力，发起冲锋，穿插包围把敌人切成数段。敌人措手不及，只得分散抵抗，被我们一个连一个营地接连吃掉。可惜，歼敌大半时，敌人大批增援部队赶到，我们迅速撤出了战场。

这一仗，我们以极小的代价打掉了敌人大半个团，虽然未能将敌人全歼，但打击了敌人的嚣张气焰，使之缩进堡垒，好久不敢发起进攻，我们红二十三师也就是工人师，初战告捷。

1934年4月上旬，敌人在进攻广昌的同时，又集中兵力加强对西战线的攻势。我们发现，敌军第七纵队第五十九师、九十师、九十二师、九十三师沿沙溪、龙冈一线进攻，兵锋直指中央苏区腹地重镇兴国。中革军委命令我们师和兄弟部队在龙冈构筑堡垒，挖掘堑壕，准备同敌人打“阵地战”，誓死保卫龙冈，阻止敌人南侵兴国。

当时，我们已经知道，在广昌保卫战中采用的所谓“阵地战”“堡垒战”的打法，已经暴露出致命的弱点，打不过敌人，可是还是命令我们搞“阵地战”，要我们在龙冈四周山上修碉堡挖工事，与敌人正面硬拼。

龙冈镇是龙冈县苏维埃政府驻地，四周群山起伏，地势险要，易守难攻，是西线战场上御敌南侵中央苏区腹地的头道天然屏障。

红二十三师部署在龙冈镇西南的山头上，居高临下，俯瞰龙冈，观察敌势，龙冈镇的人民群众也都转移到山上，随时准备参加战斗。

遵照命令，我们在山头阵地上修筑了很多碉堡和挖了各种工事，但大多也就是在山坡、山腰、山顶上挖出一道道有深有浅的壕沟，深的沟顶用圆木搭架子，用稻草和树枝铺在上面，再压上一层泥土，浅的什么都不盖，就修成了碉堡工事。

敌军第七纵队很快就越过沙溪，逼近了龙冈。

率先攻龙冈的是国民党中央军薛岳的第九十师，在韶源地区与江西地方独立第二团、三团发生遭遇战。战斗力较弱的独立第二团、三团边打边退，退至上固继续坚守。

红二十三师赶去增援，与敌人交战数日，于4月下旬，敌人攻占上固村，我们退守上固村附近的寿华山。

我们侦察排悄悄摸到敌人的宿营地，发现进攻的敌军只携带轻重机枪、60迫击炮一类轻武器，没有重炮，马上回来报告孙师长。

为避免伤亡，孙师长原决定主力撤离寿华山，只留下独立团一个营坚守寿华山主阵地。得到我们的情报，孙师长随即改变决定，师主力留在寿华山，狠狠打击来犯之敌。

寿华山是上固的制高点，山势陡峭险峻，敌人没有重型火力，只是用步兵进攻。

强行仰攻一天，被坚守阵地的我们红二十三师打得伤亡惨重，傍晚不得不撤出战斗，败回上固村。

我记得，天刚黑，我在师部待命，看见师长孙超群、政委李干辉、政治部主任周桓，还有六十七团团长杨新章、六十八团团长邓文玉、六十九团团长喻楚杰等师团领导们开会。

侦察参谋张杰告诉我，他们分析白天战况后，判断敌人决不会善罢甘休，必定会卷土重来，运来重型武器继续强攻。

可能是为了证实这个判断是否正确，孙师长亲自指示我和三个战友立即出发到敌人后方运输道路侦察。

我们连夜摸到敌人新修的公路旁蹲伏。半夜，看见车载马拉，至少十几门山炮、野炮往上固、寿华山方向运送。

我们红二十三师主力连夜撤离寿华山，部署在龙冈西南的山头上，准备伏击敌人，只留下独立团一个营坚守寿华山主阵地。

第二天，敌人的山炮、野炮猛轰寿华山，足足打了两个多小时，把我们用树枝、茅草、圆木和泥土砂石建成的碉堡工事几乎全部摧毁。

坚守寿华山主阵地的独立团一个营，原来隐蔽在碉堡工事里，大部分提前撤了出来，损失不大，打退敌人10余次进攻后，奉命转移阵地。

敌人侵占上固后，以3个师的兵力开始猛攻龙冈。

敌第九十师在飞机与大炮的掩护下，向龙冈镇发起了总攻。当时，群众都已撤离镇上，转移到山地安全地带，我们红二十三师和兄弟部队也撤出了龙冈镇，隐蔽在镇周围的山头上。

敌人在飞机大炮轰击后，先头部队蜂拥冲进龙冈，但是他们得到的只是一座空镇，没有一个人影。

正在敌人迷惑不解手足无措的时候，红二十三师的冲锋号吹响了，战士们端着刺刀长矛，挥舞着大刀，从山上冲到镇上，和敌人在街巷里展开肉搏近战。

这时敌人的火炮、飞机根本发挥不了作用，镇里的敌人几乎被我们一举全歼。

敌人的后续部队陆续冲上来，3个师的敌人轮番上阵，进攻龙冈。在我们的顽强阻击下，龙冈保卫战持续了3天，击伤敌九十九师副师长，击毙敌副团长以下四五百人，敌人始终没能完全占领龙冈。

3天后，中革军委命令我们放弃龙冈，转移到南龙休整。

龙冈保卫战，是我们师第一次参加“阵地战”，现在看来，我们并没有完全按照上级指示去打，而是根据战场变化形势，灵活机动地去打，虽然我们伤亡也很大，但应该是敌败我胜。

部队在南龙休整，我们侦察排没有休整，孙师长命令我们四处侦察，寻找战机。

经过十余天的休整，大概是5月十几号，红二十三师等部队秘密开赴龙冈以南的龙王阁，伏击了敌企图南侵的两个团，歼灭敌人一头一尾各一个营后，主动撤出。敌人不知我军虚实，逃回龙冈。

5月二十几号，红二十三师突然出现在新安至富田之间，参加富田保卫战。当时驻新安的敌军企图攻击富田，已构筑新安至富田的封锁线，并割断了与公略县的联系。按照上级的作战意图，富田保卫战的目的是歼灭敌人，并不是死守富田，红二十三师在新安至富田之间隐蔽设伏。正在推进途中的敌五十三师全无防备，遭到我们的突然伏击，仓皇失措，稍事抵抗，便溃逃新安，没敢继续进犯富田。我们师乘胜打到新安附近，推进了四五十里，才停止追击。这一仗，虽未歼多少敌人，但敌人溃退时，只顾逃命，沿途丢下大量辎重和枪支、弹药、衣服、水壶等，满地散落，被我们缴获。

两战皆胜，当地群众杀猪宰鹅犒劳我们，还给我们敬酒洗尘、演戏慰问。我们准确的侦察情报，对孙师长的正确指挥，应该说起了很大作用。

1934年7月，红二十三师在永丰笔架山与敌人接战交火。打的还是那种工事堡垒正面硬顶的阵地战。苏区的人民群众男女老少成群结队支援我们作战，帮助挖战壕、筑碉堡，在大大小小的山头上修起一座座支撑点，挖了一道道堑壕。

我们心里都清楚，在敌人猛烈炮火的轰击下，这些工事根本用处不大。还没开始战斗，因为下大雨，就有工事倒塌，把驻守的战士压死在里面。

我们当时都想不明白，那种工事堡垒正面硬顶的阵地战我们明明打不过敌人，为什么还硬要我们这样打。

隔河进攻的敌人是薛岳指挥的装备精良的国民党中央军第六纵队。

河边是一片开阔地，开阔地后是一列小山，孙师长把师主力布置在开阔地后的小山上，敌人只要过河，就完全在我们火力的射程之内。

孙师长亲自到阵地督促抢修加固工事，要求部队尽最大努力把工事修得牢固点。

我们侦察排连夜被派了出去。孙师长叮嘱，发现敌情马上报告。

我们分散潜伏在河边观察敌人动静。

天未亮，我就发现敌人的便衣在河边树林里活动，大部队也在向我们阵地前运动。我一边观察敌人的动静，一边向敌人的侧后迂回过去，我要看清楚敌人有没有炮，有什么炮。这是孙师长特别交代的，他说，我们不怕敌人兵多，也不怕敌人枪多，对我们威胁最大的是敌人的炮，我们吃亏也就吃在敌人有炮我们没有炮。

我涉水过河，还在河中间我就看到，敌人已在河滩上架好了炮，有山炮、野炮，还有两门在教导团的教官讲过，我第一次见到的威力大得多的榴弹炮，加起来，足有一个炮兵营以上的火力。

我毫不犹豫马上返回报告。

孙师长一听，脸色立刻就沉了下来。我知道，他已经无法运用已被证明成功的寿华山战术：小部队阻击，主力撤离，避开敌人炮火，避免重大伤亡，寻机歼灭敌人有生力量后，迫使敌人撤退，重回阵地坚守。

因为，上面派来的保卫局人员就跟在他身后，监督他是否不折不扣地执行命令。

这些保卫局人员有执行战场纪律的权力，团长师长都可以枪毙。在这种“堡垒对堡垒”的作战中，错误的指挥使战斗节节失利，我们已付出了巨大的代价，但上级总把失败失利归罪于一线的指战员，大家心里有疑虑有怨怒而不敢言。

5天后，阵地失守。战前3300多人的红二十三师，撤到后面休整时，已不到2000人；我们侦察排27个战友，连伤员在内，只剩下8人。

我们是哭着离开阵地的，对着横尸山野甚至碎尸山野牺牲了的战友，痛哭流涕。

后来我们师又参加了兴国中州、雄岗阻击战，打完后，红八军团在兴国良村雄岗成立，我们二十三师和二十一师合编为红八军团。

1934年10月15日或是16日，红八军团从于都孟口、石尾、三门等三个渡口渡过贡江（于都河），开始长征。

我记得很清楚，红八军团的代号是“济南”，我们红二十三师代号是“龙南”。

1934年10月20日晚，红八军团攻占赣县王母渡，强渡桃江，突破国民党军的第一道封锁线，作为中央纵队的右后卫，进入白区。为了加强红八军团的领导，中革军委特派工人师（红二十三师）的创始人刘少奇担任红八军团的中央代表。

突破第一道封锁线后，红二十三师经南康、信丰、大余到达崇义，11月上旬通过敌人设于湖南汝城与广东城口间的第二道封锁线。11月中旬，红二十三师经湖南宜章，通过国民党军第三道封锁线。

11月25日，红二十三师在道县渡过潇水后，随军团部向江华、永明方向开进，红八军团部中途突然接到军委命令，要他们赶到灌阳县水车地区，与第三军团六师取得联系，并迅速向敌人的第四道封锁线湘江逼近。

由于追兵紧随其后，加之去水车要返回道县，耽误了大半天时间和行程，11月30日夜，红八军团赶到同红三军团六师会合的地点水车圩时，红六师已奉军团命令赶往新圩救急，红八军团追上的是全军后卫红五军团三十四师，红八军团无形之中成了全军的后卫。

午夜，红八军团刚从水车出发，两个师的敌人追上来了，不久，左翼也有大队敌人出现，顷刻间枪声大作，炮弹在四下里腾起了巨大的火团。红八军团陷入敌人的夹击之中。

面对危急情况，红八军团首长命令红二十三师阻击，掩护军团部和红二十一师突围，在突围过程中，红二十一师建制打散了。红二十三师发扬红军的夜战之长，用反攻的战术将两路敌人击溃，安全地撤退到湘江边。

我们红二十三师，从广西灌阳县的水车，走到全州县的石塘，走到兴安的界首，边打边走，跟桂军打，跟民团打，突破一次次阻击和袭击，走到了一条叫湘江的大河边。孙师长说，界首的湘江渡口，是上级指定的我们师渡江点，江上已架好浮桥。

我们师赶到湘江的界首渡口时，中央纵队已经过江，把江上浮桥炸掉了。

这段江面水很深，不能涉渡，我奉命带三个战士寻找可以徒涉的渡口。我们从掉队的兄弟部队伤病员和当地老百姓那里证实，界首下游约20里的凤凰咀渡口可以徒涉。

我们师从界首沿江边小路赶到了一个叫黄沙的村庄，穿过一个大田垌，经过一条街，再走一段路，就找到了凤凰咀渡口。

我们发现凤凰咀渡口上游不到百米有一个农民为提高水位修筑的水坝，坝面有两米多宽，水只有一米多深，可以徒涉。

滞留东岸的红军后卫第五军团、第八军团和红三军团六师，都拥挤在湘江江边这个叫凤凰咀的小村子周围。敌人正从三面向凤凰咀渡口蜂拥而来，国民党空军飞机不断飞来轰炸扫射。

我们师主力冒着敌人飞机的扫射和轰炸，手拉着手沿着水坝徒涉，长长的队伍不断地被敌机炸断或被敌机炸起的水浪冲断，但马上就接上，很有秩序地过河，但部队伤亡很多。

抗战胜利70周年前夕，大型文献纪录片《冒着敌人的炮火前进——广西抗战纪事》摄制组在台湾采访了一位国民党桂军空军抗战老兵。这位老兵参加过台儿庄战役、武汉会战、昆仑关战役、长沙会战等中国抗战著名战役，被誉为抗战空军英雄。

从这位老兵的简历看到，当年红军长征过桂北，他参加过“追剿”战斗。采访完抗战，笔者把老兵请到一边，没有面对摄像机，也没有录音，问起了湘江战役。

这位老兵给笔者看了一张发黄的照片，照片上的他正是青春英俊，身穿挺括威风的国民党空军礼服，足蹬大皮靴，领章上嵌着少校军衔。

他身后，是一面宽大的锦旗。锦旗上绣着四个赫然大字：“风虎云龙”。

他说，这张照片，是红军过桂北后，国民党广西省政府组织的“前线慰问团”专程前来柳州航校为桂军空军拍摄的。

这赫然的“风虎云龙”四个大字，正是表彰他和他的国民党空军弟兄，在湘江两岸“追剿”红军的所谓“陆空协同”的战功。

他嗓音暗哑，流着老泪，垂着头，闭上双眼不再看照片上的自己和自己身后的“风虎云龙”，然后低声说起当年：

那天天气太好，简直是万里无云，能见度极高。他们飞临全州湘江凤凰咀渡口上空。

从飞机舷窗往下望，地面、江面上红军的一切行动可以说是一清二楚。

国民党空军配合陆军作战，最怕的就是陆军不守信用，也就是说陆空协同作战，协调性相当差。往往是约定时间一到，空军机群飞临上空，但陆军迟迟还没发动，以致贻误战机。或者，空军投弹扫射完成已到返航之时，陆军才开始动作，但空军已无法配合，甚至还经常发生误射误炸事件。

但红军过湘江之役，也许是李宗仁、白崇禧早已精心安排，总之，陆空配合之好前所未有。

飞机上刚装备了德国新研制的地空对话机，地空可以直接通话联络。

飞机低空盘旋侦察，红军的阵地和机枪位置可以说是一目了然。

空军先指示地面炮瞄目标，地面炮火进行轰击。轰击完毕，飞机再去补炸。

红军在凤凰咀渡口周围的所有阵地和机枪位置，几乎都被反复空中轰炸和地面炮击。

红军没有重型防空武器，一般对空射击只有轻重机枪和极少高射机枪，所以效果并不理想。

湘江两岸和凤凰咀周围地势开阔平坦，根本无法构筑防空工事，稍低处又满布积水池塘，也无法构筑防空工事。在树木被炸倒后，红军简直是无遮无挡。

已建成的桂林二塘机场离战区很近，轰炸机起飞才刚刚拉起，就已到战区上空，把弹药炸射完毕，又立即返航装弹，又飞回上空扫射轰炸。这样反复、轮番轰炸，可以想象红军的伤亡情况。

那真是一片火海，那真是血肉横飞，那真是惨烈悲壮至极。

红军竟然临危不乱，拼死抵抗。

打退了桂军倾尽全力发起的多次集团冲锋，还积极抢占各种有利地形，以小部队掩护大部队突围。

大部队竟在这种绝境中，硬冒着我们的轰炸扫射，杀开了一条血路，渡过湘江，突围而出，决死献身的精神意志令人不得不由衷佩服、赞叹，无法忘却……

（遵老人之嘱，在此特隐去老人的姓名。）

我们的部队冲过河后立刻登上河西山岗高地，掩护正在过河的兄弟部队，等到接头部队到了，我们向西前进。

走了两天一夜到老山界，上级命令我们红二十三师接替红五军团扼守老山界，阻击桂军第四十四师王赞斌部追敌，掩护全军通过，我们师再度成为全军的后卫。

这时，红二十一师渡过湘江后已经垮掉，剩余百余人，并入我们师，我们总共 1000 多人扼守老山界隘口两天两夜，伤亡数百人，击溃敌人多次进攻后，下午就去追赶已经走远的主力部队。

我们在塘垌吃了晚饭后又走，过了大湾河口、八里坪、贝子河口、地林头、龙塘坪、黄祥界，翻过东寨，不停地赶路。

我到大湾以后开始脚痛，两条腿红肿得像水桶，到坳头时完全走不动了。

我们掉队的六七个战友，在洛岩湾被阳发季一伙民团抢了枪，我们就这样被打散了，各人分头讨饭、帮工。

我东半年，西半年，总共做了五六年的长工活，1939年，我到里木头村上了门认了亲，后来落户到了马堤乡东升村。

1952年4月我回江西省兴国江口老家探了一次亲，1972年又回去了第二次，家里也没什么近亲了，很凄凉。

1934年12月之前和以后，我好像是两世为人，不管我愿不愿意，我无可奈何，老天安排我这一辈子就这么过来了……

当红军前我和村里一个妹子有了感情，她说她要等我回来，等到革命成功。

从教导团调到红二十三师的时候我回过一次家，妹子还在等我，这也是我最后一次见她，她还给我唱了《十送郎歌》。

这首歌，当年“扩红”的时候我们兴国男女青年都会唱，我也会唱，到现在我都记得清清楚楚：

一送郎床面前，嘱咐亲郎莫贪钱，金钱主义要打破，革命才有出头天。

二送郎间门边，嘱咐亲郎心要坚，艰苦耐劳去革命，不要一心想娇莲。

三送郎天井边，亲郎做事莫信天，犯了纪律会处刑，等到悔过也迟延。

四送郎厅门边，嘱咐亲郎心莫偏，工作方面要谨慎，群众信仰乐无边。

五送郎大门边，一轮红日照中天，黑暗世界过去了，光明大道在面前。

六送郎大路中，亲郎信息要灵通，帝国主义要打倒，工农专政庆大同。

七送郎拱桥头，豪绅地主无路走，靖卫匪团杀得净，还要消灭小走狗。

八送郎出水口，反动地方莫乱走，如果反派识破了，任有才干难开口。

九送郎别村坊，嘱咐白军切莫当，一心投身红军去，消灭反动有风光。

十送郎十里亭，嘱咐亲郎慢慢行，革命成功回家转，再要同妹行长情……

灌阳县水车老街，红军当年露宿在屋檐下

第十三章　衣领两边红领章

邹绍添："在河口我被人剥了衣服，这人还有点良心，把一件烂棉衣给我穿，很多掉队的红军弟兄被杀了。"

- 邹绍添，1908 年生，原籍福建省宁化县淮土乡罗坎村。
- 1932 年加入中国工农红军，为红三军团兵站运输员，参加中央苏区第四、第五次反“围剿”。
- 1934 年中央红军长征过桂北时为红三军团政治部运输连战士。
- 落户广西资源县车田乡木厂村。

我1932年参加红军，被分配到兵站当运输兵，负责把红军前方打仗缴来的敌人物资、枪弹等运往后方。过了一年多，我被调到红三军团政治部运输连，负责把被子衣服、武器装备运送到各部队。

1934年10月开始长征，我记得毛主席他们进广西走全州那边，我跟朱总司令走另一条路……爬大山的（口述可能失实）。

在广西过了一条河，是用门板架的浮桥，过了河是一条街，走了很远才住夜。

我们穿的衣服，衣领两边是红布领章，浅灰色军帽，有红五角星，是布的。

我记得到了六垌过大山，过雷公岩老山界时，我们跌死了几匹马，是晚上过的，部队打着火把。

过了大山就是源头到唐洞，这时我生病不能走了，掉了队。

在河口我被人剥了衣服，这人还有点良心，把一件烂棉衣给我穿，很多掉队的红军弟兄被杀了。

我沿着山路，讨米到了麻地，就在那里留了下来，被当地农民救了，活到今天……

第十四章　我喜欢回忆过去

李明："他刚看见我，以为我是死人，打算回家拿把锄头把我埋了，正要转身的时候，看到我的手动了一下，才晓得我还活着。"

- 李明，生卒不详，原籍江西省永丰县君埠乡陂头村。
- 1929 年加入中国工农红军，为独立红二十二师战士，参加中央苏区第一、第二、第三、第四、第五次反“围剿”。
- 1934 年中央红军长征过桂北时为红九军团部通信员。
- 落户广西龙胜县江底乡竹坪村。

1929 年，我参加了由游击队组建的独立红二十二师，天天随部队打游击。

我记得我第一次参加战斗，紧跟着班长，子弹从头上飞过，炮弹在身前身后爆炸，心里很害怕。看到大家都猫着腰边打枪边往前冲，听到炮弹飞过来的声音就马上趴在地上，谁都不害怕，我也就不怕了。我跟着班长，在枪声密集时，利用沟沟坎坎、地形地物隐蔽身体；在枪声稀时往前冲，几仗打下来，我也成了战斗经验丰富的老战士。

1930 年，成立大队伍，开到龙冈打张辉瓒，红军驻扎在小坪。

一天下午，朱总司令带兵来了，与我们独立师合在一起，打进了龙冈桥头，战斗打得很激烈，把敌人团团围困。红军队伍大，人多，把张辉瓒一个师消灭了，俘虏许多敌人，敌人师长张辉瓒被我们活捉了。

红军从龙冈打到陂头，缴获了敌人许多物资，我们师都运到了后方。

我们又打进乐安县城，打垮敌人一万人，缴到了许多枪支。

乘胜我们又打下了宜黄县，缴获枪支五六千支，接连打了三个大胜仗。

接着又打建昌，敌人有了准备未打进去，我们退到陂头，休息了几天。

这时敌人到了罗湾，我们又去打罗湾。

听说福建沙田有个敌人的兵工厂，一个叫罗兴邦的敌军官带兵守这个工厂，防守很严。

我们红二十二师是用包围的战术打的，负责包围的部队先到一天，打正面的部队晚到一天，免得惊动敌人。

我们先把电线剪断，晚上摸营。战前借了老百姓的梯子，进攻时，从四面爬梯上墙，手榴弹、机枪同时打进去，很快拿下了兵工厂，俘虏了不少敌工兵和工人，我们优待他们，把他们留下来帮我们红军造枪造炮。

我们又围住了宁都国民党第二十六路军的一个军，全是戴钢帽的，他们起义了，差不多两万人，我们把他们全部改编为红军第五军团，与一、三军团同为第一方面军。

接着，我们 9 个师去打南昌，差一个早上的路就能到南昌。但蒋介石派了 30 多万军队打红军后方，部队接到命令后回来保卫后方，我们到瑞金打退了敌人，缴获了敌人许多东西（口述可能失实）。

1934年10月，我们独立红二十二师调到瑞金集中，开了大会。首长在大会上讲话，意思是这里住不久了，蒋介石要来围我们，我们要出发打仗。

不几天，中革军委将我们独立红二十二师划归红九军团建制。

军团长是罗炳辉，他是个大个子，很威武。政治委员何长工、中央代表何克全、参谋长郭天民，这些首长的名字我都记得。

我还记得，红九军团代号是“汉口”，红三、红二十二师代号分别是“洛口”“巴口”，随红一军团后面做左翼担任后卫掩护。

我被编入红九军团后，在军团部当通信员。

对军团部通信员政治上的审查把关是非常严格的。出身一定要是贫雇农，党团员占绝大多数，我当时已经是共青团员，组织上信任我。

我们部队出广东边界，分三路进军，多是晚上行军，不准点火，不准说话。

部队到了广东一条街上时，遇上敌人在炮楼里打枪，阻止我们前进。我们一个营打进街内，敌人火力又猛又近，我们不能靠近炮楼，就把许多棺材抬来，堆起来用火攻，才把敌人消灭。

到广东后，休息一天打土豪，然后部队继续行军到湖南，到广西。

在掩护主力红军和中央首长渡过湘江的战役中，我们红九军团随红一军团后做左翼担任后卫断后任务，与红五军团交替掩护主力红军前进，我们不分昼夜地边打边撤，整个部队长时间得不到休息，十分疲劳和被动。

罗炳辉军团长告诉我们，敌军桂系的白崇禧部队正向我们主力红军和中央首长渡江的湘江渡口急进，企图夺占渡口，消灭我们红军，形势非常危急，中革军委命令红九军团不惜一切代价阻击敌人的进攻，保证中央红军侧翼的安全。罗炳辉军团长命令我们：“同志们，我们一定要顶住，无论付出多大代价，都要保护主力部队和党中央渡过湘江。”

我们红九军团在枯牛岭和青塘一线与广西粮子（国民党桂军）展开了激战。在敌机疯狂轰炸和敌人优势兵力围攻下，红九军团处境十分危险，但我们坚决执行上级命令，与广西粮子展开了激烈的拼搏，用刺刀和手榴弹打垮敌人整营、整团的一次又一次集团冲锋，顶住了敌人的疯狂进攻。

完成阻击任务后，中革军委命令红九军团经全州以南的石塘圩到达湘江边，从浅水区徒步过江与主力会合。红九军团立即分成十余路纵队向湘江边强行军，广西粮子在后面追得很紧，流弹不断从战士们的头顶上呼啸而过。

我们到了全州的黄沙，离湘江渡口不远了，但广西粮子也赶到了黄沙阻击我们。我们留下小部队顶住敌人，分三路过黄沙。

就在赶往湘江渡口的路上，我的脚被竹钉刺伤了，顾不上包扎，拼命赶路。

部队到达湘江渡口徒涉场时，广西粮子已经从后面压了上来，情况异常紧张。红九军团指战员们不畏严寒，纷纷跳进冰冷的江水，举着枪支和包袱，涉水渡过了湘江。

部队上岸后，连湿透的衣裤都顾不上拧干就急急赶路。我们当时有两怕：一是宁可牺牲也不愿意受伤，怕受伤跟不上部队；二是宁可跑死也不愿意落单，怕脱离主力，孤军陷入敌人包围。我们都这样想，只有迅速摆脱追敌，与主力会合，才是我们的生路。

我们过了湘江后，上大界到大埠头，过两水、贝子河口、街头、桐树坪，我被竹钉刺伤的脚烂了，伤口烂成了小酒杯口那么大，流血又流脓。排长叫我慢一点走，我越走越慢，队伍越走越远，我最怕的事终于发生了——我掉队了。

我怕被敌人抓到，就在山上躲起来，瘫在一棵大树下。夜里刮起了老北风，米雪打在脸上好痛，一步也不能动，又冷又饿又痛。我横下了一条心，只要不被敌人抓住，我就在这荒山野岭革命成功去见马克思算了。大概半夜以后，我昏昏沉沉睡了过去，什么都不知道了。

也不知道过了几天，我被在山上放牛的陈为才老人发现了。

陈为才后来告诉我，他刚看见我，以为我是死人，打算回家拿把锄头把我埋了，正要转身的时候，看到我的手动了一下，才晓得我还活着。

陈为才把我背回家，救了我的命。

陈为才帮人放牛养活不了我们两人，我的伤好点了，还不能干活，我就出去四处讨米，饥一顿饱一顿过了一段日子。

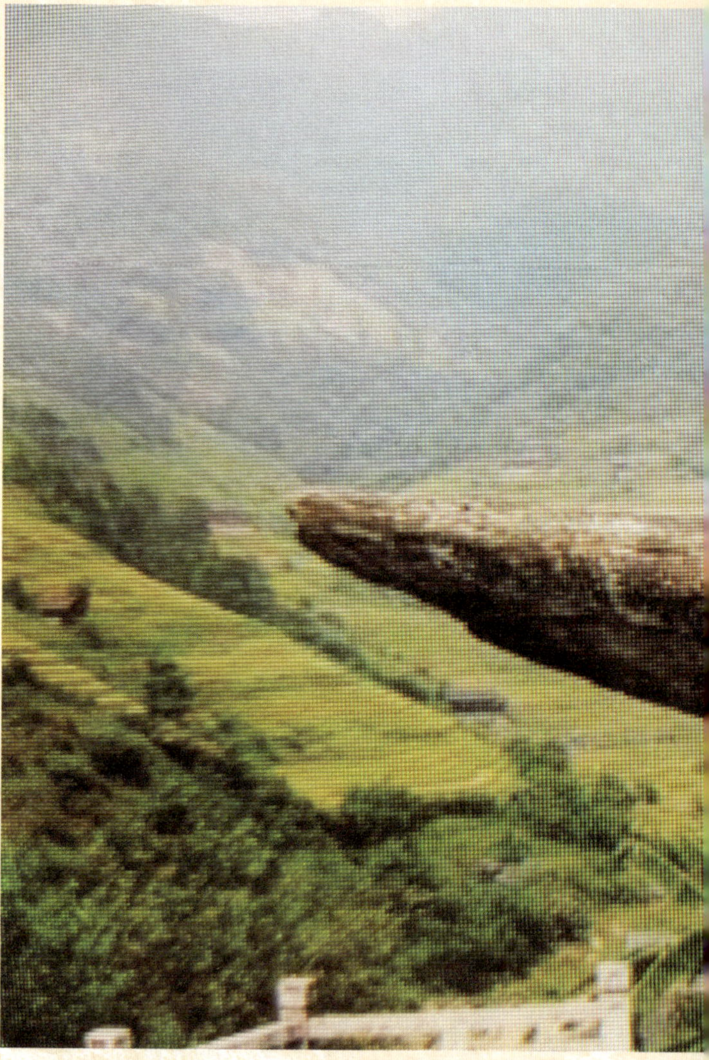

龙胜县江底乡红瑶寨红军岩

陈为才老了，不能放牛了，我就去放牛、帮工，挣点钱，和老人情同父子艰难过日子，一直奉养陈为才老人，直到他过世。

再后来结婚，落户到了龙胜江底竹坪村。

我喜欢回忆过去，回忆一下红军，回忆一下战友，回忆一下打仗，心里会舒服些，没有那么孤独空虚。

我再也没回过江西，见到乡亲父老，我不知道该讲些什么……

第十五章　失血过多的夕阳

唐达胜："我拼尽最后的力气也赶不上部队了，掉在了后面，眼睁睁地看着部队上山下山，走远了，看不见了，毫无办法，眼泪哗哗地流。"

- **唐达胜，1916 年生，原籍江西省赣县白路乡龙头村。**
- **1934 年参加中国工农红军，参加中央苏区第五次反“围剿”。**
- **1934 年中央红军长征过桂北时为红一军团一师三团二营六连三排六班战士。**
- **落户广西资源县瓜里乡水头村。**

中央苏区1934年的扩大红军运动，我们喊的口号是“紧急动员起来，保卫革命根据地”，“扩大红军，捍卫胜利果实”，当时要求“创造一百万铁的红军，来同帝国主义国民党军队作战”和“动员所有模范营模范赤少队整营整团加入红军”。

我是青年队长，带头报了名，与同村的五个青年一起参加了红军。我们红一军团一师的代号是“广昌”，我是三团二营六连三排六班战士。

在湖南道县，我得了打摆子病，一下发冷一下发烧，全身没有一点力气，我咬着牙，昏昏沉沉地跟着部队走。

我们班长一直跟着我，帮我背枪、背干粮、背被服。

平时，班长用战士的标准要求我，又像大哥哥爱护小弟弟一样关心我、帮助我。他教我练习瞄准打枪，教我投掷手榴弹，还教我使用大刀。我的衣服破了，他给我补，还教我补；草鞋穿烂了他给我编，行军脚上起了水疱，他给我烧热水洗脚挑疱。行军休息时，班长不休息，他和我谈心，检查我的行装，了解我的身体情况，处处照顾我，真可以说是无微不至。他在脚山铺牺牲了，至今我还深深地怀念着他。

我们不仅是急行军，还是攻击前进。

队伍在几条山间小道上挺进。路上的青草没过了膝盖，腐朽的树干遍地都是，树叶堆有半尺多厚，迈步都有点困难。

右边山顶的敌人发现我们是战斗队形的推进，于是用火力压下来。

营长命令我们排拿下右边山头，掩护大部队前进。

遇到敌军破坏了桥，前面同志肩头上架上梯子，我们就踩着他们肩上的梯子走过去。歪倒在路上的树枝，挡住了我们的视线，加上织密的松林竹林，简直找不到一个缝可以看见敌人。我走在最前面，用刺刀砍开了路，后面传来了命令：“快，直插到山顶。”

穿过了灌木，队伍分成战斗小组散开在森林中攀过悬崖险道去攻击敌人，一个冲锋，把敌人打了下去，缴获了一挺轻机枪。

我们没有停步，继续前进，翻过一座又一座山。

乌云把几颗稀落的星星吞没了，云从高山的地方压了过来，一阵狂风卷来了暴雨，路顿时溜滑得迈不了步，山洪瀑布般地往下流。

我们拖着马尾巴，抱着马脖子，在半尺深的稀泥里走。没有拉上马的就拔一把青草或树枝垫在脚下，垫一把走一步，谁不垫谁就走不动。

工兵排战友的镐头也很难有大作用，他们也只能用大刀砍一些树枝填路。

鞋子走掉了，就赤着脚在石片荆棘上走，我的脚划破了，好多同志的脚划破了，可是没有一个人停住。

跌了跤爬起来，爬起来跌下，再爬起来。有时一两里路就得爬上一两个小时。

从出发开始，已是二十多个小时没吃饭，没有一人肚里进了一粒米。带的水早就喝光了，渴得喉咙冒烟，渴得饿得没有办法，我们几个人拉开油布，有的翻过斗笠、帽子，接着天上的雨水喝，充饥、解渴。

大家边走边用雨水擦了擦迷蒙的眼睛，朝着脚山铺方向挺进。

我们红一师从灌阳文市一天一夜走了一百四五十里，在天差不多亮的时候，赶到全州的脚山铺。

我们红三团部署在公路西侧左翼米花山一线，与先到达的红二团马上进入阵地，在前沿阻击敌人。

黑压压如蚂蚁般的国民党湘军冲上来了。

冲在最前面的全是戴钢帽的青年军官，他们手里端着的不是刺刀步枪，而是清一色的烤蓝闪亮的德国造冲锋枪和轻机枪。在第五次反“围剿”中我们缴获过这种枪，知道是德国造。他们腰上、肩上都缠着挂着梭子，不停地往枪上换，打完扔掉，换上又打。

紧随在军官后的才是士兵，士兵全端着刺刀闪亮的步枪。

我们连守在米花山前面一座平地拔起的孤峰上，孤峰正好把米花山挡住，敌人要攻下孤峰，才能进攻米花山。

我们连还有七八十人，有七挺机枪、八九支冲锋枪，手榴弹多，子弹也较多，而且居高临下。

敌军官兵冲上来了，根本不等炮火掩护就直往上冲。

你勇敢，我们也不怕死。杀红了眼，端起冲锋枪，站起身，就是面对面地猛射。

敌军官兵一排排倒下。

我军战士也陆续倒下。没倒下的继续打，继续射，根本没想到个“死”字，只是射击，拼命射击。

枪管打红了，手一握上去就被烙起了水疱，水疱破了，血水滴在枪管上吱吱冒水汽。管不了那么多，卡上梭子，压上子弹，再狠狠射。

你冲锋，我们就反冲锋。有时双方冲到相距不到十几米处，直到对方钢盔下那变形的脸都看得清楚，双方才开枪对射。

什么都不想，只有一个念头：你凶，我们比你还要凶，红军就要在气势上压倒你国民党白军。

敌人黑压压倒下去一片，又黑压压冲上来一片，硝烟未散就往上冲，踏着尸体往上冲。

被我军火力死死挡住了，冲不上，就搬过尸体，垒成活动工事，边移动尸体边开枪边往上冲。

我们就猛扔手榴弹。手榴弹响过后，尸体后面的枪不响了，趴在尸体后开枪的活人也变成了尸体。

我们已坚守了整整5小时，在数倍数十倍拥有绝对优势火力的敌人猛攻下坚守了整整5小时。

连长接到命令，撤出阵地，撤到米花山。

敌人又冲上来了。

不只是人，密如蝗群的炮弹带着慄人的尖啸铺天盖地而落，炸得地动山摇，硝烟把山头都遮没了。

孤峰上，20多个无法撤下来的重伤员全部牺牲。

打到下午，我们红一师米花山阵地失守，退到美女梳头岭。

敌军占领米花山后，向美女梳头岭以东各山头发起连续攻击。为避免被包围和减少损失，我们放弃美女梳头岭，撤向红二师驻守的怀中抱子岭。

又是黄昏。

夕阳像一只被炮火打伤的大鸟，沉沉坠向山野的尽头。

山野尽头，暮云低垂，轻轻揩拭着夕阳的伤处。失血过多的夕阳被揩去血迹后显得苍白冰冷。

阴冷的晚风，挟卷着硝烟，血腥气和焚烧尸体的焦臭，阵阵扑进我军前沿阵地。

阵地前，敌人尸体交互积叠，尸体下淤积凝冻着一摊摊紫黑的血渍。

我军牺牲战友的遗体，被战友抢运到了阵地的背后，一排排躺着，遗体下同样淤积凝冻着一摊摊紫黑的血渍。

山菊花已盛开，黄黄的，在夕阳晚风中摆动，一丛挨着一丛，伸展到战壕边没被战火轰击熏烤过的所有地方。

满山的松树、杉树、柞树、榆树，树叶被炮弹、炸弹掀起的气浪震落或被弹片削掉。在地上厚厚铺了一层。没被炮弹、炸弹掀起的气浪震落或被弹片削掉的枫树、柏树红叶，稀疏地挂在枝头，火红火红，血红血红。

这个傍晚很静，没有炮声，也没有枪声。

傍晚，和我同在一条战壕，有一位头上缠着绷带，绷带上渗出血渍的小战士在朗读《中央苏区工农识字课本》。

《中央苏区工农识字课本》和《红军识字课本》我们每个战士都有，连里文书经常给我们上课，我背得滚瓜烂熟。比如《红军识字课本》里的“蒋家军队好不好？油盐柴米抢光跑。红军战士好不好？一针一线都不要。国民党呀好不好？百姓三餐都没饱。共产党呀好不好？领导百姓吃得饱”，我现在还记得清清楚楚。

这位小战士叫张旺乡，15岁，圆圆脸，小眼睛很亮。我和他一个班，感情很好，我时常还想起这位江西小老表。

小战士声音是嘶哑的，但读起《中央苏区工农识字课本》来，一口江西兴国方言字正腔圆：“第九课《昼夜长短》：‘春分和秋分，昼夜一般长，冬至昼最短，夏至昼最长，为什么有长短？原因在日光，日光斜照昼短，日光正照昼长。’第十课《饮食器具》：‘中国人吃饭用碗装，用筷子扒；南洋人吃饭，用大树叶装，用手抓；西洋人吃饭，用盘子装，用叉子叉，用瓢子舀。’……”

连长、指导员和战友们围在他身旁，或站，或坐，伤员就靠着、躺着，静静地听他读。

3 小时后，他头部中弹，死得很悲壮惨烈。

晚上，敌军迂回到了怀中抱子岭我们红三团阵地侧后，妄图将我们包围。我们撤退到西南方向的水头、夏壁田一带，在那里构筑第二道防线继续抗击敌人。

敌军很快就打到了我们的第二道防线。

我们看到红四团左翼被敌军突破了。敌军兵分两路，一路迂回到我们红三团背后，包围了一、二营。

我们一、二营在团长黄永胜的率领下全部上刺刀，排成散兵线，向师部方向突围，在丛林中拼杀了 3 个多小时，反复冲杀十几次，杀开了一条血路。

撤出阵地时，我们班 8 个人，能够站起来走的，只有 3 个人。我没受伤，只是病得厉害。打仗的时候病逃跑了，打完仗马上又回来了，搞得我头昏眼花、四肢无力，拄着枪才能勉强站起来。

我们过了公路，走进了大山，翻三千界，在离现在资源县城不远的一个牌楼，大概是现在农械厂那里过河，接着翻老山界过五排。

我拼尽最后的力气也赶不上部队了，掉在了后面，眼睁睁地看着部队上山下山，走远了，看不见了，毫无办法，眼泪哗哗地流。

傍晚在河边看见有部队，谁知是国民党的，把我们 4 个红军抓了起来，我们趁他们煮饭时逃跑了。

我躲到一个老百姓家，他们把我藏在猪栏里，不让国民党兵和民团抓去，走的时候他们给我一件棉衣，把我的军装棉衣换了下来。

我走不动了，倒在水头一家烟馆门口，昏了过去。

开烟馆的唐显英可怜我，把我扶了进去，藏在杂物房里，找医生给我看病，收我做了崽。

国民党兵和民团发现了我，不准唐显英收留我，要把我们两人一起抓起来。

唐显英给我带上 3 升米和一些用具，还有药，把我送到一个山洞里住下来，住了十几天，没有事了，才接我回来。

全州脚山铺阻击战第二道阻击线

就这样，我在这里住了下来，种田种地，砍柴帮工，赡养义父义母，娶亲成家，养家糊口，就这么过了一辈子。

在江西当红军前我是农民，当红军后，到了广西我又当回了农民，不知道这是不是命中注定。

不说了，再给你读一课《红军识字课本》吧："钢枪擦得亮，捉贼先捉王，肃清反革命，打倒国民党。……"

第十六章　许多同志牺牲了

赵庆忠："下柳村的赵占元收留了我，要我给他做崽。我已经走投无路，就答应了。"

- 赵庆忠，生卒不详，原籍江西省于都县。
- 落户广西全州县绍水镇下柳村。

我是1934年10月跟唐团长从江西开始长征，经永安关进入广西灌阳的。

我们这个团是跟着大部队的尾后走的，在灌阳渡河之后，又遇到国民党湘军，打了几个钟头，飞机轰炸，我们死了很多同志。

我们这个团3个营，1000多人，经过几次打仗和被敌机轰炸，这时只剩下320多人了。团长失了踪，营长也没有了，由一个连长临时代理团长，领导大家继续走。

我们经灌阳进入全州的两河、朝南，又到石塘圩，遇到国民党桂军，打了3个钟头，又牺牲了许多同志，全团此时只有92人了。我们92人中，起码有三分之二的人患病、负伤。

此时是农历十月，下霜了，天气很冷，同志们没有得到休息，又累又饿，还是坚持走，找大部队，我们要归队，要继续长征。

我们往才湾的张家村走，住了一夜，在张家村请了一位约50岁的老乡帮带路，给了他3块光洋。

他把我们带到洛口，从浅水地方蹚水过了洛口江，我们到下柳的上宅村，在桥边又遇到国民党桂军，打了一个钟头，许多同志牺牲了，一部分被抓走了，还有10多个人负了伤。

我们这个团到此已完全垮了。

我同钟梅生躲在厕所里，国民党匪军没发现。

我们一路躲避国民党兵和民团抓捕，晚上回到了上宅村的肖史家，被敌人发现后，又急忙转到下柳村。

下柳村的赵占元收留了我，要我给他做崽。我已经走投无路，就答应了。

1954年4月，我与刘月英结了婚，把家安在了下柳村……

第十七章　青春和暮老交会

兰宗享："他说，他感谢红军首长，感谢红军，他救我是报红军的恩。"

- **兰宗享，1917 年生，原籍江西省赣县大湖乡尧口村。**
- **1931 年参加中国工农红军，任红一方面军后勤总兵站第四中站十六小站收发员，参加中央苏区五次反“围剿”。**
- **1934 年中央红军长征过桂北时任红一方面军后勤总兵站班长。**
- **落户广西资源县中峰乡车田湾村。**

兰宗享老人粗糙且布满老人斑的手微微抖着，拿出了一张边角磨损发黄的纸片。他说，那是十几年前县民政局要他写的自传。

看着这张发黄的纸片，读着纸上陈旧的字迹，可以感受到激情岁月的激情，沉重历史的沉重。于是，一张年轻英俊的脸庞跃然纸上，穿越时空凝视着逝去的岁月，开始讲述他的故事。

我参加红军的时候还不满15岁，在兴国县的红军第一方面军后勤总兵站第四中站十六小站搞收发工作。

我们兵站的具体工作就是储备、补给、转运物资，收容、治疗、后送伤病员，修理技术装备器材，接收和后送缴获、回收的物品，安排过往人员食宿等。

我参加了五次反“围剿”。

第一次打击进攻苏区的国民党3个师5万余人。红军在兴国县古龙冈活捉匪师长张辉瓒。国民党莫炳煌、谭道源两个师也完全缴械，红军胜利了。

蒋介石又发动第二次“围剿”，大约20万匪兵，由何应钦亲自坐镇江西吉安指挥，向苏区于都、宜黄县进攻。朱总司令、毛主席命令红军分兵四周伏击，国民党找不到红军就乱打枪，红军则一股一股地消灭他们，20万敌军有来无回。

第三次蒋介石坐镇江西南昌指挥，许克祥、毛炳文、王金钰、陈诚、罗卓英等师30余万人，向我苏区东固、广昌县一带寻找红军，毛主席、朱总司令亲自指挥，把红军从广昌撤回兴国，把国民党引进宁都、黄陂地带，红军一天一夜由兴国县穿过江西的石城县，把国民党军队团团围住，两天三夜终于打败了国民党30多万匪军，缴枪很多。

国民党又发动第四次“围剿”，蒋介石派李明几十个师和江西的鲁涤平等又来打红军。朱总司令亲自指挥红军活捉了李明。

到1933年国民党发动第五次“围剿”，国民党改变了战略战术，用几个办法对付红军：一用武力，二用封锁。红军有些困难，没有子弹，没有盐吃；买不到东西，每人每月只有一块钱伙食费，零用钱都在里面，还要天天打仗。

前四次“围剿”，国民党的军队每到一处就打枪，我们不打，等他们子弹打得差不多了才打他们，缴他们的枪。第五次“围剿”他们也不乱打了。那时我在福建，后来越打根据地越小，部队拉到广昌和瑞金之间，不得不长征。

我们离开根据地长征，冲破敌人第一道封锁线，即经瑞金到于都，过河就是第一道封锁线。过赣江死了1000多人。

国民党又布置了第二道封锁线，派湖南军阀何键、胡凤璋两个师阻拦红军前进。我们红军在湖南的桂阳、道县、兰山一带打败了何、胡两个师，到了广西的灌阳。

在文市打了一仗，文市有很多鱼塘。文市有一个山界，界上有很多路牌，其中一个路牌上写着永安关。我就是在过永安关的时候被敌人埋的竹钉戳伤了脚。

当时兵站有300多人，没有担架，同志们都想扶着我一起走，我不要他们扶，在这种紧急情况下，会影响行军速度，贻误战机，绝不能因为我贻误部队的战机。我自己跟着掉队的同志慢慢地走。

经全州凤凰咀过湘江，走咸水的大石拱桥，经梅子岭到大湾，从大湾山上下来时天快黑了。我跟着部队走，在大湾，两匹马滚下山崖，部队停了下来，第二天才到油榨坪，在厂子坪休息。

我的脚受伤后没有药治疗，又过了水，伤口感染，越肿越大，痛得不能走，就一天天地离队伍远了，到资源县中峰乡田屋里冲时掉了队。

我们被当地的土豪劣绅抓住了，用绳索五花大绑绑在一起，嘴里塞着稻草，不能说话，在那里拼命挣扎。那帮人也不管我们，又去抓其他掉队的红军。

这时，来了一个老婆婆，可能是路过，看到了我们，好像知道我们是红军。她四处看了一下，没有发现看管的人，连连说着“可怜，可怜……”上前小心地掏出了我们嘴里的稻草，用镰刀割断了绑在我们身上的绳索，转身就走了。

我们赶紧躲进树林，顺着山路，朝大部队的方向走。

还没走出七八里，又被民团包围了。我们5个掉队战友，被民团打死了两个，我死死记住了杀害战友的那个凶手的长相，后来又打听到了他的名字——谭远床，就想去找他，为战友报仇雪恨。遗憾的是，我没做到，但天帮我做了。

谭远床打了我战友一枪，以为他死了，就去翻他的身体搜钱物脱衣服，我战友翻过身来打了他一耳光，才咽下最后一口气。

半年后，我要去找谭远床时，他已经病死了。乡亲们说，他是被红军吓死的，是恶有恶报。

民团没有杀我，他们把我的衣服全部剥光抢走，剩一层单衣短裤，就不管我了。

天下着白霜，很冷，我只好找些稻草围在身上捆好，白天到处讨米要饭，晚上睡在古庙里。

我讨饭到了大洞的肖家，肖叔叔同情我可怜我，把他的衣服给我穿，留我下来养伤。

在肖家养了一个月伤，伤差不多好了，被民团发现了，闯进肖家，要把我抓走。

肖叔叔叫那些人吃了饭再走，陪他们喝酒，找了一个机会，给我一碗饭，要我先到屋后山洞躲起来。

天黑了，肖叔叔来到山洞，对我说，民团随时会来抓人，我和肖家人都会被抓，抓走就会没命，太危险，不能留我在肖家了，他舍不得我走，但是没办法了。

肖叔叔连夜把我送到了原来在大埠头街上开烟馆的陈九妹家。

陈九妹对外就说我是他的叔伯兄弟，来帮他做事的。在陈九妹家住了十几天，又被当地民团找上门来，连好粗的绳子都带来了，用枪对着我，要绑我走。

我想，这次死定了，逃不掉了，我甚至想抄起菜刀跟民团拼命了。

陈九妹救了我。

陈九妹开烟馆的时候认识了许多人，包括一些县里的国民党的官。他经历的事多，又善于交际，比其他百姓见识广，有过人胆量，加之他心地善良、有正义感、乐于助人，善于调解邻里纠纷，在当地很有威望。

陈九妹不怕当地民团，硬说我是他的兄弟，还说县里某某民团指挥官也知道这事，不信就去问，还指天发誓，说有半句谎话，天打五雷轰。

当地民团明知道我是红军，但拿陈九妹没有办法，加上陈九妹又送给他们一些烟土和钱物，最后，他们也就不了了之了，再也没来找麻烦。

我就在陈九妹家住了下来，他待我也像兄弟一样，照顾我，帮我治伤。伤好了我就帮他做事，做了大半年，我越来越想红军，想部队，想归队，我就跟陈九妹说了。

陈九妹送了我一套新衣服，给我带上十几斤米和三吊钱，陪我走了好远，还哭了。我也哭了，从心里感谢他的救命之恩。

我问过他为什么救我。

他说，上次红军过的时候（红六军团 1934 年 9 月 7、8、9 日经过资源县），他家里住了十几个年纪大的背短枪的红军，放了两层岗哨。红军对他们一家人都很好，吃饭给钱，帮看病不要钱，把家里打扫得干干净净。

他说，一个红军首长给他看了中华苏维埃政府的政治纲领，还告诉他红军的各项政治经济政策，他觉得蛮有道理。

一天晚饭前，他的烟瘾发了，躲在小房里偷偷吸烟。

大概红军首长闻到了烟味，来到了小房。

他吓得跳了起来，赶快把烟具丢到床下，浑身打抖，以为红军要枪毙他。

他没想到，红军首长很和蔼地跟他谈白（聊天），先谈红军是打富救贫的，蒋介石、李（宗仁）白（崇禧）黄（旭初）是骑在人民头上的总祸根，要打倒这类人，要靠全体民众起来革命才能实现。接着又劝他不要开烟馆做烟棍，这是害己又害人。

他说，他记住了红军首长的话，不开烟馆了，还慢慢戒掉了烟。

他说，他原来瘦得皮包骨，只有半条命，戒烟后，身体一天比一天好，连重活都能干一些了。

他说，他感谢红军首长，感谢红军，他救我是报红军的恩。

我相信他说的是实心话，我要找到红军，继续干革命，这也是报他的救命之恩。

最后，我还是没能找到红军，这是我一辈子都不甘心的憾恨……

采访，在一声声长长的叹息中结束。

他抬起白发苍苍的头，满脸老人斑，泪光斑驳。泪光里，青春信念和暮老执着交会熔融。

— 龙胜县江底乡红瑶寨红军岩红军标语

第十八章　历久弥坚的信念

陈正邦："老炊事员手上端着一锅滚烫的米粥，一下全泼在了我身上。伤得最重的是腹部、左腿和左脚。"

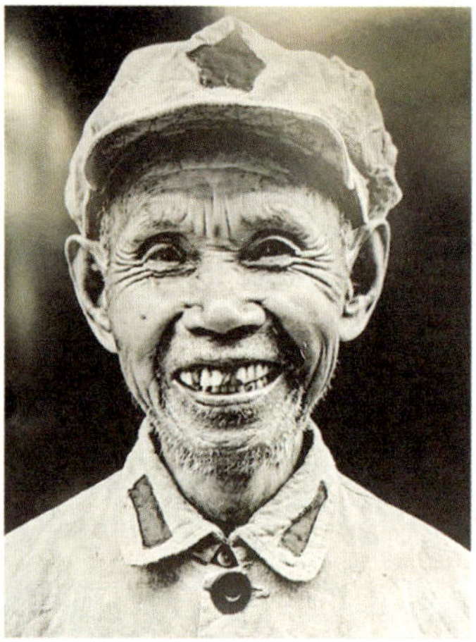

陈正邦

- 陈正邦，原名陈英浦，曾用名陈振帮，1915 年生，原籍江西省瑞金县瑞林乡（现瑞金市瑞林镇）。
- 1930 年 7 月参加中国工农红军，任中央模范一师二团（瑞金模范团）团长警卫员，参加中央苏区第三、第四、第五次反“围剿”。
- 1934 年中央红军长征过桂北时任红九军团三师八团团部通信员。
- 落户广西龙胜县泗水乡龙甸村委里排组。

广西龙胜里排壮寨的梯田在规模气势上与闻名中外的龙胜龙脊梯田相似。

龙脊梯田种的是禾稻，里排梯田种的是果树。

春光明媚，春风习习，枇杷、杨梅、清水梨、水蜜桃，浓翠嫩绿，粉白绯红，成片成林，一梯梯一层层跃上半山古老的里排壮寨，笔者走进陈正邦救命恩人家那座吊脚木楼。

陈正邦老人穿着一件半新旧的藏青色军便装，领口扣得严严实实，端坐在窗前，接受采访。

中华人民共和国成立后，陈正邦家已搬到乡政府所在地泗水街上一栋自建的木楼，他特地把采访地点安排在里排壮寨，他的重生之地。

我们家四兄弟，我是老二。我和我大哥同一天参加红军，大哥 17 岁，我 14 岁。

我和大哥刚参军时都在中央模范一师二团(瑞金模范团)，后来编入红一军团。

大哥参军不到一年，便战死在第二次反“围剿”的广昌战场。

1933 年红一军团三师编入红九军团，还是叫三师，我原来是三师八团团长杨梅生的警卫员，后变为团部通信员。

我记得是 1933 年 12 月，哪一天记不得了，天气很冷，已经开始下小雪，红九军团成立誓师大会在江西黎川的樟树村举行，我们团参加了大会。会上，中央来的首长宣布，我们红三师的师长罗炳辉当军团长，我们红三师过来的人都好高兴。

我们红九军团在中央苏区第五次反“围剿”开始时是负责外线游动作战，虚张声势迷惑敌人，牵着敌人的鼻子走，先在江西广昌的康都，后开到广昌的甘竹、白合，不久，我们参加了广昌保卫战。

我们没有大炮轰击敌人坚固的碉堡，只能靠人去攻打，往往上去一个连，打得剩下一个排，但就是这样也很难攻下一个大的碉堡；又没有正规作战经验，不懂得怎么避开敌人的优势炮火，凭着勇敢，跟敌人硬拼，损失很大。我们红三师战术比较灵活，伤亡小些，听团长说，广昌保卫战打下来，我们军团的红十四师只剩下一两百人。

我记得广昌保卫战时我们还是吃得饱的，官兵一样，一天有一斤二三两米，就是缺盐缺肉缺青菜。无盐无油煮的干、鲜竹笋，几乎成了我们每天的主菜。

1934 年的头伏，大约是 7 月上旬，红七军团改编为中国工农红军北上抗日先遣队，进军闽浙皖赣边，我们红九军团担任了护送红七军团渡过闽江的任务。

我们向东进入福建，包围永安城，但没打就撤走了，然后攻占了闽江边的重镇樟湖板，掩护红七军团在尤溪江东胜利渡过了闽江，向浙江方向进发，我们军团也胜利完成任务。

我们红九军团在樟湖板召开了庆祝南昌起义 7 周年大会，我们和当地群众一起参加大会，会后把没收来的物资尽量散发给群众。我们严格遵守纪律，不扰民，不侵犯群众利益，群众到处挂红旗欢迎我们，商店照常做买卖，街上很热闹。我们在那里休整了 10 来天。

福建地方军阀卢兴邦在尤溪口的一座仓库被我们攻占，仓库中有黄色炸药 3 万多斤、食盐 5 万多斤和许多军用物资。

在福州开来的一艘货船上，我们又缴获了烟土 20 多箱和布匹等商品数十箱。

上级命令我们军团务必把缴获的炸药、食盐全部运回苏区，不能丢掉一斤。

军团首长下达任务，从军团首长起，官兵一致，每人背 35 斤盐；人不骑马，每匹马驮盐 200 斤。其他的物资，战士们轮流挑，3 个人挑两担或者 4 个人挑 3 担。浩浩荡荡的运输大队，在前卫、后卫和两侧警戒部队的保护下，顶着酷暑炎热，翻山越岭，日夜赶路。我们都明白这批物资对中央苏区以及红军的重要性，不管天气怎么炎热，山怎么高，路怎么险，大家都士气高昂，坚决完成任务。

返回路线基本上是来路，沿途没有什么重大战斗，六七天就走到了苏区的连城朋口，中央已派少共国际师和民工数千人前来迎接我们。

除了背的 35 斤盐，军团给每人发了一小袋大约 1 斤的盐，还是官兵一致，人人一样，那是发给个人的奖励。

到了古田，休息一天，我们都到邮局，把发给我们个人的这一小袋盐寄回家，邮局排起好长的队。

回苏区后，部队放了 3 天假，我回了一趟家，根本想不到，这是我和爸妈、两个弟弟见的最后一面。国民党军进占中央苏区后，我父母作为“共匪”家属，又不愿骂共产党和红军，被当地土豪劣绅杀害。两个弟弟也在贫病中死去。

我一回到部队，就参加了松毛岭保卫战。

杨梅生团长在战前动员会上说，松毛岭在长汀东南，山峰连绵险峻，森林茂密，向东是龙岩、上杭、连城，向西则是长汀、瑞金、赣州，松毛岭便是扼守在这条交通要道上的咽喉之地。这一次我们的任务是固守松毛岭，保卫中央苏区的“红色小上海”——长汀。

当时陈正邦不会知道，杨梅生团长可能也不会知道，甚至连罗炳辉军团长可能都还不知道，松毛岭战役是中央红军长征前的最后一战，此时中共中央和中央红军最高层已经开始着手准备战略转移，保卫松毛岭最主要的战略目的就是为中央和红军主力战略大转移赢得集结和转移的时间。

这方面中共中央和中央红军最高层虽然还没有很明确的指示，但是在当时一些重要领导人的讲话中多少已经有所体现。比如在 1934 年 9 月上旬，中共福建省书记刘少奇在长汀县召开中共福建省委扩大会议，布置保卫长汀支援前线的任务。其中特别提到了要加强游击战争，准备隐秘斗争和长期斗争。

福建省军区紧急动员苏区青年参军参战，同时还组织了多达 2000 人的地方武装开赴前线，投入保卫松毛岭的战斗。

当时松毛岭附近所有村子都是“家家无闲人，户户无门板”，成年男子全部参加武装支前工作，门板都卸掉做了担架，就连当地的少先队、儿童团也被动员了起来，60 岁以上的老人负责带孩子，其余青壮年有的直接参战或上前线抬伤员、运送物资，有的送饭送菜、送茶送水。

群众唱着歌："松毛岭上红旗飘，红军战士逞英豪。岭下人民齐支持，军民合作阵地牢。"喊着口号："保卫松毛岭，就是保卫汀州、保卫瑞金。"排成一字长蛇阵把一砖一石从山脚传递到山上，和我们守卫阵地的红军一起修筑碉堡、防御工事。

我们修的碉堡是从地面往下挖一个圆形的大坑，坑上架起大木头，顶上铺一层几尺厚的泥土，泥土上用草皮或树枝伪装。碉堡周围修建大小据点，组成火力交叉。阵地内各主要据点间，挖有交通壕，互相连接沟通。阵地前沿布下地雷阵、竹钉阵，主阵地前面的一线高地，也修筑了简易的工事，作为前进的阵地或警戒的阵地。

山高路险，易守难攻，我们居高临下，严阵以待。

农历八月十四日那天，钟屋村的群众还将糯米做的月饼送到阵地上慰劳我们，我们提前一天过了中秋节。

国民党军选择的总攻日期为9月23日上午7时，当天正是农历中秋节，他们想趁红军过中秋节松懈之机，出其不意进行突袭，但是红军早有防备。

为确保摧毁红军堡垒，国民党军从南京调来两个装备精良的炮兵团，各有1932年引进的德国造的150毫米榴弹炮、瑞典造的75毫米卜福斯山炮36门。卜福斯山炮是当时中国火力最强的火炮之一。

蒋介石担心炮兵难以摧毁红军的阵地工事，又从南昌派来十几架德制"黑寡妇"轰炸机参战。轰炸机除了对红军松毛岭主峰阵地进行轮番轰炸，还不间断轰炸红军的粮弹补给线。

我记得很清楚，那天，太阳升起得特别早，特别圆，特别大，特别红，先像一颗大大的火球，又变成一颗大大的血球。再后来，就变成了一个开了瓢的血肉模糊的人头。

光影血红，浓浓地罩着这块峰林石丛围成的谷地，浓浓地罩着满坡满山的杉树、松树。很静，不但没有人声，连鸟啼、鸡鸣、狗吠声都没有。

也就在这时，天空突然暗了一暗，接着，我们听到了“呜呜”的响声，那是炮弹出膛和掠空。

炮弹从山头，从山后，几乎从各个方位飞向我们各个阵地，敌人的炮弹落点极准确，很多都是首发命中。

在重炮和飞机的猛烈轰炸下，松毛岭上红军用木头和砖石修筑的工事几乎都被炸平、炸烂。我们团指挥所大碉堡被炸塌半边，顶上一米多厚的掩土也被掀翻。幸亏杨团长有经验，敌人炮击一开始，就叫我们冲出碉堡分散隐蔽，损失不大。我们团指挥所转移到了旁边的一个山洞。

团长和政委隐蔽在山洞前观察敌情。团长对政委说，操炮的肯定是老兵油子，可能早已瞄准我们阵地，早已定好标尺。

团长从炮弹出膛和落地声判断，有山炮、野炮、战防炮、迫击炮等，组成了好几个炮兵群。

就在炮弹落地炸响声中，天空出现了敌机。

敌机一临空，就俯冲轰炸，炸弹和机关炮弹如雨点般向地面倾泻。

炮击暂停后，国民党军趁红军的工事被严重破坏，整连整排往上冲。

炸弹、炮弹爆炸起的沙尘烟雾正在散落，敌人密集的机枪火力就组成了横直交叉的火网，从山下、山腰的各个火力点和工事掩体中射向我军阵地，掩护步兵冲锋。

两路数量庞大的敌军，快速以钳形合围之势，朝我们团阵地后方运动，企图很显然，想切断我们的退路。

我们团至少已陷于三面被围、腹背受敌的险境。

指挥员们毕竟身经百战，并不惊慌失措。

团长、政委沉着地守在电话机旁，将敌情报告师部、军团部，望着平摊在地上的作战地图，向各营下达一个个作战命令。

很快，我们的电话线被炸断，电话不通了，通信员被派了出去。我被派往一营。

“同志们，打穿马靴的，打机枪手……”张营长挥舞着手枪，高声命令。

同志们马上领会了营长的作战意图。

在这危急时刻，打蛇打七寸，首先消灭敌人的指挥官和机枪射手，就能有效地打乱敌人的指挥，有效地削弱敌人的火力。

机枪、步枪的特等射手马上被集中起来，专打敌人的指挥官和机枪射手。

打击步兵群最有效的武器是集束手榴弹，一个班，甚至一个排的指战员同时朝着敌人一个冲锋队形投出手榴弹，直炸得敌人血肉横飞，阵脚大乱。

战斗太激烈，我已没办法回团部，也抓起手榴弹朝敌人投去。

敌人被打退了。

但是，训练有素、装备精良且看样子士气也并不低的敌人，很快就调整了部署。

在敌炮的又一轮轰击后，敌人又开始了冲锋。

冲锋的敌人不再是集群，而是列成疏松的散兵线，分别冲向我军的各个阵地。

先切断了我军各据点之间的火力联系和兵力支援，而后分割包围各据点、各阵地。

敌人的散兵线运动得很快，我军火力不易阻杀，我军阵地一些要点很快就被突破了。

三连一排只有负了轻伤的副排长端着一挺捷克式轻机枪冲出重围，跑向连部的小高地。其他人全部壮烈牺牲。

二排排长腿部已负伤，为夺回一排阵地，他带领二排仅剩的几个没负伤和负了轻伤的战士，滚着前进。还没接近阵地，就倒在敌人拦阻的迫击炮封锁中。

二排排长再次负伤，但没牺牲。敌人冲上来了，几把明晃晃的刺刀指向二排排长，要他缴枪投降。

透过时疏时浓的硝烟，我在一营阵地上和战友们亲眼看见已躺在地上不能动的二排排长，拉响了挂在胸前的那颗“光荣”的手榴弹，与敌人同归于尽。

张营长大声喊道：“共产党员、共青团员和革命战士们，考验我们的时候到了，大家睁大眼睛看着，谁是英雄，谁是孬种，我们要坚守住阵地，打退敌人的进攻！”

我和同志们都大声地回答：“我们宁死不投降，坚守阵地，打垮敌人……”

敌人冒着我们射出的弹雨和投出的手榴弹，一群群不要命地往上冲，一边冲一边嗷嗷叫：“共军弟兄们，快投降吧，我们也优待俘虏……”

张营长大叫：“打，快打，狠狠打，敌人是块肉饼子，怕砸，只要我们狠狠打，就能把敌人砸扁打垮……”

枪管打红了，擦枪油也用完了，战士们就用水壶里的水浇。

水用完了，就用尿浇。继续打，狠狠打。

手榴弹打完了，子弹也快打光了，战士们就搬起埋在土里的被敌人炮弹炸翻的石块，砸向敌人。

石块砸完了，就冲上去同敌人展开肉搏。

用刺刀捅，用枪托砸，用石头打，用牙咬，就这样，又一次打退了敌人的进攻。

敌人的号叫声凄厉地响着。

退下去的敌人还没退到山下，冲锋的敌人就越过退却的敌人往上冲。

退下去的队形竟能保持不乱，冲上来的就更是严整。

一颗颗炮弹越过冲锋敌人的头顶砸落在我们的阵地上。

我军近乎裸露的阵地上，用乱石垒起的掩体被炸得石块石屑乱飞。

一个个战士倒下了，不是被弹片杀伤，就是被碎石击伤。

没倒下的战士们都在往枪膛中压最后几颗子弹。

我也在往我的驳壳枪膛里压最后几颗子弹。

躺在地上的伤员们大声喊：“不要把子弹打光，最后留几颗给我们……”

司号员把红绸解下，把军号砸扁，丢下悬崖。

营部的通信员撕坏了联络旗，砸坏了号角。

战士们把自己的皮带、枪套、军装、学习资料，甚至碗筷，全投进了一堆燃起的大火。

谁都没说话，大家已抱定必死的信念。

敌人又开始新的一轮炮击，阵地上弹片横飞，硝烟弥漫。

敌人肯定已从望远镜中看到这一切，炮火停止，他们并没有马上冲锋，而是喊话："共军弟兄们，交枪吧，你们已跑不掉……"

战士们破口大骂："有种的小子你就上来，交给你们子弹头……"

还有的战士大叫："共产党的兵从来不知道什么叫交枪，只知道开枪打炮……"

我趁机做起了政治思想工作。我大声喊道："白军兄弟们，红军给你们分房子分地，把你们从地主老财的压迫下解放出来，不要为蒋介石打仗了，死了白死……"

我的喊话，招来敌人猛烈的炮击和射击，敌人又冲上来了。

我们把手榴弹全部投向冲上来的敌人，手榴弹接二连三地在敌人集中的地方爆炸，炸得敌人伏在地上不动，也停止了喊话。

阵地上又变得很静，一片死寂。

火辣辣的太阳正移向当空，阵地上和阵地前一摊摊的血在太阳暴晒下由鲜红变成了紫黑。尸体就在阵地前横躺直卧着，敌我都有，有些已被一轮轮炮火炸得支离破碎、血肉模糊。

这时，团长派来增援的三营二连从后山爬上来，进入阵地，接替了三营的防务。我回到了团部。

第二天，敌人的飞机轰炸和大炮火力更猛烈，遍山碗口粗的松树被拦腰炸断，地上的松针、茅草燃起大火，烧进我们的战壕、交通沟，我在各阵地之间跑来跑去传令，也不知什么时候，眉毛和头发被烧掉了一大半。

敌军一拨接一拨地往上冲，打过来的子弹像下暴雨一样，从我们的头顶扫过来。

我们只有发挥近战优势，等敌人冲近阵地时，敌机、敌炮发挥不了作用，用机枪、步枪、手榴弹等轻武器，居高临下，一次次打退敌人的进攻。

敌军穿皮鞋不会爬山，我们猛冲下去肉搏，把敌人打得落花流水，满山都是死尸。

福建省军区从上杭、长汀抽调了2000多名补充团新战士投入战斗，钟屋村的赤卫连、少先队都组织起来抬伤员，送茶水，家家户户都住满伤员，许多重伤员来不及抢救，就牺牲在阵地上。

双方为了争夺一个山头，不惜付出巨大代价进行搏斗，敌我伤亡都很大，形成胶着对峙状态。

大概打到第六天还是第七天，杨团长叫我到各营传达命令：任务完成，撤出战斗，阵地交给红二十四师防守。

各营撤到钟屋村一带待命，报告伤亡情况，我们红八团伤亡过半。

一天早晨，《红色中华》报送到了团部，政委看了报上洛甫写的一篇文章，读给团长听，大意是说，要消灭敌人不一定非在苏区不可，也可以到别的地方，在敌人力量薄弱的地方消灭他们。我听见团长、政委他们议论：是不是有可能要撤离中央苏区，去白区打仗。

9月30日上午，红九军团在钟屋村“观寿公”祠堂门前大草坪上召开全村群众大会，参加大会的有赤卫模范连、少先队和从塘背至连屋岗11个村和涂坊等邻近的群众2000多人。红九军团一部分指战员也参加了大会。

红九军团参谋长郭天民在大会上向到会群众做告别讲话，说：“红军马上要转移，去执行新的任务。”并叮咛道：“我们走后，敌人会跟踪而来，乡亲们要做好坚壁清野！”最后他充满信心坚定地说：“乡亲们不要担心，红军还要打回来的！”会上，红九军团当场向钟屋村赤卫模范连、少先队发枪300余支，还有十几箱子弹。

当天下午3时，红九军团兵分两路，红九军团随军团直属队为一路，从钟屋村出发，经河田前往汀州城。

史家认为，红九军团1934年9月30日从福建长汀钟屋村（今中复村）“观寿公”祠堂前告别父老乡亲起步出发长征，迈出中央红军二万五千里长征的第一步，使长汀钟屋村成为中央红军二万五千里长征的最远的起步点。

我们红三师七团、八团两团没有参加在钟屋村“观寿公”祠堂门前大草坪上召开的群众大会，而是悄悄返回了松毛岭战场。

红二十四师防守的松毛岭主峰阵地左侧的唐古垴高地被敌人攻陷，对松毛岭整条防线造成致命威胁，形势严峻，我们重新参战。

激战一天，经过多次反复争夺，将敌击退，我们重新占领了唐古垴高地，转交给红二十四师防守，深夜悄悄撤离战场，追赶军团部。

我们遵照军团命令，从钟屋村经河田到汀州城。沿途敌机追着我们，低空盘旋，寻找我们红九军团主力的行踪。为避开敌机，我们每天夜间行军，白天宿营。

当我们离开钟屋村时，发到枪支弹药全部武装起来了的钟屋村赤卫模范连、少先队和全区的少先队、模范连七八百人，也跟着我们一起转移，后来全部加入了红九军团，跟我们一起长征。

3天后，我们到达汀州城，与军团部和兄弟部队会合，在汀城水东街一带休整了4天。我们每个指战员领到一套灰色的斜纹布薄棉衣、夹被，还有一双布鞋一双草鞋，我们在心里确信，部队要出远门走远路了。

第五天夜里，我们红九军团悄悄离开汀州，向西走，走了整整一天，晚上走到红都瑞金。

我家离瑞金城很近，走路不到一小时，我想回家看看父母，领导没有批准。

我们继续走，都是夜行军，从瑞金走到武阳。走到会昌朱子坝、狮子坝；走到会昌西北面的珠兰埠，休整6天后，大约是10月中旬，15日或者16日下午，我们红九军团从珠兰埠出发，深夜从工兵连架起的浮桥上走过濂江，向西走，离开了中央苏区。

从此，我再没回过老家江西。

史家认为，中央红军红九军团最先于1934年9月30日从福建长汀钟屋村（今中复村）起步转移出发长征，最后于1936年10月22日到达长征终点甘肃静宁县将台堡（今宁夏西吉县将台堡），是中央红军4个军团中走的路程最长（至少在3万里，甚至达到4万里以上），走的时间最久（达到2年之久）的一支中央红军主力部队。

从江西出来，我们一路打一路走，走得最艰苦、打得最艰苦的是在湘桂边境，南面、东面是陈济棠的粤军，北面是国民党中央军、何键的湘军，西面，也就是我们的前面是白崇禧的桂军，我们是在他们的中间边打边走。

那时已入冬，冬雨时大时小总是不断，又湿又冷。我们经常是白天打仗，晚上走路，用铁丝绑着松枝点燃照明，从土岭走上大山，从大山下到土岭。土岭道路泥泞，有的地方一脚踩下去，陷进的黄土泥有半尺深。大山又险又陡，山石又尖又利，稍不留神，不是跌伤就是碰伤。人又冷又饿又累，到了极限，每走出一步都要咬紧牙关。

有一夜，差不多走到湖南道县，前面队伍停住了，停了好久不动。杨梅生团长叫我上前面去看看是什么挡住了去路。我上去一看，原来是整整一个炊事班10多个炊事员背着大锅，背着米面，在路中间睡着了，叫都叫不醒，把小路完全挡住了。

走着走着，队伍又停了下来，我又到前面去看，一个战士抱着枪倒在路上，已经牺牲了。

团部和一营进驻湖南道县一个圩镇时已是凌晨2时，杨团长命令我们不准睡觉，连夜赶筑工事。杨团长以其丰富的作战经验防患于未然。首先派出侦察员到四周了解敌情，然后要我们在各个村口利用地形地物构筑具有侧射、斜射、多层射火力的简易工事，并派人驻守。

天刚亮，敌人突然来袭，把圩镇包围，来敌至少一个加强团，村里我们团部直属人员和一营的两个连加起来不足200人。

枪声响起，杨团长一面急命向东警戒的三营回援团部和占领村外高地，一面急命团部人员和部队马上搜买村民棺材、木箱、禾桶，装上沙石砖瓦置于村中交叉路口做机枪掩体；并堵死墙上窗口，开凿射击孔，准备巷战；再命警卫班和一营的优秀射手占据房顶冷枪阻敌。

我也被派到房顶狙击。

我射出的第一发子弹击中了一个给敌军带路的民团人员头部，用的是开花弹，前额进是小弹眼，后脑出炸成了小碗口大的洞。

敌军并没有停止冲锋，他们冲到距村口五六十米处，停止前进。

一发迫击炮弹炸响在我旁边的房屋，我被抛下房顶。

接着数十发炮弹落在村内外我军各处阵地。

敌军开始冲击，没挺刺刀，而是先猫腰小跑，再曲线急进，硝烟还没散尽，已冲到距我军阵地不到30米处，又停住。

又是炮击，一发发炮弹从敌头顶几米处飞过，炸得村口我军正面阵地碎石泥土飞溅，但没有血肉横飞。

冲锋号响起，百余名敌军一跃而起，挺胸挺刺刀，扑向我军正面阵地。

我军正面阵地没射出一枪一弹，两侧阵地突然射出了密集弹群，狙击手的冷枪也响起，这百余名直挺挺几乎来不及隐蔽的敌军成了我军的活靶子。

敌军倒下了二分之一，剩下的二分之一冲向我军两侧阵地。

我军正面阵地架起了一挺轻机枪，接着又架起了一挺，退至二线躲避炮火的我军迅疾抢回一线正面阵地。正面、侧面构成交织的火网，迫使敌军不得不卧倒，跃起，再卧倒，再跃起，冲到我军阵地前又倒下了二分之一。

“打！”杨团长掷出了第一颗手榴弹，他的卫士抱着一箱手榴弹紧跟在他身后。我抱着一箱手榴弹跟在刘政委后面，团长和政委都上到了一线。

集束手榴弹飞向敌群炸响，敌人垮了。

敌军以更猛烈的炮火摧毁了我军简易构筑的一线阵地，接着又摧毁了我军二线阵地，敌我双方都死伤惨重。

打退敌人四次冲锋后，杨团长命令，退入村中巷战。最紧急时，敌人冲到我们团部前不到 100 米处，炊事员、挑夫和文书都拿枪参战，才把敌人打退。

三营赶回增援，一营冲出村子夹击，敌人四散退去。

打完仗，连饭都没吃，就继续往前走。爬上一座山顶，看到有一座凉亭，团长说进去歇一下，我们进去一坐下，战士们包括团长杨梅生马上都睡着了。

我们醒来时，看到军团政治部主任黄火青拿着块竹板站在我们身边。黄主任说，他拿块竹板敲墙都惊不醒我们，干脆每人给我们一竹板，把我们打醒。

临近广西时我们红九军团是先朝龙虎关走，说是红八军团掩护我们过龙虎关，然后进攻广西的灌阳。走在半路，又接到命令，说龙虎关已被桂军占领，叫我们掩护红八军团从永安关进广西。我们连夜赶路，走到永安关附近时天刚亮，遇到红八军团。

永安关地形地势看上去并不是那么险要，一连几座不高的土石山岭中间有一个山口，道路从山口中穿过。

我们立即占领了永安关，让红八军团先过关。他们军团过关时总共也就两三千人，模样跟我们差不多，累得走路都东倒西歪的。

我们在永安关吃了顿饭，还带了顿饭，进入广西。

过永安关那天正好是我 18 岁生日，之后，我再也没出过永安关，再也没出过广西。

现在回想起来，我的运气应该是很好的。我当红军 4 年多，参加了十几二十次大小战斗，在我眼前倒下的战友至少有几十个，也算是经历过枪林弹雨，但是子弹、弹片好像都躲着我走，连碰都没碰过我。从江西走到广东，走到湖南，走进广西，渡过湘江，一路也是有惊无险，直到走进资源大山。

那天中午，我们团政委刘先胜要我送一个急件到军团部，交给军团蔡树藩政委。

我赶到军团部，看见蔡政委正在跟军团几个首长商量事，我就站在门外等候。

几个首长脸色都很严峻，蔡政委在发火，声音很大。

蔡政委的警卫员是我的老乡，他小声告诉我，昨天夜里，军团部宣传队有个小宣传员上茅房点火照明，不小心把老百姓的茅房给烧着了，幸亏救得快，没烧着别的房屋。不巧的是前一天桂军伪装红军烧房子，现在出了这件事，给老百姓造成了误会，事态很严重。

我听见蔡政委大声指示，烧了老百姓房子，必须向老百姓道歉、赔钱；烧房子的人查清了要枪毙。

等其他几位军团首长都走了，我进去把信件交给蔡政委，想趁天黑前赶回团部。

刚走出门，与军团部老炊事员迎面撞上。

老炊事员手上端着一锅滚烫的米粥，一下全泼在了我身上。伤得最重的是腹部、左腿和左脚。那天我正好没打绑腿，光脚穿草鞋，走得热了脱掉了棉衣。

军团部军医马上帮我处理了伤处，没有治烫伤的药，只能上点消炎粉。

第二天，我跟着部队走了大半天，走着走着昏倒了。醒来，身边放着一小布袋炒米。我认得那个布袋，是我们杨团长的。

已经看不见部队，我掉队了。

我朝着部队走的方向，走走爬爬，爬爬走走，讨饭到了龙胜的泗水乡里排壮寨，整个人已是半死半活，连围着身上嗡嗡转的苍蝇我都没有力气赶走，已实在坚持不下去了，只好靠坐在树下等死。

侯正权老人把我扶进了他的家，收留了我，治好了我的伤，救了我的命，还把他的妹妹侯贤玉许配给我为妻，我就在里排成了家。

侯正权老人是我的救命恩人，里排是我的重生之地、第二故乡，从此我再也没离开过这里。

1949年前，我在这里帮人打长工短工，给地主耕田，农闲做点小生意，贫困度日。

1949年后，组织上在政治上关心我，在生活上照顾我，给我家分了田地，还把我安排进了乡里的集体合作社工作，后来又成了国营供销社职工，在商店做过营业员、经理。我认真学习，积极工作，努力上进，多次被评为先进职工，一直到退休。

因伤得太重，我已经失去了生育能力，没有亲生子女，领养了一个女儿，现在有了重外孙。

我好想走完长征路，我应该能走完长征路，如果不是那一锅粥，我坚信我能在红军队伍中走完长征路，好遗憾，好不甘心啊……

仔细端详这位年已九十高龄，正艰难地从忆海中搜取数十年前那些他愿意回首或不愿意回首往事的耄耋老人，已经完全无法看出火红时代那位十四五岁小红军的青春神采；但能清楚地看到，他满脸岁月沧桑的每一条皱纹沟壑，都满溢着日积月累历久弥坚的执着意志。

陈正邦老人身后，陈正邦救命恩人家那座吊脚木楼窗外，枇杷、杨梅、清水梨、水蜜桃，成片成林，一梯梯一层层，浓翠嫩绿，粉白绯红，满眼春光，让人情不自禁去想象成熟季节的累累硕果。

2019 年 6 月，陈正邦逝世 11 年后，在重生的木楼里，侄孙侯光前（中）回忆爷爷陈正邦。左一为作者

陈正邦的重生之地——救命恩人侯正权的家

第十九章　死过了又活过来

兰金甫：“天亮的时候，我们决定，把枪交了。我们两人就是死了也不要紧，不能害了老百姓。”

兰金甫

- 兰金甫，原名兰祖龙、兰金龙（1913—1986），原籍江西省于都县宽田乡上堡村。
- 1927年参加中国共产党领导的于都县游击队，1929年参加中国工农红军，先后任红三军团六师（兴国模范师）战士、红五军团军团部通信排通信员、国家政治保卫局保卫员等，参加中央苏区第一、第二、第三、第四、第五次反“围剿”。
- 1934年中央红军长征过桂北时任红五军团三十四师保卫员。
- 落户广西灌阳县水车镇水车村委镰刀湾村。

1927年，蒋介石叛变革命，我们江西于都县成立了共产党领导的游击队，反抗国民党的大屠杀。我们全家都是农会会员，全家的男人都参加了游击队，我最小，14岁，也跟着父亲、哥哥们参加了。我们的游击队长叫马仲勋。

1929年，红军到了我们于都，到了我们村，我们游击队就编入了红军。

我先在红三军团兴国模范师当战士，后被派到红五军团通信排当通信员。1930年至1934年4、5月间，转战在于都、兴国、瑞金、会昌、广昌、宁都一带，参加了五次反“围剿”的斗争。

1934年5月，我被组织上选拔到了国家政治保卫局当保卫员。

当时的国家政治保卫局在瑞金叶坪的庙背村，后从庙背村迁到沙洲坝的铜锣村李屋，再后来又迁到了云石山艾园村岭下曾氏祠堂。

我到国家政治保卫局报到后就参加了保卫人员训练班，国家政治保卫局邓发局长给我们做报告，他说的两句话我记得特别牢：“保卫人员必须具备绝对忠诚的信仰。保卫工作是无产阶级的宝剑，革命的警卫兵。”

他还说，要选择最有阶级觉悟、最坚定勇敢，对党绝对忠诚的同志去干这个工作。保卫队成员必须是最好的共产党员、团员和最英勇忠诚、最有觉悟的阶级战士，这样才能确保执行最严肃的纪律，捍卫工农的利益。

我知道，国家政治保卫局人员绝大部分出身于工农家庭，是共产党员，每个人入选之前都要经过严格的政治审查，不仅要详细审阅个人历史档案，而且要当面审查考核，从家庭情况、个人历史、社会关系到参加革命动机，每个关键时刻的表现乃至每次具体战斗中的情况等，都要查个一清二楚。

接着我又参加了中革军委举办的红军保卫人员训练班，训练班领导强调：学员一要成分好，立场坚定；二要党性好，组织纪律性好；三要作风正派；四要坚忍不拔，坚决勇敢又机警灵活。我再次接受了组织对我的严格政治审查。

我们被严格要求牢记保卫人员的职责和任务，要背下来，牢记在心里。我们还进行了非常严格的军事技术和体能训练。在各种情况下如何保卫保护首长，也是我们学习的主要内容。

我在政治保卫大队，我记得政治保卫大队大队长叫吴烈。

老队员老同志告诉我，保卫人员原来佩戴绿底红边的领章，而且胸前还戴一枚用锡铁做的刻有“KBU”三个俄文字母的胸章，被称为“绿领章部队”。

我去的时候已经不用“绿领章”了，军装、帽徽跟我在作战部队时一样。发给我的证件是一块小白布，上面用黑字写着我的姓名、职务、证件号码等，盖着国家政治保卫局的红色印章，还有一枚银质的红五星便衣侦察证章。

1934 年长征前夕，国家政治保卫局人员在兴国听了朱德总司令给我们做的中央红军战略转移、北上抗日动员报告。中央红军即将战略转移、北上抗日的中央决策，当时红军中师团一级领导可能都还不知道。

长征走到广东，我随国家政治保卫局特派员刘朋被派去红五军团三十四师。刘朋特派员担任红三十四师保卫科科长，全面负责师的政治保卫工作；我担任保卫员，分管师首长的安全保卫工作，直属国家政治保卫局领导。

到红三十四师前，国家政治保卫局安排人员给我们详细介绍了这个师的情况。

红三十四师所属的红五军团，来自 1932 年宁都起义的国民党第二十六路军，其前身是冯玉祥的西北第一集团军。原二十六路军十三师师长董振堂，被任命为军团长。

不过红三十四师并不是国民党起义部队，而是由闽西地方红色武装发展起来的，一支基本由福建龙岩市和三明市的永定、宁化、清流、明溪等县几乎清一色闽西子弟组成并在闽西建立的红军主力部队，其中仅永定一县入伍的战士就有 2000 多人。全师辖一〇〇、一〇一、一〇二共 3 个团。在红三十四师成立之初，全师人数多达 6000 人以上。师长陈树湘，1930 年 1 月至 1933 年 6 月，先后任红军（长）汀连（城）独立团团长，福建省军区独立七师、独立九师师长，红十九军五十六师师长等职；师、团主要干部大多是毛泽东、朱德创建的红四军、红军学校调来的骨干，作战经验丰富，指挥能力强，整个部队士气旺盛，是一支作战能力非常强，能打硬仗的老部队。

在第五次反“围剿”战中，红三十四师在泰宁一线多次击退 3 万余众国民党军的进攻，完成了牵制敌军的重任。

在泰宁与建宁交界的梅口防御战中，陈树湘师长率部连续作战 7 天 6 夜，大量歼灭敌军，阻滞了敌军的攻势，后又奉命接连在建宁、石城、兴国等地阻击敌军。

在宁化与清流交界的泉上一役中，红三十四师在雾阁地区设伏，全歼敌人援兵一个团，接着配合红四师攻占清流县城，在马屋击溃敌一个增援加强团。

以后经过整编和第五次反“围剿”中的几场苦战，在长征前夕，全师尚有5000余人，仍兵强马壮，装备精良，这在参加长征的部队中应该也是少有的。

后来我常常想，这应该是中革军委决定红三十四师担任全军总后卫，把在湘江之侧阻击敌人，掩护全军主力和中共中央、中革军委机关渡过湘江，突破敌人第四道封锁线这个最为艰险困难的任务交给红三十四师的主要原因。这更应该是红军统帅部对红三十四师的最高信任。

从长征开始，红五军团就奉命担纲后卫阻截敌人，掩护主力突围。红三十四师作为后卫中的后卫，一直担负着长征路上最为艰险困难的断后任务。

我到红三十四师后参加的第一次激战，就是在湖南道县前面渡头、土地圩一线，阻击企图尾追我们主力红军和中共中央、中革军委机关的国民党中央军薛岳部队。

战斗一开始，刘朋特派员就派我到红一〇一团阵地，任务是督战。他还特别交代，情况紧急时，有权执行战场纪律。

我向红一〇一团苏达清团长、彭竹峰政委报告后，立即就上了最前沿的二营三连阵地。

这个连是闻名红五军团的英雄连，不论是攻坚还是防御，都具有一流的战斗力。

陈连长告诉我，三连面对的敌人可能有一个营，甚至是一个加强营。

陈连长的战术不是被动防守，而是主动出击。

天刚蒙蒙亮，他派出了3个尖刀组，每组三四人，形成尖刀状，悄悄接近阵地右前方一片树林。他观察到，敌人的营部可能设在这片树林里。如果运动到敌前，突然发起攻击，穿插分割，冲进敌营部或者冲到营部附近，打掉或者打乱敌首脑机关，敌人可能会溃乱，至少会延迟敌人进攻时间。这样的战术他们用过多次，效果很好。

冲在最前面的一个尖刀组，与敌人一个流动哨巡逻队猝然相遇。

我军一机枪手抢先开枪，一梭子弹扫过去，打倒3个敌军。

这一梭子机枪声，揭开了红三十四师潇水阻击战的序幕。

尖刀组枪一响，树林里的敌人散乱冲了出来，被尖刀组迎头一排手榴弹打了回去。当敌人大半个小时后再次冲出来，展开战斗队形时，尖刀组已安全返回阵地。很遗憾，偷袭没有成功。

密集的迫击炮弹和山炮炮弹从树林里、树林后射出，射向我军三连阵地，落点很乱，大部分落在了阵地周围。看样子，虽然偷袭没有成功，但也造成了敌人慌乱。

硝烟弥漫，火药味呛得人咳嗽，浓烟中对面都望不见人。

久经战阵、久经险恶的陈连长和战士们，伏在我军临时构筑的简单掩体和各种各样有利隐蔽的地形地物后，不动声色。

这也是他们常用而又有效的战术，麻痹敌人。

敌人都一样，迷信他们的优势炮火，以为在猛烈的炮火中我军会死伤殆尽。

他们不知道，我军在炮火中有极高的生存率，我们创造了一套在炮火中利用有效地形地物巧妙隐蔽、躲避炮火的办法。

尤其是三连这支战火中冲杀出来的英雄部队，在这方面更是技艺高超。

敌人冲到离我军掩体近 50 米处，开始伏地扫射。

这股敌人不像其他敌人，他们并不麻痹。

战争不仅教育了我军，也教育了敌军，他们也聪明起来。

轻重机枪火力横扫过来，把地皮剥了一层又一层，尘土飞扬在我军掩体前，掩体上空形成浓雾般的烟障。

伏在掩体中的我军指战员每人面前至少摆放着二十颗手榴弹，全拧开了盖。

在这么近的距离，面对如此密集的集团冲锋，最有效的对付办法就是扔集群手榴弹。

终于，敌人机枪稍停，尘土在慢慢消散，影影绰绰中看见敌人从地上跃起，半弓腰，冲向我军掩体。

我看到陈连长很老练地大略目测敌我距离，稍等了一会儿，敌人又前进了 10 多米，他投出了第一颗手榴弹。

我军掩体上，随着第一颗手榴弹的爆炸声扬起几十条上百条手臂，一束束手榴弹飞过硝烟，飞过尘土，如飞蝗般落向敌群。

手榴弹爆炸的烟尘冲天而起，夹杂着惨叫哀鸣和倒地的闷声，如潮水般冲上来的敌人又如潮水般退下去。

留在我军掩体前的敌尸，无一不被手榴弹炸起的火药熏得焦黑。

敌人的再次冲锋来得太快，快得连我军都有点意外。没有炮火准备，也没有火力掩护，就悄无声息地掩杀上来了。

我军正在加固掩体，正在搜集整理弹药，正在包扎伤员，就听见哨兵的冲锋枪发出了射击声，就听见哨兵大叫：“敌人上来了……”

敌人黑压压一队接一队，以散兵线冲向我军掩体，又冲到距掩体前沿三四十米的位置，敌人至少有一个营的兵力。

陈连长手中的驳壳枪喷出了火舌，全连应声进入战斗位置，强有力的反击阵势马上形成。集群手榴弹又如飞蝗般落进敌群，又是硝烟四起，弹片横飞。

敌人没退，只是伏地不动，等待下一次冲锋。

陈连长命令机枪射手和步枪狙击手进入射击位置，敌人露头就打。我看到，三连射击技术确实不一般，几乎是枪枪命中。

我枪法不错，在精兵集中的国家政治保卫局政治保卫大队里也属于神枪手之列。我手痒忍不住，向陈连长要了一支俄式步骑枪，找了一个狙击点，加入了战斗。直到奉命回师部，打了约两个时辰，我至少击毙击伤了 6 个敌人。

当然，敌人的狙击手也不差，在我附近，三连的一个机枪手和两个战士就被敌人击中受伤或牺牲。

敌人始终没能攻占三连阵地，一〇一团的阵地一处也没被敌人突破。

我如实向刘朋特派员汇报，我认为红三十四师一〇一团不需要保卫人员去督战和执行战场纪律。

红三十四师在这一带坚守了两天两夜，敌人被挡在潇水前两天一夜。撤出阵地时，陈树湘师长告诉我们，主力红军和中共中央、中央军委机关已经渡过潇水，走出百多里之外，作战目的达到，军团交给的任务完成。

红三十四师继续断后，从湖南的潇水走向广西的灌江、湘江。

我记得是到道县以南接近湘桂交界叫葫芦岩的地方，陈师长接到红五军团董振堂军团长指示，要他带我们师的团以上干部到军团部开紧急会议。我随同陈师长前往，担任保卫工作。

陈师长高大英武，很有军人气质，但又和蔼可亲平易近人，很得全师官兵爱戴。他走路腰板挺直，走得很快，我们要一溜小跑才能跟上。

军团部设在道县蒋家岭一个叫仙子脚的村庄，地名很怪，很好记，我就记住了。

我看见陈树湘师长、程翠林政委、王光道参谋长、张凯政治部主任和一〇〇、一〇一、一〇二团的团长和政委都去了，刘朋特派员也去了。他们进军团部后，我和军团部、师部的警卫人员在门外和周围警戒。

过了一个多小时，军团董振堂军团长、李卓然政委、刘伯承参谋长、曾日三政治部主任等军团首长送陈师长他们走出军团部大门，一直送到村口。

虽然我不知道会议内容，但我发现，军团首长和师首长的脸色都非常严峻，陈师长的脸上还有泪痕。

……刘参谋长介绍了敌情："何键第一路军已由东安进至全州、咸水一线，第二路军一部进至零陵、黄沙河一线，第三路军尾随直追，第四、第五路军向东安集结。"他指出：敌人的企图是，前堵后追，南北夹击，围歼我军于湘江之侧。讲到这里，刘参谋长拿出一份军委电报向我们宣布："红三十四师目前的任务是，坚决阻止尾追之敌，掩护红八军团通过苏江、泡江，尔后为全军后卫；万一被敌截断，返回湘南发展游击战争。"读毕，他以极其坚定的语调说："红三十四师是有光荣传统的部队，朱总司令、周总政委要我告诉你们，军委相信红三十四师能够完成这一伟大而艰巨的任务。"

我们都深深懂得：中革军委把掩护全军的任务交给红三十四师，既是对我们的最大信任，也是经过慎重研究决定的。因为红三十四师是在毛泽东、朱德同志亲自关怀和谭震林、罗瑞卿、萧劲光等同志具体帮助下，由闽西人民子弟兵逐步改编、组建起来的第三个红三十四师，它正式成立于1933年春。师、团干部大多数是原红四军调来的骨干和红军学校毕业的，作战经验丰富，指挥能力较强。广大指战员出身贫苦，阶级觉悟较高，整个部队士气旺盛，战斗力较强。在一年多的时间里，虽然隶属关系几次变更，但始终服从命令听指挥，指到哪里，打到哪里，在第四、第五次反“围剿”中屡建战功。

于是，师长、政委、老侯（中辉）和我，几乎不约而同地宣誓：“请军团首长转报朱总司令、周总政委，我们坚决完成军委交给的任务，为全军团争光！”

告别刘参谋长、董军团长的时候，两位首长紧紧拉着我们的手，依依不舍，一一叮咛。刘参谋长说：“你们既要完成军委赋予的掩护全军抢渡湘江的任务，又要做好万一被敌截断后孤军作战的准备，这副担子很重啊！”董军团长说：“你们师、团干部要组织好，指挥好，带领全师部队英勇作战，全军团期待着你们完成任务后迅速过江。”那种阶级爱，同志情，当时感人泪下，至今记忆犹新。

（摘自时任红三十四师一〇〇团团长韩伟将军著的《红三十四师浴血奋战湘江之侧》）

刘朋特派员单独告诉我，蒋介石已经知道我军要抢渡湘江，到湘西与我红二、六军团会合的战略意图，任命湖南的何键为追剿军总司令，调集刘建绪、薛岳、周浑元、李云杰、李韫珩五路中央军和湘军，又重金收买了广西的李宗仁、白崇禧和广东的陈济棠，共 26 个师 30 万人，在潇水至湘江这个盆地上，布下一个袋形阵地，形成第四道封锁线，企图在湘江以东地区彻底消灭我军！我军现已处在敌人袋形阵地之中，危在旦夕！中革军委要求红三十四师在掩护红八、九军团通过苏江、泡江后，为全军后卫，在广西水车、文市一带阻击敌军，掩护主力红军抢渡湘江，走出险境。

他还说，我们可能会被敌人截断过不了湘江，脱离主力红军，也可能会孤军作战，回湘南打游击。他的脸色也很严峻，但没有悲观，更看不到绝望。

回到师指挥所，陈树湘师长立即召集连以上干部开了一个简短的作战紧急动员会，我也参加了。

程翠林政委首先将当时的形势和我们师的掩护任务做了传达。随后，陈树湘师长命令一〇〇团团长韩伟率部为前锋即刻出发，他自己率一〇一团加师部走中路，政委程翠林带一〇二团跟进，在灌阳文市、水车一带建立阵地，掩护红八、九军团通过苏江、泡江，全力阻击追击主力红军和中共中央、中央军委机关的国民党军中央军。阻击掩护任务完成后，全师迅速去灌阳新圩接替红三军团六师十八团的阵地阻击桂军。

红三十四师由湖南蒋家岭进雷口关，急急赶到广西灌阳县水车、文市一带布防，刘朋特派员和我跟着师部住在灌江北岸夏云村一个叫文伯荣的村民家里。

师临时救护医院设在村民文友阶家的大屋。这是一处祖上传下来的大院落，有三四进，古色古香，但显得有点破落萧条，我们师的伤病员和沿途收容的兄弟部队的伤病员都住在那里。

两个多月前，长征先遣部队红六军团到过这一带，军纪严明，秋毫无犯，打下了很好的群众基础。水车的老百姓对我们很好，主动给我们带路，帮我们在灌江上架设浮桥，还帮我们舂米煮饭。

部队连夜进入阵地抢修工事。一〇二团守水车，一〇〇、一〇一团守梯子岭、倒木塘、洪水箐一带。

侦察员回来报告，我们师的对手是蒋介石的嫡系，国民党中央军周浑元部，有三到四个师的兵力，而且刚刚换装了全副德械装备。周浑元部是红三十四师的老对手，在第四、第五次反“围剿”中，就吃过陈树湘师长的数次败仗。陈师长预料，这次周浑元很可能是为复仇而来，要准备恶战。

拂晓，我们在阵地上目送红八军团向西远去，走向湘江渡口方向，中革军委交给红三十四师的第一个任务已经完成：掩护红八、九军团顺利通过了苏江、泡江地区，渡过了灌江。

至此，留在灌江水车、文市一带的就只剩远离主力红军的红三十四师。

我们只能孤军奋战，不是固守待援，因为已经不可能有友军来援助我们，前后左右的红军作战部队全部陷入敌强我弱、敌众我寡的重重围困，都陷入危境甚至绝境在血战苦战。没有援兵，就只有死守，付出惨重代价已是必然。代价惨重到何种程度，付出了惨重代价能否完成任务，完全取决于中央纵队渡过湘江的速度。这是当时我的想法，可能也是开过作战紧急动员会后全师连以上干部的想法。

我和陈师长的警卫员拿着张开机头的驳壳枪站在陈师长身后。刘朋特派员指示，在特殊时期，保护好陈师长是我的首要任务。

陈师长盘腿坐在水车村旁的一处矮岭缓坡阵地，屏声静气地看着地图。

在那张从中央苏区带出的五万分之一的地图上，这些被灌木丛、油茶林、马尾松覆盖的丘陵山坡，没有标高，也没有标名，其实，它们都有名，因其形其状而得名。陈师长按照那位带路的水车老乡的指点，把山名逐一标在了地图上。

冷风一次次掀起地图的边角。王光道参谋长在地图四角压上几小块青灰色山石，然后也盘腿坐在地图旁，盯着地图。

他们周围，刚刚筑好的木桩鹿砦、战壕掩体内外，横躺直卧，睡满了已入梦乡的指战员，有的睡在草丛中，有的睡在刚砍下的树枝上，有的就睡在湿漉漉刚挖出的黄土上。他们几乎是一放下手中的工具就倒地睡着了，有的甚至干着干着就拿着工具昏昏然入了眠。

疲惫的部队，战斗力当然会大减。还有，连续战斗，部队伤亡颇重。

王参谋长告诉陈师长，加上患病等非战斗减员，红三十四师从江西出发时的5000余人，已减少了五分之一以上。

师部向各团下达的命令是构筑两道阻击阵地，第一列丘陵山坡为第一道阻击线，第二列丘陵山坡为第二道阻击线，修筑成支撑点式的防御体系。每个山头独自成为一个自成一体的火力支撑点，各支撑点组成交叉火力，互相弥补，互相倚衬。

坚守第一道阻击线，但实在无法守住时，退守第二道。有互为整体的两道阻击线，保险系数会大大增加。

陈师长对前来受领任务的各团主要干部再三强调：不仅要修好战壕和交通壕，还要修筑卧沟、跪沟。要从山腰往上修，修几层。要砍树木加固工事。铁锹不够用，就用刺刀挖……

直到战斗打响，从时间计算上可以修筑好的工事只修筑好了一半，指战员疲惫程度已超出生理极限，已不能完成任务。

我看到，看地图的陈师长和王参谋长沉着镇定，毫无惧色，只是眉头锁得越来越紧。

这天是11月29日，我记得这个日子，因为跟陈师长回师指挥所时，王参谋长正在写 11 月 28 日，也就是昨天的作战日志。

中午，战斗打响了。

……在敌人四面包围的严重情况下，红军指战员不顾一切，浴血奋战，顽强地顶住了优势敌人的进攻。30 日，在我红三十四师阻击阵地上，战斗空前激烈。追敌是蒋介石的嫡系周浑元指挥的第三路军 4 个师。该敌自恃兵力雄厚，德械装备，来势汹汹，妄图一举消灭我军，反革命气焰嚣张至极。在猛烈炮火和飞机轰炸的配合下，轮番向我军进攻，好像用大量的炮弹就可以一下子吃掉我们。我师广大指战员依靠大无畏的英雄气概和顽强的革命精神，杀伤了大量敌人，打退了敌人一次又一次进攻。

是日晚，受到重创的敌人经过调整部署后，向我军发动了更疯狂的进攻。整个阵地上空，信号弹、照明弹、各种炮弹的火花交织在一起。守卫在前沿阵地的我团二营营长侯德奎响亮地提出："誓与阵地共存亡，坚决打退敌人进攻，保证中央机关和兄弟部队抢渡湘江。"在他的指挥下，全营干部、战士与敌人进行了殊死搏斗。弹药打光了，红军指战员就用刺刀、枪托与冲上来的敌人拼杀，直杀得敌人尸横遍野。我团一营有位福建籍的连长，在战斗中身负重伤，肠子被敌人炮弹炸断了，仍然带领全连继续战斗。阵地上空铁火横飞，前沿工事被摧毁，山上的松树烧得只剩下枝干，部队伤亡越来越大，但同志们仍英勇坚守着阵地，继续顽强地战斗着。

与此同时，在第一〇一、第一〇二团阵地上，也是烟尘滚滚，杀声震天，他们都打得很英勇，许多同志负伤不下火线，终于顶住了数倍于我之敌的疯狂进攻。在激烈的血战中，全师指战员前仆后继，付出了巨大的代价……

（摘自时任红三十四师一〇〇团团长韩伟将军著的《红三十四师浴血奋战湘江之侧》）

陈师长走出临时用树干树枝架起的军团指挥部，倒背双手，站在风口。他的嘴唇上烧起了两个大血疱。血疱不时溃破，渗出鲜血。

程翠林政委守在电台旁边，就在那方寸之地来回静静地踱步。

在暮色与夜色交替过渡的时候，敌人阵地上开始燃起篝火。篝火忽闪忽闪，与战场上的残火相映，像鬼火。鬼火般的篝火半围向我们红三十四师阵地。

我军阵地上，修筑工事的声响在渐渐停息，接着响起的，是擦拭枪械的金属摩擦碰撞声。

有谁在擦拭一柄大刀，锃亮的刀锋在昏黄里一闪一耀。

有谁在轻叩脆钢刀身，发出一声声铮铮震颤的嘣嘣声音。

陈师长、程政委、王参谋长刚才在低声讨论时一致认为，此时，坚守孤悬于敌半围中的第一道阻击线已没有意义，已到了当机立断放弃第一道阻击线，把主力后撤至第二道阻击线的最后时刻、最后机会，再晚些，敌人将可能合围。

但是，在敌人重兵逼迫之下，撤退是极为困难而危险的战术行动。因为稍有不慎，撤退就会变成无秩序的溃退。

陈师长和程政委把组织撤退的任务交给了王参谋长。

王参谋长认为，在退却中摆脱危险，尤其重要的是隐蔽意图和实施欺骗。

夜色已经很浓，大滴大滴的雨点，稀稀疏疏地从厚重灰暗的云层里跌落下来。冰凉的雨点滴在陈师长和我们警卫人员的脸上、身上，谁也没去揩擦，睁大眼睛看着王参谋长一行走向前沿阵地。

我军第一道阻击线阵地上也燃起了篝火。篝火映着影影绰绰的手持铲和锄挖工事的身影，还传出挖土搬石砍树的声响。

我军大部队却在井然有序地成梯次悄悄撤下第一道阻击线的最后阵地，安全进入第二道阻击线。

清早，5架敌机在第二道阻击线这片低矮的丘陵上空低空盘旋数圈，便一架接一架扎了下来，俯冲轰炸。

一个波次的狂轰滥炸完毕，敌机爬高，隐入云层，敌军排炮开始轰击。这是惯例，不足为奇。只是炮火前所未有的猛烈，阵地上弹坑累累，弹坑上滚动着一层层黑烟。黑烟升腾，连天空都熏黑了。

已记不清是第几次跟着陈师长上前沿又回到师指挥部。陈师长刚就着凉水吞下几口炒米粉，王参谋长就进来报告：一〇一、一〇二团的接合部被敌人突破。

陈师长和程政委马上俯身看向摊开的地图。

陈师长额头上一下就冒出了豆大的汗滴，他像是自言自语又像是对程政委说，本来就薄弱的防线，只要一点被突破，很可能就会形成全线崩溃的局面。

我又被刘朋特派员派到一〇一团督战。

我向一〇一团苏达清团长、彭竹峰政委要求还是去二营三连阵地，他们同意了。

敌人突破的阵地已被二营三连夺回，现在他们就守在这个阵地上，已打退了敌人的两次反扑。

3架敌机俯冲向二营三连阵地。飞机投下的不仅是炸弹，还有烧夷弹。火呼啦啦燃烧着四下乱窜，烧成一片又一片飞腾的烈焰。烈焰里炸弹的弹片尖啸着横飞。

敌人的炮弹又集群般飞来，像骤然卷起的狂风，横扫山坡、山顶，爆炸的气浪击灭了烈焰，也造成了我军的伤亡。

工事已被毁，沟壑被火烧过后又被炸弹炮弹崩开，山石四下乱飞，如破片，如跳弹。

副连长侯金牺牲了，三排长负重伤倒地不起，敌人又冲了上来，人数不少于1个营。

陈连长边打边喊：“同志们，不能让牺牲同志的血白流，现在正是为他们报仇的时候！”

正在给伤员包扎的卫生员，包着包着发现伤员已经牺牲，卫生员放下绷带，抓起手榴弹，冲上去朝着冲锋的敌人一连扔出3颗手榴弹。

正要扔第四颗，一发炮弹在他身边爆炸，将他全身埋在土中。他使劲钻出来，朝已冲到身边的敌人扔出手榴弹，同时机敏地跳进弹坑。敌人被炸倒好几个，他安然无事，爬出弹坑，但看到陈连长倒在弹坑边，倒在血泊中。

已经打了整整10个小时，二营三连阵地上的工事已被毁了又毁，弹药已近全部打光，只剩下7位没受伤的战士和13位轻伤员。

已两次负重伤的陈连长躺在血泊中，躺在炮火中指挥战斗，直到又被炮弹炸伤两处，再也无法动弹。

我代理陈连长指挥，叫卫生员把陈连长背往山后躲避炮火，休息。

陈连长趴在卫生员背上断断续续对我说："不要把我放得太远，我还要了解情况……"

还未到山后，陈连长就因流血过多在卫生员背上停止了呼吸。

我和二营三连的幸存战友，趴在被炸塌的壕沟上扔手榴弹，打退了敌人的又一次进攻，阵地还在我们手中。

天擦黑的时候，苏团长派来的援兵到了二营三连阵地，带队的周副营长通知我立即回师指挥部。

我到的时候，正在一线阵地上检查工事修筑情况的陈师长，也刚被程政委派人找回师指挥部。

电台电键正在急促地敲击着。电键声一停，电稿就被交到译电员手中。

在昏黄的马灯下，在师首长和每个指挥部人员焦灼渴盼的目光下，译电员握笔的手在微微颤抖，写下一行行字。

译出的电稿最先送到离译电员最近的程政委手中，程政委递给陈师长，并亲自拿过马灯为陈师长照明。

陈师长看完，掏出笔，签字，然后递给程政委，再传给在场的每位师首长。

看完电报的师首长们，围坐在地图旁，脸上丝毫没有轻松感，表情更沉重了。

我从程政委手里接过马灯为他们照明，我看到陈师长在地图上画出了两条线，一条是大塘、苗源、洪水箐到新圩，一条是道燕头、桂阳、杨家田、大背头、立田到新圩，前一条是直线，后一条是弯线。

当时我不知道电报内容，第二天出发时，刘朋特派员告诉我，这是中革军委朱德主席的急电，说红三十四师水车掩护任务已经完成，要我们迅速摆脱敌人前往新圩枫树脚接替红六师十八团防务，然后由阻击转为运动防御，跟上全军主力。

第二天，天边刚露出点白，我们从水车夏云村出发，师部刚走过灌江浮桥，三架敌机便出现在灌江浮桥上空。

一〇二团正好在河滩河岸集结准备从浮桥过江，几乎是无遮无挡地被敌机狂轰滥炸。

我和刘朋刚踏上浮桥，见敌机来了，马上返回岸上，跳进一个沟里躲避。炸弹翻起的土把我们埋住了，但我们没有受伤。

敌机轰炸了十几分钟，浮桥被炸断，一〇二团死伤惨重，后来统计，伤亡战友200多人。

重修红三十四师烈士墓碑记

中国工农红军第五军团第三十四师，是一支基本由闽西（龙岩市、三明市）子弟组成并在闽西建立的英雄部队。全师辖一〇〇、一〇一、一〇二共3个团，近6000人。

在中央苏区反“围剿”中，红三十四师英勇善战，屡建战功。从1934年10月中央红军长征开始，一直担负着全军总后卫的重任。

1934年11月底，红三十四师与中央红军各部在突破国民党军三道封锁线抵达桂北湘江地域后，遭到30万国民党军的围追堵截。为了掩护中央红军主力渡过湘江，红三十四师奉命扼守灌阳水车一线，与尾追之敌展开激战，红三十四师损失惨重。尔后，军委急电红三十四师接防新圩。

12月初，红三十四师在完成掩护红军主力过江任务后，通往湘江的道路已被全部切断，再次陷入敌重兵包围之中。英勇的红三十四师与数万尾追的国民党军在新圩、水车等地展开了一场激烈的血战，全师将士以简陋武器和血肉之躯，打退了国民党军一次又一次进攻。因孤军血战，最终弹尽粮绝，除少数突围外，大部分壮烈牺牲。

湘江战役后，水车乡群众冒着危险，把找到的18位红军将士遗体分两穴安葬在此。1990年，水车乡矮山脚中学组织师生将两座墓进行修整，并立“红军烈士墓”碑。

2010年春，福建省龙岩市、三明市和省民政厅、老区办，多次组织人员到灌阳了解红军烈士情况，并拨专款重修红三十四师烈士墓。工程于2010年9月启动，2011年3月竣工。青山埋忠骨，绿水颂英雄。红军烈士英灵与山河同在，与日月同辉，永垂不朽！

中共灌阳县委员会、灌阳县人民政府立

二〇一二年十二月

可能是走得太匆忙，我们来不及找到当地向导带路，刘朋特派员告诉我，我们是按照地图上画的几乎成直线的最近距离，走向新圩枫树脚，当时我们叫红树脚。

我们经过大塘、苗源、洪水箐，翻越观音山，一路都是崇山峻岭。山林小道崎岖陡峭，长满荆棘野草，很多路段都是只容一人通过的小路，旁边就是深谷绝壁，非常危险难走。红三十四师两三千官兵携带装备辎重骡马，艰难跋涉，行军速度非常慢，部队登上观音山山顶时，已是12月1日中午，像天边闷雷一样一直隆隆作响的新圩枫树脚方向的枪炮声，已经完全停息，一片死寂。

师首长们就在观音山山顶紧急碰头分析，一致认为，红六师十八团阻击阵地已经失守，新圩阻击线已被敌人突破，我们既无阵地可接，更无力量夺回已被敌占的阵地。

侦察员回来报告，红十八团伤亡殆尽，已经撤出新圩枫树脚的最后阵地楠木山，残余部队向陈家背、古岭头退去。桂军第四十四师正大踏步向湘江凤凰、界首方向推进，追击红军主力；桂军第二十四师已经前出至文市、水车一带，阻止中央军周浑元继续西进广西；周浑元部队已调整部署从湖南道县方向，重新向红三十四师合围过来；红三十四师已经真正陷入四面受敌、孤军作战的险恶境地。

后来，我专门从水车夏云村出发，去走燕头、桂阳、杨家田、大背头、立田到新圩这条陈师长在地图上画弯线的路，虽然是弯路，但基本是平路，很好走，30多里路，我不到3个小时就走到了。现在看来，如果我们红三十四师当初走的是这条路，还是有可能在桂军攻占枫树脚的楠木山阵地前与红六师十八团会合，然后与红十八团联手，集中力量节节抗击桂军，边打边撤，可能可以一同渡过湘江。

我记得我们就是在观音山山顶架起电台天线跟中革军委联系，陈师长在看了中革军委的电文后，我们又出发了。

我们从板桥铺一带穿过灌阳至新圩的公路，经过湛水、分水坳，翻越了比观音山还大还高还陡还险的宝界山，过桐木江，在箭杆箐住了一夜。

红三十四师烈士墓

重修红三十四师烈士墓记

程政委告诉我们，主力红军和中共中央、中央军委机关已经过了湘江，进入越城岭山区，我们已经胜利完成任务。朱总司令指示我们从全州凤凰咀渡过湘江，由咸水、界首之间赶到洛江圩，与主力部队会合。

我们听了都很高兴，也大大松了一口气。我看到瘦得颧骨高耸、眼窝深陷的陈师长眉头松了些，有了点笑容。

松了一口气后感觉肚子更饿，身上更冷，全身没有力气。我们已在大山里走了两三天，大山里本来就人烟稀少，再加上桂系的反动宣传，老百姓差不多都跑光了或者被桂军、民团赶跑了，几乎见不到老百姓，更别说买粮食，只好沿途采摘野菜野果，捡地里老百姓挖剩的红薯根，捞潲水渣和猪潲等所有能吃的东西充饥。越冷越饿就越想吃上一顿热饭，喝上一口热水。

但是我们的士气还是很高的，我们以为很快就会归队。

好不容易在当地找到两位老乡，给了几块光洋和几条毛巾，请他们带路，我记得这两位老乡都姓凤。我们跟着向导，从大源、甘子箐、万板桥、四所，走到了全州安和的文塘村。

那一带是五岭之一，都庞岭大山区，深山老林有36条大山沟，是瑶族的主要居住区。1933年，也就是我们到来的前一年，这里发生了瑶民反抗国民党统治的大起义，被李宗仁、白崇禧的桂军镇压，起义失败。我们到达这里时，瑶民均以为汉人又来杀他们，纷纷躲了起来，村村寨寨几乎都是空无一人。

文塘村离湘江凤凰咀渡口已经不远，而且，中革军委的敌情通报说，桂军夏威部一个师撤到兴安，一个师驻在龙胜，凤凰咀附近应该没有桂军，也没有湘军，中央军被挡在广西境外，我们可以在凤凰咀渡江西进。

我们都没有想到，桂军重兵和大批民团已在安和、文塘一带以逸待劳地等待我们。

当时在这一带镇压瑶民起义的是桂军夏威第七军第四十四师，他们对当地地形道路非常熟悉，又得到地方民团的帮助，当得到情报知道红三十四师翻越宝盖山时，便判断红军要走过这里，暗中抢先在红三十四师的必经之路安和文塘一带构筑好了阻击阵地。

红三十四师奉命翻过宝盖山向兴安界首湘江渡口方向转移，与红军主力部队会合。图为宝盖山

红三十四师在全州文塘村血战，突破国民党桂军包围堵截。图为文塘村一角

红三十四师一〇二团首先向桂军发起猛攻，但始终无法突破桂军阵地。随后，师部及一〇一、一〇〇团先后赶到，占领了大源山口、文塘山背和文塘、堰头山等村，并先后加入战斗。

陈树湘师长亲自指挥一〇一团，程翠林政委亲自指挥一〇二团，向桂军发起连续冲锋，试图向北打通前往大塘、麻市、凤凰渡的通道。

师部原来设在文塘村堰头上，这里背靠大山，前面是一块田垌及一条小河。陈师长嫌这里离一线远了些，把师指挥部和一〇一团指挥所合在了一处，陈师长坐镇指挥。我还是负责保卫陈师长，一直跟着他在第一线。

一〇一团进攻的敌人阵地上，由一座依山而建的大地堡连串着四五个中小地堡组成的子母连环堡，正好挡住了我们师进路的山口，也就是挡住了我们红三十四师通往凤凰咀渡口，与主力红军会合的生路。

陈师长下了死命令，不惜一切代价攻下敌人这个阵地，打开前进通道。

桂军的火力猛烈而又准确，似乎已把地形统一编了号，区分了火力任务，甚至计算好了标尺来进行准确无误的射击。

三营三连已有四个尖刀组、五名爆破手倒在敌人地堡前那片收割后留着稻茬的田垌开阔地。

敌人似乎嫌打得不过瘾，竟朝牺牲战士的遗体连连射击。

又一名爆破手冲出，在敌火网中左闪右躲，时而横向，时而曲线向前运动，手里拿着一束手榴弹，向敌地堡正面靠近。接着，又有两个爆破手抱着手榴弹在浓烟中钻进钻出，迂回向敌地堡两侧行进。我军集中所有轻重火器向敌地堡射击，想压制敌人火力，掩护爆破手前进。

但敌人火力太强，我军无法压制住，反而牺牲了三位机枪手。只要我军机枪一射击，就招来泼雨般的至少三挺机枪的反击，其中还有准确的点射，点射者肯定是老兵油子，极其准确。

没有火力掩护，爆破手在凭自己的勇敢、机智还有运气前进。

爆破手滚下地堡前壕沟，又在另一边沟沿出现，伏在沟沿朝前方投出两颗手榴弹，几乎是在手榴弹爆炸的同时，迎着刚起的烟雾冲了过去。

敌人大地堡中至少由三挺机枪组成的交叉火力，就是在手榴弹爆炸时也没停下。

爆破手没有冲向敌大地堡，手榴弹硝烟稍散时，爆破手已抵近左侧的敌中地堡。

这个中地堡至少有敌一个班，它的几个射击孔有一挺重机枪、一挺轻机枪还有步枪。

中地堡前横亘着一条约三米宽、两米深的壕沟，爆破手伏在壕沟前的一道小土坎的棱线背后没动，好像是在观察思考。

陈师长和几百我军指战员的眼睛紧盯着爆破手，盼望着爆破手炸掉敌堡。

二连、三连的爆破组已做好准备，随时待命出击。突击组也做好准备，如果爆破手不成功，那就只好硬攻：爆破组开路，突击组随后冲锋。

爆破手无法越过壕沟，壕沟太宽太深了，也无法派人支援，敌人的火力已把爆破手和我军阵地隔断。

这时，爆破手沿着壕沟运动到了大地堡正面，一颗接一颗地投出了手榴弹，投到第六颗，头部中弹牺牲。

爆炸声中，两侧的两个爆破手越过壕沟，直扑敌人的大地堡，几乎是迎着敌人的火网向前冲，被打倒，爬起来，再被打倒，再爬起来。一个倒下再也不动，一个一直爬到敌地堡的火力死角，慢慢爬着，一点点移到地堡壁下，拉燃了导火索。

“轰——”地堡被炸塌了一角，敌人停止了射击。

周副营长带头跃出战壕冲了上去，身后跟着冲锋部队。

“轰——”爆炸声不断响起，一连两座地堡被炸毁，我军冲锋部队扑向敌人大地堡。

我军冲入大地堡前的田垌开阔地。周副营长他们已全打红了眼，简直不加隐蔽地硬冲。

敌人大地堡的重机枪、轻机枪开火了，冲入开阔地的部队暴露在敌火力之下。敌交叉火网罩住了开阔地上的部队。我们的所有轻重机枪一直不停地开火，但压不住敌人的火力。

敌炮开火了。成排的炮弹在我军冲锋步兵群中炸开，在冲锋部队和后续部队之间筑起一道火墙，拦阻住我军后续部队。

敌炮火一停，我军后续部队又冲了上去，真是踏着血迹，前赴后继。

敌人的小地堡都被我们打掉了，只剩一座大地堡还在顽抗。

陈师长命令苏达清团长、彭竹峰政委，把一〇一团最后的预备队投入战斗。

我军与敌人厮杀成一团，前后左右传来的枪炮声震耳欲聋，谁都没有发现危险已悄悄逼近我们指挥部。

十七八个敌兵利用一道土坎做掩护，越过哨兵警戒线又隐蔽摸进，越过了警卫班的岗哨，转眼间到了离指挥部不到30米处。

陈师长、苏达清团长、彭竹峰政委在埋头看地图，他们的警卫员围站在他们身后，我打开驳壳枪机头，紧握着枪柄，警惕地在首长周围走动。

突然，我在种种杂乱声音中捕捉到一个尖厉刺耳的声音，像是刺刀尖撞在岩石上，或是在岩石上划过，就在近处。

我猛抬起头，大吃一惊，看见草丛里、树丛中、岩石后有十数点光点在闪动，是钢盔，是戴钢盔的敌人，直朝着正在看地图的陈师长、苏达清团长、彭竹峰政委运动过来。

他们肯定会认定，胸前挂望远镜，有警卫员在身边站岗的看地图的人是红军的大官。

我大叫："敌人上来了……"

陈师长头都未抬，继续进行图上作业。

苏团长也没抬头，只淡淡说："恐怕是我们的部队上来了吧……"

我急得猛扯住陈师长大叫："快，首长，真是敌人上来了！"

师、团首长这才抬起头，神色一变，马上又恢复常态。

警卫班刘班长也发现了敌人，他一面带领战士们迅猛地朝敌人扑了过去，一面大喊："首长，快撤……"

我和陈师长的警卫员一边用身体护住陈师长，一边向敌人射击，连声叫陈师长快走。

我突然感觉头皮火烫，像被火烧了一下。晚上我脱下军帽才看到，一颗子弹打穿了我的军帽，擦着我的头皮飞过，把我的头发烧焦了一条槽，头皮燎起了几个血疱。我心里明白，我已经死过一回，又活过来啦。

陈师长迅速折叠好地图，放进随身所带的皮图囊，抽出手枪，伏在一块大石头后向敌人射击。

苏团长大喊一声“跟我来”，抄起一支上了刺刀的步枪，率领指挥部人员扑过去跟敌人格斗。

收拾完了这股敌人才觉得真后怕，要是上来的敌人多，后果就很难说了。

警卫班两人牺牲，一人重伤。

陈师长步履有些摇晃，走向这位浑身是血的重伤员。他走到担架旁，不是蹲下，而是一条腿半跪下，把脸、耳凑近伤员嚅动的口、翕动的鼻，凑得很近很近，连说了三次：“我是陈树湘……”

伤员的口鼻突然停止了翕动，接着又开始了更快的翕动，喉咙咯咯响，血沫不断从嘴角溢出。

陈师长从卫生员手里接过一块药棉，轻轻揩净了伤员嘴边的血沫。

伤员嘴唇开合着，断断续续发出了声音，这应该是他生命最后的声音，也许是回光返照的最后一点气力，他的声音，居然能让周围的人都听得清：“师长，我们没有后退，没有后退……”

他断断续续地说，说了一遍又一遍。声音渐渐弱了，直到发不出声音，闭上眼睛。

陈师长半跪着，揩抹着伤员嘴边不断溢出的血沫，连连点头。

这时，一位跟随程政委的师部通信员冲上我们阵地，哭着报告陈师长，一〇二团进攻受挫，伤亡惨重。师政委程翠林、师政治部主任张凯、一〇二团团长吕官印、团政委蔡中牺牲。

我随刘朋特派员到红三十四师前，组织上也专门给我们介绍过程翠林政委的情况，说他大革命时期就加入中国共产党，1928 年参加湘赣边秋收起义，参加过开辟井冈山革命根据地的斗争和中央苏区第一、第二、第三、第四次反“围剿”战斗。1933 年 3 月，调任红十二军三十四师一〇二团政委。同年夏，调任红五军团三十四师政治部主任，并随红军东方军参加入闽作战。同年底，升任红三十四师政委，在第五次反“围剿”作战中，与师长陈树湘率部先后投入梅口、石城、高虎脑等一系列艰苦的防御战，多次予敌以重创，有力扼制了敌军的进攻势头，是红军中一位难得的文武双全的优秀指挥员。

桂军的增援部队和民团源源不断赶到投入战斗，我师3个团的进攻全被重挫，敌人已近形成合围态势。

伤亡每时每刻都在增加，但每一个人都把生死置之度外。前面的人倒下，后面的就爬上去打。轻伤的一样参加战斗，重伤的也不离开阵地，只要还有一口气，就与敌人战斗到底……

苏达清团长已经第三次负伤，仍然坚持不下火线。当他实在不能跑着、走着指挥时，就来回爬着指挥。

战斗到晌午，伤亡越来越多，更加严重的是弹药已经所剩无几了。

陈师长指挥我们且战且退。

桂军和民团越上越多，他们熟悉地形，既从正面阻击我们，又很快抄向我们后方，层层阻击，切断我们的退路。我们一〇一团和一〇二团退下来的部队几乎失去了建制，师、团指挥所已经没有了具体位置，差不多失去了指挥能力，部队被切为数股，各自为战。反正见敌人就打，绕着山路左冲右突。硝烟战火，树丛荆棘中，我只能靠陈师长身上背着的那个皮图囊辨认出他是陈师长，勉强跟在陈师长身后。

我们占领了狗爪山和岭脚底村，桂军再次发起了猛烈的攻击，一〇〇团政委侯中辉、一〇一团团长苏达清、一〇一团政委彭竹峰先后牺牲。

我们撤退后沿白路河而上，经大白路、小白路转移到茶皮箐瑶寨，陈师长收拢部队，全师到达文塘时有3000多人，现在只剩下1000多人。

茶皮箐是都庞岭深处高山瑶寨，南面是板瑶山，很难翻越，只能绕道；北面仅有一条羊肠小道通往灌阳，我们也就只能走这条羊肠小道。

这时夏威的第四十四师从安和沿大路经蕉江再从小路经高屋场赶到板瑶山，当他们到达板瑶山时，我们正从村南的小道向灌阳前进，双方发生遭遇战。

参谋长王光道趁桂军立足未稳，指挥部队发起反攻，将敌先头部队一个连消灭。

陈师长率领我们爬上了板瑶山村寨的后龙岭，陈师长在一棵大树下，用望远

— 兰金甫家的吊脚木楼

镜一看，通往灌阳的山路已布满敌军，于是命令部队退回茶皮箐。

茶皮箐一位姓梁的瑶族小伙子做我们的向导，带我们走一条人迹罕至的山间小路到了全州的鱼湾村，暂时甩掉了身后的桂军追兵，住了一夜。

我们的电台还带着，而且没损坏，跟中革军委联系上了。中革军委指示我们，如果过不了湘江，就返回湘南打游击，发展壮大自己。

我们往回走，往灌阳方向走，从茶皮箐到黄泥田、下珊、擂鼓岭，穿过公路，再次翻过观音山，一路上都被民团袭击，打打走走，又回到了洪水箐。实在走不动了，就在这里宿营。

后来，我特意又走了一次我们红三十四师当时走过的从茶皮箐到洪水箐的路，所以地名我都记得。

我住在师部隔壁房，就隔一层薄薄的木板。晚上，我听见陈师长命令警卫班去附近没人的地方埋几担枪和两担光洋。担心被人盗窃挖走，陈师长还专门交代，在枪和光洋的上面埋一具刚被枪毙的特务的尸体。他们去了一个多小时就完成任务回来了。埋枪和光洋我没去，但我在隔壁听得清清楚楚。新中国成立后我去洪水箐找了好几次，但都没找到埋枪和光洋的地方。

凌晨，我们在洪水箐先被民团后被桂军包围了，我们赶快占领山头，与敌人展开战斗，在那里足足打了一天。

……在形势万分紧迫的情况下，陈师长紧急召集师、团干部，宣布两条决定：第一，寻找敌人兵力薄弱的地方突围出去，到湘南发展游击战争；第二，万一突围不成，誓为苏维埃新中国流尽最后一滴血。

正在我红三十四师准备突围的时候，桂敌一个团的兵力向我们发动了试探性的进攻。我全体指战员以压倒一切敌人的英雄气概，集中兵力顽强地反击。敌人被打得蒙头转向，又摸不清我们的底细，急忙收兵回营。这次胜利，鼓舞了同志们的信心。但我们毕竟是孤军作战，四面受敌，又处在桂系李宗仁、白崇禧统治区，兵力、粮食、弹药都得不到补充，既无兄弟部队配合，人民群众又无法前来支援。于是，我向师长提出：“不能坐以待毙，应立即突围。”大家都赞同这个意见。陈师长当即决定，由我指挥本团余部掩护，他和参谋长率领师直和一〇一、一〇二团共300多人突围，重返井冈山。……

（摘自时任红三十四师一〇〇团团长韩伟将军著的《红三十四师浴血奋战湘江之侧》）

……韩伟在率部完成掩护师主力突围任务后，原本近2000人的大团仅余30多人。面对漫山的敌人，退退退，退到无路可退的时候，他让大家每人留一颗手榴弹，剩下的都集中在一起，然后命令战士们分散突围，能走几个算几个，他自己率5名干部将敌人引到崖边，最后6人就从都庞岭和宝界岭的大山上跳了下去。3人牺牲，其余3人被当地老乡救护，两人活到了全国解放。

……韩伟将军对自己一生的评价就是幸存者。他从宝界岭的大山上跳了下去，竟然没死，被当地的老百姓救了。

……"我是2011年的时候带着儿子、媳妇到那个地方看了，跳下去6个人活了3个，当时死了3个。他们真是万幸，活着的3个人里面，我父亲一个，一个营长，还有一个团的司号长，团的司号长腿摔断了，走不了了。他们被当地的老百姓救了。那家人叫王本森，他是个土郎中，上山采药，看见了他们，3个人颤颤巍巍地你扶着我，我扶着你，于是就把他们给救下来了，在他们家的红薯窖里面藏了7天，我们去的时候那个红薯窖还在。3个人就在里面藏了7天，老百姓给他们饭吃。7天之后，搜山的国民党军彻底走了，他们才出来。根据当地老百姓回忆，司号长叫罗金党，腿折了，不能走了，我父亲和他的一个营长叫侯德奎，他们两个人脱下了军装，两个皮包，两支驳壳枪，一支枪里还剩下两发子弹，那就是到最后的时候，打死要逮他们的人，给自己留一发，还有包里面的几十块银元，都留在了老百姓家。当地老百姓给他们炒了几斤糯米，然后一人一条扁担、一副索子，就是绳子，扮成挑夫的模样，去找红军了。"……

（摘自《湘江英魂 无字丰碑——访开国中将韩伟之子韩京京》，作者：刘济华 谢德 王村村
来源：赤子杂志社 发布时间：2014年9月28日）

从洪水箐突围出来，一直走到苗源，我还是使劲跟着陈师长，到先公坝准

备渡灌江时，桂军和民团突然从四面围了上来，发起猛烈攻击，部队一下子被敌人冲散冲乱，各自为战，拼命突围，也不知什么时候我和陈师长分开了，从此再也没能见面……

……后来得知红三十四师余部在湖南江永县牯子江遭敌袭击，陈树湘师长身负重伤，由战士们用担架抬着，继续指挥战斗，不幸在道县落入敌手。敌保安司令听说抓到一个红军师长，高兴得发了狂，命令他的爪牙抬着陈师长去向主子“邀功请赏”。陈师长趁敌不备，用手从腹部伤口处绞断了肠子，壮烈牺牲，时年 29 岁，实现了他“为苏维埃新中国流尽最后一滴血”的誓言。敌人残忍地割下了陈树湘师长的头，送回他的原籍长沙，悬挂在小吴门的城墙上。其余 100 多人，也终因敌人重围，弹尽粮绝，最后大部光荣献身。……

（摘自时任红三十四师一〇〇团团长韩伟将军著的《红三十四师浴血奋战湘江之侧》）

刘朋、刘朋的通信员和我 3 个人走一路，在龙母箐又被一伙民团包围了，我们 3 人隐蔽在一座木桥底下，顶着敌人打，打死了几个敌人。敌人越来越多，我们的手枪子弹越来越少，不得不留几颗到最后时刻。3 人边打边退，退进了深山，为了预防万一被敌人抓住，刘朋把他装公文的皮包埋在了一棵大树下。

我们知道部队已经被打散了，四处都是桂军和民团，暂时无法归队，我们 3 人就在山上躲起来，躲了 15 天，每天捡红薯根，找野菜吃，饿得连走路说话的力气都快没有了。

这样下去肯定不行，无论如何得想办法找点饭吃。一天夜里，我们 3 人悄悄下山，摸进了龙田箐寨子里。

我们敲开一户看样子是贫穷户的老乡的家门，递上一块光洋，请这位老乡给我们煮点饭吃。

老乡一看就知道我们是红军，把我们拉进屋里，关上了门，就给我们烧火煮饭。

我们刚端起碗吃了一两口饭，听得外面一声哨子响，一个人踢破门突然冲了进来，一句话都没说，就在我头上打了一闷棍，把我打倒在地。

红三十四师在灌阳苗源村决定分散突围，到湘南打游击。图为苗源村一角

红三十四师最后血战之地——灌江先公坝旧址（图左下角）

我赶紧爬起来躲进房里。这个人又冲进房，举着棍子又朝我打来。我躲开他的棍子，对他开了一枪，没朝他要害打，但把这个人打倒了。

我们3人从后门跑出去，一直跑上了山，见没人追来，才停下脚步，蹲在地上喘了好久，才缓过气来。

新中国成立以后才知道，当时打我的人是官庄大队赵家岗的吴有良，也不是什么土豪劣绅和民团成员，就是一般的村民。他没被我打死，只是屁股受了伤。这人现在还活着，我也一直没去问他为什么要打我。

我们在山里转来转去找不到部队，也没遇上其他战友，又冷又饿，心里很焦急，刘朋决定去湖南省莲花县找游击队，他在那一带打过游击，熟悉。

我们是在夜里从先公坝过灌江，就是我和陈师长分开的地方。我们看见先公坝上堆满了战友的遗体，还没有人来收殓掩埋，我们边走边流泪，走着走着忍不住放声大哭起来，哭着走过先公坝。

一路上得到贫苦农民的帮助，我们3人到了水车江塘的密峰山。刘朋叫通信员去买饭吃，我们两人在村外树林里等候。

通信员进村一会儿就出来了，出村时，后面紧跟着十几个形迹可疑的人，引起了我们的警惕。于是刘朋和我都不敢进村子，也不能叫上通信员，就迅速悄悄地离开了密峰山，从此和通信员失去了联系。

在冰水山，我们花了一个花边银元找了一个人带路，叫他带我们往湘桂边境蒋家岭走，走大路，那是我们部队从湖南进广西的来路。

这个带路人身上背着一把大刀，还带着他手执长矛的12岁的儿子，他看到了我们身上带有钱。

他叫我们走前面，我们不同意；叫他们走前面，他们死活都不干。我就走前面，带路人走中间，刘朋是很有对敌斗争经验的人，跟在带路人的后面，带路人的儿子走在最后。

大约走了一半，这人突然举起大刀朝我背后砍来。我早有戒备，听到后面风声不对急忙闪开，躲过了他这一刀，没有受伤。

刘朋没等他再举起刀，一枪打在他腿上，把他打倒。

那人的儿子哭了起来。刘朋说："你老子要杀我们，你哭连你一起打死。"其实我们根本不会杀他儿子，只是吓唬他儿子一下，然后给了他儿子一块光洋，叫小鬼快去找人抬他爸爸去治伤。

我们赶快离开，路上也没见人来追，傍晚走到了广西和湖南交界的赖子山。

等到天黑了，我们走进村里一户人家，请这家人给我们煮饭吃。这家主人叫吴春和，当时吴春和家刚吃过饭，一家五六个人正围着火炉烤火。

我们人少怕吃亏，就对他们说："我们的部队把你们家围起来了，任何人不准走出门，要煮 20 个人的饭，煮好饭付钱。"

饭煮好了，我们付了钱，但不敢在他家吃，就叫吴春和帮我们把饭装进两只竹箩筐，挑着饭赶快走了。

走到了湖南道县的大岩冲，已经离广西灌阳水车有四五十里了，我们找了一户穷人家住了下来。

半夜下大雪了，天亮时雪已经好厚，路都看不见了，我们还是想走。主人说："我也是穷人，不会去告的，请你们放心。"我们看他是一个忠厚老实人，就留了下来。

但是，我们在他家的消息还是让村长也是族长的苏家宝知道了。苏家宝要我们把枪交给他，说枪在我们手里，万一打伤打死了国民党兵或民团成员，全村人都要遭殃。

我们说枪在山上。苏家宝要我们去山上拿。我们趁机要了他的棉衣和电筒，上了山就往湖南方向跑。

风雪交加，滴水成冰，天昏地暗的分不清东西南北，在山上转了半天，又转回到了原地。已不能再待在山上，不然不是冻死就是饿死；又再也走不动路，只好下山，又返回主人家。

主人和他一家大小跪在我们面前哭着哀求，说："你们不要走了，不交出枪就走，我全家都要挨杀头。"

到底怎么办，刘朋和我苦苦想了一夜。

走，走了好多地方了，还是找不到部队；下大雪又去不了莲花县参加游击队，更会连累主人全家被害，甚至连累全村人遭殃。

不走，或者交了枪再走，很可能被敌人抓住牺牲。

天亮的时候，我们决定，把枪交了。我们两人就是死了也不要紧，不能害了老百姓。

刘朋要苏家宝对天发誓，保证交了枪不陷害我们。苏家宝郑重答应了。

交枪时，苏家宝拿来一只大公鸡，用刀割破鸡冠，把鸡血滴进酒里，又割破了自己的中指，把血也滴进了酒里，双手端起碗，把血酒一口喝了下去，对天发了毒誓。

我们把4支2号驳壳和两支左轮交了出来，暗中每人留了1支4号小撸子。

雪停了后，我们继续走，走到莲花县附近，刘朋遇到一个他认识的游击队战士，才知道游击队几个月前就已经被敌人打散了。

我们又回到道县的大岩冲，刘朋在苏家宝家打长工，我在苏家宝弟弟家帮短工，躲过了敌人对掉队失散红军的疯狂追杀搜捕。

半年过去，形势已没那么险恶，刘朋认为应该离开了。他说自己是共产党员，是革地主的命的，帮地主做工太不像话。他要去国民党军队当兵。他讲，国民党军队肯定要跟红军打仗，打仗时他就可以乘机跑回红军队伍。他要我待在这里不要动，他回到红军后就派人来找我。

刘朋走后一直再无音信，也许已改名换姓，也许早就牺牲了。

几年后，我辗转来到广西灌阳县水车乡镰刀湾村，成了家，落了户，当了几十年的农民。

哦，你问我为什么不走了，也不回江西老家，而是落户在广西灌阳水车乡镰刀湾村几十年？

我告诉你吧，我们红三十四师有那么多的战友流血牺牲在水车，流血牺牲在灌江两岸，在这里我死过了又活过来了，我再也不忍心离开这里了，逢年过节，烧烧香，烧烧纸钱，祭洒几杯水酒，陪陪战友们……

兰金甫全家福（1983 年），前排左四为兰金甫

作者采访兰金甫儿媳盘运娇

第二十章　光明黑暗分界线

陆献兑："我已经预感我可能掉队，可能不得不离开红军，离开部队，离开革命，甚至离开自己信仰的主义，断送自己的政治生命……"

陆献兑

- 陆献兑，原名钟光邦，1914 年生，原籍江西省于都县沙心乡沙塘背村。
- 1931 年参加中国工农红军，曾任红五军团三十四师一〇二团二营四连班长，参加中央苏区第三、第四、第五次反“围剿”。
- 1934 年中央红军长征过桂北时任红五军团三十四师一〇二团司务长。
- 落户广西灌阳县新圩镇大龙村委擂鼓岭自然村。

我十三四岁时，红军路过我家门前，边走边唱歌：“工人农民暴动起来，土豪劣绅莫神气，打倒土豪分田地……”我跟着红军队伍跑，红军拿糖给我吃。

红军来了以后，我就参加了劳动童子团，后来改名为共产儿童团，又改名叫少年先锋队，但我们的口号一直都没变，都是“准备着，时时刻刻准备着”。

我们少先队天天跟着赤卫队哥哥们去打土豪，带路去抓反革命。当时我们少先队的武器是梭镖、大刀，还有青冈木做的哨棍，脖子上戴着红布条，背着一个小红布书包，很威风的。

我们还跟着大人去上扫盲识字班，我记忆力好，学习又努力，认得了好多字。

1931年我虚岁已十八，于是就穿上了红军衣服，参加了红军。这年9、10月间，我随红军到瑞金县（现江西省瑞金市）的沙洲坝执行保卫党中央和苏维埃政府的任务，就在那里住了下来。

我被上级选拔到安福县的列宁学校学习，我们团政治部主任找我谈话，说列宁学校是遵照中央苏区政府关于“培养工农子弟，选拔输送革命军事人才”的指示和毛主席关于“发展革命根据地文化，培养革命军事力量”的指示而创办的，是以无产阶级伟大导师列宁的名字命名的第一所红军学校，学员中大多数是红军部队基层骨干和苏区地方干部，另有部分是选拔上来的各苏区红色青少年，要我去了好好学习，不辜负组织上对我的希望和培养。

我记得列宁学校在安福县洋门乡上街村上城刘氏祠内，学校东面修一大草坪做操场，操场北面专建一列宁台，课桌椅一部分是没收土豪劣绅的，一部分是我们师生自己上山砍树做的。同学最大的有二十几岁，最小的才十一二岁。我们集体住校，一起在学校食堂开餐，跟在部队是一样的。

开学典礼上，刘丹之校长自豪地对我们宣布：列宁学校是“红色革命摇篮”。

我们的课程有国语（普通话）、军事、算术、社会史、政治常识、地理、自然、唱歌、国画、体操等。我特别喜欢军事课，我们除了训练大刀、匕首、步枪、轻机枪等武器使用技能，还学习看地图、目测距离、传递情报、站岗放哨等战斗技能。

周末，我们参加“共产主义劳动日”，唱着“穷苦大众一条心，跟上红军闹革命，打土豪呀分田地，穷人能过好光景，嗨嗨呀呼嗨……”去挑粮、砍柴、种菜，帮附近的红军家属挑水、劈柴、耕田种地。

很可惜，我在列宁学校学习还不到两个月，就被部队召回参加战斗了。

回到部队，我被调到团部当通信员，到梅口打敌人保卫团。我们消灭了敌人，缴了敌人的枪，但我们的一个连长牺牲了。

接着，我们部队到了官庄口，住了几天，进行攻城训练，准备攻打福建的泰宁城。

我们团长说，这已是红军第二次攻打泰宁城，第一次打下后又被敌人抢占了，但泰宁城的老百姓拥护红军，准备里应外合帮红军夺回泰宁城。

我们按照攻城训练的要求，分三路进攻，在城内老百姓的配合下，很快就打得敌人弃城而逃，攻占了泰宁城。

泰宁老百姓站在街道两旁欢迎红军进城，好多男女青年唱着歌参加红军，我还记得他们好像是唱：“油菜开花七寸心，剪掉头发当红军。拥护红军万万岁，牺牲性命也甘心……”

攻下泰宁城后我们又去攻打建宁城。

在去建宁的路上，与敌人迎面相碰了。我们是有准备的，而敌人无防备，想退退不了，我们很快包围了他们，消灭了他们一个营。

战斗结束，我当了班长。我们班有两个老兵、六个新兵，有一挺轻机枪、一支冲锋枪，其余都是步枪，在连里装备算是很强的。

红军一天天壮大，敌人怕了，更疯狂地“围剿”我们。

这一次，敌人调来了广东部队，是装备精良自称“钢军”的第十九路军来攻打我们。我们在阳平休息了几天，开赴战场，占领阵地，构筑工事，做好了战斗准备。

战斗打响，我们二连是团的预备队，等待命令投入战斗。

我们一营的阵地正面，敌人来了一个团，从早上打到中午，敌人攻势很凶炮火很猛，我们的部队伤亡很大，大部分阵地已经失守，情况非常危急。团长命令我们，趁敌立足未稳，一鼓作气夺回一营阵地。连长动员，如果不能夺回一营阵地，敌人居高临下，全团的阵地都有失守的危险。

冲在最前面的是我们班。我们班的各种火器喷出了火舌，喊杀声四起，打得这股敌人连滚带爬退回山上。

我们乘势向山上冲去，但没有成功，被密密的火网拦阻在半山上。从山上倾泻而下的炮火，覆盖了我们隐蔽的那片荆棘树丛。

更为严重的是，敌人先打杀伤弹、爆破弹，接着又打燃烧弹，浓烟四起，烈火四起，眨眼间这一片山坡荆棘树丛就被火烧光，我们不得不利用地形地物赶快撤了下来。

撤下来的大部分指战员眉毛、头发都被烧焦，尽是破洞的军装和烧伤的皮肉粘在了一起，渗出殷红的血水。幸运的是，我们班只有负伤，没有牺牲。

冲锋号凄厉地响起。我们连烧伤的和未烧伤的战士在冲锋号声中跃起向上仰攻。刚冲过那片火烧焦土，就被敌人从崖缝里、石头后、树桩后射出的轻重机枪火力压制住。

冲上，又退下，又冲上，虽然有进展，但伤亡太大，每前进几步，都有流血牺牲。

四连上来了，六连上来了，我们三个连分成三路，互为配合，互为掩护，呐喊着挺着刺刀往上冲。

冲进堑壕，冲进敌阵，肉搏。我军冲锋战士几乎没有哪把刺刀不滴血，不见红。敌人被我们的精神震慑，被我们精湛的拼刺刀技术震慑，我们的刺刀指向哪里，哪里的敌人就惊慌后退，兵败如山倒，敌人硬被我军用刺刀赶下山去，一营阵地被夺回。

这一仗，我们打胜了，也牺牲了部分同志，我们班伤亡了近一半的战友，群众也受到了一些损失。我们缴了敌人很多枪，捉到几百个俘虏，也给受伤的俘虏们治好了伤。我们还给俘虏宣传红军的政策，使他们中的大部分人懂了一些革命道理，有人自愿加入了红军。

战斗结束，部队转到建宁江洛休整，扩大红军队伍。我被调到红五军团三十四师一〇二团二连当伙食管理员。

一个月后，红军大部队集中到兴国县。我们红三十四师开到于都县，每人带3斤粮，开始长征。出发前，我被调到一〇二团团部任司务长。

我们经广东、湖南，到湖南与广西交界的蒋家岭住了一夜，第二天进广西的水车。在水车街上住了一夜，次日清晨出发，准备过灌江浮桥，到燕山头陶器厂时，太阳很高了。

突然来了三架飞机，绕了一圈，没丢炸弹就飞走了。为了不被敌机发现，红军每人头上都戴上了插着树枝的防空伪装。见到飞机我很害怕，跑去躲在一棵大树下，伏地隐蔽。

很快，敌人的飞机又飞回来了，飞得低低的，又是扫射又是扔炸弹，三架敌机一架接一架，飞来飞去不停地扫射轰炸，我身边好多战友都负伤牺牲了，他们的血肉溅得我一头一身都是。我伏在地上动都不敢动，没有负伤。

敌机飞走了，我们来不及埋好牺牲战友的遗体，接到命令马上就要出发。

这时我看见旁边有一位小战士在不停地翻动牺牲战友的遗体。遗体一具具被他翻开，露出被血浸润染色的泥土。

我赶紧走近这位战士，看他到底在做什么。

我发现他只有一只手，另一只手已齐腕断去，断口上方扎紧着一条止血布带，伤口已包好，仍渗出血渍。

他用那只好手翻开遗体后在染血的土里扒着，扒开被打坏的各种武器碎块，扒开长一截短一截的断胳膊断腿，扒开被炸得松软又掺着子弹头、弹片的泥，他的五指已血淋淋的，仍在扒，不停地扒。

突然，他发出一声大叫，惨白的脸上竟有了一点潮红。他那血淋淋的仅有的一只手，举起了一样东西，举到太阳下，细细看，细细瞅。

那是一只断手，一只齐腕断下的手，断手已肿胀得几乎大了一倍，火药把它熏黑了，已看不出肉色，还有几根牙白色的筋，长长短短地在腕口处伸出。

这位战友从挎包里扯出一块白布，小心翼翼把断手包好，放进挎包。他好像是自言自语，又好像是对我说，我听出是闽西龙岩口音："带回家去，请刘半仙帮接上，还是两只手好，好扶犁……"

我的眼泪一下子就涌了出来，赶快叫来卫生员，把这位战友扶到赵军医那里上药。

我们走的路线经大塘到苗源，山里的村子小，找不到粮食，同志们饿了只吃点野菜又继续走，到椅子坪住了一夜，师部住在一个茅屋里。

第二天翻过观音山，在山上休息一天，晚上到山下板桥铺，这是接近前沿阵地的村子，我们就在这里住一夜，战士们露宿在村外田边地头、路旁，我睡在一个石圈的坟墓边，半夜下霜了，野草上白茫茫一片，山风透骨，冷得我们直打抖。

第二天清早又出发了，战士们饿着肚子过湛水、乌石江、流溪源，但情绪很高，因为他们听说很快就要和主力红军会合。

这里的村子更小，而且人都跑光了，有时运气好能在地里找到一些老百姓挖剩的红薯根茎，连藤带根一起，我们一〇二团团部直属单位每人每天晚上能分到一点点，生嚼充饥。一路来，战士们没吃一口饱饭，没有睡上一晚好觉，饿着躺下去睡一下，喝点水又走路。

为了让团首长们有点食物充饥，我几乎想尽了一切办法，几乎找尽可能有食物的地方。记得最清楚的是在一户没人的老乡家猪栏里发现还剩小半桶潲水，我把潲水里的渣渣全部捞了出来，煮开了，给每位团首长都分上一小碗。我看着他们连渣带水吃得干干净净，鼻子酸酸的，忍不住眼泪都流了出来。我记得我还写了一张条子，条子上压了两块铜板，放在潲桶边，我在条子上写道：老乡，我们因粮食困难在你的潲桶里捞了点东西，表示感谢。

又是爬大山，听说叫宝界山，山高、岩陡，杂草丛生，树木遮天，半山腰只有一条羊肠小道，又是夜晚行军，一路走，一路丢行李。马匹上不去，丢掉的丢掉，跌死的跌死，枪械弹药只能靠人来扛，累得要死，总算是翻过了宝界山。

我们一〇二团原来走在全师的后头，朝界首湘江方向走，我们成了前锋，走到兴安县的九块田，师部说不能走了，那里有敌人。我们又往北折回来，走到全州安和的文塘，去路被国民党桂军堵死了。

敌人的企图很明显：先以火力压住我军，然后反击，趁我军立足未稳，把我军压下山谷，包围歼灭。

师长命令：不惜一切代价，夺路前进。

全师上下都清楚，这是背水一战，只有胜，才能绝处逢生。我们在文塘拼尽全力与桂军血战，想杀出一条血路过湘江与主力红军会合。

部队伤亡很大。师政委程翠林、师政治部主任张凯、我们的团长吕官印、团政委蔡中都在这里牺牲了。

我们冲不破桂军的堵截，又面临被桂军包围的危险，被迫放弃攻击撤出战斗，为摆脱桂军的追击，兵分三路往回走。一〇〇团往东出流溪源，一〇一团由蕉江向石塘方向去，一〇二团出深铺源向全州的刘家、石塘，经过蕉江又走进宝盖山。

我们一〇二团跟师部一起走，到深铺源的鱼湾住下，师部在鱼湾，我们团住在温水塘。

这时我生病了，发高烧，头痛得要炸开，一身一身地出冷汗，腿一阵一阵地抽筋。

我听说师部住的村子群众的房子起了火，就赶去救火，大火扑灭了，我走不动了，就靠坐在师部门边休息。

师部在打无线电，师部的同志说军团部来电报催我们三十四师快走出去，国民党兵很快就要把我们围住了。

我想，我的身体已经支持不住了，不能走了，我怕跟不上队伍，怕掉队，哭了起来。

这时，我已经预感我可能掉队，可能不得不离开红军，离开部队，离开革命，甚至离开自己信仰的主义，断送自己的政治生命；我很清楚，掉队是自己人生命

__ 红三十四师翻过的观音山

运从光明到黑暗的残酷分界线。

陈师长听见了，出来问我为什么哭。我说了。陈师长安慰我，叫我莫哭，坚强起来，慢慢走，总会赶上部队的。

大部队往前走了，剩下我和受伤的脚痛的战友在后面，一天才走几里路。到了桃塘，人很吃力，走不动了，我就在群众家门口的板凳上扑下来昏睡了过去。

天亮了，我醒过来，受伤的脚痛的战友队伍都走远了，这时我又病又饿，站起来又倒下去，很有死在路旁的危险。不管怎么危险，我一定要坚持赶上部队，爬也要爬过去。我挣扎着站起来，停停走走，走走停停，天黑的时候走到了黄泥田。

我走的路线是对的，大部队也走过黄泥田，已经离开三四个时辰了。我觉得还有希望赶上部队，信心足了些。但是，心里是这么想，身体一点也不听指挥，虚弱无力得动都不能动了，侧歪在一家屋檐下又昏睡过去了。

这家的主人叫陆重新，看见我这副模样，发了善心，他把我扶进家里，给我喝热水，吃热饭。这是我四五天以来吃的第一口热饭，也是第一口饭，我连嚼都没怎么嚼，就把一碗饭吞了下肚。吃饱了饭，病也好像好了很多。

又有两个掉队的红军战友被他带回了家。这时，民团跟着进村了，挨家挨户搜查红军。陆重新给我们包了一大包饭，从后门把我们送上了山，把我们藏在一个山洞里。

第三天，陆重新慌慌张张地跑进山洞，说桂军和民团要来搜山了，搜到的红军全部杀头，谁窝藏红军全家坐牢，财产充公。

我们担心连累陆重新，决定离开。

陆重新给我们每人带上一包热饭，送我们下山，依依不舍地送了我们十几里路，一直送我们到新桥头，再三交代我们沿江走，说我们的大部队走的就是这条路。

我们3人化装成叫花子沿江走去，走到下棚时前面有伙人拦住我们，问我们要枪。我们的枪在掉队时早交回给部队了，手里没有枪。如果有枪，我们根本不怕这些人。我们就说不是红军，是要饭的，不信可以给他们搜身。

他们当然不信，朝天打了一枪。打枪的人现在住在苏官源村，叫陶麻子。听到枪声，一伙民团冲过来了，不分青红皂白朝我们拳打脚踢，把我们打倒在地，剥了我们的衣服裤子。当时打我们最凶的是一个20多岁的人，脖子后面长了一个肉包。一个叫陆跃辉的，现在住在解放村，用杀猪刀把我的衣服划破，搜去三块银毫和几十个铜板。我们三人只穿内裤，冷得全身发抖，趁着这些民团忙着分钱顾不上管我们，我们逃过小江，上山躲藏起来。

这时候又来了两个红军，这伙亡命之徒围上去，凶神恶煞地剥了这两个红军的衣服裤子，我们躲在十来米远的小河对岸树林里，看得很清楚，这是两个女红军战士，她俩哭喊叫骂着，捡些草围在身上，逃进山里去了，后来也不知道她们的死活。

我们3人身无分文，蓬头垢面，衣不蔽体，真正成了叫花子，白天躲着，晚上要饭，一路走一路要饭，走到了灌阳大龙的擂鼓岭村，走不动了。白天我们不敢走进村子，坐在村口树林里等天黑。

这座小山村四周被大山环抱拱围着，村周围古树林立，主要是银杏、枫树、樟树和马尾松，好多是几人合抱的大树。村前有小河，河水很清澈，河边有古柳、老樟，树后隐隐能看到民居群落古旧的泥墙青瓦、飞檐翘角。暮归的村民牵着牲畜走在回村路上，主妇的呼唤，孩儿的回应，响起在袅袅炊烟中。

看着看着，我的眼睛被泪水模糊了，泪眼中，眼前的小山村渐渐隐去，由朦胧而清晰的是另一座小山村，我的老家江西省于都县沙心乡沙塘背村。

我一看就喜欢上了这个村子，因为，它和我的老家沙塘背村很相似。

这个村子看上去很平静祥和，似乎没有被战火扰乱，桂军和民团没有来过。

几个路过的村民看到了我们，很热情地邀请我们进村做客。

我被陆德辉请到了家里，他请我喝油茶。陆德辉告诉我，当地村民都用油茶招待贵客，他们也每天必喝油茶，可以从早喝到晚，甚至喝到饱为止。

煮油茶之前他先请我们喝上一碗甜姜茶，甜甜的热乎乎的，喝下去，全身顿

灌阳水车灌江大桥

时暖和起来。然后就开始用一个带长柄的铁锅烧煮油茶，先在锅里放适量花生油，热锅后放上当地的少量茶叶、干菌菇、青菜、姜、绿豆等材料，翻炒一会儿后，加上开水，烧滚一段时间后即大功告成；每个人的碗里还要加上炒米、香菜、葱、辣椒等调料，非常好喝。

后来，我成了擂鼓岭村民，和当地村民一样，用油茶招待贵客，自己也每天必喝油茶，可以从早喝到晚，甚至喝到饱为止。

另外两个战友被请到了陆一坤家，也是喝油茶。

正在这时，一个外号叫“鲤鱼婆”的男人带着从大龙村来的民团，恶狠狠地闯进了陆一坤家，把我的两个战友抓走了，听说被抓到了灌阳县城，从此杳无音信。

“鲤鱼婆”带着民团闯进陆德辉家时，得到消息的陆德辉已经把我藏在了村外的牛栏里。

“鲤鱼婆”带着民团，一连三四天每天都到陆德辉家逼他把我交出来，有一次甚至把陆德辉绑了起来。陆德辉一口咬定我已经走了，就是不交。

陆家在当地是大姓，势力很大。陆德辉请他一位当族长的长辈出面，给民团中队长送了两块大洋，还叫人把“鲤鱼婆”打了一顿，民团就再也没来了。

这时我的病更严重了，全身发肿，脸上、腿上肿得一按一个窝坑，吞咽困难，水米难进，感觉已经活不下去了，像个死人。

陆德辉把我从村外的牛栏里抬回了他的家，请来了在兴安、全州、灌阳三县相当有名的一个叫陆佑年的草药医生，住在他家给我治病。

陆佑年见了我直摇头叹气，说：“药医不死病，你的病用药治不治得好，听天由命，看你的运气。”

治了整整7个月，我的病好了，陆德辉和陆佑年一起，把一只脚已迈进鬼门关的我救回了人世间，这是真正的救命之恩。陆德辉在世之时我无以为报，他去世时，我给他戴孝抬棺，以后每年清明我都给他扫墓上坟。

我问过他为什么要救我。他回答：“你是我请到家里来的客人，你的难处就是我的难处……”

我也无路可走了，就在他家住下，和他一起做些农活，做些小买卖。我认得字会写字，过年过节也帮陆氏家族做点公益的事，族里长幼都喜欢我，都把我当成自己人。在陆德辉家，我一住就是近 10 年。

1944 年 3 月，同村一个叫陆伯豪的大伯，他的大儿子死了，他跟陆德辉商量，想要我做他的儿子，把大媳妇给我做老婆。陆德辉要我自己拿主意，我同意了，从此，我的姓名由钟光邦改成了陆献兑。

1947 年 11 月国民党征我去当兵，国民党杀害了我们许多红军，我恨死了反动派，哪能替他们当炮灰，我坚决逃出国民党军队，逃回家里，此后再没离开灌阳新圩大龙村委擂鼓岭自然村。

1958 年，经组织批准，我重新加入中国共产党，终于回到了革命队伍……

陆献兑

陆献兑的儿子讲述记忆中的父亲和父亲记忆中的故事

灌阳县新圩镇大龙村委擂鼓岭自然村陆献兑家

第二十一章　我讲的都是真的

廖仁和："一碗热腾腾的鸡汤下肚，我的命好像也跟着回到了我的身体中，我从阴间又回到了人间。是李绍伯老人救了我的命，是李绍伯老人这碗鸡汤使我死而复生。"

廖仁和

- 廖仁和，1912 年生，原籍福建省龙岩县红坊乡建背村。
- 1928 年参加邓子恢领导的龙岩后田暴动，为龙岩红军独立团战士；
  1930 年整编加入中国工农红军，为第十二军一团战士。
- 参加中央苏区第三、第四、第五次反“围剿”。
- 1934 年中央红军长征过桂北时任红五军团三十四师一〇二团重机枪连连长。
- 落户广西灌阳县灌阳镇仁柜村委雷家湾自然村。

20 多年前，失散在灌阳的老红军第一次聚会，我们 40 多个老战友欢聚一堂。

我们红三十四师活着的战友几乎都来了：解放村的陆天喜（原名江树简，红三十四师一〇〇团卫生员），平田大背头村的刘德标（原名张里时，红三十四师一〇一团一营二连连部通信员），光明村的蒋义清（原名曹如庆，红三十四师一〇二团卫生员），大龙村的陆献兑（原名钟光邦，红三十四师一〇二团司务长），镰刀湾村的兰金甫（原名兰祖龙、兰金龙，红三十四师师部保卫员），水车村的俸万桂（原名童德辉、童望阳，红三十四师一〇〇团一营营部通信员），文市村的周林友（红三十四师一〇二团战士），灌阳高中的胡佑民（原名李祯标，红三十四师一〇二团三营三连三排三班战士），仁合村的古金生（原名古眼，红三十四师师部医院卫生员）。

10 多年前的那次聚会，能来的战友还有 10 多个。

现在（2006 年采访），听说灌阳县的失散老红军活着的就只剩我一个，我今年满 94 岁了……

我这一生，最骄傲自豪的就是我上过我们红军的军校。我清楚地记得，它的全称是"中国工农红军学校"，简称"红校"；毛主席把它叫作"红埔"，也就是我们红军的"黄埔军校"。

1932 年 5 月，我正好 20 岁，我被部队选送到瑞金的中国工农红军学校学习。

我记得校本部设在瑞金城内夫子庙后杨家祠堂，我被分在特科分校，校址设在瑞金武阳乡的竹阳村小学堂。

我们特科分校主要设置了重机枪营、炮兵营和工兵营，每个营下设 3 个连，我在重机枪营学习。

我们学习、训练的科目有政治课，主要讲授党的建设、国内外政治形势和当时革命斗争的性质与任务；军事课，除了讲授步兵单个和班排连营攻防动作及各部队协同作战的军事知识，还讲授特种军事技术，如炮兵、装甲兵、重机枪、爆破、架桥、构筑工事等。既要学习书本知识，又要进行操练和演习。

我们的教材有苏联红军使用的教材，有"红校"自己编印的总结我国革命战争经验，符合我国革命战争实际情况的军事教材，有翻译过来的德国、法国、日本等军校的教材，还有南京、保定、黄埔等军校和云南讲武堂出版的军事教科书等，重点是从中国革命战争的实际情况出发，总结我们中国工农红军的经验，教我们如何在敌强我弱、敌大我小的形势下，采取灵活机动的战略战术，消灭敌人，保存自己。

我记得，毛主席、朱德总司令、叶剑英校长都亲自给我们上过课，毛主席讲“苏维埃运动史”，朱德总司令讲“游击战术”，叶剑英校长讲“步兵战斗条令”。

周恩来副主席也到过我们学校视察，看了我们的军事表演后，给我们做报告，高兴地说，红军的军校比国共合作时的黄埔军校办得还好。

我们举行过一次战术讲演比赛会，是朱德总司令亲自拟定的讲演题目，一个是“论敌人的堡垒战术”，另一个是“积极防御的实质是什么”。我记得是在一个周末的晚上，讲演比赛在瑞金城内夫子庙后杨家祠堂校本部举行，朱总司令到场亲自主持，我们全校教职学员在台下做观众。讲演结束后，朱总司令当场做了总结。他肯定了成绩，也批评了不足。他批评的大意我还记得，他说我们对“论敌人的堡垒战术”这个重要命题研究得不够深入，不够实际；说敌人的战术是在不断地改进着，应该根据敌人战术的变化发展来研究他们的战术思想，考虑红军积极防御的有效对策。

现在想起来，朱总司令是很有战略眼光，很有预见性的；他出的讲演题目是很有针对性和实战性的，敌人对我们苏区的“围剿”，很快就变成了“堡垒战术”。

在“红校”重机枪营，水冷式马克沁重机枪的机械构造、火力特点、设计原理、射击操作是我们的主要学习和训练科目，我现在都还背得出一些课文条目，如马克沁机枪口径为 11.43 毫米，枪重 27.2 千克，采用枪管短后坐式自动方式，水冷枪管；采用容弹量为 333 发，6.4 米长的帆布弹带供弹，弹带可以接续，理论射速 600 发 / 分，可以单、连发射击，也可以通过射速调节器调整为慢射速 100 发 / 分……

毕业前夕，我们“红校”全体学员举行了一次大规模野外演习，我们从瑞金出发，在武阳围、谢坊、乐村、会昌的不同地形，演习了行军、宿营、迂回、进攻、防御、退却、遭遇战、街市战等实战战术动作，收获非常大。

我在“红校”学习了5个月，非常刻苦努力，以优异成绩毕业。在毕业考核中，我以重机枪点射三发三中，总分20环以上成绩被评为特等射手；以手榴弹连续三弹掷中40米外目标成绩被评为特种掷弹手。

“红校”毕业，领导批准我回家探亲。四年多到处打仗，这是我第一次回家看望父母。

1928年3月，我还没满16岁，就和19岁的哥哥一起参加了邓子恢领导的，后来被称为打响福建武装斗争第一枪的龙岩后田暴动，成为红军龙岩独立团战士。

我记得很清楚，我参加的第一次大规模战斗是我们龙岩地方部队配合毛主席、朱总司令的红四军攻打龙岩城。

我们和主力红军红四军一起先攻下了龙岩城敌军的前哨阵地龙门圩，接着突破西门攻进岩城，三路合围敌指挥部。攻打敌指挥部时，邓子恢政委派我给红四军部队带路，我冲在最前面。红军锐不可当攻占敌指挥部，敌营长被我军活捉，守敌纷纷缴械投降，龙岩城被我军攻克。

后来的二攻龙岩、三攻龙岩我都参加了，一个月内我们三战三克，都取得了胜利，共歼灭了2000多个敌人。

我因为作战勇敢，还被选为代表，光荣地出席过由邓子恢主持召开的闽西第一次工农兵代表大会。

我家四兄妹，我上有哥哥，下有弟、妹，排行老二。

回到家才知道，哥哥已在第二次反“围剿”时牺牲，尸骨无存；弟弟已参加红军，在红一军团一师。家中还剩两老和一个妹妹，辛苦耕种着10多亩田地。

我帮父母翻盖好了已经漏雨漏得很厉害的家屋的茅草屋顶，才赶回部队。

回到部队，我被任命为红三十四师一〇二团重机枪连连长。全师只有3个重机枪连，每团1个，直属团部指挥。

按照“红校”教授的苏联红军重机枪连正规编制，我们连应该有9个班，装备9挺重机枪。但我们红军还没有那么多重机枪，我们连只装备了6挺水冷式马克沁重机枪，60多个战士，分成6个班，每个班1挺重机枪，3支步枪，没有枪的就背马刀；还有30多个战士负责饲养马匹、运输武器弹药、装备辎重。我和指导员、副连长当时每人佩戴的是1支10响驳壳枪。

我回到部队后很快就参加了中央苏区第四、第五次反“围剿”，打了好多场大仗恶仗。

我们师奉命坚守泰宁。我们在山头阵地上修筑掩体工事和设置阵前障碍物，冒着国民党飞机的狂轰滥炸，多次打退中央军汤恩伯部第八十八师和第八十九师3万多人的进攻。我带着重机枪连坚守在敌人必夺的最险要阵地三天三夜，大量杀伤敌人，没损坏一挺机枪，没丢失一寸阵地，受到陈树湘师长通令表扬。虽然打到后来我们师因寡不敌众，撤出阵地，泰宁失守，但我们的坚守有力地牵制了敌军对中央苏区的进攻，为兄弟部队打击敌人赢得了宝贵的时间。

接着，我们师又投入了梅口防御战。

我记得，泰宁与建宁交界的梅口，地处杉溪和濉溪汇合处，周围分布有5个村庄，形似梅花，因而得名。梅口是通往中央苏区宁都与瑞金的大门，战略地位十分重要。1931年年底我们在这里打过仗，消灭了敌人的一个保卫团，缴了200多条枪，我们连长就牺牲在这里。

上次我们的对手是敌地方部队保卫团，这次的对手是敌中央军精锐周浑元两个师。

我跟随我们一〇二团团长吕官印去勘察地形，设置阵地。

当地苏维埃政府动员了上千老百姓和部队一起，沿梅口的河滩挖掘了许多战壕掩体。

我向吕团长建议，把重机枪阵地设置在河滩开阔地我军战壕掩体后最近的土丘上。吕团长同意了我的建议。

构筑阵地布设重机枪时，我事先将阵地前方敌人可能出现的区域估算出来，然后让各挺机枪的打击区域尽可能地将其覆盖完全。这样，当敌人出现在那些区域时，各机枪就可以按既定的仰角及方位角进行射击。再根据我军前沿观察哨提供的信息和我们的直接观察，就能准确判明我军机枪射程内的敌人阵地、冲锋队伍幅宽和纵深，然后对各机枪进行专门调整，让机枪的火力交会区刚好能够覆盖敌人的阵地和冲锋队形。

周浑元的先头部队刚刚渡过河准备集结冲锋，大部队正在半渡，我们连的6挺重机枪一起开火了。子弹如泼雨般从高处砸下来，呈扇形落地，将敌人几乎完全覆盖。

敌人还未组织起进攻就被我们打回了原地，河滩上留下遍地尸体，河中伤亡更多，上百米水面都被染红。

我们在梅口坚守了7天7夜，周浑元部死伤惨重，始终未能越过梅口半步，直到我军奉命撤退。

撤出梅口后，我们又前往建宁接替红十五师防务，阻击敌人十多天。我们集中火力猛烈袭击敌军后续部队，在高虎脑将敌人击退。后来听说，我们打得国民党军前线总指挥陈诚被蒋介石撤了职。

战斗中，我的左腿、右肩膀受伤，伤还没痊愈，我就回部队参加战斗。

大略是一个月后，1934年10月，我们红三十四师到了兴国县，又开到于都县，开始长征。

当时我这个连长并不知道要长征，要走广东、湖南，去广西，好像只有团以上干部才知道，我们只是服从命令。

红三十四师是全军的后卫，一〇二团又走在全师的最后，也就是后卫中的后卫。

1934年10月下旬，在反击尾追的国民党粤军第一军，保证中共中央机关和大部队顺利通过信丰河后，我们从广东到湖南进广西，一路节节阻击突破围追堵截的各路敌军。

好像是11月底的一个凌晨，我们准备过雷口关进广西，我参加了陈树湘师长召集的全师连以上干部会议，会上传达了中革军委的两个命令，一个是要我们红三十四师从雷口关赶往灌阳水车一带布防，阻击尾追的敌军，掩护红八军团渡过灌江赶往湘江。一个是掩护任务完成后，我们师迅速赶往灌阳新圩枫树脚，接替红五师防务，阻止桂敌越过新圩，掩护中央纵队和主力部队安全渡江。

我们一〇二团负责防守水车村一线阵地，吕团长说，水车村是敌人的主攻方向。

我们的对手又是号称精锐的国民党中央军周浑元部，他一直紧追着我们不放。

吕团长知道后笑了，他说，好啊，那就再给他一个机会，让他再当一次我们的手下败将。

已是疲惫至极，累得行军赶路时眼睛都睁不开了，然而原本一到水车看见村庄，就条件反射般地双腿一软倒下了的我们一〇二团指战员们，竟连夜抢修了战壕、地堡、交通沟，而且基本形成系统。

我把两挺重机枪设置在阵地正面纵深高地，另外4挺安排在阵地的两边侧翼高地，前沿安排观察人员。这样，侧射火力和正面纵深的火力配合，就形成交叉火力，在战场的中央构成一个弹幕重合区，对进攻我军阵地的敌人居高临下实施全方位无缝隙打击。

兄弟部队组成了以重机枪为中心的火力支撑点，只等敌军逼近我军阵地，我军就以机枪火力压制杀伤，掩护守军反击敌人。

但我心里很清楚，我们占士气优势、地势优势，敌人占兵力优势、火力优势，还有体力优势，肯定是惨烈血战，但谁胜谁负难说。

我们重机枪连最大的问题是弹药严重不足，每挺机枪只配给了3箱子弹，关键时刻危急时刻也只能省着，力争发挥最大作用。

太阳刚刚到头顶，战斗打响了，敌人似乎集中了所有的重型武器对我们阵地进行毁灭性轰击，火炮打得像机枪那样密，开始还能听出37野炮、57山炮和60、82迫击炮，还有105榴弹炮，后来混响成一片，耳朵都震聋了。

我军阵地表面像被犁耙翻弄过，正面战壕、地堡、交通沟几乎都被炸塌，战壕、地堡、交通沟前后都被炸成了松土、焦土。打退敌人后再进入阵地，我双手插入土中，浮土可没至手腕，捧起一把沙土，略略一数，有弹片十几块。

但我军伤亡并不大，敌炮刚试射，我军就撤出战壕、地堡、交通沟，分散到两侧隐蔽。

敌炮开始延伸，敌人黑压压一队接一队，以散兵线冲了上来，冲在前面的清一色戴钢盔，至少有两个营兵力，形成宽大扇面，冲向我军阵地。

我们没有把敌人放近了才打，只要敌人进入了我们重机枪的最佳有效射程，进入了开阔地，我们就在远处打。这是我们红三十四师有别于红军兄弟部队的一种阵地防御战战法。

敌军前锋约一个连直着腰大步前进，有的边走还边交头接耳，进入距我军阵地八九百米的一片收割后的稻田开阔地，后续至少还有一个半营走下山坡刚刚翻越一道土坎，他们根本想不到我军会开火，这时我下令重机枪开火。

我用的是在“红校”学到的重机枪“间接射击法”。

所谓间接射击，就是对远距离和视野之外的目标进行射击的方法。

教科书上说，这种射击技术极难掌握，需要有全套装备、手册和换算表，以帮助射手对看不到的目标进行间接射击，包括标准指南针、搜索指南针、测角仪、倾角仪、分度规、光学测距仪、专用望远镜、夜间射击工具箱和瞄准立柱等。此外，射手们还装备有高精度大比例地图，从这些地图上面可以详细找出作战地域内的每一个山丘和沟壑；侦察机每天拍摄的高分辨率照片也能成为射手们实施间接射击的有效工具。

这些，我们没有，可能我们红军的重机枪指挥员也都没有，我们只配给了指南针、望远镜和换算表，但我们有实战中用鲜血写成的经验，用生命锻造的技术。

我们连的6挺重机枪，以900米/秒以上的出膛速度，600～800发/分的射速，从侧翼、正面形成交叉覆盖，曲射向密集的敌军步兵冲锋队伍。

我在最前沿用望远镜观察到，密得像雨点一样的重机枪弹，像炮弹一样，从高处砸下来，砸在稻田中、土坎上，躲在土坎后的敌人侦察兵也不能幸免，弹丸以很陡的抛物弹道砸向他们。

子弹在敌人身体各部位钻进钻出，撞在石头上的跳弹火星四溅飞进人体带着血喷出，戴钢盔的脑袋被子弹击穿，手还在抽动……

灌阳县水车乡红三十四师过灌江渡口

红三十四师水车阻击战战场

我知道敌人根本无法防备，因为，火炮的炮弹来临时，士兵们可以通过弹丸的呼啸和尖叫声提前获得预警，而对于远程机枪发起的间接射击，士兵们只能听到像大风吹过草丛、树叶一样的沙沙响声，紧接而来便是子弹击中人体的扑扑声和被击中者的惨叫声。

暴雨般的曲线连发骤停，按照我的命令，一箱子弹打完，改为直线点射。我们的子弹太少了，不得不停止连发，不然，敌人死伤会更多更重更惨。

马克沁重机枪喷出短促的火舌，三发一点射的子弹准确追逐着慌乱后退的敌人。有的被子弹打中的人扑出一两米远倒地，有的脑袋被子弹削掉骨血四溅，受伤的在地上来回滚动哀号，被子弹击中变成尸体……

国民党中央军精锐部队的嚣张狂妄气焰这时被我军完全打掉，哭喊号叫连滚带爬地退了回去。

我命令进行几个长点射后马上转移阵地，敌人绝对不会给我们长时间定点射击的机会，重机枪阵地会迅速地被敌人炮火和机枪火力覆盖掉。

5挺重机枪及时撤出转移，一挺动作稍慢，阵地顿时被敌人炮火死死压住。炮火一停，敌阵地上至少响起了十几挺重机枪的射击声，数不清的火舌、数不清的曳光弹如泼雨般上下几层罩住了我们的重机枪阵地。

射手牺牲，副射手上。副射手又牺牲，再上一个副射手，还没按下扳机，被一发子弹击中头部，斜倚在机枪脚架上牺牲了。

我命令两挺重机枪集中火力打敌火力最猛烈、对我军威胁最大的敌机枪火力点，封住敌人火力。

特等射手张永年瞄准敌地堡枪眼就是几个长点射，全打进敌堡的枪眼里，敌人的两挺机枪被打哑了，其中一挺轻机枪的枪管竟被打断，半截枪管掉出了地堡枪眼。

我们连的最后一挺重机枪，安全转移到了新阵地。

我们团打退了敌人十几次进攻，牢牢守住阵地，直到完成掩护红八军团撤离水车的任务。

第二天天还没亮，我们奉命立即前往新圩阻击线，接替红十八团防务。灌江水深，不能涉渡，只能走临时搭起的浮桥，浮桥很窄，晃动很厉害，部队过桥速度极慢，而且没办法快起来。我们一〇二团是全师后卫，最后过浮桥，集结在河边浮桥头待命，兄弟部队过完我们才能过。

我心里很着急，不停地抬头看天，希望天晚点亮，我预料，天亮后敌机可能来轰炸。非常不幸，太阳早早就出来了，红红的，怎么看都像一颗一头一脸都是血的脑袋。

还在这么想着想着，南边天空就响起了飞机的轰鸣声，号兵的防空号声刚刚响起，我们还来不及疏散隐蔽，3架敌机就飞过山头，一架接一架朝着浮桥扑了下来，疯狂扫射轰炸。

我扑倒在一棵树干粗大的水柳树下，炸弹在我前后左右爆炸，突然，我感觉左胯被撞了一下，一摸一手血，我用手用力按住伤口止血，伏在地上不敢动，直到敌机飞走。

我爬起来把伤口包扎好，抬头一看，好惨，岸上到处都是战友的尸体，到处是一摊一摊浓浓的血，好多残肢断腿挂在树上，散在河滩卵石上。水里也一样，浮桥被炸得七零八落，好长一段河水都被战友的血染红。

我们连一下就牺牲了30多位战友，6挺重机枪有5挺被炸得支离破碎成了废铁。

团长命令，立即从水浅些的地方蹚水过江，赶往新圩阻击线。我和连里幸存的战友在河边树林里匆匆挖了一个坑，把牺牲的30多位战友和5挺重机枪葬在了一起。

好像就是我们连掩埋了牺牲的战友，其他部队来不及掩埋就急急赶路离去。

遗憾的是，后来我到水车找了3次，找到了敌机轰炸的地点，但没能找到战友和机枪的墓，河边已没有了那片树林。

我也顾不得伤口了，蹚水过江。

第二天上午，我们在山间崎岖小道上走了差不多一天，筋疲力尽翻过了又高又陡的观音山，快接近红十八团的新圩阻击线枫树脚阵地的时候，团部命令，红十八团的阵地已失守，国民党桂军已突破新圩阻击线，我们前往湘江会合主力红军的大路已被敌人切断，遵照上级指示，我们要改道向湘江前进。

我们又走进了更大更高更少人烟的大山区，我们连走在团的最后，前面的部队已把所有能吃的东西吃完，我们连红薯根都很难找到，只能摘些还没掉落的梨树、枣树、枇杷树、黄皮树、柑橘等果树叶和掉落树下的干、烂果子，胡乱填进嘴里，顾不上苦涩酸甜，嚼烂咽下充饥。

我们走到全州安和区文塘一带，被桂军堵截。

我带着全连剩下的三四十人和一挺脚架被炸坏的重机枪掩护部队突围，制式子弹打完了，只剩下我们红军兵工厂自己造的再生子弹，打不远，我命令把机枪架在树杈上打，把敌人放近，从上往下打，打垮了敌人一次又一次进攻。

打到傍晚，我们分散突围，杀开血路，到洪水箐集中。

到洪水箐椅子坪时，我们连加上伤员一起还剩 16 人，最后一挺重机枪打完了所有子弹，被扔进了深沟。

这时，我左胯的伤口化脓溃烂了，整条腿肿得像小水桶一样粗，已经没办法脱下裤子，只能剪开裤子把脓血挤出，没有药，咬紧牙忍着痛在伤口上撒点烟丝消炎，但没有用，伤口继续恶化。更糟的是我左腿、右肩膀还没痊愈的伤口，也开始红肿疼痛。

第二天一早，部队出发，我站都站不起来了。团政治处主任把我安置在椅子坪一户贫困农民家养伤，送给了户主 10 块光洋。我听着部队渐渐远去的脚步声，心里一阵悲痛，猛咳不止，呛得一口鲜血喷了出来，昏了过去。

很快在椅子坪就住不下去了，桂军、民团几乎每天都来搜寻失散红军，只要发现外地口音，特别是客家口音的人，就抓起来，押走或杀掉。最凶残的是民团，后来听说，他们有时为了得到一件衣服、一条裤子、一根牛皮腰带或者一个搪瓷茶缸就杀死一个红军。

我被户主送到山上岩洞躲避，他每天给我送饭送药，过了 10 多天，还是未能躲过敌人的搜捕，我被民团抓住了。

民团没有杀我，而是把我的衣服剥光，然后把我推下山坡。我猜民团没有杀我，是因为我当时的样子已经跟死人差不多，是个活死人了。

躲在山上，有一天我偶然在一汪山泉水面看到自己，大吃一惊，我都认不出自己了。全身的浮肿不知什么时候消去了，整个人变得又干又瘦，脑袋比拳头大不了多少，鼻子都陷了下去只见两个黑鼻孔，牙床暴凸出来，就像一个骷髅。

我看到桂军和民团在村里村外墙上树上贴了很多告示，威胁当地老百姓不许收留红军，谁收留就没收谁家全部财产，还要坐牢，连坐亲友。

我想，我绝不能再留在这里，留在这里会连累收留我的好心户主。我更不想死在这里，我要回到红军回到部队，死也要在革命同志队伍中死。

我悄悄地下了山，离开了椅子坪，朝着湘南方向走。把我留在当地老百姓家的团政治处主任告别时特地嘱咐我，上级指示我们红三十四师到湘南打游击，伤好后就到湘南归队。

我白天避开村庄，避开人多的地方，虽然走弯路，多走路，但能躲开敌人搜捕。晚上进村讨饭，打听部队的消息，走走歇歇，歇歇走走，直到再也走不动，一天晚上，奄奄一息地倒在峡里村的村口。

李绍伯老人看到了我，叫来几个乡亲，把我抬进村里他家中。他杀了一只老母鸡，熬了碗浓浓的鸡汤，把鸡汤上面那层鸡油全部撇掉，一口一口喂我吃了下去。

一碗热腾腾的鸡汤下肚，我的命好像也跟着回到了我的身体中，我从阴间又回到了人间。是李绍伯老人救了我的命，是李绍伯老人这碗鸡汤使我死而复生。

刚到李绍伯老人家，就遇上桂军、民团进村搜捕红军。李绍伯老人把我送到了河对面高山上的李绍贵家，躲了 10 多天，没有危险了，才接我回他家。

村里人都知道李绍伯老人家里住着个红军，没有一个人去报告桂军和民团，只是有乡亲劝我改姓，这样安全些。

我坚决不同意改姓，李绍伯老人夸我有骨气。

李绍伯老人请来了草医为我治伤。我的伤口很奇怪，治好了一段时间又红肿化脓，反反复复发作，治了两年半，什么活也不能做，全靠李绍伯老人养着。

2006年作者采访廖仁和

后来，草医用刀切开了我的伤口，发现弹片还在肉里，卡在骨头缝上，就用镊子夹了出来，伤才好了。

伤好后，我农活、泥水活、木工活都能干，还上山砍柴卖，与李绍伯老人一家相依为命好多年。

我四十出头了还没成家，李绍伯老人很着急，找人帮我介绍对象。介绍了很多次都没成功，后来介绍了雷二妹，大名雷爱美，她是一位寡妇，很喜欢我，我就跟她结婚，入赘到了荔浦县。

走的那天，李绍伯老人一家和全村的乡亲们把我送出村，送了好远好远都舍不得分手，我跪在李绍伯老人面前磕了三个响头，哭着说："你是我的重生父亲，你老人家的大恩大德，我记在了心里，我还要告诉我的子孙，要他们也要记在心里……"

1954年，我们全家又回到灌阳，落户定居在雷家湾村。这时，李绍伯老人已过世，没能为李绍伯老人送终，是我心头一直放不下的憾恨。

我在灌阳雷家湾村当农民，还当过几年生产队长。1980年政府就为我落实了失散红军政策，每个月都给我发补贴，一直都在不断提高，我很知足。

就是在20多年前那次失散在灌阳的老红军第一次聚会上，我才知道我们红三十四师全军覆没，师长陈树湘被俘后自尽，我几夜睡不着觉，大哭了好几次。

谢谢你这么多次来看我，来听我讲我和红军、我和战友的故事，我希望你相信，我讲的都是真的……

第二十二章　为什么要救红军

曾广贵：“亲生父母都没这么好，比亲生父母还好。他是我的救命恩人，我受他的恩，是受恩的晚生……”

王桂清：“我孙女问我，‘爷爷，您为什么要救红军？’我说，‘红军是好人，你的爷爷不救，别的爷爷也会救的……’”

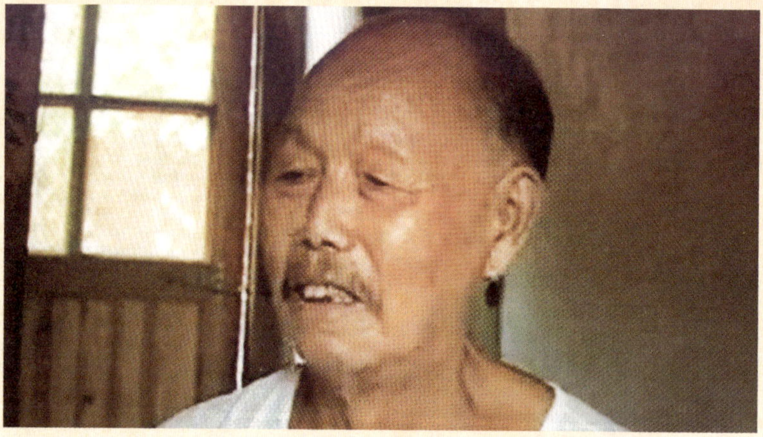

曾广贵

- 曾广贵，1918 年生，原籍福建省上杭县庐丰乡上坊村。
- 1934 年中央红军长征过桂北时为红三军团第六师司令部通信员。
- 被救于广西灌阳县文市镇五里坪村。

曾广贵：

我们红六师刚进入广西，有个晚上，天很黑，下着蒙蒙细雨，刮着寒冷的北风。我们接到军团司令部紧急命令，急行军赶到个什么地方去，要翻过一座大山。山路又湿又滑又陡，我们连爬带走，走得很快。

下山时，我一步踏空，掉进了一个差不多两人深的大石坑。后面的战友没发现，继续往前走，接着又有三四个掉了下去。我急得大喊“停下”，战友们才在坑边赶快止住脚步，把我们一个个拉了上来。

我左腿大腿骨头跌断了，痛得钻心，动都不能动。师首长叫来一副担架，把我抬起，抬了一夜，第二天下午，走到了文市的水车那个地方，就在那里住下了。师首长叫卫生员给我上了药，就把我安置在了当地一户农民家。

王桂清：

1934 年，红军战士曾广贵因跌断脚掉队了。红军连长把他交给水车村翟三二和翟顺发两人照顾，给了他们两块光洋。后来钱用光了，他们无力再照顾曾广贵。

第二天晌午了，也没人管他，村里隔壁的人说，桂清，那边有个共产党娃仔，队伍走了，他在那里好苦好可怜。我讲我去看一下。

我看到他躺在墙角，瘦得皮包骨，在打抖，我就问他是不是好难过。我讲的话他不懂，他讲的话我也不懂，我就叫他写字，写一下什么情况。他就把受伤后被抬来的情况写了。

我很同情这个十六七岁的小红军，自己虽然也很穷，但我决心要救他。于是，我叫自己的徒弟翟太全把曾广贵背到我屋里。

几天后，我家里藏着红军曾广贵的事被伪村长发现了，他一天带人来搜查好几次，拦都拦不住，曾广贵被抓走了。

后来敌人讲他有支手枪被我藏起来了，逼着我交出来，逼了我两天三夜，我就死不承认见过曾广贵的枪。

我真的没见过曾广贵的枪，我也不知道他是不是有枪，是不是藏起了枪，我讲有枪不要紧，敌人逼他交枪他不交或者交不出，肯定会被打死。我宁肯死也不讲。

敌人把曾广贵从村公所押到乡公所关了起来。

十几天后，副乡长翟畅文来威胁我，说再不把枪交出来，明天就枪毙曾广贵。

我讲可以，枪没有，你杀嘛，要枪毙就先枪毙我，然后再枪毙他。

翟畅文见我不怕威胁，就要我交 9 块光洋做曾广贵的伙食费，叫乡警蒋超权把罚款通知拿来给了我。

我松了一口气，知道敌人可能不会马上杀曾广贵，就东挪西借，筹够了钱，交了上去。

一天，蒋超权悄悄跑来告诉我，乡公所要把曾广贵送到兴安县关押了。

我一听就急了，曾广贵腿伤还没好，人已是病得要死不活的了，送到兴安肯定是死。

我跟蒋超权是朋友，就跟他商量，让他想办法负责押送曾广贵，送到半路，我就去接曾广贵回来，藏起来。蒋超权善良，也同情小红军，答应了。

蒋超权就在半路把曾广贵交给我徒弟翟太全，然后说曾广贵逃跑了。

翟太全把曾广贵背回来后，我把他悄悄藏在了我家牛栏上面。直到第二年三四月，曾广贵的腿好些了，我又把他转移到邻居翟佑春家后面的小屋，那里条件好些，继续治伤。

曾广贵：

我在那里住了 3 个多月，他给我送饭，一天三餐，送 3 次。不是他徒弟送的，就是王桂清送的。他不叫徒弟送，他徒弟怎么会知道我在那里。

3 个多月哪，一日三餐天天送，还请人帮我治伤，把我的断腿骨头接好了，帮我洗衣换衣，洗脚洗澡，亲生父母都没这么好，比亲生父母还好。他是我的救命恩人，我受他的恩，是受恩的晚生……

王桂清：

一年过去了，敌人对红军伤员的搜查松缓些了，我还是不敢暴露曾广贵藏身的地方，也不敢让他外出，他的生命安全第一。

我又一想，曾广贵肯定想家了，是不是试一下，让他给老家写封信，探听一下消息，如果联系上了，他父母也会少担心些。

我跟曾广贵商量，他就写了一封信回家。

没想到，他家收到了信，还回了信。他拿着信看了又看，还念给我听，我们两人都高兴得流了泪。

后来，他父亲亲自来接他，正好我到大田村做木工去了，一个多月没回家，回来时，他已经走了。

邻居告诉我，他走的时候，哭着跪在我家门前，恭恭敬敬朝我家大门磕了3个头。

没能亲自送他，我好遗憾……

曾广贵：

我父亲接我回福建上杭老家后，我时常想念王桂清恩公，想念他的徒弟翟太全，想念灌阳水车五里坪的乡亲们，也写过几封信，但一直都没有回信。连年战乱，总联系不上，但我心里总想着他们。

“文化大革命”时，我在庐丰供销社当会计，已经是国家干部。当时有人怀疑我不是红军，是假冒的红军；有人说我是红军的逃兵，甚至有人说我是红军的叛徒，要整我批斗我打倒我。

我就去找组织说明情况。

组织上说，没有人能证明你当过红军，也没有人能证明你不是逃兵，不是叛徒。

我说有啊，广西灌阳水车乡的王桂清，是我的救命恩人，我负伤掉队就是他救了我，他能证明我是红军，而且不是逃兵，不是叛徒。

我就把我记得的地址、姓名等线索告诉了组织，请他们调查。因为一直没有跟王桂清恩公联系上，我也不知道这些线索是不是准确，但我相信，只要找到了他，就能证明我堂堂正正当过红军，是堂堂正正的红军。

组织上派人到了广西灌阳水车乡，找到当地组织，找到了恩公王桂清。

王桂清：

1971年，曾广贵家乡派人和我们水车公社的领导一起找到我调查曾广贵，我才知道他还活着，真是太高兴了。我马上证明，我还把乡亲们也找来一起证明：曾广贵就是受伤掉队的红军，是他的红军领导亲手把他交给我们，请我们帮他治伤照顾他的，他是个在敌人面前宁死不屈的勇敢小红军。

我们音信断绝了三十六七年，终于联系上了。

曾广贵：

王桂清恩公和广西灌阳五里坪乡亲们的证明，使我当红军的那段历史得到了组织上的承认，我把它当作王桂清恩公的第二次救命，他救了我的政治生命。

我开始给王桂清恩公写信，我敬称他为“恩公”，每两三个月我就要给他写封信，逢年过节寄上几十块钱。

改革开放后，组织上给我落实政策，急需王桂清恩公和广西灌阳的证明材料，我给恩公写信，请求帮助。

第二封信的底稿我还留着，我写道：

桂清恩公钧鉴，敬启者：

去年农历十二月十七日寄上挂号一函，谅已收阅，内夹来我乡政府致水车乡政府一信，和本人“落实报告”，谅照转交水车乡政府收发，迄今当有五十天矣，尚没收到回信，心甚挂念，故特来函奉告，请询该信是否没经收到，或者水车乡政府工作人员回家过春节回单位较缓几天，或者该件现下还正在办理之中，等等。恳请恩公接到信后，请帮问一下这件事情的过程，并请回信示之。有劳心神，知当报少。春节已过，进入新年里矣，在新的一年中，敬祝恩公恩母老人，健康长寿，万事如意，阖家欢乐；哥哥、弟弟、妹妹等均好……

恩公收到信后，第二天就顶风冒雪赶到乡政府询问，请有关工作人员快些办理。很快我们乡政府就收到了回函，我的落实政策问题顺利得到解决。

我常常想，如果没有62年前（1996年采访）善良正直的恩公舍命相救，我今天的一切都将不会存在，我们家的一切都不会存在……

王桂清：

曾广贵每年元旦、春节前总要给我寄些钱来，还给我寄贺年片，这是1989年元旦寄来的，上面写着："广西灌阳县文市镇五里坪（五里坪村已由水车乡改属文市镇），王桂清恩公收；敬祝新春愉快、阖家欢乐、事业兴盛、健康长寿、万事如意。"

我今年满84岁了（1996年采访），我有三个儿子一个女儿，儿孙满堂，我们一家人常常坐在一起打油茶讲故事。

我孙女问我："爷爷，您为什么要救红军？"

我说："红军是好人，你的爷爷不救，别的爷爷也会救的……"

王桂清

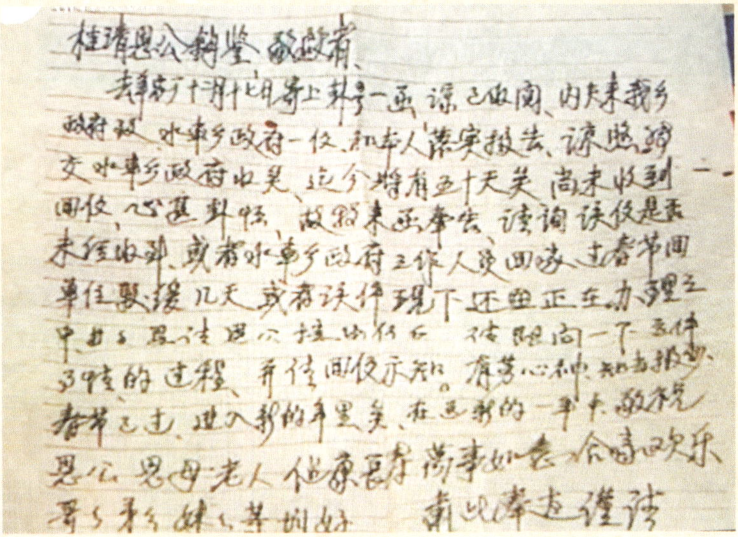

桂清恩公钧鉴 敬启者、
去年的十一月十七日寄上林乡一函 谅已收阅、内夫来我乡
政府的 水车乡政府一位、和本人落实报告、该照寄
交水车乡政府收是、迄今将有五十天矣 尚未收到
回信、心甚[illegible] 故特来函奉告 请询该信是否
未经收到、或者水车乡政府工作人员回家过春节回
单位晚接几天 或者该件现下还在正在办理之
中[illegible]
[illegible]的过程、并请回信示知。[illegible]
春节已过、进入新的年里矣、在这新的一年中 敬祝
恩公 恩母老人 健康长寿 万事如意 合家欢乐
哥哥弟弟妹妹等都好 肃此奉达 谨请

曾广贵写给王桂清的信

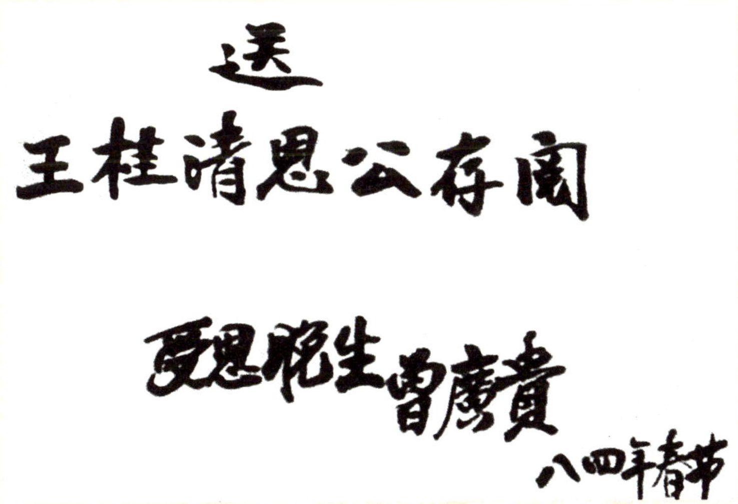

曾广贵写给王桂清的贺年片

附　录

关于调查掉队红军的情况报告

地区文教办并报桂林地区行署：

红军长征过广西已经45年了，为了解红军过广西的情况，根据自治区文化局的指示，在地区文教办领导下，成立了“红军长征过桂北调查组”。从1978年2月起，调查组沿着长征的路线，花了4个多月的时间，调查了7个县、34个公社、136个大队。召开了多种座谈会80多次，访问了550多个当年帮助过红军的老农。同时，也访问了已在我地区安家落户的当年掉队红军77人（这77人是我们调查组所到地方了解的，未到的县不包括在内）。

在与掉队红军的接触中，他们给了我们很大的帮助，也反映了不少问题，我们认为，这些问题应该引起我们注意，并应给予具体解决。现将有关情况报告如下：

在我们了解到的77名掉队红军中，有5名是新中国成立后复员回乡的老红军，有72人是当年长征掉队留下来的老红军。他们分别住在灌阳、全州、兴安、资源、龙胜、灵川、恭城7个县。72人中，有1人（陈新州）已是国家干部，有2人在合作商店当售货员，有1人在大队医疗室当赤脚医生，有1人在镇上五金社工作，有67人在农村当社员。这些同志大部分都成了家，有子有女，新中国成立后生活逐步好转。但也有些同志无儿无女，年老体弱，生活比较困难。如全州安和水架桥大队掉队红军唐喜仔，夫妇二人丧失了劳动力，又无儿女，住在一个小小的茅棚内，生活非常困苦。有些地方做基层工作的同志，对这些红军战士很是关心，每逢过年过节都会去看望他们，问寒问暖，请他们给青年人讲传统，如发现他们有困难，也会及时帮助解决，使当年掉队的老红军感谢党对他们的关怀，衷心感谢党。但也有的地方对这一工作做得差，不仅对他们不闻不问，甚至有的还认为他们是“半截子革命”“谁知是掉队的还是开小差的”“说不定还是叛徒”等，使掉队的红军心情不舒畅，心里憋着一口气。我们认为，开小差的情况可能有，但也只是个别情况，不能一概而论，有的也被抓过兵，当过伪军，有的也可能历史上有这样或那样的问题，但只要我们深入地做调查，这些问题都是能搞清楚的，然后可以区别情况，分别对待。

其中的大多数同志，经过我们初步了解，都是一些好同志。他们参加红军、革命后，跟随党中央，转战千里，历尽了艰难困苦，流了不少血汗。由于当时受“左”倾机会主义路线的错误影响，红军在湘江之战中与五倍于己的敌人作战，受到了重大的损失，8 万人的红军队伍，过江后只剩下 3 万多人。我们红军有成万的好战士，为新中国的解放事业献出了生命，鲜血染红了湘江两岸，有的就长眠在广西的土地上。有不少人因负伤和生病掉队，有的是被敌人拦腰截断队伍而掉队。这些同志大多数都被敌人杀害或俘虏。尤其是桂北的地主恶霸，因为红军过境时，打了他们这些土豪，红军过后他们就以百倍的疯狂，用最残忍的手段对待我们掉队的红军战士。如灌阳水车乡的夏云村，我后卫三十四师留下 90 名被飞机炸伤的伤员，恶霸伪乡长邓恒生即向他们的民团发出赏钱，丢一名红军伤员到江里，赏银两元。结果，红军几十名伤员被丢到江里淹死，无一幸免。再如兴安县界首大桥头地主恶霸胡银亭一家，就杀害我红军掉队战士 13 人。金石公社永安大队的曾重阳，参加过杀害红军 20 人。还有一个唐瓷卿，外号唐驼子，将一名红军战士活活开膛取心烤干当药卖。灌阳新圩解放大队富农分子陆英其，将一名红军掉队人员脚朝上倒吊在桐子树上，用火从脸部往上烤烧，将其慢慢地烧死，真是残忍至极，令人发指。据统计，在金石被害的红军达 80 余人。另外，在全州安和、石塘被害的红军就更多了。如在石塘公社余粮铺反动民团将红军衣服剥光，天寒地冻，红军只好在茅草堆里取暖，到夜晚民团就放火烧草，十几名红军被活活烧死，等等。他们也都是“左”倾机会主义的受害者。

由于广大红军指战员严格执行群众纪律，宣传我军的政策，给群众留下了深刻的印象。我们的贫下中农冒着生命的危险掩护了一部分掉队红军，他们才能幸存下来，他们是千百个掉队红军中的一部分，每名红军战士掉队后的经历，都可以写一篇体现军民鱼水深情感人肺腑的故事。例如红军战士伍业文和 15 名同志在全州咸水的黄沙掉队，15 人被反动派杀害了 14 人，伍业文被一名老和尚掩护了下来，把他藏在一个秘密的地方，后来被敌人知道了，将老和尚抓去拷打了 7 天，老和尚咬牙坚决不承认，敌人没办法，逼迫老和尚交一条枪的钱，才将他释放。被群众掩护后住下来的红军战士，在那吃人的社会，成为最受欺侮压迫的对象。地主恶霸、伪官吏经常叫他们去无偿地做事，一点不如意，开口就骂他们是“赤匪”，动不动就吊打。敌人征兵，矛头首先对着那些掉队红军。如兴安华江公社千祥大队掉队红军邓炳彪，曾四次被抓兵，头三次逃跑出来了，第四次被抓去后，因年纪太大才被放回来。资源两水公社掉队红军吴禄丰，被地主逼迫当了10年长工，只给饭吃不给工钱，一直到新中国成立后才让他回家。有的地方封建恶霸势力没有清除，排外的思想比较严重，甚至新中国成立后掉队红军仍受欺侮。如全州安和公社掉队红军何荣炳，1960年的某个晚上去看守自己地里的玉米，有人污蔑他偷玉米，将他打了一顿，他气不过，1961年就回江西兴国县老家了，现在兴国县任公安局局长。再如安和白岩前大队掉队红军钟进才，新中国成立后讨了个老婆，被一个地主仔霸占了，地主仔死后，又被另一个人霸占，现在只剩他们父子二人相依为命。这些掉队的红军老同志，在旧社会受尽了折磨，但很多人仍念念不忘革命，仍保持过去的光荣传统。如现任北京部队某部首长的朱镇中同志，原是过湘江负伤后，在资源中峰公社被老贫农粟传亮救出来的，朱镇中等五位同志伤好后，都回到江西。朱镇中同志参加了陈毅同志领导的游击队，后来改编为新四军。现在朱镇中同志把粟传亮老人当义父看待。还有全州咸水的掉队红军陈新州同志，1947年听说桂北成立了游击队，他一直找了两年才找到，后来他参加了游击队，现在他在咸水石枧林场当场长。石枧林场那郁郁葱葱的杉林，就是这位老红军战士和林场职工对社会主义建设的新贡献。再如资源县两水公社掉队红军邓乾禄，带领10多人参加游击队，1949年被国民党杀害。资源县两水公社掉队红军李能才60多岁仍当生产队长，并且使生产稳步上升，受到了群众的拥护。大队和学校也经常请他给青少年进行传统教育。龙胜县泗水公社的掉队红军陈正邦，在合作商店工作，被评为商业部门的标兵。

还有些老红军战士，转战万里，出生入死，为革命做出了很大贡献，但有功不居功，有苦不叫苦。如灌阳县新街公社老红军文永隆，早年参加过北伐后又参加贺龙同志领导的红三军，1952年转业回家，现在只与一个小孙子生活，过去政府没有救济他，从今年开始，每月给20元生活费。全州县才湾公社蒋在同志，红军长征过桂北时参加红军。参军后父亲被国民党杀害。后来蒋在同志参加了长征，又经历了抗日战争。解放战争中，他身上多处负伤，两耳被炸弹震聋，两眼被炮火熏坏。1951年复员回家，回家后他仍积极参加生产，今年已71岁，还在为队里积肥；现在每月也只得20元生活费，残废金也不发了，他爱人说要问政府要，他劝他爱人不要去领人民的血汗钱。全州县凤凰公社七星大队掉队红军李建民在新中国成立后积极参加社会主义革命建设，重新加入了中国共产党，当过农会主席、生产队长、贫协代表等；土改的时候，他把自己分得的地主房子让给群众，自己仍住破茅房。现在两口子和小儿子住在一起，床上垫的是烂席子，盖的被子破了两个大洞，一床被子还没有被面。我们问他，有困难怎么不给公社讲，他说："我没有完成毛主席给我的长征任务，对不起毛主席，怎么好要国家解决困难。"我们向公社有关同志反映，公社的同志说："我们只知他是生产队长，不知他是掉队红军。"

大多数地区对掉队红军是比较关怀的，如生活上困难的，给予救济，有的还给了路费，让他们回老家探亲。但这些同志大多数年老体弱，很多人还为革命负过伤，不能做重体力劳动，因此收入较少，生活低于当地的贫下中农水平，临时的一点救济，解决不了他们的困难。关键是要对他们落实政策。我们认为在我区这样的人不多了，年纪也都六七十岁了，为了让他们度过一个幸福的晚年，我们建议：

1. 对于像蒋在和文永隆同志那样在新中国成立后复员的老红军，生活费每月不得少于 30 元。其残废金，应按规定照发，国家对于像他们那样复员退伍的红军规定的待遇，他们都应享有。

2. 对还没有被承认为掉队红军人员的，民政部门应抓紧时间，指定专门人员做好调查，按规定给予补助。一时尚难做结论的应定期给补贴，如像有的县那样，每月给补贴费 10 元至 15 元，以便让这些同志的生活比较宽裕些。对于有问题尚未搞清的人，则区别情况，分别对待。

3. 在政治上应给予关怀，如召开烈军属，复员、退伍军人会议，可以请他们参加。

我们认为，这个问题不仅关系着掉队老红军本人及其家属，也对社会有直接的影响。让大家看到我们国家对待革命有功的人，是处处关怀着他们的。

我们的意见不知是否正确，仅供参考。

广西桂林行署文化局红军长征过桂北调查组

1978 年 12 月 15 日

《关于调查掉队红军的情况报告》原稿

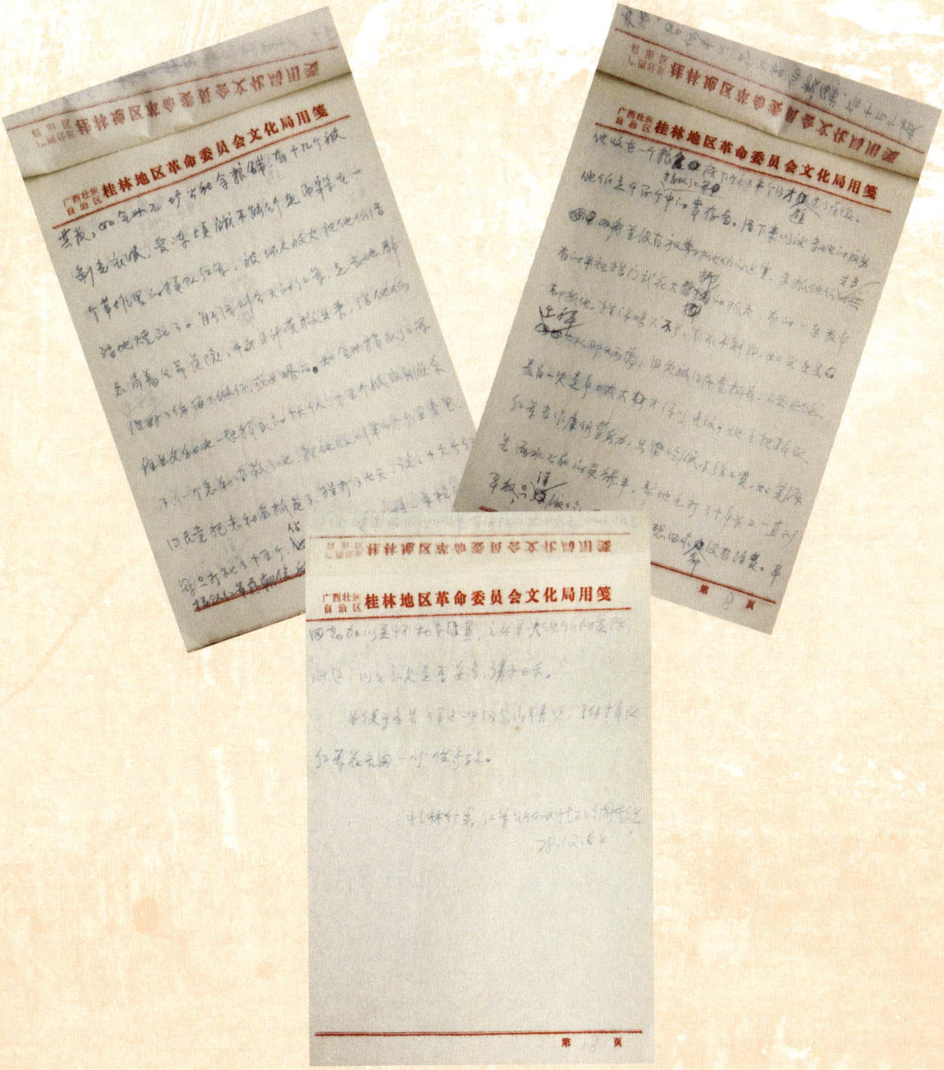

《关于调查掉队红军的情况报告》原稿

兴安县金石公社佑安大队阳秀英老人谈话实录：

我男人给红军带路去了，后来又来了一批红军。我背着四岁的女儿，教她喊红军满满（叔叔）坐，红军好喜欢她。

红军拿了一本好厚的书念给我听，这个样子的叫土豪，那个样子的叫地主，那个样子的叫恶霸、劣绅，那个叫什么的，我也听不懂，由他放手念。

这个红军送了一双皮鞋给我，喊我一声：“伯娘，这双皮鞋给你做纪念，我走了……”

兴安县华江公社集义大队雷扬声老人谈话实录：

红军进村，我们都没有躲进山里，在村里看红军。红军在我们面前经过，总是笑脸相迎，有的用不大听得懂的话向我们问好。当晚我就帮一队红军磨米，共磨了两天。红军送给我四个银毫，还有一些纸币。我不收，他们一定要我收。村里还有几个人都帮了红军磨米找菜，全部收到了红军的钱。

兴安县华江公社同仁大队黄吉章谈话实录：

我父亲黄云川帮红军带路，带到老山界脚。听我父亲说，红军在百步陡那里被国民党从山上打来的机枪封住了，在那里牺牲了不少人。在108陡那里，中间最陡地方的石阶被国民党撬掉了，两三个红军抬着马屁股，才能把马拉上去。老山界两边的箭竹都被红军踩倒了，不知有好多红军走过那里。

资源县中峰公社枫木大队潘之秀老人谈话实录：

1934 年农历七月十五日，红军上午 9 点钟从三千界来到我们村，当时许多家藏鞭炮的都拿来放，表示欢迎。我煮了三升米的稀饭摆着，跟着队伍要红军吃稀饭。红军那时左肩膀下都吊着一个小洋碗，他们顺手拿下洋碗，要一碗稀饭就给三个铜钱，边走边喝。还有的人挑着满满的凉粉来给红军吃。

农历十月二十二日到二十五日四天，又走过一批红军，比上一批多一倍。

农历十月二十三日，部分红军要走，叫我老公给他们带路，从晚上 4 点就开始走，走牛塘界、江头、华江、竹子水、过三店才天亮。当时有个红军说带错路，随后一个长官看了路标，就对我老公说，没有错。

资源县两水公社猴背大队兰光付老人谈话实录：

当年红军向两水塘洞方向来，我父亲在家，他叫兰秀文。他帮红军带路到龙胜江底的地灵头，一共去了两天才转回。回来时红军给了他 4 斤猪肉。我父亲赶了一整天才回到家，一放下猪肉就赶上山喊全寨人。他喊着说：“红军共产党的部队是好人，大家不要怕，都快回来吧，不要在山里受苦了。”于是大家纷纷回了家。

红军吃了群众的红薯和菜都留下了钱币，红军走后，大家都说共产党的部队真好啊。

资源县车田公社社办企业段士顶谈话实录：

我伯父给红军带路到堑头才5里路，红军给了他两块花边、一件衣服，他回来后就把家里人喊回来，宣传红军好，不打人骂人。

我父亲看到红军很讲纪律，一吹哨子就就地坐下，再吹哨子就走，不到群众家里要菜和水，队伍也比较整齐。后来过的有三五成群受伤的、有病的，到群众家说好话要饭吃。我们村有五家鼎锅里面有饭，红军来吃了，根据锅内饭的多少，都放了铜板在锅里。

我奶奶根据过去国民党兵来杀猪抓鸡，如果杀不到猪就放火烧房子的情况，听说红军来了，以为和国民党一样，她就把猪栏、鸡栏都打开，刀磨利，盆放好，让他们杀了吃算了，免得烧房子。哪晓得红军来了，不但不杀猪杀鸡，吃了一点饭还放钱，一斤米放三斤米的钱，家里一点东西都没丢，一切都没动。奶奶说，这真是好军队，不晓得红军哪年再来啊。

后来我父亲收留了一个有病的红军战士，他和我们一起生活了一个月，还开了一丘田，叫“金竹新开田”。伪政府要把红军战士抓走，我父亲送他十五六斤米、一套便衣、一点钱，送他走。他把他的军衣送给我们，我父亲不敢要。红军战士走时流着泪，向我奶奶拜别。

灌阳县新圩公社立田大队陆英钟老人谈话实录：

1934年12月初，有一队红军突破国民党桂军和民团的重重包围，杀开一条血路，从仙子坪、板桥铺走过来，走向宝界山。他们路过我们村时，派了一个侦察员到我们村了解情况。我们村的人把知道的这一带国民党军和民团的情况以及我们村的情况都详细地告诉了他，还请他吃了饭。

他看到我们村很穷，好房子也没有几间，好田没几块，也没有土豪劣绅，认为有革命基础，就回去报告，把七八十个红军带进了我们村。

就在村里小学校前面，红军和我们村民一起开了一个大会。会上，红军连长给我们讲了很多革命道理。他说，红军走过这里是为了北上抗日打日本鬼子。他号召我们团结起来，打土豪分田地，人人有地种，个个有饭吃。

红军把60多条枪、几百发子弹、几十个手榴弹送给我们村民，要我们用这些枪打日本，干革命。

村民们很感激红军，杀猪煮菜煮饭款待红军，还送给红军一些粮食和蔬菜。

我们把红军送的枪、子弹、手榴弹秘密藏在了村小学的阁楼上，还派了专人保管，保护得好好的。

1944年秋天，日本军打到了我们灌阳，我们村成立了抗日自卫队，我们拿起红军送的枪打日本军，保家卫国。我们利用熟悉的家乡地形，主动地袭击、伏击日军的小股部队，打了十几仗。尤其是1945年2月的一天，我们悄悄占领了公路旁的瓜子槽山有利地形，突然袭击在公路上行军的300多个日军士兵，打了20多分钟，打死打伤多名敌人，陆俊田同志在战斗中英勇牺牲。

1947年，中共全（州）灌（阳）地下党在我们村领导了影响深远的全灌武装起义，我和我们村的陆俊元、陆绍述、陆俊提等50多名村民参加了桂北游击队，扛起红军送给我们的枪，投入解放战争，反抗国民党反动统治。我们村姜家屯的陆绍仁、王祖英夫妇，成了为桂北游击队传递情报、掩护游击队指战员的地下联络员，他们家成了输送军需给养的重要秘密联络站。

斗争是残酷的，只有六七十户人家、人口300不到的我们村，先后有7户房屋被敌人烧毁，26人坐过敌人的牢，6位烈士为革命英勇牺牲。我们发扬红军精神，不怕流血牺牲，坚持斗争，一直到迎来解放。

正好中华人民共和国成立，解放军来到我们村，桂北游击队地下联络员陆绍仁、王祖英夫妇的大儿子陆先平出生，村民们都叫他“解放仔”，纪念中国革命胜利……

灌阳县水车公社宾家桥大队邓茂英老人的谈话实录：

红军来之前，乡公所、村公所的人天天来村里造谣，说什么共产党杀人放火等，还威胁我们谁留在家里帮助红军就杀谁的头。我们都害怕，都逃到山里，能带走的粮食、衣物等东西都运到山上藏起来。

那个时候，我家里养了一头大母猪，两百斤重，抬不走，我就煮了一锅猪潲，装在三个脚盆里，放进猪栏给猪吃。

我还养了十五六只下蛋的老鸭婆，关在天井里，走前，我把几斤红薯切碎，撒在天井里给鸭子吃。回来还能不能见它们我也不知道，只能让它们听天由命。

红军来了，住在我家。过了五六天后，红军走了，我回家一看，老鸭婆一只不少，都在。猪栏里除了那只大母猪更肥了，还多了12只小猪崽，脚盆里装着一些半饭半粥的给猪崽吃的潲，楼上来不及挑走的谷子一粒也未动。

红军真好，我们再也不信国民党的话。

灌阳县红旗公社排埠江大队唐玉甫老人谈话实录：

1934年冬天，红军来到我们这里，用光洋买了两头猪，叫我帮他们杀了。他们把猪肉抬到板桥铺去煮吃。抬走时，给了我一吊钱作为工钱，问我够了没有，我回答说：“够了。”

他们待人和气，有的称我为同志，有的叫我作老乡，还跟我们讲打土豪分田地的事。那时，我们弟兄三个都在帮地主打长工，听到有田分，心里高兴得很呢！心想：这样好的军队，打灯笼都找不到。

红军来了以后，国民党的兵也占领了我们村子对面那座狮子山。红军问我，从什么地方好打狮子山，我马上带他们去占领虎形山。到了虎形山边，敌人立即向我们扫射，子弹打得很低。

红军赶快把我按倒在地上，对我说：“我们知道上山的路了，你没有打过仗，不懂得躲枪子弹，这里危险，赶快回去。”

我回到家里，看见有两个红军战士正在我家粪屋的墙上挖枪眼，挖了很久还没挖开，我就拿了个铁耙齿来挖，一下子就撬开了一个洞。

我还想继续挖大点，他们说：“好了，不要挖得太大了。只要能架上机枪，能瞄准就行了。”我一让开身子，他们就架起机枪朝敌人扫射起来。几个红军战士在那里足足打了一天。过后，我在粪屋里，光子弹壳就捡到一畚箕。

另外，我还带了几个红军到对面大石头脚去打，那里的子弹壳还要多。

红军确实勇敢，一点也不怕死。有三个红军战士在印山上打了一天，最后只剩下一个人，还在打，后来，敌人追过来了。我看到有个红军战士脚受了伤，正在流血。一大群敌人快到他眼前了，我劝他快跑，他说：“不怕，没关系……”

红军部队撤走后，有五个同志牺牲在公路边，其中有一个是连长。我邀集几个穷弟兄把他们埋了。

龙胜县马堤公社牛头大队杨德友老人谈话实录：

红军是农历十一月初一经过我们这里的，他们的纪律很好，吃了群众的红薯付给铜板。他们在哪里宿营，哪里就打扫得干干净净。住黄泥包的红军失火烧了一座房子，赔了300元大洋。

红军在万人界打仗牺牲了16个人，群众把他们埋了。原来没有埋在一起，新中国成立后，民兵们将烈士遗骨收在一起，用地主家的棺材重新埋葬。棺材里只有14个人的尸骨，还有两个找不到了……

红军大队伍过后，有一个红军伤员住在苏植品家的茅棚里，苏植品每天给他送饭。一个星期后的早上，苏植品又给那个伤员送饭去，发现他已经牺牲了。苏植品很悲痛，用自家的楼板做了一副棺材将他安葬了。

龙胜县平等公社龙平大队李启文老人谈话实录：

甲戌年（1934年）十一月初四，是共产党到龙平的第二天，大部队从鸡心界来到太平。我那时很穷，听说红军也是穷人组成的队伍，我就不跑出去，专门躲在寨子里看他们是不是穷人的样子。

头一天（初三）过去一支整齐的部队，过了半天多点，有的住龙平，有的住下平等。过去的川军和桂军沈鸿英的部队，到处打骂人，抢民财，拉民妇，红军就不是这样。红军过龙平只听见脚步响，没听到人叫声，第二天来的也一样，就是拉马的人多，抬东西的人也多。他们在太阳快落山之前进寨，不是乱抢民房住，而是有人专门看过一遍，才安排妥当。但大部分都住在两边山下，特别是屋背、交坪、两面山数里地都住满了红军，寨上到处拉着用黑色、灰色包起像藤条一样的线条，拉得最多的是东边的冲边寨，整整齐齐。

我们务汞（地名）这一块，在我家的附近，吴世英家的四合院里，只住着六七个人，都是30岁到50岁上下的红军，不见他们背枪，有的挎短火（手枪）。

我在天快黑的时候看见李文俊的娘被两个背短火的人带进吴世英家。当时不知为什么心里有点怕，猜想不定。后来才听龙妹（李文俊母亲的奶名）说，红军请她去播米、筛米。她怕，就装生病。红军把她带进四合院，去见一个高的穿较长棉衣又捆腰带的红军领头的人。那人和和气气地问龙妹哪里不舒服，先吃药，就在那里休息。她只好说病已经好了，就帮红军筛米。红军请她一起吃饭，给了她六七块银元。龙妹是我们寨子得到银元最多的人，她三次帮红军筛米、做饭，红军都给钱。

那晚上烧房子是在晚饭过后，大约10点钟，好多部队都睡了。突然从务汞下来的四合院旁的两条巷子先烧了起来，火是有人故意点燃的，然后就大烧起来。当时我们躲在寨子河对面看得一清二楚。

红军吹起哨子先把四合院的火扑灭，又去救别处的火，还到处喊着抓坏人。我们想过去救火但又不敢，只是看着火在烧。

伍户高不怕，冲过河去跑进自己家里抢救东西。因为他跑得偷偷摸摸的像老鼠一样，被红军抓走了，同两个外地的特务一起审问。先拿到冲边杨盛茂家审，后又到北面的庙里审。第二天早上放了伍户高，把那两个特务押到现在米厂下面的路旁枪毙了。

龙胜县平等公社广南大队石崇凡老人谈话实录：

红军过广南时我在瓢里镇一个土豪家里打长工，听说广南过了很多共产党，我回来看看情况。

我走到独腊寨的村边，碰到一个人，他手里提着一支枪。他叫我走近他，问我从哪里来，我把情况告诉他了。

当时路很不好走，我把一双胶鞋夹在夹裤里，被他要去了，他把我带进了村子。

到了村里，一个班长样子的红军对我说，你帮我们挑东西带路送我们走。我跟着这个班长进了屋，里面坐着十几个人。

我进屋时走过了四道岗哨：楼底两个卫兵，下面楼梯口两个卫兵，上面楼梯口两个卫兵，屋门口两个卫兵。

我一进屋就叫我坐下，我被夹在两个人中间坐下来了。在我左边坐的那个红军战士很高大，四方脸，穿着件短大衣，扎腰带。

他叫一位红军战士帮我打了一碗饭。我吃了饭后，高个子红军问："你是哪里人？"我说是广南甲江的。

他又问："你家里有多少田？"我说有 3 屯田。

红军战士听不懂，站起来问："你家有 30 亩田？"

我告诉红军战士，我们这里把长 30 把禾的田称为 1 屯，我家的田只能长出 90 把禾那么大，就叫 3 屯田。

他还问："你家有几个人？"我说有 6 个。

他叹了口气说："你家的米还是不够吃，你是穷人。"

接着他又问我："你丢了什么东西没有？"我说丢了一双鞋。

他说："你不用怕，我们都是穷苦人，我叫人帮你把鞋子拿回来。"随后就叫一个战士帮我去拿鞋。

他叫人把我的鞋子还给了我，要我鞋子的那个红军战士也跟来了。高个子红军战士批评那个要我鞋子的红军战士："大家都是穷苦人，为什么还要他的鞋子，要写检查！"

他又对我说："你是干什么工作的，请你拿你的手给我看看。"他边抓起我的手给其他人看，边说："他是农民，一定要记住，千万不能损害农民的利益！”

那个要我鞋子的红军战士给我鞠躬道歉，我心甘情愿地留下来给红军带路，一直带到湖南的通道县才回来，红军给了我10块光洋。红军真好，要不是有老婆孩子，我就跟红军走了……

全州县两河公社溢田大队廖秀甫老人谈话实录：

1934年11月28日，红军来到了溢田村，村里的群众轻信国民党的谣言都上山了。第二天，我冒着危险偷偷跑回村里，进门一看，我有点发呆了，奇怪！只见屋子里打扫得干干净净，根本不像过了兵的样子。房里几十斤糯米粑粑，一个也不少；田里50只老鸭婆，仍然在田里找吃，这下我才放了心。再到房里看，木桶里的鸭蛋不但没有少，反而多了几十个，大概是昨天晚上鸭婆生的蛋，红军帮我捡回来放进木桶了。看到这些，我感动得流下了眼泪。

全州县绍水公社高田大队竹木洞小队黄耀燕老人谈话实录：

红军是1934年农历十月扯豆子时来的，在大凸岭与敌人作战，打死湘军三四人，红军也牺牲了三人。村里人出钱把牺牲的红军安葬了……

全州县凤凰公社学里大队蒋福琪老人谈话实录：

红军是从我们这里往界首去的。他们纪律很好，穷人的东西一点也不要，买了我们的东西一定要给钱。先是给红军银行的纸币，我们说可能以后不好用，红军马上给我们换成了银元和铜板。

红军还教我们的小孩唱歌认字，还给他们糖吃，小孩子都喜欢红军，红军走的时候他们都哭，舍不得。

全州县朝南公社祥屋大队王发婆老人谈话实录：

红军从我们村前接连过了三天，纪律真好，待人很和气，刚进村时都不进民房住宿，只在屋檐下和晒谷坪上顶着露水过夜。我们都过意不去，把红军请进家里休息。红军走时，帮我们把家里打扫得干干净净，东西都放回原位，还给我们钱当住宿费。

我感谢红军，主动给红军带路，从我们村朝南，带红军过石塘、凤凰、才湾，一直走到资源中峰的油榨坪我才回来。

我们村收留了三个受伤生病的掉队红军战士，他们在我们村整整住了一年，养好了伤，治好了病，到了第二年过了春节的正月十九，他们才回江西。我们村里大人小孩一起把他们送到村外，还给了他们路费。

我记得我们家收留的那个红军战士叫王树栋，王厚仔收留的那个叫熊才。他们走的时候都非常感谢我们。

广西桂林行署文化局红军长征过桂北调查组

1978 年 12 月 15 日

※ 以上调查摘录的地名按当时的地名记录。正文中掉队红军落户地名按现名记录。

参考文献

[1] 中国人民解放军军事科学院 . 毛泽东军事文选（内部本）[M] . 北京：中国人民解放军战士出版社，1981.

[2] 星火燎原编辑部 . 老帅在长征中 [M] . 北京：解放军出版社，1986.

[3] 斯诺 . 西行漫记 [M] . 董乐山，译 . 上海：三联书店出版社，1979.

[4] 人民出版社 . 中国工农红军第一方面军长征记 [M] . 北京：人民出版社，1955.

[5] 中国共产党桂林地区党委《红军长征过广西》编写组 . 红军长征过广西 [M] . 南宁：广西人民出版社，1986.

[6] 彭德怀 . 彭德怀自述 [M] . 北京：人民出版社，1981.

[7] 黄克诚 . 黄克诚回忆录：上 [M] . 北京：解放军出版社，1989.

[8]《中共党史事件人物录》编写组 . 中共党史事件人物录 [M] . 上海：上海人民出版社，1983.

[9] 王孝柏，刘元生 . 左权传 [M] . 北京：人民出版社，1990.

[10] 宋之的 . 沿着红军战士的脚印 [M] . 北京：中国青年出版社，1956.

[11] 湖南省红军长征调查办公室 . 红军长征在湖南纪略 [M] . 长沙：湖南人民出版社，1979.

[12] 童小鹏 . 军中日记（一九三三年至一九三六年）[M] . 北京：解放军出版社，1986.

[13] 耿飚 . 耿飚回忆录 [M] . 北京：解放军出版社，1991.

[14] 史学双周刊社 . 第二次国内革命战争时期史事论丛 [M] . 北京：三联书店出版社，1956.

[15] 杨得志 . 横戈马上 [M] . 北京：解放军文艺出版社，1984.

[16] 杨树标 . 蒋介石传 [M] . 北京：团结出版社，1989.

[17] 赵国宝 . 湘江丰碑・纪念中央红军突破湘江 80 周年研讨会文集 [G] . 南宁：广西人民出版社，2015.

[18]《红旗飘飘》编辑部 . 红旗飘飘：第 5 集 [M] . 北京：中国青年出版社，1957.

[19]《红旗飘飘》编辑部 . 红旗飘飘：第 11 集 [M] . 北京：中国青年出版社，1959.

[20] 穆欣 . 南线巡回 [M] . 武汉：湖北人民出版社，1979.

[21] 中共中央党史研究室，胡绳 . 中国共产党的七十年 [M] . 北京：中共党史出社，1991.

[22] 中国人民解放军广州部队政治部 . 战火纷飞 [M] . 北京：中国青年出版社，1965.

[23] 中国人民解放军六九一九部队政治部 . 胜利的战斗 [M] . 长沙：

湖南人民出版社，1962.

[24] 军事学术杂志社 . 峥嵘岁月——我军部分高级干部军事历史论文和回忆录选集 [M] . 北京：军事科学出版社，1985.

[25] 刘汉，等 . 罗荣桓元帅 [M] . 北京：解放军出版社，1987.

[26] 莫文骅 . 二十年打个来回 [M] . 南宁：广西人民出版社，1988.

[27] 中共灌阳县委党史办公室 . 红军长征在灌阳 [M] . 南宁：广西人民出版社，1994.

[28] 戴向青，余伯流，夏道汉，等 . 中央革命根据地史稿 [M] . 上海：上海人民出版社，1986.

[29] 中共广西壮族自治区委员会宣传部 . 红军长征过广西纪实 [M] . 南宁：广西人民出版社，2006.

[30] 中共中央党校党史研究室选中共中央党校党史教研室中共党史参考资料（三）第二次国内革命战争时期 [M] . 北京：人民出版社，1979.

[31] 姜克夫 . 民国军事史略稿：第二卷 [M] . 北京：中华书局，1991.

[32] 石永言 . 遵义会议纪实 [M] . 北京：解放军文艺出版社，1991.

[33] 叶永烈 . 历史选择了毛泽东 [M] . 上海：上海人民出版社，1992.

[34] 晓地 . 林彪之谜 [M] . 北京：朝华出版社，1993.

[35] 索尔兹伯里，《参考消息》编辑部 . 长征秘闻 [M] . 太原：山西人民出版社，1992.

[36] 索尔兹伯里 . 长征——前所未闻的故事 [M] . 北京：解放军出版社，1986.

[37] 闻峰 . 神坛下的林彪 [M] . 北京：中国华侨出版社，1993.

[38] 中国革命博物馆党史研究室 . 党史研究资料：第二集 [M] . 成都：四川人民出版社，1981.

[39] 汪剑，李全 . 历史的误区——党内若干重大冤案错案纪实 [M] . 武汉：湖北人民出版社，1993.

[40] 特里尔 . 毛泽东传 [M] . 石家庄：河北人民出版社，1989.

[41] 陈云 . 随军西行见闻录 [J] . 红旗，1985（1）.

[42] 聂荣臻 . 聂荣臻回忆录：上 [M] . 北京：战士出版社，1983.

[43] 袁光 . 风烟滚滚的岁月 [M] . 北京：战士出版社，1982.

[44] 成仿吾 . 长征回忆录 [M] . 北京：人民出版社，1977.

[45] 杨成武 . 忆长征 [M] . 北京：解放军文艺出版社，1982.

[46] 钟文典 . 桂林通史 [M] . 桂林：广西师范大学出版社，2008.

[47] 广西壮族自治区地方志编纂委员会 . 广西通志・军事志 [M] . 南宁：广西人民出版社，1994.

[48] 兴安县地方志编纂委员会 . 兴安县志 [M] . 南宁：广西人民出版社，2002.

[49] 全州县志编纂委员会 . 全州县志 [M] . 南宁：广西人民出版社，1998.

[50] 灌阳志编委办公室 . 灌阳县志 [M] . 北京：新华出版社，1995.

[51] 广西壮族自治区资源县志编纂委员会 . 资源县志 [M] . 南宁：广西人民出版社，1998.

[52] 全国政协文史和学习委员会 . 文史资料选辑 [M] . 北京：中国文史出版社，2009.